Encore plus de Meta Mad Books !

Traductions:

From Swann's Side (1913)
Volume One of *In Search of Lost Time*
Newly Translated into English
by Marcel Proust
9781763641723

Siddhartha: An Indian Poem (1922)
by Hermann Hesse
Translated by David R. Smith
9781763726260

Steppenwolf
By Herman Hesse
Translated by David R. Smith
9781763726253

I was in Great Perplexity:
New Translations of my Favorite Kafka Stories
Translated by David R. Smith
9781763641716

Fiction originale :

River: A Dark Romance in the Kishotenketsu Style
Mia Sandalwood
9781763512160

The Book Depository:
Tales from the Children of the Egg, 2nd Ed.
David Apricot
9781763641709

John Free and Intervention X: The Bodhisattva Wars
by David Apricot
9781763622913

Sainte Suzanne est une préquelle Le *Club Cambell* (2024). *Sainte Suzanne* se déroule entre 1978 et 1981, alors que Robbie est adolescent, tandis que *Le Club Campbell* se déroule entre 1985 et 1989, au
moment où il tente d'entrer à l'université. Tu peux lire l'un ou
l'autre des livres en premier. *Le Club Campbell* n'a pas encore été
traduit en français.

Le Club Campbell :
Un roman d'amour historique, 1985
By David R. Smith
ISBN: 9781763853997

Sainte Suzanne

Mesa, mon cœur

David R. Smith

Meta Mad Books

ISBN: 978-1-7638539-8-0
Illustration de couverture réalisée par l'auteur.
14,0 x 21,6 cm
Composé en California FB 10 pt.

Deuxième édition française.

Ce livre est une œuvre de fiction. Toute ressemblance entre les personnages et des personnes réelles, vivantes ou décédées, est purement fortuite.

Ce livre a été entièrement écrit « à la main » : aucune « IA » n'a été utilisée, j'ai écrit chaque mot moi-même. Les éditions en langues étrangères sont traduites à la fois par des traducteurs humains et par des logiciels de traduction.

Pour ma sœur, qui n'a pas pu y aller

SAINTE SUZANNE

Mesa, mon cœur

David R. Smith

2025

Un roman sur l'amour interdit. Et la bouffe de la cantine.

LE POULET DÉCOUPÉ

Il était une sainte, Suzanne,
Qui se trouva en pleine confusion,
Mais l'amour trop près
La tint pour jamais,
Et planta un clou dans l'illusion.

PREMIÈRE PARTIE — La Gamelle à Grande Distance

Il était une belle pouliche noire
Qui trouvait la sci-fi sans espoir
Mais quand elle fut faite
Par la lame d'un extraterrestre
Son postérieur ressentit le froid du soir

J'avais complètement oublié le visage de mon père. Ma mère me tendit le téléphone — c'était un poste mural dans la cuisine, avec un cordon pareil à un long cordon ombilical chamois — et me demanda de lui parler. Nous étions en 1978 et j'étais adolescent. J'avais 15 ans.

« Allô ? Papa ? »

« Salut fiston, comment tu vas ? »

« Bien. Je regardais *Star Trek*. Et toi ? »

« Très bien. Ça me fait plaisir d'entendre ta voix. Désolé, ça fait si longtemps. Je te dérange au dîner ? »

« Non, ça va. »

« C'est quel épisode, le *Star Trek* ? »

« Quoi ? Ah, celui où Spock, tu vois, commence à avoir une érection. »

Il rit. « Ah oui. Le *Pon farr*. Eh bien, ça nous arrive à tous, j'imagine… Écoute, ta mère et moi on en a parlé. Il y a une opportunité qui s'est présentée. Je me demandais si ça te dirait d'aller à l'école par ici. »

« Tu veux dire genre, déménager là-bas ? »

« Ouais. Il y a une école préparatoire dans les collines près de chez moi, une école privée. Elle s'appelle Kickshaw. C'est une école de garçons. J'ai plus de moyens maintenant, donc c'est quelque chose que je pourrais faire pour toi. Je me demandais si ça te plairait. »

« Waouh papa, ça a l'air génial. Je sais pas. C'est une offre à durée limitée ? »

« Il rit. « Eh bien, probablement — il faudra faire une demande, remplir des papiers, tout ça. Je sais que tout ça arrive un peu comme ça, à l'improviste. Mais t'inquiète pas. C'est surtout, tu vois, une question d'argent. C'est comme ça que fonctionne notre monde. Donc on devrait probablement pouvoir t'y faire entrer. »

« Quoi, t'es riche ? Tu veux dire que t'es riche ? »

Il rit à nouveau. « Non, fiston, pas du tout. Je fais juste dans l'immobilier. Mais le marché à Santa Barbara s'est vraiment emballé. »

« Ah bon. Cool. » Je ne savais pas quoi penser de tout ça. Comme je disais, ça faisait longtemps et mon père, je ne me le rappelais plus très bien. Il n'y avait pas de photos de lui chez ma mère, pour des raisons assez évidentes peut-être, et puis à l'époque on avait moins de photos en général. La photographie coûtait cher et on la gardait pour les grandes occasions. Il y avait bien des Polaroids quelque part, évidemment. Mais ma mère les cachait.

Faute d'images, je me l'imaginais un peu comme James T. Kirk — brun, bien bâti, peut-être un peu moins sportif que Kirk mais tout de même un personnage dynamique, une figure d'action. Un meneur. La dernière fois que j'avais eu de ses nouvelles, il travaillait comme mécanicien auto. Je me souvenais, d'une manière très enfantine et décousue, d'être allé le voir au travail, ma mère me tenant la main — on était entrés dans une concession Volkswagen. On l'avait trouvé au fond du garage impeccablement propre, et il m'avait donné en souvenir une soupape de moteur en acier, tordue et calcinée.

« Je crois que ta mère est d'accord », disait-il. « Pour que tu viennes ici. Pas de pression. Parle-lui, d'accord ? Parle-lui et elle me dira ce que vous avez décidé. »

Ma mère et mon père avaient divorcé quand j'étais tout petit, et elle s'était remariée peu après avec un ingénieur en électronique du nom de Sam Harmon. Il avait les tempes grises, comme un cuirassé peint en gris, et c'était physiquement un spécimen assez solide *d'homo economicus* ; ce sont ses bras que j'ai remarqués en premier. Des bras courts de garçon de ferme, avec des avant-bras épais qui avaient absorbé le bronzage d'un paysan, comme Popeye, sous le soleil de Floride, et ses doigts trapus pendaient au bout des bras à côté de pouces robustes. Sa poitrine en tonneau me rappelait un peu celle de Tregonsee le Rigellien de la série *Lensman*. Sam, disait ma mère, avait travaillé dans des fermes du Kansas quand il était petit. Ou peut-être bien dans l'Iowa. Il adorait le bifteck et ma mère désespérait de le tenir en charbon de bois pour le hibachi ; c'était le rituel habituel de faire griller cette chair suante et grasse sur des braises ardentes. Yahvé lui-même en aurait certainement été satisfait de l'odeur. Du bifteck au beurre. Des épis de maïs. De la salade de chou froide sortie du frigo. Sam travaillait pour Lockheed ; il portait un protège-poche en vinyle blanc sur la poche de poitrine de ses chemises de travail blanches, et il mettait parfois un costume noir. Ses chaussures Ox-ford étaient toujours magnifiquement cirées, noires et lustrées, comme de la pierre noire, de l'onyx peut-être, mais je ne l'ai jamais vu faire ce travail ; il devait le faire faire par un boy. J'allais dire « un boy » — c'est comme ça qu'on disait alors. Donc oui, ses chaussures étaient splendidement cirées ; je pouvais très bien imaginer ce boy au travail, à la cire et à la salive. Cirer des chaussures, ça ne me dérange-rait pas du tout, personnellement. Je pense qu'un travail honnête est un travail honnête. Mais bon, je m'égare.

Peu après leur mariage, on a déménagé en Floride pour son boulot. Il partait le matin et rentrait le soir épuisé, pour s'abattre sur un grand verre d'alcool. C'était toujours la même chose : vodka et Seven Up. Ma mère le lui préparait avec des glaçons. Le verre était aussi grand qu'un seau. Pas des Tupperware, je ne crois pas, même si on en avait plein dans la cuisine à l'époque.

Je n'utilisais pas ces verres — trop grands, et puis ce n'étaient pas les miens ; j'avais mes propres tasses, en plastique vert elles aussi, pour mon jus de fruits et mon lait. Lui, Sam, il aidait apparemment à maintenir en l'air les fusées qui décollaient régulièrement des rampes de Cap Kennedy. J'ai fini par comprendre quelque chose à son travail avec le temps, mais jamais vraiment à sa réalité. Et ça m'était égal. Je pouvais facilement inventer une histoire sur ce qu'il faisait, si ça s'avérait nécessaire.

J'avais deux frères et sœurs plus jeunes, tous les deux de Sam : Jackie et Sam Junior. J'avais probablement dix ans de plus que Jackie. Ils étaient petits et tenaient ma mère constamment en haleine.

Voilà donc notre foyer, et ma mère, qui était femme au foyer (comme on dit aujourd'hui, mais à l'époque c'était juste une maman ordinaire), était très protectrice avec nous. Quand mon chien, Kwai-Chang, s'est fait tuer par un serpent Copperhead, elle ne me l'a pas dit. Ce qui s'est passé, c'est que ce chien — un beagle — avait l'habi-tude de creuser sous la clôture du jardin.

Il n'y avait rien de l'autre côté de cette clôture, sinon une forêt de feuillus — une zone boisée dense, en grande partie ombragée grâce à l'épaisseur du sous-bois. Des années plus tard, toute cette zone a été défrichée et on y a construit des maisons (comme je l'ai découvert en revenant voir la maison de mon enfance : ce terrain de jeu boisé avait complètement disparu 20 ans après). Mais à ce moment-là, c'était « non aménagé », ce qui voulait dire : « une nature pas encore saccagée pour le profit. » Je me souviens d'avoir joué là-bas et du bonheur de me tailler un chemin à la machette à travers d'épais labyrinthes de mûres sauvages, en suçant mes coupures de ronces. C'était formidable, et mes copains et moi on arpentait les environs à la recherche de vieilles orangeraies abandonnées pleines de fruits acides et sales, ou bien on construisait un pont de planches au-dessus d'un fossé nauséabond plein d'écrevisses et de violettes africaines.

Le chien ne participait pas à ces expéditions, ce qui, à bien y réfléchir, était peut-être de ma faute et la raison pour laquelle il cherchait toujours à s'échapper. Mais à cet âge, je n'avais d'yeux que pour moi-même, pas pour les besoins ou les sentiments des autres.

Un jour, Kwai-Chang a creusé son passage et a disparu pendant plusieurs heures. Je suis rentré de l'école et il n'était pas là comme d'habitude — il connaissait mes horaires et m'attendait. Mais là, non. Je regarde dans le jardin, rien. Puis j'entends un faible gémissement. Je m'approche de la clôture et je vois Kwai-Chang allongé dans le trou qu'il avait creusé, mais la tête tournée vers l'intérieur, pas vers l'extérieur. Il essayait de se hisser dans le jardin. Son corps était couvert de sang.

Je me suis précipité dans la maison en criant « Maman ! Viens vite ! Vite ! » Elle s'est élancée dehors et on a enveloppé le chien dans une vieille couverture, et ma mère a conduit la grande Ford Galaxie 500 verte chez le vétérinaire. Cette voiture était gigantesque. Je ne crois pas que les gens d'aujourd'hui aient la moindre idée de ce qu'est un moteur à huit cylindres. On aurait dit la voiture de Dark Vador. L'engin ressemblait à un char de la Première Guerre mondiale. J'ai d'abord cru que Kwai-Chang avait pris une décharge de fusil de chasse, vu les petites marques qu'il avait — comme des plombs de chasse — mais non, c'étaient les morsures d'un Copperhead. Le chien a été emmené dans la salle de consultation et je me suis assis stoïquement dans la salle d'attente pendant que ma mère, portant la vieille couverture maintenant ensanglantée, disparaissait avec le vétérinaire. Au bout d'un moment, elle est revenue et m'a expliqué que Kwai-Chang « devait rester chez le vétérinaire pour se remettre. » Je n'ai plus entendu parler de lui. Quelques jours ont passé et il devenait clair qu'il ne rentrerait pas.

« Maman, comment va Kwai-Chang ? » Je l'ai regardée mais elle n'a pas levé les yeux.

« Il va de mieux en mieux, mon chéri », a-t-elle dit. Elle regardait ailleurs, concentrée sur sa couture. Je ne comprenais pas pourquoi.

« Mais maman, on peut aller le voir ? »

Cela a semblé ébranler sa résolution. Elle m'a regardé et a parlé très doucement. « Robbie, Kwai-Chang est mort. »

« Comment ? »

« Il est mort quelques minutes après que nous l'ayons amené chez le vétérinaire. »

« Mais pourquoi tu ne me l'as pas dit ? J'aurais voulu lui dire au revoir. » Je me suis mis à pleurer.

« Je suis désolée, Robbie. »

Après ça, ma mère ne voulait plus me laisser aller dans les bois, mais j'y allais quand même. Je ne lui disais rien. De temps à autre, je rentrais avec une piqûre de tique, cette petite saloperie incrustée dans mon cou ou sur le dessus de ma tête, et elle l'enlevait avec une pince à épiler. (Donc elle savait évidemment ce que je fabriquais.) Mais elle ne disait rien et faisait tout un fromage de la tique. Elle avait une peur morbide de ce genre de choses. Elle était convaincue que les tiques propageaient des maladies terribles, comme les moustiques qui l'obsédaient quand ils se posaient sur Sam Junior, et c'était peut-être vrai ; mais aucune de ces peurs n'allait me tenir loin de mes aventures à la machette.

Il y a encore quelques épisodes qui méritent d'être racontés sur ma vie en Floride avant mon départ pour Kickshaw. Ces histoires auront leur importance pour la suite.

Tout d'abord : mon beau-père était un col blanc, il était à l'aise (dans une certaine mesure — on avait un voilier, par exemple), et on vivait dans un lotissement huppé tout blanc, si bien que j'avais très peu de contacts avec les Afro-Américains. Mes copains de jeu les traitaient de « nègres » ou de « croquemitaines » parce que c'étaient des petits-bourgeois évangéliques ignorants dont les pères étaient des Klansmen, mais moi ces mauvaises habitudes de langage, je ne les avais pas : j'étais californien (c'est comme ça que je me voyais).

Autrement dit, à 15 ans, j'étais convaincu que les Californiens étaient des êtres plus éclairés. C'était peut-être vrai, ou peut-être que ça l'était. La haine n'avait pas de place dans mon vocabulaire à l'époque, ni même aujourd'hui. Il n'empêche qu'il y avait très peu de Noirs dans le voisinage immédiat. Même le collège n'avait pas fait grand-chose pour m'ouvrir les yeux sur le monde au-delà de notre enclave de poulet frit estampillée Colonel Sanders.

Ce n'est qu'au cours de ma dernière année en Floride — en troisième à Titusville High School — que j'ai eu des camarades de classe noirs. Ça, c'était un changement.

Ce que je veux dire, c'est que ma position sur la race ne se voyait guère mise à l'épreuve — mon attitude de grand Californien éclairé et noble au milieu des Klansmen n'était pas testée. Notre quartier était clairement délimité, réservé aux Blancs ; il n'était pas pour eux. L'endroit s'appelait Hickory Hills — c'était le nom du lotissement. Il se dressait seul, isolé au bout d'une grande route, à peut-être seize kilomètres de Titusville, et j'ai depuis vérifié : il y a bien des noyers hickory dans cette partie de la Floride. Le nom n'était donc pas entièrement fantaisiste. Ils ont quand même tout abattu pour construire les maisons. Je ne me souviens d'aucun hickory. Bref, pour en revenir aux Noirs, l'heure de mon épreuve n'était pas encore venue, et elle ne devait peut-être survenir qu'au hasard.

On habitait une rue qui s'appelait Mahogany Lane. Or, c'est à Mahogany Lane (ironie du sort) que la première famille noire s'est installée. C'est ma mère qui a fait cette blague-là : « Il n'y a pas de mahogany ici, mais maintenant on a bien des voisins couleur acajou. » Ça s'est passé l'année précédant l'appel téléphonique de mon père.

Je dois revenir un peu en arrière et expliquer que j'avais hérité d'une tournée de distribution de journaux du fils du voisin d'à côté. Il était bien plus âgé que moi — je crois qu'il avait 17 ans — et déménageait ; il avait une voiture — une Camaro, je crois — et il partait vers l'inconnu — ce n'était pas dans ma nature de lui poser des questions — et c'est ainsi que la tournée m'est revenue. C'est peut-être ma mère qui a organisé ça. Quoi qu'il en soit, j'ai commencé à livrer les journaux. À vélo, avec un grand sac en toile de camelot à double compartiment, bien chargé de journaux.

Cette activité de livraison mérite qu'on s'y attarde, à cause de la joie pure et sans mélange qu'offrait le geste du lancer : je commençais par plier et ficeler les journaux avec des élastiques verts, l'encre me tachant les paumes et le bout des doigts, puis je remplissais mon sac, devant et derrière, et je l'enfilais. Si le matin était pluvieux, il fallait d'abord mettre les journaux dans des sacs plastique. Je montais ensuite sur mon vélo après avoir fourré des journaux supplémentaires dans un panier qui enjambait la roue avant de chaque côté, et je parcourais le quartier dans l'obscurité, sous les étoiles ou la lune, ou des nuages silencieux. À l'approche d'une maison qui attendait son journal, j'en tirais un du sac en toile et je le lançais d'un seul mouvement circulaire fluide. Le projectile de papier prenait de la vitesse de manière explosive au déroulement de mon bras ; il quittait ma main avec un claquement satisfaisant. Il volait ensuite dans les airs avec grâce et aplomb, me semblait-il, et finissait par atterrir à destination — une porte d'entrée, une allée, ou peut-être une marche choisie. Cette technique de lancer ressemblait beaucoup à celle d'un joueur de cricket ; il y avait beaucoup de poignet dedans. Je sais bien que la comparaison avec le cricket ne parlera pas à un Américain. Lancer un ballon de football américain s'en rapprocherait peut-être, mais je n'en suis pas sûr. Quoi qu'il en soit, c'était magique — la meilleure partie de l'expérience. J'adorais lancer les journaux. De mon point de vue, mon « POV », je regardais le journal quitter ma main et sortir de mon grand cercle (le cercle qui entoure le corps, et que je pouvais sentir) ; le journal commençait alors à tourner sur lui-même, comme une planète, et avec le temps et un peu de pratique, je pouvais le faire atterrir exactement où je voulais.

Plus tard, j'ai compris que c'était du zen — l'expérience analogue exacte du tir à l'arc décrite dans *Le Zen et l'art du tir à l'arc* d'Eugen Herrigel. Mais je n'ai pas fait consciemment ce lien avec le livre, même si je l'ai possédé par la suite. Ce n'est qu'à Kickshaw, quand cette technique s'est appliquée au frisbee, que j'ai raccordé ces deux choses. Et c'est d'ailleurs probablement grâce à cette habileté que je suis devenu ami avec Christian. Mais cette histoire doit attendre.

Donc j'étais camelot. Comme tout le monde le sait, le principe du métier — ou du moins tel qu'il fonctionnait à l'époque — était le suivant : on recevait une facture qu'on devait payer pour les journaux, puis on faisait le tour pour collecter en espèces auprès de ses clients ; et ce qui restait une fois déduites les pénalités pour journaux en retard ou manqués, etc. — l'arnaque de la boîte, qui raflait tout ce qu'elle pouvait — c'était votre bénéfice. Pour un adulte avec une ou deux tournées, ça ne représentait guère de quoi vivre.

Mais pour moi, ce travail était une mine d'or. Je gagnais quelque chose comme cinquante dollars par mois — une somme astronomique pour un garçon de 14 ans à l'époque. Certes, je travaillais sept jours sur sept et je devais me lever à cinq heures du matin, *mais j'avais de l'argent*. Pas ma famille : moi, personnellement. Ça avait tout changé à ma position sociale. Mes copains étaient soufflés quand j'avais pu m'acheter un vélo dix vitesses tout neuf, mais j'avais dit à tout le monde que j'économisais pour un télescope. C'était vrai, d'ailleurs ; je me voyais un peu comme un futur scientifique — peut-être astronome. J'avais en tout cas une passion pour la nature. Et l'argent me faisait du bien pour lui-même aussi.

Je peux maintenant finir l'histoire que j'avais commencée à propos des Johnson. Oui, la famille noire de Mahogany Lane, c'étaient les Johnson. « Les nègres, disait mon beau-père, se sont faufilés ici. » Il disait ça en croyant que je n'étais pas à portée d'oreille. Mais je l'entendais très bien.

Et puis les Johnson se sont abonnés au journal. J'ai vu la commande arriver dans mes papiers du matin, sur la feuille du dessus, et j'ai mis un moment à vérifier l'adresse. Il ne m'est pas venu à l'esprit de les blacklister, comme je l'avais fait avec les Henderson, dont le fils était une brute. C'était ma tournée, après tout. Mais je n'étais pas sectaire, comme Sam. Ça, c'était sûr. J'aurais livré même à des extraterrestres. Alors bien sûr, les Noirs pouvaient faire partie de ma tournée.

Et j'ai commencé à leur livrer le journal. J'étais très consciencieux : je voulais que mon service à leur égard soit sans faille. Pas une goutte de pluie sur ce journal, pas une perte dans les buissons ou sous une voiture, jamais. Toujours devant la porte, toujours bien en vue.

Mais quand venait le moment de passer la collecte, je ne le faisais pas. N'importe qui d'autre voulait se faire payer. Mais en réalité, j'avais peur. Une peur stupide et ridicule, du genre de celles qu'ont les enfants. Je ne collectais simplement pas chez eux. Je voyais leur ligne dans le carnet de collecte et je passais mon chemin, comme si elle n'existait pas. Je passais devant leur maison en détournant le regard, comme pour éviter la possibilité d'apercevoir un être humain à l'intérieur. J'évitais cette maison comme la peste en pleine journée. Le matin, c'était une autre affaire : seul avec mon zen, mon pliage de journaux et ma technique de lancer zen utilisant le grand cercle de mon corps, dans l'air vif du petit matin, les étoiles encore dans le ciel, le soleil se demandant encore s'il était raisonnable de se lever. Mais dans la journée, quand quelqu'un aurait pu être debout et vaquer dans la grande maison rouge — oui, elle était effectivement peinte en rouge, comme dans la chanson de Jimi Hendrix — non. Pas question.

Cette peur irrationnelle n'était toutefois pas entièrement sans fondement. La raison était celle-ci : le jeune Reggie Johnson, qui avait peut-être 16 ou 17 ans, très grand, à la peau très sombre (un de ces Afro-Américains qui ressemblent un peu à un Zoulou, tel que les indigènes le représentaient dans le film de 1964 avec Michael Caine, que j'avais vu à la télé) — ce jeune homme était venu à la porte. C'était durant une période d'effervescence, un de ces moments de vie de quartier qui me semblaient rares. C'était Halloween. On m'avait chargé de distribuer des bonbons à mon retour de ma propre tournée d'Halloween. Il était tard, et la plupart des enfants, en fait tous les plus petits du quartier, étaient déjà passés. Mes frère et sœur étaient déjà au lit. Tout était calme ; je pensais en avoir fini, et je venais juste d'entamer le processus crucial du tri de mon butin dans mon seau citrouille en plastique — quand la sonnette a retenti. C'était Reggie

Johnson, même si je ne le savais pas encore. « Shaka ! » me suis-je écrié.

Reggie s'était effectivement déguisé en un personnage rappelant le roi zoulou sanguinaire, complet avec lance et cape en peau de lion (c'est peut-être un faux souvenir, mais une chose est sûre : il avait une allure frappante), et il a crié « Bonbons ou sort ! » en tendant le plus grand sac de bonbons que j'avais jamais vu de ma vie. C'était une taie d'oreiller blanche, remplie aux trois quarts au moins. Bien plus que ce que j'avais récolté, et bien plus que n'importe qui d'autre ce soir-là. Je n'aurais même pas pu soulever ce sac, qu'il portait avec légèreté et désinvolture.

J'ai glissé un mini-Snickers dans son sac d'un geste sec, et il a disparu presque instantanément dans l'obscurité de la nuit, sans un bruit. Son athlétisme, sa taille, et son attitude générale dans ce costume étaient terrifiants.

Cette peur irrationnelle des Johnson a perduré quelque temps. C'était comme un poids que je portais, et je n'en parlais à personne. Ni à ma mère, ni à Sam surtout.

Mais je n'étais pas destiné à éviter les Johnson éternellement. C'est dans la nature du karma : on récolte ce qu'on sème. Et mon épreuve était sur le point de commencer. Ça s'est passé un jour où je faisais ma collecte. Je passais devant la grande maison rouge en détournant les yeux, quand j'ai entendu la voix d'un homme.

« Hé, garçon ! Hé, là ! »

Je me suis retourné et j'ai vu un homme noir d'un certain âge, peut-être la cinquantaine, qui me faisait signe. Il portait costume et cravate sur sa large poitrine et son ventre rebondi, comme s'il venait de rentrer du bureau. Le bas de son pantalon froissé reposait sur ses chaussures noires et cirées. Et en effet, l'heure du dîner approchait, son arrivée avait du sens. J'avais eu l'imprudence de passer devant sa grande maison rouge au mauvais moment. Il est sorti de chez lui et m'a interpellé. Je me suis figé, pétrifié de terreur. « Oui ? Bonjour ? »

« Toi là, fiston. C'est toi notre livreur de journaux ? » Sa voix était épaisse d'accent du Sud, comme si la pluie de l'Alabama avait trempé ses ancêtres.

« Oui », dis-je.

« Eh bien, je suis content de le savoir. Viens par ici. »

Je n'avais plus le choix ; je devais avancer vers la maison. Je me suis approché et il m'a tendu sa grande main. On s'est serré la main ; sa main était chaude et très grande, comme celle d'un homme capable

d'attraper facilement un ballon de basket dans sa paume. « Je m'appelle Clarence Johnson. »

« Robert Gray. Vous pouvez m'appeler Robbie. »

« Robbie. Merci. » Il souriait maintenant. « Je voulais vous dire à
quel point le journal me satisfait. Il arrive toujours très tôt. J'aime ça.
Je me lève tôt. Et quand il pleut, il est toujours dans un sac plastique,
bien à l'abri sous mon porche. »

« Oui, monsieur. »

« Mais j'avais une question. »

« Monsieur ? » Je savais que j'allais en prendre pour mon grade.

« Je remarque que vous ne venez pas collecter. »

« Non, monsieur. » Je baissai les yeux vers l'allée en béton et ne dis
rien.

« Mais pourquoi pas, fiston ? »

Alors, soudain, je pressentis les premières lueurs de mon génie —
celui qui consistait à inventer une histoire, à tisser un récit digne du
grand Ulysse. Je m'en sortirais par le mensonge. Mais je ne le vivais
pas comme une mauvaise chose — plutôt comme un Salut. Je ne
mentais pas ; je sauvais ma peau.

« Eh bien, monsieur, voyez-vous, à ma connaissance, vous êtes la
première famille noire du quartier. C'est un événement. Et je voulais
que vous vous sentiez les bienvenus. Je voulais que vous ayez peut-
être l'impression d'avoir un ami ici. Mais je suis très timide, monsieur, comme vous pouvez le voir. J'étais trop timide pour dire quoi
que ce soit. »

Il m'a regardé d'un drôle d'œil, comme s'il n'avait pas tout à fait
avalé mon histoire à dormir debout. Puis, tout à coup, il a semblé l'accepter. Son visage s'est transformé. « Eh bien. Ça alors. » Il a secoué
la tête. « Ça alors. Seigneur. » Il s'est retourné et a appelé sa femme. «
Gladis, viens là. » Et alors une femme noire d'un certain âge a émergé,
d'une corpulence impressionnante, pareille à un ballon de plage sur
des échasses, avec des jambes épaisses et de petits pieds qui semblaient totalement incapables de supporter un tel poids ; elle m'a regardé de derrière son mari, a tourné la tête pour voir par-delà lui, puis
a souri comme devant un petit chiot. « Mais Clarence, qui tu as là ? »

« C'est notre livreur de journaux. Il s'appelle Robbie. »

« Ah bon ? Voilà un mystère de résolu. »

« Mais écoute, ce garçon ne demande pas à être payé. Il dit qu'il
nous donne le journal gratis. »

« Gratis ? » dit-elle. « Gratis ? » On aurait pu croire qu'elle ne con-naissait pas le sens de ce mot. Ou bien le concept était tellement éloi-gné de son expérience qu'elle n'en avait pas immédiatement saisi le sens.

Je pris alors la parole, m'accrochant fermement à mon mensonge. « Oui, madame. Bienvenue dans le quartier. »

« Eh bien, ça alors, dit-elle. Je ne sais pas quoi dire. »

« Ce garçon est une merveille, dit l'homme. Mais mon garçon, je ne peux pas accepter ta charité. Même si c'est un geste généreux et des plus chrétiens. Je dois te payer pour tes services. Viens. »

« Mais, c'est bon, monsieur », dis-je, vaguement.

« Non, non. Absolument pas. Viens avec moi. » Et il me fit signe de le suivre. Ce geste était inconciliable avec ma façon habituelle d'être. Impossible de faire autrement que de le suivre.

Nous entrâmes dans la Grande Maison Rouge (comme je l'appelais dans ma tête), qui s'avéra ne pas être si différente de celle de Sam et de ma mère — pas si différente de la mienne. Très bien aménagée, mais avec quelques différences. La maison était nettement plus grande. Il y avait un escalier là où nous n'en avions pas. Mais sinon, la disposition semblait similaire. Les odeurs dans la maison étaient aussi très différentes : il y avait une odeur que j'ai appris plus tard être celle du gombo, et d'autres éléments de la cuisine du Sud et cajun — de l'origan, des piments forts, l'odeur sucrée de gruau de maïs, de bacon et de biscuits. Je n'avais jamais mangé aucune de ces choses et je ne savais pas du tout ce que ces odeurs signifiaient à ce moment-là, mais elles n'étaient pas forcément déplaisantes.

« T'es pas de Floride, toi, hein fiston ? » dit l'homme en regardant par-dessus son épaule.

« Non, monsieur, je viens de Californie. »

« De Californie ? Tu entends ça, Gladis ? Ce garçon vient de Cali-fornie. »

« Eh bien, c'est magnifique », dit la vieille femme.

« Laisse-moi juste prendre mon portefeuille », disait Clarence. « Bien. Combien de mois je suis en retard ? »

« Euh, je sais pas trop, laisse-moi voir... » Je consultai mon carnet de collecte. « Eh bien, monsieur. Ça fait six mois, monsieur. »

« Six mois ? Oh mon Dieu ! Tu vas me ruiner. »

Je ne dis rien car j'étais à ce stade quelque peu submergé par tout ça.

« Bon, t'inquiète pas, dit-il en regardant mon visage. T'inquiète pas. Voilà, mon garçon. Et voilà aussi un petit bonus. » Il glissa un billet dans ma main — un billet que je ne connaissais pas, avec Benjamin Franklin sur le recto.

« Cent dollars ? Mais monsieur, je ne peux pas faire la monnaie là-dessus. »

Il rit alors. « T'inquiète pas, petit Robbie. Considère simplement que tu es couvert pour un moment sur ta facture. Maintenant on est quittes. T'es d'accord ? »

« Eh bien oui. Oui, monsieur. Bien sûr, monsieur. »

Il rit à nouveau. « Bien. Alors, Robbie. Transmets mes respects à tes parents. Ils ont élevé un garçon remarquable. Un garçon qui sait dire monsieur et madame. J'aime ça. J'aime beaucoup ça. »

« Merci, monsieur. Merci. »

Je me suis sauvé.

*

L'une des choses que m'apportait l'argent gagné par ma tournée, c'était la possibilité d'aller dans les librairies. Et oui, même d'acheter des livres, pas seulement de les regarder. Pour moi, c'était une joie, une sorte de plaisir presque sexuel — mais non, c'était pur. Propre et sain. Je n'allais jamais lorgner les magazines porno souvent empilés dans un coin du fond quand c'était une librairie d'occasion. J'avais une intention sérieuse, presque religieuse, à l'égard de ma lecture. Mon intérêt pour les livres semblait tenir aux liens forts que j'y ressentais. Les auteurs de ces livres n'étaient pas présents ; en fait, beaucoup n'étaient même plus en vie. Mais d'une façon ou d'une autre, ils continuaient de parler. Souvent, je peux le dire, ils s'exprimaient bien plus clairement que n'importe lequel des êtres humains qui m'entouraient à l'époque.

Ma mère était très réservée sur ces achats. Ce n'est pas qu'elle s'opposait à la lecture — en fait, elle était très heureuse que je m'intéresse à apprendre. Mais, peut-être par sens de l'économie, ou par un sens intime de la bienséance et de la rectitude, elle estimait que la bibliothèque municipale devait avoir tout ce dont j'avais besoin. « Il n'y a aucune raison de dépenser de l'argent, Robbie », disait-elle. « Garde ton argent. »

« Pour quoi faire, maman ? »

« Pour les jours difficiles. Garde-le pour les jours difficiles. » Elle parlait toujours d'économiser pour ces fameux jours difficiles. Je suppose que je ne savais pas trop ce que ça voulait dire. « Je suis sûre que la bibliothèque saura t'occuper. » Et bien sûr elle n'avait pas tout à fait tort — on y allait souvent le samedi. Mais la bibliothèque ne m'offrait pas forcément tout ce que je voulais. C'était un fonds trié, et puis c'était la Floride centrale des années 1970. Pas vraiment une source de connaissances exotiques ni une mine de sagesse, à mon sens. Pour ça, je devais aller plus loin.

À cette époque — bien avant la folie des médias en streaming qui nous submerge aujourd'hui — il était possible de détenir un savoir secret, de participer à des connaissances secrètes, voire clandestines — certains livres, certains films interdits, des icônes de la culture populaire. C'était une époque où la contre-culture des années 1960 s'était infiltrée et distillée parmi les débris, et avait produit une couche, presque une couche géologique, mince mais provocante, d'art mystérieux, de musique et de pensée. Au début je n'avais qu'une vague conscience de cette strate ; mais avec le temps je suis devenu un prospecteur, un chercheur d'or.

Dans mon univers, des particules de cette fine couche finissaient par apparaître dans tout ce qui m'attirait, comme de la poussière d'or au fond d'une batée — même si je ne le savais pas à l'époque. J'étais attiré par l'Orient, par les choses mystiques, par l'Histoire, et l'histoire naturelle rentrait dans cette catégorie.

Il y avait un livre — curieusement, un livre que Sam avait apporté dans la maison en se mariant — un livre d'histoire naturelle. À l'intérieur de la couverture se trouvait un dessin en spirale, dont le centre correspondait à quelque chose comme deux milliards d'années dans le passé ; la spirale s'enroulait et montrait les ères géologiques de la Terre telles qu'on les comprenait alors, étape par étape, avec leurs noms : Précambrien, Cambrien, Ordovicien, Dévonien, et ainsi de suite. Des millions d'années y étaient représentées et se répartissaient en périodes inégales de quelques centimètres, effondrant et télescopant le temps. De petits animaux et des plantes y étaient dessinés — des fossiles, d'étranges créatures et des choses que personne ne pouvait imaginer, mais qui n'avaient pas renoncé à essayer.

À l'intérieur du livre lui-même se trouvait un résumé complet de la compréhension de l'histoire naturelle en 1934 — c'est-à-dire avant la théorie de la tectonique des plaques. Mais bien après Darwin. À cette époque, la théorie généralement acceptée en sciences de la Terre était le gradualisme. L'idée qu'un grand déluge ait rempli la mer Méditerranée en quelques jours (ce qui, nous le savons aujourd'hui, s'est produit non pas une mais plusieurs fois) aurait été totalement indéfendable, trop semblable à la théorie biblique. Mais pour moi, peu importait que le livre soit ancien ou que certaines de ses théories aient depuis été dépassées. Ce qui comptait, c'est que j'apprenais comment se forment les atolls coralliens, et que je découvrais l'existence de bénitiers géants, assez grands pour piéger et noyer un plongeur imprudent ; et des îles mystérieuses dans les mers du Sud resplendissantes ; et j'apprenais l'existence des fossiles et des dinosaures et des mondes anciens quand la Terre était recouverte par l'océan ; des amphibiens visqueux qui rampaient sur la terre ferme ; et puis, plus tard, quand toutes les terres s'étaient consolidées en un seul grand continent, et ainsi de suite.

Ces vastes panoramas du temps et de l'espace étaient pour moi une sorte d'oasis mentale et spirituelle dans le passé. Je pouvais m'y plonger quand je voulais pour échapper à la stupidité abjecte et à la grossièreté de mon entourage immédiat.

Outre la science sous cette forme — la géologique — j'ai également été initié aux merveilles des mondes électrique, chimique et biologique : de vastes empires de la connaissance et de l'entendement humains, englobant des centaines, voire des milliers de vies consacrées à l'étude et à l'expérimentation. Ces merveilles m'arrivent par plusieurs canaux. Ma mère, qui soutenait qu'on ne devait pas dépenser d'argent et qui portait principalement des vêtements qu'elle cousait elle-même, n'était pourtant pas avare à Noël : je recevais des coffrets de chimie, des cartes d'essai électroniques pour construire des radios à galène et autres gadgets, des maquettes d'avions en plastique, des polissoirs à pierres, et toutes sortes de choses à caractère scientifique. Il semblait que Sam était probablement à l'origine de quelquesuns de ces cadeaux, car ma mère n'aurait pas nécessairement connu l'existence de tout ça. Mais d'un autre côté, les magasins de jouets de l'époque en regorgaient. C'était une époque différente de la nôtre — avant Internet, les ordinateurs ou les smartphones — où l'on croyait encore à l'action, au besoin d'explorer et de découvrir par soi-même, une époque où l'opinion individuelle était balayée ou n'avait guère de valeur. Personne ne se souciait de ce que je pensais, ni même de ce que pensaient mes parents. Ce qui importait aux gens, c'était l'Autorité — la Bible ou Darwin (selon les convictions). Ou bien ce que disait le président, ce qu'on entendait à l'église, ou ce qui passait à la télévision. Il n'y avait que quelques chaînes, donc bien sûr tout le monde regardait les mêmes émissions. Ça tenait lieu de langue commune. Walter Cronkite. C'était notre vérité. L'idée que n'importe qui puisse exprimer une opinion et que celle-ci monte d'une façon ou d'une autre jusqu'au sommet — ça aurait été absurde. On voulait des faits ou de la foi. Personne à cette époque n'aurait jamais préféré exprimer ses propres opinions ternes et idiotes, ni compter ce vomissement pour quelque chose. On avait bien les pages éditoriales. Mais c'était surtout pour rire.

Oui, les faits, l'exploration. La connaissance, la grande quête de la connaissance ; ou bien la foi solide dans les vérités éternelles de la Bonne Parole. Dans mon cas, bien sûr, c'était la quête. Je trouvais que la Bonne Parole était du vent.

Les grands moteurs magiques de cette recherche et de cette exploration se présentaient sous la forme de catalogues pour commander du matériel chimique, biologique et scientifique en général : *Edmund Scientific*, c'est celui dont je me souviens le mieux. Je passais des heures à me plonger dans ce catalogue, à rêver éveillé de lentilles de Fresnel, de petits cochons marinés et de microscopes.

Le point culminant de cette exploration, du moins pour moi, c'est l'envie d'acheter un télescope. J'avais fantasmé sur cet achat pendant longtemps, et j'ai peut-être déjà dit que c'est d'abord la perspective de disposer de fonds suffisants pour en acheter un qui m'avait conduit à prendre la tournée de distribution.

J'ai passé beaucoup de temps à choisir une marque en lisant *Sky and Telescope*. Mais quand j'ai fait part de ma décision à Sam, il a trouvé mon choix discutable et m'a orienté vers une autre direction. Ça ne m'intéressait pas, mais il m'a alors dit que si j'achetais le modèle qu'il recommandait (un design newtonien très traditionnel d'une certaine marque) il paierait la moitié du coût ; et j'ai donc accepté à contre-cœur.

Le télescope a été commandé. Des jours ont passé, puis des semaines. Le grand jour est enfin arrivé. Deux énormes caisses, chacune semblant plus lourde que moi, sont arrivées par camion.

La joie de monter mon télescope dans le jardin était indescriptible. Il m'était soudain possible de voir et d'expérimenter par moi-même quelques-unes des choses qui figuraient dans les pages sacrées des livres de science. Tout n'était pas pleinement accessible ; bien sûr, Saturne n'était qu'une vague tache, et Jupiter un globe rond avec de minuscules lunes pareilles à des mouches. Mais une grande partie du contenu des livres provenait de la photographie en accéléré ; j'avais compris ce concept d'accumuler toujours plus de lumière. Je ne disposais que de la lumière pure et continue des objets lointains dans le ciel, que je pouvais capter dans mon propre miroir et grossir avec ma propre lentille en temps réel. Mais c'était merveilleux de le faire, à cause de cette immédiateté brute. La Lune, en particulier, offrait un spectacle si lumineux et si saisissant que mon esprit semblait immédiatement s'élargir. Ça m'a changé.

Mais ma joie fut vite interrompue par un événement qui s'est produit peu après. Je parlais de la lune avec Sam, et j'ai avancé l'idée que la lune ne tourne pas sur son axe. « Tu vois, Sam » (j'appelais toujours mon beau-père par son prénom, pas papa ni quoi que ce soit d'autre), « la lune ne tourne pas sur elle-même. Elle ne peut pas. Sa face est toujours tournée vers nous. »

Mais Sam secoua la tête. « Non, ça ne marche pas comme ça. »

« Comment ? » dis-je.

« La Lune tourne bel et bien sur elle-même. Elle n'a pas le choix. »

« Mais elle est toujours face à nous ! Elle ne peut pas tourner sur elle-même ! »

« Si, Robbie. Elle tourne simplement à la même vitesse qu'elle orbite autour de la Terre. C'est juste l'apparence. »

« Mais ça n'a aucun sens ! Pourquoi ferait-elle ça ? » J'étais hors de moi à ce stade. Mais Sam fit alors quelque chose qu'il n'aurait probablement pas dû faire, qui fut d'insister pour avoir le dernier mot. Il ne m'expliqua pas le fait crucial qui explique pourquoi cela se produit (à savoir que les planètes ne sont pas homogènes, que le poids à l'intérieur d'une planète n'est pas réparti uniformément, et qu'un côté finit par avoir légèrement plus de masse et se retrouve attiré pour rester toujours du même côté, le côté le plus lourd, à mesure que sa rotation ralentit). On n'a cessé de s'opposer jusqu'à ce que je sois en larmes et que je finisse par comprendre. Ce n'est que des années plus tard que j'ai appris la raison. Mais à l'époque, c'était douloureux. Ma compréhension enfantine et joyeuse du monde naturel cédait la place à une réalité moins poétique — une réalité dans laquelle les vérités de la vie ne sont parfois pas ce qu'elles semblent être, et la vérité très difficile à conquérir.

*

Après mon expérience chez les Johnson dans la Grande Maison Rouge, ma peur irrationnelle de voir des Noirs surgir de l'obscurité en portant de grands sacs blancs ne s'était pas dissipée, mais la pression immédiate de la collecte était levée — M. Johnson m'avait en quelque sorte payé pour l'éternité en une seule fois. Je n'avais pas besoin de me montrer là-bas de sitôt. Mais tels sont les mystères de ce monde — ce que j'attribuerais plus tard au karma, à la grande roue du *Samsara* — ainsi va la fortune, et j'étais loin d'en avoir fini avec les Johnson.

Ce qui s'est passé, c'est que la petite-fille de Clarence, Cecilia, est venue vivre chez ses grands-parents pour une raison non précisée, et a rapidement commencé à fréquenter mon école. Elle montait dans le bus scolaire un arrêt avant le mien. Je me souviens de son premier jour — c'était en milieu de semaine — quand le directeur est venu dans ma classe. Il a eu un mot en privé avec la professeure, Mme Evans, qui a semblé surprise par ce qu'elle entendait, mais s'est vite reprise, a pris une grande inspiration et a affiché un large sourire. Le directeur a ensuite appelé Cecilia depuis le couloir et cette petite fille est entrée. Elle se tenait devant la classe presque comme si elle passait en revue, les yeux baissés sous de grosses lunettes à fond de bouteille, les mains jointes à la taille. Sa robe bleu pâle qui lui arrivait aux genoux ressemblait à quelque chose qu'une enfant porterait, mais je voyais bien qu'elle n'était pas une enfant ; elle s'épanouissait en femme. Tout le monde pouvait le voir, je crois. Elle portait un soutien-gorge, pour commencer. Ses petits pieds étaient enfermés dans des chaussures noires à bout rond avec de petites chaussettes blanches. Ses cheveux étaient tressés en cornrows qui s'enroulaient autour de sa tête et tombaient dans son dos d'une façon qui semblait fantastique, comme une sculpture. « Les enfants, voici Cecilia Johnson. Elle vient d'arriver de Chicago. C'est dans l'État de l'Illinois, au cas où vous vous poseriez la question. Veuillez accueillir chaleureusement Cecilia. »

Cecilia alla chercher un bureau — il y en avait quelques-uns libres au fond — et le cours reprit. À l'heure du déjeuner, elle s'assit seule. Je le remarquai, mais l'idée d'aller la rejoindre ou de lui dire bonjour ne me vint pas à l'esprit. Ce n'est que le lendemain, quand elle monta dans le bus un arrêt avant moi — oui, à Mahogany Lane, ma rue — que je fis le rapprochement et réalisai que cette Cecilia Johnson était une *des* Johnson, qu'elle était d'une façon ou d'une autre apparentée à Gladis, Clarence et Chaka Zoulou.

Je n'avais pas l'intention de m'asseoir à côté d'elle dans le bus, ce n'était pas prévu, ça s'est passé comme ça. Je me suis assis et elle m'a jeté un coup d'œil, un peu hésitante, et j'ai souri et dit « Salut. »

« Salut », dit-elle d'une petite voix.

C'est tout ce qu'on s'est dit ce trajet-là, mais je continuais à croiser son regard de temps en temps pendant les cours de notre classe ce jour-là. Elle ne semblait pas être dans d'autres cours que le mien, sauf en sciences.

À la cantine, j'eus l'audace de m'asseoir à la même table. Je sortis de la cafétéria avec mon plateau — j'avais pris le repas ce jour-là — en espérant que Cecilia ne soit pas en vue pour ne pas avoir à faire quoi que ce soit. Mais non, bien sûr, elle était assise seule à une place qui me faisait face, et quand elle vit mon visage ses yeux s'illuminèrent, et je compris que j'étais pris par les convenances sociales et que je devais aller la voir. On se dit bonjour et je lui dis que je connaissais son père, parce que j'étais le livreur de journaux.

« Ah oui, Papy a dit qu'il connaissait le livreur du quartier. Papy adore se lever tôt. Il a dit que vous étiez très poli. »

« Ouais, je le croise parfois pendant ma tournée. » Bien sûr, je mentais. Je ne croisais personne pendant ma tournée, ce qui était précisément ce que j'aimais dans ce boulot. J'étais trop occupé par le bonheur de lancer les journaux pour penser aux gens.

« Tu aimes les sciences ? » dit-elle.

« Oh oui, vraiment. Je vais probablement devenir scientifique un jour. Mon beau-père, c'est un ingénieur, il travaille pour Lockheed Martin. »

« Il fait les fusées ? »

« Oh, absolument. Ils font des travaux pour les missions Apollo... » Et ainsi de suite. Je lui racontai une histoire lumineuse sur son implication critique, sur laquelle je n'avais pas la moindre idée en réalité, mais les détails inventés semblaient couler assez facilement. Quand je mentionnai que Sam m'avait récemment donné sa règle à calcul, après avoir acheté sa première calculatrice électronique Texas Instruments, ses yeux s'écarquillèrent.

« Vous avez une règle à calcul ? Une vraie ? »

« Bien sûr. »

« Vous savez vous en servir ? »

« Pas vraiment. Mais je suis certain de pouvoir comprendre. »

« On pourrait peut-être la regarder dans le bus ensemble, vous savez. »

Peu après la sonnerie retentit et je dus à regret jeter les restes de mon sloppy joe à moitié mangé à la poubelle et vider ce qui restait de mon lait dans la fine paille en plastique pendant que la cantine se vidait.

La règle à calcul de Sam était de bonne taille, au moins vingt centimètres, trop grande pour rentrer dans la poche de chemise, et elle était rangée dans un étui en cuir marron. L'étui était bien usé, comme si le contenu avait vu un usage fréquent. Je n'apportai pas la règle à calcul le lendemain ; j'attendis le vendredi. Le vendredi était un peu différent parce que ma mère était déjà partie quand je partais à l'école. Ce jour-là elle emmenait les petits à l'école en voiture pour faciliter ce qu'elle avait à faire, du shopping peut-être. Mais je savais que le vendredi, elle ne serait pas là pour me voir partir. C'était donc un bon jour pour emporter la règle à calcul, une action que, pour une raison que je ne parvenais pas à identifier — peut-être une vague peur ou le pressentiment d'un danger potentiel — je savais qu'il ne fallait pas dire à ma mère. Du moins, pas encore.

Je montai dans le bus et Cecilia était là. Comme je l'avais imaginé et espéré. Elle était assise vers le fond. « Salut Robbie », dit-elle. Elle souriait.

« Salut Cecilia, regarde ce que j'ai apporté. » Je sortis le précieux instrument et elle laissa échapper un petit « ah » de ravissement.

« Je peux le tenir ? »

« Bien sûr. » Je le lui remis avec un geste théâtral.

Elle sortit la règle de l'étui et posa celui-ci sur ses genoux. L'examinant attentivement, elle réfléchit. « Hmm, oui, je vois. Alors, mettons que l'on veuille multiplier 2,3 par 3,4. On place le 1 sur l'échelle C sur 2,3 sur l'échelle D, puis on place le curseur sur 3,4... et la réponse est sur l'échelle C — 7,8 et quelque chose... je dirais 7,82. Et voilà. 78,2. »

« Comment ça ? »

« Eh bien, elle ne calcule pas la virgule décimale, n'est-ce pas ? »

« Ouais, je vois. » Pas vraiment, il fallait que j'y repense plus tard. « Tu sembles vraiment bien comprendre ça — tu n'en as vraiment pas une ? »

« Non, mais j'en ai lu des articles. »

« Alors tu lis des livres ? »

Elle rit. « S'il te plaît, n'en parle à personne. »

Je ris aussi alors. « D'accord, ça restera notre secret. »

Le bus continuait sa route, mais les choses avaient changé dans mon monde à partir de ce moment-là. J'étais amoureux d'une fille. Je ne le savais pas encore consciemment. Il me fallut quelques jours, peut-être même une semaine, pour m'en rendre compte. À vrai dire, c'était un peu comme la révolution copernicienne en miniature : tout, jusqu'alors, avait été centré sur moi ; j'étais le Soleil, et des gens comme ma mère et Sam étaient des planètes, Vénus et Jupiter. Sam Jr. et sa sœur étaient des planètes mineures, ou peut-être des astéroïdes, et l'école était une autre galaxie. Mais ils tournaient tous autour de moi. Maintenant, pourtant, le centre de l'univers s'était déplacé. Cecilia était rapidement devenue le centre de mon petit univers. Tout le reste était devenu petit et insignifiant.

Ma mère, qui était très observatrice et, comme je l'ai dit, très protectrice, fut probablement la première à remarquer un changement en moi. Un jour elle dit : « Robbie, qu'est-ce qui t'arrive ? Tu ne regardes presque plus la télé. Je crois que tu as encore raté *Star Trek*. Et *Kung Fu* ? Il y avait un nouvel épisode hier soir. »

Je ne répondis pas immédiatement. Je n'étais pas sûr de comment expliquer la situation à ma mère et probablement pas disposé à sonder trop profondément les sources de mon propre bonheur soudain et ridicule. Tout me semblait meilleur : la nourriture avait meilleur goût, j'étais plus disposé à rendre service à la maison, comme sortir les poubelles, et même jusqu'à m'occuper de mes frère et sœur plus jeunes. Ma mère s'arrêta net quand je proposai d'aller jouer avec Sam Jr. dans le jardin. J'avais aussi un intérêt étrange à aller à l'école et je ne pouvais pas attendre le bus. Auparavant ma mère avait eu du mal à me pousser dehors et à me connecter avec des amis, car il ne semblait pas s'en matérialiser depuis l'école. Elle avait par exemple organisé mon entrée dans les Scouts — une absurdité, à mon sens, mais oui, j'aimais bien accumuler les badges et j'aimais vraiment les techniques de plein air, affûter des haches, faire des feux, et tout ça. J'étudiais de bout en bout le livre décrivant les badges.

Mais pour ce qui est des amis, oui, il y en avait un ou deux au sein de la troupe. Des gamins de mon âge. Et je crois qu'ils m'aimaient davantage que moi je ne les aimais. En fait, quand je suis parti pour Kickshaw, ce sont ces mêmes garçons des Scouts qui ont organisé une fête d'adieu pour moi. Mais aucun d'eux ne s'intéressait particulièrement à la lecture, et aucun ne semblait scientifique ou avoir des penchants littéraires, ni même avoir lu la Bible chrétienne, ce que j'avais fait à 10 ans. (Spoiler : j'y avais vu des bêtises.) Sans parler d'un texte ésotérique comme le *Tao Te Ching*. L'intérêt principal de ces garçons de Floride, même ceux qui n'étaient pas des crétins, semblait être de s'échapper dans les bois pour construire un fort, creuser un piège, ou enrouler une poignée d'aiguilles de pin dans du papier toilette et y mettre le feu en inhalant la fumée. Quelque chose que je trouvais trop absurde pour essayer réellement, même si je regardais et faisais semblant d'être intéressé. Bon, peut-être que j'en ai tiré une bouffée juste pour me confirmer que c'était de la folie. Après tout, ce n'était même pas des peaux de banane séchées, dont j'avais lu des choses, mais juste des aiguilles de pin ordinaires et sèches. À quoi ça rimait ?

Au camp des Scouts, la principale source de plaisir s'avérait être de nager dans une eau infestée de sangsues et de pisser sauvagement dans de sales urinoirs, ou bien de lire *Mad Magazine* jusqu'au fond de la nuit (j'aimais vraiment *Mad Magazine* mais ma mère ne me permettait pas d'en acheter), ou bien de jouer à la Bataille avec deux jeux de cartes combinés, jusqu'à ce que l'un des campeurs plus turbulents décide de convertir la partie en 52 cartes par terre et que les cartes volent dans tous les sens.

Mais Cecilia était entièrement différente. Ce n'est pas qu'elle était une fille, bien que ça fût vrai ; mais elle semblait avoir une vie intérieure ; c'est ce qui m'attirait vers elle. « Elle était intelligente », c'est sans doute comme ça que je l'aurais formulé alors, même si en réalité cela ne disait pas grand-chose.

Le fait que Cecilia fût d'une autre race ne me vint pas à l'esprit pendant quelque temps. Je veux dire l'idée de « race ». Je sais que ça semble absurde ou difficile à croire, et d'ailleurs je suis sûr que chaque lecteur de ce récit suppose qu'il s'agit d'une méditation sur les relations raciales : « un garçon blanc tombe amoureux d'une fille noire, complications s'ensuivent. » Mais ce n'est pas le cas. Ce n'était pas là l'essence de la chose ni l'histoire que j'essaie de raconter. L'histoire était en réalité que Cecilia était comme moi, et c'était la première fois de ma vie que je rencontrais quelqu'un qui me ressemblait même vaguement, sur le plan intérieur, j'entends. Cecilia était « noire » seulement par accident ; c'était un hasard. Voilà comment je conceptualisais les choses. Son apparence extérieure ne m'intéressait pas immédiatement, bien que lorsque je commençai à percevoir sa féminité, sa beauté naturelle, à m'accoutumer à son parfum venu de l'intimité d'être dans une plus grande proximité avec elle, à respirer le même air qui avait été dans ses jeunes poumons, et à percevoir peu à peu ses formes, tout son être, à rêver d'elle, même — alors oui, je finis par la voir comme une fille et comprendre que je l'aimais comme telle, sans tout à fait comprendre ce qu'était une fille. Mais tout cela prit du temps. Au début il s'agissait seulement de la joie d'une vraie amitié.

Par exemple, en cours de sciences, M. Stevens, le professeur, que nous appelions toujours le Vieux Crâne-Bosselé à cause de la bosse sur son crâne — elle était à peu près de la taille d'une balle de golf, et pour autant que je sache elle aurait pu avoir été causée par un tel impact — le Vieux Crâne-Bosselé posait une question et il y avait des mains levées ; et c'était souvent ma main dans les airs, mais tout aussi souvent celle de Cecilia. Au début elle était un peu réservée, mais il ne fallut qu'une semaine ou deux pour que ça change.

Une chose que je dois expliquer, c'est que Cecilia s'asseyait où elle voulait dans les cours de sciences. On était en 1978 et le système scolaire public du comté de Brevard était intégré depuis peu. Il est vrai que techniquement l'intégration avait découlé d'un procès fédéral en 1964, mais la horrible vérité était que, jusqu'à ma troisième, les Blancs s'asseyaient d'un côté des classes et les Noirs de l'autre. Mais Cecilia s'en fichait. Elle s'asseyait souvent à côté de moi, ou si j'étais occupé avec les répétitifs de terminale qui aimaient s'asseoir ensemble au fond et tirer profit de mes meilleures connaissances (c'est-à-dire copier sur moi), Cecilia s'asseyait vers le devant.

J'étais si heureux d'avoir quelqu'un dans ma vie à qui je pouvais parler. Par exemple, Cecilia ne trouvait pas étrange que j'aime aller à la bibliothèque, ou que j'évite parfois la bibliothèque scolaire au profit de la bibliothèque municipale, plus adulte, qui avait de « vrais » livres. Quand je lui dis qu'avec une partie de l'argent de ma tournée je m'étais abonné à *Scientific American*, elle fut envieuse. « Waouh. J'aimerais pouvoir faire ça. »

J'envisageai d'acheter un abonnement en cadeau et de mettre l'adresse des Johnson, mais quelque chose me retint — peut-être l'idée de devoir m'expliquer à Clarence.

Je ne me souviens plus quand j'ai parlé à Cecilia de mon télescope, mais je me souviens clairement d'essayer de trouver comment expliquer à ma mère que je voulais que Cecilia vienne chez nous pour faire de l'astronomie ensemble. J'y réfléchis pendant des jours. Finalement je décidai que la façon la plus directe était probablement la plus simple.

« Maman, je voudrais inviter une amie pour qu'on fasse de l'astronomie. C'est possible ? »

« Bien sûr, Robbie, quelle bonne idée. C'est qui ? »

« Elle s'appelle Cecilia. Elle habite un peu plus bas dans la rue. »

« Cecilia ? »

Je voyais ma mère essayer de reconstituer qui c'était. Elle eut une sorte de petit rire et dit : « Tu ne veux pas dire, celle de plus bas dans la rue ? »

« Si, maman. Cecilia Johnson. »

Ma mère croisa instinctivement les bras, ce que je compris comme une réaction défensive automatique à quelque chose qu'elle entendait et qui ne pouvait pas être juste, puis elle dit : « Alors c'est une fille qui va à ton école ? »

« Oui, dis-je. Elle est dans mon cours de sciences, maman. C'est un problème, ça ? »

« Oh, pas du tout, Robbie... Je suppose que je devrais rencontrer sa mère. »

« Pourquoi c'est nécessaire ? »

« Eh bien, je pense qu'elle voudrait savoir où va sa fille. C'est assez normal, Robbie. Tu ne comprends pas comment fonctionnent les mamans. »

« D'accord, dis-je. Mais à ce que je sache elle n'a pas de maman, elle vit chez les Johnson. Ce sont ses grands-parents. Elle n'est en Floride que depuis quelques semaines. »

« Ah. » Elle semblait assimiler ça. « Donc tu es allé chez les Johnson ? Tu les connais ? »

« Non, maman. Pas vraiment. Je passe juste parfois pour la collecte. » Je ne voulais pas lui raconter toute l'histoire — que j'avais menti en disant que j'étais le comité d'accueil du quartier, à quel point nous étions heureux de voir des Noirs arriver, ou le billet de cent dollars. Je l'avais encore, d'ailleurs ; je ne l'avais pas dépensé. Mon idée était donc que rien de tout ça ne sortirait.

Mais ma mère avait le don de démêler les choses, aidée de surcroît par le petit mouchard qu'était Sam Jr., assez jeune et assez curieux pour avoir fouillé mes affaires. « Maman, Robbie a un billet de cent dollars ! »

« Quoi, Sam ? »

« Robbie a de l'argent dans son tiroir. »

« Oui, il a une tournée de journaux. »

« Ben, j'ai vu un billet de cent dollars. »

Ma mère rit. « Ça me semble peu probable, Sam. »

Je regardai Sam Jr. avec insistance et envisageai de le frapper. « La ferme, Sam, espèce de petit cochon ! »

« Robbie, arrête ça », dit ma mère.

Je sortis rapidement de la maison en laissant la télé allumée, espérant que les choses se tasseraient, mais non, bien sûr, ma mère était allée inspecter le contenu du tiroir du haut de ma commode. J'y avais une boîte à chaussures avec mon carnet de tournée de petits tickets orange qu'on perforait avec un outil spécial, et une enveloppe kraft avec de l'argent dedans.

Ma mère ne me dit rien tout de suite. Je crus un moment que les choses s'étaient tassées. Mais elle en avait sans doute discuté avec Sam *père* — mon beau-père (pas sa petite progéniture de mange-graisse) — et ils avaient conclu que ma mère devait tirer l'affaire au clair.

Entre-temps, mon désir d'inviter Cecilia pour partager les merveilles de l'astronomie était dans une sorte de limbes. C'était un état mental douloureux — j'avais posé la question sans obtenir de réponse définitive — et je ressentais une tension considérable, un sentiment de mauvais augure. Les jours s'étiraient, et je ne croyais pas pouvoir tenir beaucoup plus longtemps sans éclater. « Maman, je veux toujours inviter Cecilia pour l'astronomie. »

« Je sais, mon fils, je n'ai pas encore parlé aux Johnson. »

« Mais pourquoi pas ? »

« Robbie, je fais les choses en mon temps. » Elle était assez mécontente. « Et maintenant j'ai besoin que tu m'expliques d'où vient tout cet argent. »

« Quoi ? »

« J'ai regardé dans ton tiroir et Sam Jr. avait raison, il y a un billet de cent dollars là-dedans. »

« Et alors ? Je gagne beaucoup d'argent avec la collecte. »

« Tu en es sûr, c'est tout ? »

Je n'avais aucune idée de ce que ma mère avait en tête. Je lui demandai d'en rester là, mais je la voyais, son petit cerveau qui continuait de tourner comme une machine à penser qui épluche les possibilités. J'appuyai sur l'accélérateur. « Écoute maman, j'aime vraiment beaucoup Cecilia. Je crois que j'aimerais lui faire la cour. J'ai décidé que je voulais qu'elle soit ma petite amie. Ça va poser un problème pour toi ? Ou peut-être pour Sam ? »

Les yeux de ma mère s'écarquillèrent et sa bouche s'ouvrit légèrement. « Mais — mais — Robbie — ! »

« Je vois. Je commence à comprendre comment les choses sont. »

« Non, non, pas du tout », balbutia-t-elle.

Je déclenchai la pleine pression, à présent, parce que je voyais que j'étais en train de gagner. « Maman. Tu es une raciste ? Sam est une sorte de raciste ? C'est peut-être pour ça que tu n'as pas fait ce que tu as dit ? »

« Robbie ! » Ma mère s'affaissa légèrement. « Tu me rends la vie si difficile ! » Elle éclata en sanglots, alors, et je commençai à me sentir coupable, parce que peut-être que je la poussais trop fort et pour les mauvaises raisons. Après tout, je savais que j'aimais bien Cecilia, mais on ne s'était même pas embrassés ou quoi. Ce n'était pas Roméo et Juliette. Je voulais juste lui montrer mon télescope. Et aussi, évidemment, j'essayais de consolider mon mensonge. Mon gros mensonge qui me suivait comme Fat Albert.

À son honneur, ma mère se ressaisit très vite. En moins d'une demi-heure, son visage avait changé, et je réalisai soudain (peut-être avec horreur) que j'allais peut-être vraiment devoir passer à l'acte et demander à Cecilia d'être ma petite amie (quoi que cela signifie concrètement — je n'en avais pas la moindre idée). Tout ce que je voulais, c'était la voir, être avec elle, mais surtout lui montrer mon télescope, faire de l'astronomie ensemble lors d'une belle nuit avec la lune dans le ciel et une planète ou deux qui nous observeraient, de l'astronomie dans le jardin avec cette fille cool en cornrows et grosses lunettes à fond de bouteille qui lisait des livres et savait se servir d'une règle à calcul. Je n'avais aucune idée de ce que voulait Cecilia, elle, et ça ne m'importait pas. Quant à ma mère, je la connaissais trop bien. Elle aurait continué à fouiner dans mes secrets jusqu'à connaître toute la vérité, et je n'aurais jamais fini d'en entendre parler. Il m'avait fallu tirer le missile balistique complet sur elle. J'étais monté plusieurs crans vers l'atomique, comme dans *Dune*, en faisant sauter le mur de boucliers. Et sa riposte, sa frappe de représailles, fut comme rien de ce que j'avais connu avant.

La première salve fut un appel à Sam *père*, qui était au travail. J'avais plus ou moins peur de Sam. Après tout, c'était un homme adulte. Il avait aussi des enfants adultes d'un mariage précédent ; il était un peu plus âgé. Ces enfants adultes étaient complètement mystérieux ; je ne les ai jamais rencontrés, jamais, et il n'en parlait jamais. Ce mystère était renforcé par mon incapacité totale à voir ce que ma mère avait pu trouver à Sam : je le trouvais odieux. J'ai parlé de l'alcool. Donc oui, j'étais anxieux de ce qu'il allait dire ou faire. Je n'étais pas présent, mais à la nature hystérique de la voix de ma mère qui filtrait de l'autre pièce à travers le mince placage en mélamine de la porte en aggloméré, je savais que c'était cinglant, et que Sam était en train d'être étrillé. Quelque chose avait dû passer entre eux, peut-être quand je n'étais pas à portée d'oreille, peut-être à propos des Johnson, et cela devait être réglé comme problème prioritaire si l'on voulait que mon affaire avance. Après cet appel, elle sortit de sa chambre dans la cuisine et mit la bouilloire sur le brûleur électrique avant du poêle. Quand l'eau siffla, elle s'adressa à moi.

« Robbie, va mettre des vêtements corrects », dit-elle. « Et coiffe-toi. Je veux que tu sois présentable. »

« Mais maman — »

« Va faire ce que je te dis. » Elle prépara son thé et s'assit au comptoir en Formica pour le boire machinalement, assise bien droite sur un tabouret de bar, comme un des robots d'Asimov. Puis elle alla se préparer. Elle mit sa plus belle robe — pas une qu'elle avait confectionnée, mais une qu'elle avait achetée chez Sears. Ses robes faites maison étaient toutes jolies, je dirais — elles étaient toujours propres et fraîches, et j'adorais la serrer dans mes bras avec parce qu'elles avaient une touche si douce, et son corps moelleux était dedans — mais elles n'étaient pas repassées, c'était ce dans quoi elle était à l'aise à la maison, mais je soupçonnais, dans son esprit, qu'elles étaient trop pratiques, trop vaisselle-et-aspirateur, pour ses objectifs actuels. Trop utilitaires et domestiques. Elle voulait avoir l'air d'aller à l'église. À l'église et, si possible, instruite. Elle mit aussi des bijoux, ce qui était rare. Elle aimait les perles mais on n'avait pas d'argent pour ça. Un jour on avait visité SeaWorld à Orlando. Et parmi d'autres choses, ils vendaient des perles, de toutes sortes vraiment, mais elle s'acheta un rang de perles d'eau douce. Je sus que j'avais de sérieux ennuis quand je sortis de ma chambre les cheveux peignés et la vis avec ses cheveux relevés et ces perles autour du cou. Se pourrait-il qu'elle portait du maquillage ? Mon Dieu, oui, elle en portait. J'étais stupéfait. Le maquillage était réservé aux vraies grandes occasions. Il aurait fallu un événement sérieux, comme une fête paroissiale, pour que ces perles sortent du coffret à bijoux et se retrouvent à son cou. Mais pour le maquillage sur son visage !

Elle me fit monter dans la voiture, notre Galaxie 500, j'en ai parlé, verte et monstrueuse, la tueuse de chats — oui, ma mère avait accidentellement écrasé notre chat avec, le chat s'étant couché pour dormir sur le pneu avant gauche — l'engin aurait eu sa place dans un roman de Stephen King. (Je ne lisais pas King parce que ça semblait vraiment trop effrayant et maman approuvait que Stephen King ne soit pas pour moi. Pourtant on avait une de ses voitures.) Nous montâmes donc dans le tank et nous avançâmes lentement dans la rue. C'était comme avancer au ralenti. La Grande Maison Rouge était à seulement quelques centaines de mètres, mais elle conduisit quand même. Elle se gara dans l'allée et on sortit. Je voulus l'accompagner, mais ma mère m'écarta. « Reste ici, Robbie. »

Elle s'approcha de la porte et frappa. La porte s'ouvrit. C'était Clarence, M. Johnson. Je ne distinguai pas très bien ce qui était dit. Il portait le masque que les Noirs arborent en parlant aux Blancs. Mais il me vit par-dessus elle et soudain sourit, et le masque sembla glisser dans une certaine mesure. Puis Clarence continua de parler à ma mère, puis Gladis, Mme Johnson, apparut derrière son mari, et regarda par-delà lui, comme si elle regardait un phénomène atmosphérique étrange, puis elle aussi sourit, et ma mère fut admise chez eux. La porte se ferma.

Ma mère, que je ne considérais pas courageuse, et qui n'était pas une grande femme, plutôt petite en fait, ne mesurait qu'environ un mètre cinquante-cinq. Mais elle était vraiment imperturbable quand les choses tournaient mal. Dans ces moments son visage prenait la résolution d'une personne absolument convaincue d'avoir raison, comme un martyr ou une schizophrène. Et maintenant elle était allée seule dans la Grande Maison Rouge. Je me demandais si Chaka Zoulou était là-dedans, ou même Cecilia.

Il semblait que je n'allais pas être au courant de ce qui se disait. Le temps passa et cela dut durer un bon moment, parce que je me souviens que c'était suffisamment long pour que je m'ennuie. Mais soudain la porte s'ouvrit et ma mère en sortit. Elle rayonnait, peut-être de soulagement. Derrière elle venait Mme Johnson, puis M. Johnson, et enfin Cecilia elle-même.

J'avais surtout les yeux pour Cecilia. À vrai dire, elle avait l'air plutôt sombre, voire de marbre. Elle regardait juste le sol. Ma mère me fit alors signe et je m'avançai. Je dis : « Bonjour, monsieur Johnson, madame Johnson. »

« Bonjour, Robbie », dit M. Johnson.

« Regarde Cecilia, Robbie est là », dit Mme Johnson.

Mais Cecilia ne dit rien.

« Robbie, dit ma mère. Cecilia vient dîner ce soir. Vous pouvez faire de l'astronomie jusqu'à 21 heures. Tu la raccompagneras ensuite chez elle. »

« Oui, madame. »

Ce soir-là, Cecilia se présenta à notre porte d'entrée. ...

Il y a quelques histoires de cette période que je dois raconter avant d'en arriver à ce soir-là. La première concerne un garçon du quartier. Dans tout quartier il y a toujours des garçons, et ils jouent. Je crois que c'est universel. Hickory Hills ne faisait pas exception.

L'un des garçons s'appelait Henry Maitland. Il allait à mon école. C'était un petit gars trapu avec des cheveux blond sable et un visage boutonneux encore plein de graisse de bébé. « Je suis de l'Alabama », me dit-il dans son meilleur accent du Sud. « D'où t'es toi ? »

« Moi ? dis-je. Oh, je suis de Floride. Mais on a vécu en Californie. C'est là qu'est mon père. »

« Alors t'es d'une famille brisée ? »

Je ne savais pas exactement ce que ça voulait dire, alors je mentis. « Non, je crois pas. Mon père travaille juste là-bas. Je le vois assez régulièrement. Il vient souvent à Orlando en avion. »

« Mon papa vend des voitures, dit Henry. Mon grand frère travaille là-bas aussi. Ils réparent des voitures. On a déménagé de Montgomery il y a quelques années. »

Je connaissais bien sa maison à ma façon ; elle était vers la fin de ma tournée, donc toutes mes perceptions étaient des perceptions de petit matin. Mais la maison était une de celles où il y a beaucoup de voitures, le jardin de devant était plus ou moins un parking avec de l'huile de moteur qui dégoulinait et laissait des taches là où il aurait dû y avoir du gazon. Je disais parfois bonjour à Henry lors de mes collectes, et il prenait le même bus scolaire, donc je le connaissais aussi par là.

Un jour Henry m'invita chez lui et on joua dans son jardin, on regarda les voitures et puis on alla dans le jardin de derrière où il y avait plein de bricoles mécaniques et d'outils en fer rouillés, et des trucs comme ça. Finalement on entra dans la maison quand il commença à faire chaud. « On va se prendre un verre. » La mère de Henry était probablement sortie, je ne me souviens de personne d'autre dans la maison.

On alla s'asseoir dans le salon et on regarda probablement un peu la télé. À un moment il dit : « Hé, regarde un peu ça ! » Il sortit un certain nombre de catalogues de lingerie soigneusement cachés sous une pile d'autres magazines sur la table basse — ils contenaient des photos de femmes en soutien-gorge et en culotte. Des modèles de lingerie. On les examina attentivement, chacun avec son catalogue, et Henry commença à se tripoter. Quand je réalisai ce qu'il faisait, j'envisageai de l'imiter, mais je me sentis mal à l'aise et dis qu'il était l'heure que je rentre.

Après ça je commençai à me moquer de Henry en l'appelant *Hedda*, abréviation de « tête d'andouille ». On estimait que ça désignait le gland d'un pénis. Je ne sais pas d'où venait cette idée, sauf que le visage d'Henry était rose et ses joues bouffies. Je soupçonne que la terminologie était de mon cru. De toute façon, Henry n'aimait pas trop ça.

« Hedda, hedda, hedda ! » je scandais quand on était dans la cour de l'école et que je le voyais. On se chamaillait parfois et il déchargeait sur moi sa frustration à ce sujet. Mais je semblais prendre un certain plaisir à le provoquer. J'étais cruel, et je savais que le taquiner était mal, mais pour une raison quelconque, peut-être parce qu'il ne semblait pas y avoir de conséquences apparentes, je continuais.

Or, après que les choses avaient évolué avec Cecilia et qu'on nous voyait souvent ensemble dans le bus scolaire, Henry était bien sûr au courant de nous. J'avais maintenant un peu grandi, lui aussi, et son visage ne s'était pas vraiment amélioré, je dirais. On avait tous les deux grandi à la façon des gamins, de manière un peu inégale, et nos corps traversaient la puberté, stade de transition qui ne laisse pas le corps particulièrement coordonné. Je ne lui parlais pas beaucoup mais ça n'avait pas d'importance, on était tous juste des gamins qui allaient au lycée de Titusville et prenaient le bus scolaire. Je me souviens de l'avoir croisé dans le bus et il dit quelque chose d'indistinct, mais ça n'avait rien d'aimable. Je l'avais quand même ignoré.

Mais un jour après l'école j'étais dehors dans le quartier et Henry avec quelques autres gamins se trouvait dans l'un des terrains vagues vers le bout de Mahogany Road. C'était à quelques centaines de mètres, puis il y avait un de ces fossés de drainage floridiens omniprésents, et puis des routes sans nom avec beaucoup de sable. Du sable et des fourmilions par millions, et bien sûr des fourmis pour nourrir les fourmilions, des grosses rouges qui piquaient en mordant et de plus petites noires qui existaient juste en tant qu'organismes coloniaux aliens comme le font les fourmis. C'était la zone neutre, le Wasteland, l'extension future du lotissement Hickory Hills. On l'utilisait comme terrain de jeu, c'était surtout ouvert et s'il y avait une clôture, eh bien, ça ne nous arrêtait pas. On passait par-dessus ou par-dessous ou on se débrouillait.

Je vis donc Henry et quelques autres garçons du quartier, tous rassemblés en cercle serré autour d'un magazine que Henry tenait. Il était ouvert d'une façon dont on ne tient habituellement pas un magazine, et ils riaient tous et pointaient du doigt pendant qu'Henry faisait le clown. Je m'arrêtai avec mon vélo et descendis pour voir ce qui était si intéressant.

« Hé Robbie, viens voir ça », dit un des garçons.

« Ouais, dit Henry. Regarde un peu toutes ces chattes ! »

Je m'approchai et regardai. Ils avaient trouvé un magazine pornographique, ou peut-être Henry se l'était procuré d'une façon ou d'une autre — pas *Playboy* ou *Penthouse*, mais quelque chose de considérablement plus cru et plus grotesque. C'était peut-être *Club*, parce que toutes les femmes avaient le derrière exposé, et il était entendu parmi nous, par des moyens que je ne peux expliquer, que *Club* était le magazine le plus connu pour ce genre de chose ; mais je ne voyais pas la couverture.

Les garçons feuilletaient les pages et puis Henry ouvrit une double page, mais dans ce cas c'était un montage de femmes différentes, toutes largement écartées des cuisses. « Alors, laquelle est ta préférée ? » dit Henry à un des autres garçons. Ce garçon montra du doigt la femme qui était plus ou moins au centre du montage. Ses seins étaient plus gros et elle était abondante en tout ce qui avait conduit le rédacteur en chef du magazine à la placer au centre de la double page ; et donc quand Henry fit le tour en exigeant de chaque garçon sa préférée, ils montrèrent tous du doigt cette femme-là. Mais quand vint mon tour, je ne fis pas ça.

« Robbie ? À toi. »

« Ma préférée ? » Je marquai une pause et réfléchis. « Eh bien, je crois que j'aime bien celle-là. »

Le caractère extrême du magazine me déplaisait. Il me mettait vraiment mal à l'aise parce que ces femmes, pensais-je, se montraient trop et c'était répugnant. Elles ressemblaient à des animaux ou peut-être à des aliens, mais avec du sexe plaqué sur elles d'une façon qui n'était même pas érotique, du moins de mon point de vue. Mon érotisme était très doux à cet âge, un sein ou une vue dans un décolleté était déjà une grande affaire à laquelle je pensais pendant des jours. Donc au lieu de pointer la femme aux gros seins au centre, celle qui avait l'œil du rédacteur en chef, je pointai une femme secondaire dans le montage environnant, une qui servait de remplissage de magazine, et ce modèle secondaire portait une chemise. Oui, ses seins sombres et pendants étaient quand même exposés, et son entre-jambe était grand ouvert avec l'anus visible sous un autre orifice béant cerné de poils crépus, mais je sentais d'une façon ou d'une autre qu'elle était moins offensante que les autres parce qu'elle était au moins partiellement habillée. Elle était aussi, peut-être un détail mineur dans mon esprit, une femme noire, la seule femme noire de la double page. Pour une raison quelconque cela m'attirait, peut-être parce qu'elle était différente. J'avais regardé en douce des femmes africaines plusieurs fois dans *National Geographic*, et leur naturel et leurs scarifications tribales exotiques me semblaient beaux, même si leurs seins nus étaient agréables d'une façon doucement interdite. *National Geographic* était quelque chose que même ma mère m'autorisait ; et pourtant il y avait là de beaux seins exotiques à voir. J'envisageai un abonnement, mais crus que ça présenterait trop de risque d'être découvert.

J'étais donc différent des autres garçons, mais ça m'était égal. Ma réaction était guidée par ma pudeur innée, une pudeur aussi liée à ma politesse (peut-être excessive).

Mais Henry sauta immédiatement sur ce détail de couleur de peau plutôt que sur le fait que c'était la seule femme à porter un bout de vêtement dans un magazine franchement répugnant. « Il doit être bizarre pour aimer la chatte poilue de celle-là. Ou c'est parce qu'elle est une négresse ? Robbie aime les nègres, tout le monde ! »

Les autres garçons rirent nerveusement. Ils voyaient où Henry voulait en venir.

Moi, par contre, je ne saisis pas immédiatement. « Quoi ? dis-je. T'as quoi comme problème, Hedda ? »

Mais Henry était maintenant rouge triomphant. « T'es un amoureux des nègres, hein, Robbie ! T'en as une, une nègre ! Je vous ai vus dans le bus ! Amoureux des nègres, amoureux des nègres ! »

« Hedda ! » criai-je. « Sale morceau de merde ! » Je fonçai vers lui alors, et impulsivement lui décochai un crochet du gauche en plein visage. Je suis gaucher. Je ne crois pas que je l'ai frappé très fort, mais peut-être que par chance le coup atterrit sur son nez, qui se mit immédiatement à saigner. Je crois qu'Henry fut un peu surpris par la férocité de mon attaque. Il riait mais se retrouvait maintenant face à la violence au lieu des mots. Je l'avais frappé ; quelque chose que je n'avais fondamentalement jamais fait à personne dans toute ma vie, sauf à Sam Jr., et c'était seulement des coups sur les bras quand il était idiot. Mais maintenant, j'étais consumé de colère, et peut-être de haine, ce qui semblait m'immuniser contre la douleur, et je voulais seulement frapper Henry encore et encore. On échangea alors des coups l'un contre l'autre, en dansottant et en trébuchant dans le sable, un peu comme des danseurs, mais j'avais l'avantage de la taille et la rage de mon côté. Je continuais à le frapper de plein fouet au visage, et à chaque coup, sa tête tressautait en arrière, mais je n'avais pas dû frapper très fort parce qu'il continuait ; mes coups étaient surtout inefficaces. Il finit quand même par s'arrêter, je crois parce qu'il regarda le sang sur sa chemise, le remarqua, et ça le fit pleurer. Je crois qu'il réalisa soudain qu'il allait devoir s'expliquer — à sa mère, son père — quelqu'un dans cette baraque décrépite avec toutes les voitures et le bateau.

Pendant ce temps, les autres garçons formaient un cercle approximatif autour de nous où ils riaient, regardaient et nous taquinaient tous les deux. « Bagarre ! Bagarre ! Bagarre ! » criaient-ils sans cesse.

Mais quand Henry commença à pleurer, ils reculèrent un peu. Ils savaient que c'était fini, et ils passèrent à autre chose, se jetèrent du sable dessus en faisant les clowns, ayant apprécié le spectacle. C'était une grande blague pour eux, mais moi j'étais loin d'être satisfait. Je voulais continuer à rosser Henry sans que ça s'arrête. J'étais comme Spock dans l'épisode où il étrangle Kirk, je voulais tuer Henry. Mais Henry en avait fini pour ce jour-là.

« C'est Robbie le gagnant ! » cria l'un des garçons en riant et gambadant, ayant déjà commencé à monter sur son vélo, sachant que le sang signalait que les parents allaient bientôt s'en mêler. « Hedda, rentre chez toi ! » cria un autre garçon, qui savait lui aussi qu'il était temps de se barrer.

Henry me rugit alors dessus en pleurant, un rugissement grave de chagrin que sa chemise soit tachée de sang, et il commença à partir en courant. Je me sentis soudain un peu désolé pour Hedda. Juste un peu. Il avait fait une cinquantaine de mètres et puis il ralentit, s'arrêta, et finalement fit demi-tour. Il était presque furtif. Je crus qu'il voulait peut-être continuer à se battre, mais non, il devait récupérer son précieux magazine porno plein de trous béants, qui gisait ouvert dans le sable, ayant tout l'air d'un déchet, ce qu'il avait peut-être originellement été. On trouvait souvent des bouts de magazines, des cigarettes, des emballages de préservatifs, toutes sortes de détritus dans le Wasteland, et là-dedans c'était à qui trouvait garde.

Henry le ramassa et me montra du doigt en criant. « Amoureux des nègres ! Il aime une nègre ! Je les ai vus se peloter dans le bus ! Je le dis à mon père ! » Et puis il s'enfuit, une main sur son nez, l'autre serrant le précieux magazine.

Après ça on n'était plus amis. Et c'est un fait que finalement ils ont bien résilié leur abonnement au journal.

*

Ce n'était pas le seul incident survenu à cause de mon amitié avec Cecilia. Mais je ne veux pas tout raconter parce qu'en vérité, je n'étais pas un chevalier en armure défendant les droits civiques ou luttant contre la discrimination raciale. J'aimais juste une fille. Mais parce que j'étais doux, parce que j'étais intelligent et parfois coachais les répétitifs de terminale en sciences, et portais des lunettes et finissais habituellement dernier aux épreuves sportives, comme la course qu'on faisait en gym autour de l'école — pour toutes ces raisons on me voyait comme un faible. Ça n'aidait pas que je m'intéresse à une fille noire.

Greg Vitali était un gamin au teint blafard avec des cheveux sombres et un fort embonpoint, pas redoutable dans le sens musclé du terme, mais redoutable dans le sens d'être trop gros pour son âge. Il riait toujours dans les couloirs en se déchaînant sur les gamins plus petits et plus faibles que lui. Il était paresseux ; ses devoirs étaient toujours à moitié faits ou pas faits du tout. Mais pour tout ça, il était malin. Par exemple, il avait trouvé un moyen d'éviter la retenue pour être en retard à la sonnerie : il entrait nonchalamment en retard, et disait qu'il était aux toilettes. « J'ai la diverticulose ! Je dois aller aux toilettes souvent ! Vous ne pouvez pas vous attendre à ce que je me salisse ? » Il disait ça au Vieux Crâne-Bosselé devant tout le monde et invariablement le vieux prof secouait la tête et montrait un bureau vide. Donc il ne se retrouvait jamais en retenue. Crâne-Bosselé montrait du doigt, puis Vitali se retournait, hors de sa vue, et arborait son grand sourire, comme s'il venait de gagner un prix à la fête foraine du comté d'Indian River. Son acolyte était Obie Blackmore, un petit gamin difforme avec de rondes lunettes à monture métallique et un visage large et aplati. La bouche de Blackmore pendait souvent ouverte avec la langue qui sortait, comme un chien, alors on l'appelait parfois tête de chien. Mais sa difformité était un bras atrophié. Son bras gauche fonctionnait mal ; la main ressemblait à une griffe. Ces deux-là, Vitali et Blackmore, faisaient des choses comme chier dans les toilettes des garçons de telle façon que leurs étrons atterrissaient sur le sol en béton, ratant complètement la cuvette, puis ils sortaient en courant et riaient. Ils se tenaient dehors et se plaignaient de l'odeur épouvantable, ayant détruit toute possibilité que d'autres puissent utiliser ces toilettes pour le reste de la journée.

J'avais en fait rencontré Blackmore bien plus tôt, en cinquième. Je suis entré un jour dans la bibliothèque scolaire pour faire des recherches — sur l'eutrophisation, dans le cadre de la préparation du concours scientifique — et Blackmore était là et pour une raison quelconque — peut-être qu'on était seuls — on a commencé à parler.

Je dis : « T'en es où, Obie ? » et il dit : « Oh, je fais des recherches. »

« Tu fais le concours scientifique aussi ? »

Il rit. « Oh, non, rien de tel. Plutôt ce que je fais pour m'amuser. »

« Ah, c'est cool. Tu lis quoi ? »

« Oh, j'aime lire sur les trucs de guerre. Adolf Hitler, tu vois ? Les trucs nazis. Tu savais qu'ils brûlaient les gens dans des fours ? Ils les gazaient et ensuite ils les brûlaient. »

« C'est pas cool, mec. »

« Non. » Obie rit. « Non, c'est vraiment pas cool du tout. »

On bavarda un moment et je continuai de parler de sciences, surtout d'astronomie. Je dis que je voulais être scientifique d'une façon ou d'une autre.

« Tu penses que tu seras chimiste ? »

« Oh, peut-être, ou peut-être zoologue. J'aime les animaux. Mais là maintenant j'adore vraiment l'astronomie. »

« Je crois qu'être chimiste ce serait un bon boulot. Tu pourrais faire du Zyklon B. T'en as entendu parler ? »

« Non, je crois pas. »

« C'est un gaz neurotoxique. Pratique pour tuer les juiiiifs », dit-il, comme s'il racontait une histoire de fantômes et que les uifs étaient ce qui hantait la maison. Sa main-griffe s'agita dans les airs pendant qu'il prononçait le mot.

« Je sais pas, Obie. C'est, tu vois, un peu exagéré. Mais toi ? Tu penses que tu seras quoi quand tu seras grand ? »

« Oh, je sais déjà. »

« Ah bon ? » J'étais un peu surpris qu'Obie ait des projets de carrière précis.

« Oh oui, c'est sûr. J'ai tout planifié. Je vais être démonologue. »

« C'est quoi un démonologue ? »

« C'est quelqu'un qui étudie les démons. »

« Ça existe vraiment ? » dis-je.

« Mon père dit que oui. Il est prédicateur évangélique. Donc il saurait. »

« Je savais pas ça. »

« Ouais, les démons. On en voit plein à l'église. Ils font se tordre les gens et se rouler par terre. Et puis mon père les fait partir. »

« C'est, bon, c'est probablement assez effrayant. »

« Oh, pas du tout. C'est cool. Vraiment très cool. » Les yeux d'Obie s'éclairèrent. « Mon père, il les exorcise, tu vois. »

« Mais comment on étudie ça ? Je veux dire, pour apprendre. »

« Eh bien, il y a des livres. »

« Vraiment ? »

« Oh, ouais. C'est sûr. Regarde. »

Et je vous jure, il me montra le livre qu'il lisait, venu de la bibliothèque scolaire, sa « recherche », et c'était un livre de démons. Il avait des illustrations en couleur. Les démons avaient tous des noms. Ce livre en particulier n'était pas le seul de son genre sur les rayons. En fait, j'étais tellement stupéfait que je lui demandai de me montrer. Il m'indiqua une section près de là où on était assis. Il semblait qu'en Floride du moins, la « démonologie » était une chose réelle.

Donc Blackmore n'était pas nécessairement en train de me faire marcher, et son ambition de devenir un jour « démonologue » s'est peut-être réalisée. Je ne l'ai jamais su.

Mais plus tard je soupçonnai que ses projets de carrière avaient changé, parce qu'en troisième il était devenu un punk. Ou du moins une sorte de proto-punk crasseux. Il aimait s'habiller en noir, et ses cheveux étaient rasés ou coupés grossièrement en iroquoise, pas une iroquoise démesurée, mais l'intention était claire. Sa peau d'une pâleur fantomatique s'harmonisait avec les t-shirts et pantalons noirs, toujours sales, et il parlait maintenant sans arrêt d'armes à feu. Adolf Hitler, les juifs et les armes à feu. Il serait en cours de sciences et Crâne-Bosselé avait le dos tourné et il mimait comme s'il allait lui tirer dessus avec un fusil, ou peut-être une mitrailleuse, et commençait à faire des bruitages : « Pan, pan, pan, pan, pan ! » ou « juiiiiifs ! »

Vitali ne semblait pas partager exactement les obsessions de son ami. pour autant que je sache il s'habillait normalement, mais son attitude générale était tout aussi menaçante. Et j'appris à un moment donné qu'ils s'en prenaient à Cecilia et à moi. Ça se passait comme ça : parfois des gamins riaient pour aucune raison apparente, et je les voyais se parler en me regardant, surtout quand j'étais avec Cecilia. Je ne savais pas ce que c'était. Puis un jour un gamin déposa un billet sur mon bureau. Il était écrit : « ROBBIE ♥ NÈGRE » en crayon grossier. Les lettres étaient tracées maladroitement, comme par un enfant ou un arriéré, en majuscules noires avec un petit cœur rouge. Je regardai et vis Greg et Obie qui riaient.

C'était après ma bagarre avec Henry dans le terrain vague, et je n'étais pas courageux, je n'avais aucune envie de me battre, mais ça me rendait complètement dingue de penser que c'était à propos de Cecilia, qu'ils l'avilissaient. J'évaluai mes options. Oui, je pouvais aller au bureau du directeur me plaindre et pleurer comme un bébé, mais je n'étais pas encore prêt à faire ça.

Comme je l'ai mentionné, certains terminales étaient dans mon cours de sciences. C'est parce qu'ils avaient négligé d'obtenir les crédits nécessaires pour avoir leur diplôme ; il fallait qu'ils réussissent le cours de sciences générales de Crâne-Bosselé pour ça. Tous les autres en classe étaient des secondes, mais il y avait quelques terminales. Trois, pour être précis : Charlie, Tommy et Gerry. Charlie était du New Jersey et son accent avait la teinte très marquée de la partie nord, du côté new-yorkais, où "mall" devient "maull" et "New Jersey" devient "Joisy". Et Tommy, c'était du pur New York, peut-être Brooklyn ou même le Bronx. Je parlerai de Gerry dans un moment. Ces gars-là devinrent mes amis parce que je semblais avoir les réponses et je les laissais copier sur moi. Ça m'était égal. J'aimais l'attention. Et du coup, je les entendais parler de voitures, de filles et de musique.

« T'aimes des groupes, Robbie ? » disait Tommy.

« Non. Mais j'aimerais bien », dis-je.

« Bien. » Tommy avait laissé ses cheveux noirs pousser et portait perpétuellement le t-shirt d'un groupe de rock, le merch d'un concert.

Charlie était à peu près pareil, mais d'origine italienne. Son visage était couvert d'acné et il avait l'air assez grand et fort. « T'as besoin de roues, mec. Un autoradio. Et après tu peux faire le jam. »

« Ouais, dit Tommy. T'as besoin de roues c'est sûr. Et après tu peux avoir Zeppelin. »

« C'est quoi Zeppelin ? » dis-je.

« Il demande c'est quoi Zeppelin ! » se mit à rire Charlie.

« Led Zeppelin, Robbie. C'est le plus grand groupe de rock du monde. » C'était Gerry, qui parlait presque jamais.

« Et comment », dit Tommy.

Et Charlie hochait la tête. « Oh ouais, bébé. Le Zep. Faut l'avoir. » Et il se mettait à chanter : « I got the juice, the juice running down my leg ! »

« Squeeze-my-lemons ! » chantait Tommy.

Et ils riaient.

« Du calme là derrière, dit Crâne-Bosselé. Du calme ! »

« Faut que t'écoutes ça, mec. »

*

Ces gars étaient bons avec moi à leur façon, et j'éprouvais pour eux une vraie affection ; ils étaient juste tellement bêtes. Je n'avais aucune idée de ce qu'ils deviendraient. Mais la camaraderie, l'acceptation, ça faisait tellement de bien. Je n'avais pas de grands frères. Bien sûr, je savais qu'ils m'utilisaient d'une certaine façon. Mais ça ne me gênait pas le moins du monde. L'un des meilleurs moments, c'était quand Charlie racontait ses aventures avec les filles. « Une fois, Robbie, j'étais au drive-in, on était dans ma caisse, et cette fille, elle m'a laissé tripoter ses nichons. Je lui pinçais le téton, tu vois, et un peu de lait a giclé ! »

« Dans l'œil, t'as pris ça ? » s'esclaffa Tommy.

« Oh, c'était une vraie petite bombe », dit Charlie. « Quelle belle paire de nichons. » Il me regarda, alors. « Alors, Robbie, t'es intéressé par les filles ? » Et puis il jeta un coup d'œil vers Cecilia, et hocha la tête dans sa direction. En faisant ça, il haussa les sourcils. « Hein ? Hein ? »

Je fus évasif et devins timide. « Ouais, ouais, je suppose. »

« C'est cool, mec. Je t'ai vu avec cette jolie petite Noire. T'as intérêt à t'y mettre. »

« Ouais, je l'aime bien, dis-je. Elle est vraiment intelligente, tu sais. »

Les gars échangèrent un regard. « Oh, ouais, sans aucun doute. »

« Elle porte un soutien-gorge, mec, dit Tommy. Elle a des nichons, c'est sûr. Hé, prends pas ça mal. C'est cool que t'aimes les Noires, Robbie. T'es tellement progressiste, mon petit gars. J'aime ça. T'es un petit gars malin. Y a plein de Noires canon à New York, mec. Tu adorerais. »

« Chocolate City ! On va tous à Chocolate City ! » dit Charlie.

« Marrrry Jaaaaane ! »

Ils rirent et rirent. Je n'avais aucune idée de quoi il retournait, mais c'était bien qu'ils me soutiennent.

Voilà comment les choses se passaient, et puis Vitali et Blackmore lancèrent leur petite campagne de terreur. Ce n'était pas que les petits mots. J'aurais pu passer là-dessus, mais Vitali et Blackmore passèrent à la vitesse supérieure : ils se mirent à rôder devant les toilettes des filles. Quand Cecilia entrait, ils attendaient, et dès qu'elle ressortait, ils lui jetaient une sorte de poudre sur la tête. Je crois que c'était de la fibre de verre broyée.

Je trouvai Cecilia en larmes alors que je me dirigeais vers mon cours. « Robbie, ils m'ont jeté quelque chose sur la tête ! J'en ai dans les yeux ! »

Je la conduisis à l'infirmerie.

Ce jour-là, j'étais vraiment à plat. En sciences, je ne dis rien, ne levai pas la main quand Crâne-Bosselé appelait. Beaucoup de ses questions restèrent sans réponse et il finit par se tourner vers les garçons à la place (ce qu'ils remarquèrent assez vite). Et puis les garçons remarquèrent que Cecilia était absente elle aussi ; on l'avait renvoyée chez elle pour la journée.

Charlie fut le premier à dire quelque chose. « Qu'est-ce qui se passe, petit pote ? »

Je gardai la voix basse. « C'est ce fumier de Vitali. Tu connais ce type là-bas ? Et puis cet Obie Blackmore. »

« Tu veux dire les abrutis qui ont chié par terre dans les chiottes du Southside ? »

« Ouais. C'est eux. »

« Qu'est-ce qu'ils ont encore fait ? »

« Vitali a fait un truc à Cecilia. Il lui a balancé un truc sur la tête. » Tommy écoutait. « Le bon vieux truc de la poudre à gratter ? »

« Je sais pas, mec. C'est pas cool. Elle a dû rentrer chez elle. »

« C'est vraiment dégueulasse », dit Charlie.

« Ouais, c'est vraiment dégueulasse. Ces types-là, ils méritent pas mieux. »

Mais là mon imagination prit le dessus. Je commençai à imaginer les gars en train de tabasser Vitali et Blackmore. « Et tu sais quoi d'autre, Tommy ? Ils ont dit que Led Zeppelin, c'est de la merde. Vous le saviez, les gars ? Ils kiffent pas Zeppelin. Ce Blackmore, je crois qu'il est plutôt punk. »

« Du punk ? dit Tommy. C'est quoi ce bordel ? »

« Ils ont dit que Led Zeppelin, c'est de la merde », répétai-je.

« Qui c'est qui a dit que Led Zeppelin, c'est de la merde ? dit Charlie.

« Ce Greg, dis-je en le pointant du doigt. Lui et Obie. Ils ont dit que Led Zeppelin, c'est de la merde, mec. Ils détestent Zeppelin. »

« Ces fumiers, dit Charlie. Très bien. Je suppose qu'ils vont finir sur ma liste noire. Oh ouais, mec. Ils vont morfler. »

Gerry était resté là à tout écouter, la tête qui hochait. La cloche sonna, et je me levais, mais Gerry me retint un instant et attendit que les gamins et Crâne-Bosselé aient filé. Gerry les regarda partir, puis parla d'une voix très douce. « Robbie, qu'est-ce qui est arrivé à Cecilia ? »

« Elle a dû rentrer chez elle, je crois. Je l'ai amenée à l'infirmerie. Elle avait cette saloperie qu'ils lui avaient jetée dans les yeux. »

Gerry me lança un regard assez intense. Il se balançait légèrement d'avant en arrière. Il n'était pas du genre à parler beaucoup. « OK. Merci de me l'avoir dit. »

Il ne fallut pas longtemps pour que la réputation de Vitali comme problème se répande parmi les terminales. Il était en CTE (Cours Techniques et Professionnels), c'était son option, et un jour ils bossaient sur un mur de briques dans le cadre de la formation. D'une façon ou d'une autre, un lourd parpaing tomba d'un échafaudage à environ trois mètres de haut et heurta Vitali à l'épaule, manquant de peu sa tête. Il fut transporté d'urgence à l'hôpital avec l'omoplate fracturée. Il paraît qu'il avait hurlé comme un bébé. Personne n'en était particulièrement navré.

Son complice disparu, Blackmore se mit à déraper encore davantage (si c'était possible), et sa fascination pour les armes à feu finit par attirer l'attention, puis susciter l'inquiétude. Il fallut un temps étonnamment long pour que ça se produise, du moins à mon avis ; parce que je savais qu'Obie était complètement cinglé. Un jour, la police locale débarqua à l'école. Il y eut une sorte d'altercation, et Blackmore fut traîné dehors en donnant des coups de pied et en hurlant des trucs sur Hitler, les Juifs et les nègres. Il s'avérait qu'on l'avait trouvé en possession d'un pistolet chargé ; ce n'était qu'un calibre .22, presque un pistolet à bouchon, mais quand même, le proviseur devait réagir. Je ne le revis plus jamais. Je suppose qu'il fut renvoyé.

C'est Gerry, disait-on, qui avait laissé tomber le parpaing sur Greg Vitali ce jour-là en CTE. « C'était un accident ! » dit-il au proviseur à l'époque. On le crut, et l'affaire n'eut pas d'autre suite que mon soulagement quand Greg Vitali cessa de fréquenter le lycée de Titusville. On disait qu'il avait choisi une autre école. Mais je pense qu'il avait compris qu'on ne voulait plus de lui.[1]

*

Voilà, c'est probablement là que nous pouvons revenir à la soirée où Cecilia vint faire de l'astronomie dans le jardin. Il était environ 17 heures, mais Sam n'était pas encore rentré du travail. J'entendis frapper à la porte d'entrée et courus ouvrir. C'était Cecilia.

« Salut Robbie », dit-elle.

« Salut. » J'étais un peu déconcerté. Je trouvais Cecilia magnifique. Bien sûr, elle aurait pu porter un sac en toile de jute que j'aurais voulu lui faire un compliment quand même. Et pourtant, je ne lui dis pas

---

[1] *Mais ce que j'ai appris bien des années plus tard, c'est que Gerry était probablement Gerold Brown, le fils d'une femme qui avait autrefois vécu à Tallahassee. L'affaire, qui avait fait les journaux à l'époque et suscité une grande attention médiatique, y compris à l'étranger, était celle d'une étudiante noire qui avait été violée par quatre hommes blancs. Elle s'appelait Billy Jean Brown ; elle avait été battue, violée et laissée pour morte. Mais elle survécut, et les hommes impliqués furent inculpés, bien que le jury, exclusivement blanc, ne les déclarât pas coupables. Billy Jean quitta le Panhandle et descendit vers le sud ; plus tard, elle se maria et eut une famille. D'après mes recherches, Gerry, qui passait toujours pour blanc mais avait un nez large et les cheveux lissés, était probablement son fils. — DRS*

un seul mot gentil. Je me sentis soudain timide. Tout ce que j'avais imaginé depuis si longtemps était soudain devenu réalité. Ces moments-là, dans la vie, sont généralement déconcertants. « Entre. Maman — » criai-je. « Cecilia est là ! »

« Oui, je sais, Robbie », répondit-elle. « Salut Cecilia, désolée, je suis dans la cuisine. »

« Bonjour, Mme Harmon. Je vous ai apporté quelque chose de la part de ma grand-mère. »

« Oh, merveilleux, apporte-le, ma chérie. »

Cecilia avait une assiette de quelque chose et ma mère poussa des petits cris admiratifs quand elle la posa sur le comptoir. « Le dîner est prêt dans une dizaine de minutes, d'accord ? On attend juste Sam. Allez vous installer sur la terrasse, près de la piscine. »

« D'accord, maman, dis-je.

« Vous avez une piscine ? dit Cecilia.

« Bien sûr, dis-je. Viens voir. » La piscine en béton creusée dans le jardin était un ajout assez récent, et Sam disait qu'elle augmentait considérablement la valeur de la maison. Mais elle semblait surtout servir de piège à grenouilles — une multitude de grenouilles semblaient toujours tomber dans l'eau chlorée, et comme elles n'avaient aucun moyen de s'échapper ni nulle part où s'agripper, elles finissaient toutes par mourir. Je ne savais pas que les grenouilles mouraient dans une piscine — mais c'était le cas, et c'était à moi de les retirer. Or, quand nous allâmes dans le jardin, par hasard une grenouille s'était glissée dans la piscine et s'y éclaboussait. D'habitude, elles ne sortaient que la nuit. Celle-là devait être un peu originale.

Cecilia la vit. « Regarde, Robbie ! » Elle la montra du doigt. « Il y a une grenouille ! Elle est plutôt grosse ! »

« Elles tombent tout le temps dedans. Elles meurent là-dedans et je dois les retirer. »

« Je crois qu'on peut la sauver. Voyons si on peut la sortir de là. »

« Bien sûr. D'accord. » Je décrochai le crochet de piscine du mur et fixai l'épuisette sur la longue tige à la place de la brosse. Je fouillai dans la piscine.

« Continue, continue, tu l'as ! »

« Elle est dedans. »

Cecilia me fit signe de lui tendre l'épuisette, puis elle tendit la main et prit délicatement la grenouille dans ses paumes. « Je crois qu'elle va bien. »

« Elles ne survivent généralement pas très longtemps dans la piscine », dis-je.

« Pourquoi ça, à ton avis ? »

« Eh bien, probablement parce qu'elles se noient. C'est ma théorie. »

« OK, mais pourquoi ça ? »

« Je pense qu'elles se fatiguent, comme n'importe qui. À force de nager. Il n'y a pas de rebord sur lequel elles pourraient grimper. C'est ma théorie, et je m'y tiens ! »

Cecilia regarda la piscine. « Très bonne théorie, je dirais. La mienne, c'est que le chlore les décolore. Ouais. On dirait que la conception de la piscine pourrait être un peu améliorée. Pour être plus écologique, tu vois. »

« Hmm... je pourrais peut-être fabriquer quelque chose qui leur servirait d'échelle. » Mon imagination se mit en marche, et je commençai à visualiser un mécanisme d'évasion pour grenouilles. « Tu sais, ce serait vraiment cool si elles pouvaient sortir. Une sorte d'échelle à grenouilles. »

« Ouais. Tu sais, Robbie, tu pourrais faire un projet là-dessus pour le salon des sciences. »

« Waouh ! T'as raison. Ce serait vraiment cool. » J'étais soudainement surexcité. « Mais attends une minute, qu'est-ce qu'on fait de notre petite amie ? »

« Je suppose que je ne pourrais pas la garder ? » Elle sourit si doucement. Elle tenait toujours la grenouille d'une main, et la caressait doucement de l'autre.

« Moi ça me va. »

Mais ma mère était moins enthousiaste à l'idée que Cecilia ramène une grenouille vivante à la Grande Maison Rouge et ait à expliquer qu'elle venait de chez nous. « Je doute que tes grands-parents y trouvent leur compte, Cecilia. »

« Ouais, je suppose », dit-elle en baissant les yeux vers son animal de compagnie provisoire. Nous nous regardâmes. C'était un dilemme. Mais ma mère proposa la solution la plus raisonnable, même si c'était la moins romantique. « Je crois que tu devrais probablement la relâcher », dit-elle. « D'ailleurs, le beau-père de Robbie est rentré, alors le dîner va bientôt commencer. Allez vous laver les mains ! »

« Allez, Cecilia, je vais te montrer un bon endroit pour la relâcher. » Nous ressortîmes et je la guidai jusqu'à la clôture. C'était plus humide là-bas. Cecilia déposa doucement la grenouille dans la boue, près d'un pamplemoussier en décomposition. Nous la regardâmes un moment.

« Ne sois pas triste, Cecilia. Tu l'as sauvée d'un sort pire que la mort ; elle aurait fini par couler au fond, puis on l'aurait repêchée et jetée à la poubelle. Comme ça, elle a une nouvelle chance dans la vie. »

« Tu as raison, Robbie. C'est quoi ce trou sous la clôture ? » Cecilia désignait le trou que Kwai-Chang avait creusé autrefois pour s'échapper. Il y avait bien longtemps de ça. Bizarrement, le trou semblait tout petit.

« Oh, c'est là que mon chien est mort. Il s'est fait mordre par un mocassin d'eau ou un serpent à tête cuivrée. Il a rampé jusqu'ici. C'est là que je l'ai trouvé. »

« Je suis désolée, Robbie. C'est un peu triste. »

« Ouais, le vieux Kwai-Chang. C'était un bon chien. »

« Kwai-Chang ? Tu veux dire comme dans *Kung Fu* ? »

Je ris. « Ouais. C'est probablement ma série préférée, après *Star Trek*. »

« Ouah, j'aime ces séries moi aussi. Mon grand-père me laisse regarder *Kung Fu* des fois. Pas toujours. »

« Ouais. » J'étais un peu mélancolique à cause de mon chien et ne prêtais pas vraiment attention à Cecilia.

« Robbie, j'ai besoin de te parler de quelque chose... »

Mais à ce moment ma mère nous appela. « Allez, vous deux. Allez vous laver. »

Alors nous rentrâmes.

Le dîner ressemblait beaucoup au dîner du dimanche, seul jour de la semaine où on faisait quelque chose de spécial côté cuisine : ma mère avait fait rôtir un poulet. Nous étions assis autour de la table, toute la famille. Sam trônait en bout de la grande table rectangulaire en chêne et présidait le repas tel un roi dans un petit royaume. Son gobelet vert était posé à côté de son assiette. Ma mère avait pris la peine de mettre une nappe, et le lin crème pâle était lisse — je savais donc qu'il avait été repassé. En revanche, elle n'avait pas sorti l'argenterie réservée aux grandes occasions comme la veille de Noël et Pâques. Ma mère était assise à l'autre bout de la table, avec Sam Jr. à sa gauche, puis Jackie, qui souriait et portait une petite robe, et à la droite de ma mère se trouvait Cecilia, puis moi-même, et enfin Sam à l'autre bout.

« Faisons une petite prière, dit Sam, et il entama notre prière habituelle pour les grandes occasions, que nous récitions en chœur :

« *Viens, Seigneur Jésus, sois notre hôte, Et bénis ces dons que Tu nous as accordés.* »

Ma mère ferma les yeux pour cette prière, mais personne d'autre ne le fit.

« Très bien, dit Sam. Qui a faim ! Passe-moi ce poulet, par ici, s'il te plaît, Robbie ? Oui, sers d'abord notre invitée. »

« Oh, je ne mange pas de viande, M. Harmon. Merci quand même. Je prendrai un peu de ces petits pois, s'il vous plaît, et de la purée. »

« Tu ne manges pas de poulet ? dit Sam. Hm. C'est très étrange. »

« Peut-être qu'elle n'aime pas le goût, dit ma mère.

« Non, madame, je ne mange pas de viande en général. Ce n'est pas bon pour la planète. »

Sam ricana. « Eh bien, comme tu veux. Tu peux me passer les petits pains, s'il te plaît, Jacqueline ? »

« Oui, papa. »

Ma mère cherchait quoi dire, et tomba sur l'évidence : l'astronomie. « Alors Cecilia, j'ai cru comprendre que tu aimais observer les étoiles ? »

« Oui, madame. Mais surtout parce que les maths m'intéressent. Robbie et moi pourrons peut-être en apprendre davantage sur les mouvements des planètes. »

« On devrait pouvoir voir Vénus et Jupiter ce soir, dis-je avec enthousiasme.

Sam eut alors un petit rire. « Il me semble peu probable que ton peuple soit intellectuellement capable de comprendre les mouvements des planètes. J'ai dû expliquer à Robbie la rotation de la Lune, et même lui n'arrivait pas à saisir. Ça lui a pris une éternité. »

Cette remarque ne fut pas vraiment appréciée de ma part. Mais je ne dis rien. Ma mère tenta de changer de sujet et, pour une raison que j'ignore, mentionna mon père. Mon vrai père.

« Cecilia, le père de Robbie, qui vit en Californie, a proposé de payer les frais de scolarité de Robbie dans une école privée. N'est-ce pas formidable ? »

« Tu veux dire une école catholique ? »

« Non, dit ma mère. Je crois que Kickshaw est plutôt une école préparatoire, n'est-ce pas, Robbie ? » À ce stade, j'avais déjà les brochures et les autres documents qu'ils m'avaient envoyés. Nous avions aussi rempli une partie des formulaires d'inscription. Il y avait même une liste de lectures pour l'été.

« C'est une école préparatoire, dis-je. Mais je n'ai pas encore décidé d'y aller. C'est très loin, tu sais. »

Mais Cecilia sourit. « Je pense que tu devrais le faire, Robbie. »

« Tu es de cet avis, toi aussi ? dit ma mère. Je l'encourage à y aller. »

« Ça t'aidera à entrer à l'université, Robbie. Peut-être une bonne université pour les sciences, comme Cal Tech. »

Ma mère était ravie d'avoir une alliée. « Tu comptes aller à l'université toi aussi, Cecilia ? »

Sam, en buvant une longue gorgée de son bac à vodka, ricana. « Ce n'est pas si facile d'entrer à l'université, dit-il. Moi, je n'y suis jamais allé. Mais les femmes ne seront pas les bienvenues, surtout en sciences. Désolé ma chérie, c'est la vérité. C'est un monde d'hommes. »

Cecilia ne répondit pas à la question de ma mère, mais je crois que ma mère était consciente de la sensibilité de ce sujet pour moi. Elle s'empressa de passer sous silence le *non sequitur* de Sam.

« Alors, qu'est-ce qui s'est passé avec la grenouille ? dit-elle. Sam, ils ont attrapé une grenouille qui était dans la piscine. »

« Ouais, dis-je en regardant ma mère. Cecilia l'a relâchée. On se dit que ça ferait un beau projet de salon des sciences : fabriquer une sorte de radeau de sauvetage ou une échelle, une échelle à grenouilles, pour que les grenouilles qui tombent dans la piscine puissent s'échapper. »

« C'est ridicule ! dit Sam. Il semblait avoir bien avancé dans sa baignoire. Je me dis que ce serait bien qu'il s'y noie.

« Ah bon ? dit ma mère. Et pourquoi ça ? »

« Personne ne se soucie des grenouilles qui tombent dans les piscines, dit-il. Robbie se ferait huer au salon des sciences. »

Cecilia posa alors brusquement sa fourchette. « Mme Harmon, est-ce que je pourrais utiliser les toilettes ? »

« Oui, ma chérie, c'est juste au bout du couloir. »

« Merci, excusez-moi. »

Après son départ, j'envisageais de dire quelque chose de grossier à Sam, mais ma mère me lança un regard. En gros, elle me disait par télépathie : « Reste calme, le dîner sera bientôt terminé. » Mais j'avais du mal à ne pas exploser. À la place, je dis : « J'ai fini, maman, je peux me lever de table ? »

« Bien sûr, Robbie. Pourquoi ne vas-tu pas dehors installer le télescope ? Je dirai à Cecilia que tu es dehors quand elle reviendra. »

Je sortis le télescope dans le jardin et commençai à tout préparer. Je mis un oculaire à grand champ pour commencer. Je pensais qu'on allait observer la lune. J'entendis la porte moustiquaire s'ouvrir et crus que c'était Cecilia ; j'avais le dos tourné vers la porte, et je dis : « Désolé pour ça, mon beau-père est vraiment un... »

Mais ce n'était pas Cecilia, c'était Sam Jr. « Maman dit que je peux regarder aussi ! »

« Je ne crois pas, petit rat ! » Et je lui flanquai un coup de poing dans le bras.

« Aïe ! » s'écria-t-il.

« Arrête de faire du bruit. » Je n'étais vraiment pas d'humeur à m'occuper du petit Sam *Fils*. Il était taillé exactement comme son père — je ne voyais rien de ma mère en lui. « Va jouer sur la balançoire ! »

Il pleurait un peu, pleurnichait. Heureusement, Cecilia sortit à ce moment-là et il s'arrêta. Il la regarda fixement une minute, puis alla vers la balançoire. Mais la nuit tombait et il n'avait pas envie de se balancer. Il revint s'asseoir par terre non loin de nous et chassait de temps en temps un moustique. Je l'oubliai complètement en un instant.

« Cecilia », l'appelai-je. « Viens voir. »

Ses yeux s'illuminèrent effectivement quand elle vit le télescope. « Oh là là, c'est un réflecteur. »

« C'est un miroir de vingt centimètres. »

« C'est une taille respectable. »

Elle se tenait maintenant à côté de moi, tout près, et je sentais sa présence humaine de la même façon que deux animaux se perçoivent lorsqu'ils sont en proximité : par une sorte d'interaction phéromonale. Il faisait désormais assez sombre dans le jardin et j'avais éteint la lumière de la véranda arrière.

« Je voulais un Schmidt-Cassegrain, mais Sam a insisté pour un modèle newtonien. Mais c'est quand même pas mal. Regarde ça ! » Je pointai le télescope vers la lune, qui était basse dans le ciel et formait un croissant décroissant, comme une bouche souriante couchée sur le côté. « Tiens, Cecilia. » Je voulais tendre la main vers elle et la toucher, et je me sentais timide à cette idée, mais elle s'approcha directement et m'effleura doucement. Son visage était près du mien et elle ôta ses lunettes pour mieux voir. « Je dois refaire la mise au point, Robbie, sans mes lunettes je suis aveugle comme une chauve-souris. »

« Bien sûr, dis-je, tourne ça ici. »

« Oh, c'est incroyable ! dit-elle. Waouh. »

« Ouais, c'est pas mal, ça ! »

« C'est trop cool que tu aies un aussi bel instrument. »

« J'ai dû économiser longtemps. Tu sais, avec la distribution de journaux. »

« Ouais, c'est génial que tu aies un travail à ton âge. »

Le dîner d'horreur avait commencé à s'effacer de mon esprit, et le petit Sam *Fils* était rentré à contrecœur, probablement parce qu'il avait peur du noir. La nuit était tombée d'un coup et les étoiles brillaient désormais intensément dans le ciel de Floride. Cecilia et moi étions seuls tous les deux, et je crois que nous l'avons tous les deux remarqué.

« Robbie, j'ai quelque chose à te dire. »

« Oh ? » Je souriais, imaginant comment elle allait accepter d'être ma petite amie. Dans mon esprit, c'était ce qui avait été convenu lorsque ma mère était entrée dans la Grande Maison Rouge Cecilia serait à moi. Je ne savais pas, bien sûr, ce que cela voulait dire concrètement d'être en couple ; ma conception de l'amour et des relations était entièrement tirée des représentations limitées et soigneusement censurées des feuilletons télévisés, des émissions telles que *The Love Boat* et *Love, American Style*, qui passaient en rediffusion sur la seule chaîne UHF, la chaîne 47.

« Robbie, tu connais Jeffery Felton ? »

« Je crois, oui, dis-je. Jeffery était un garçon noir. En fait, nous nous étions rencontrés en cours d'éducation physique en cinquième, alors que nous jouions au ballon chasseur : il m'avait frappé fort avec un ballon et j'étais tombé, puis il m'avait demandé si j'allais bien. J'avais dit que oui, j'allais bien. Mais à partir de là, je l'avais connu. Je lui trouvais un beau physique bien développé, un peu comme un *Conan* noir. J'avais remarqué que ses cils étaient naturellement recourbés. Jeffery ne semblait pas s'intéresser aux sciences ; il ne m'intéressait donc pas vraiment, si ce n'est comme autre exemple de la façon dont tous les Noirs semblaient physiquement supérieurs à moi. (Ce n'était pas un cas extrême, comme Shaka, mais il était impressionnant). Pendant le trajet en bus, Jeffery montait vers la fin, dans un quartier très malfamé de la ville. Oui, beaucoup d'élèves l'appelaient Niggertown, même si moi je ne le faisais pas. Mais quand nous sommes tous les deux arrivés en troisième, je l'ai complètement perdu de vue. Nous n'avions aucun cours en commun, et il était très porté sur le sport. J'étais tout le contraire. Je trouvais le sport stupide. On n'avait donc pas grand-chose en commun. Peut-être aussi commençait-on à réaliser qu'on était différents. On était au lycée maintenant et chacun trouvait sa place.

« Robbie, Jeffery est mon petit ami. J'ai un petit ami maintenant. »

« Ah bon ? » Je ne l'avais pas vraiment écoutée ; dans mon esprit, une conversation complètement différente se poursuivait encore, une conversation qui se déroulait au sens figuré, mais peut-être aussi littéralement, dans les étoiles. Mais à présent, j'étais, en quelque sorte, ramené sur terre. « Tu veux dire, toi et Jeffery. »

« Oui. »

« Mais. Je ne comprends pas. »

« Jeffery est vraiment sympa. Il fait beaucoup de sport. Il parle de jouer au football. »

« Ouais. Mais comment ça… Comment ça peut être ce que tu veux ? »

Elle rit alors. « Eh bien, c'est comme ça que sont les filles. Ne t'en fais pas, on peut rester amis. On sera toujours amis. »

J'avais envie de m'asseoir, mais malheureusement je n'avais pas prévu de chaises, et j'ai donc dû me stabiliser en m'appuyant contre le tube du télescope, ce qui l'a fait basculer violemment hors de son axe. « Oh merde », dis-je.

« Continuons à regarder, dit-elle. Ou tu ne veux pas ? »

« Non, je veux bien. Je veux bien. »

Malheureusement, à ce moment-là, Sam *Fils* surgit de la porte moustiquaire. « Maman dit que je peux regarder aussi ! »

« Espèce de petit merdeux ! » criai-je. Je le frappai, peut-être un peu plus fort que je n'aurais dû, et il s'enfuit en pleurant. Je sentis soudain que ma vie était en train de s'effondrer. C'était comme une douche froide.

Quelques minutes plus tard, Sam *Père* s'approcha de la moustiquaire. « Robbie, je peux te parler, s'il te plaît ? »

J'entrai.

« Je crois que tu devrais en rester là avec Cecilia. Tu ne peux pas te permettre de frapper ton petit frère. »

« Il n'a rien à faire là-bas ! On est des grands ! »

« Non. Je ne le répéterai pas. »

J'étais hors de moi, je peux vous l'assurer. « Espèce de saoulard ! T'es pas mon père ! T'as pas le droit de me donner des ordres ! »

La réaction de Sam fut plutôt vive. Il m'asséna un coup de poing en plein menton. Je me retrouvai soudain par terre. La douleur n'était pas si forte, mais ma mâchoire me semblait soudain lourde. C'est surtout la surprise d'avoir reçu un coup de poing qui me tétanisa et me plongea dans un état de choc. Sam m'avait frappé ; ça ne m'était jamais arrivé avant. Je me mis à pleurer. Il s'éloigna, me laissant par terre dans le couloir, dos au mur, à me tenir le menton.

Pendant ce temps, ma mère, voyant que les choses dégénéraient et que c'était un moment en famille, avait apparemment fait sortir Cecilia. J'entendais leurs voix étouffées. Au bout de quelques minutes, je me levai lentement du sol du couloir et sortis ; mais elle était partie. « Où est Cecilia ? »

Ma mère ne répondit pas tout de suite. « Rentre, Robbie », dit-elle.

« Non, je ne veux pas. »

Je me frottais la mâchoire. « Sam m'a frappé. »

« Je sais, Robbie. Mais tu as répondu. »

« Où est Cecilia ? »

« Je l'ai renvoyée chez elle, Robbie. »

« Mais j'étais censé la raccompagner ! C'était ce qu'on avait prévu ! »

« Rentre. »

J'étais hors de moi à ce moment-là, car dans mon esprit, tout avait été soigneusement planifié et répété : Cecilia et moi allions faire de l'astronomie dans le jardin et nous émerveiller devant le ciel nocturne et mon incroyable télescope réflecteur de vingt centimètres ; je lui montrerais des choses extraordinaires ; puis je la raccompagnerais chez elle, et une fois arrivés à la Grande Maison Rouge, je lui demanderais d'être ma petite amie, officiellement, pour ainsi dire, et ensuite nous nous embrasserions. Je lui aurais ensuite offert le cadeau que j'avais préparé, la règle à calcul. Je l'avais soigneusement emballée dans du papier avec un ruban noué en nœud. Tout était si clair dans ma tête, et j'étais tellement convaincu de ce qui allait se passer que c'était presque comme si c'était déjà arrivé. C'était du passé. Mais maintenant tout avait disparu. C'est là que je réalisai que ma mère avait renvoyé Cecilia chez elle seule. Pas seulement sans moi.

« Alors tu as renvoyé Cecilia. Personne pour l'accompagner ? C'est ça ? »

« Oui, Robbie. Ce n'est qu'à quelques pâtés de maisons. »

« Mais tu as fait tout un plat du fait que je devais l'accompagner. N'est-ce pas ? »

« Eh bien, j'ai dit que tu le ferais. Mais je n'ai pas dit que tu devais le faire. »

« C'est un mensonge éhonté. Tu as clairement dit que j'allais la raccompagner chez elle. »

« Robbie, ne prends pas ce ton. »

« Je vois bien ce qui se passe. C'est juste une nègre, n'est-ce pas ? Tu te fiches complètement d'elle ! Sa sécurité ne signifie rien pour toi ! »

« Robbie, qu'est-ce qui te prend ? Ce n'est pas un mot que je veux entendre sortir de ta bouche ! »

« Oh, n'essaie pas de me mentir. Je sais tout de Sam et ce qu'il dit quand il est ivre. Un plouc raciste de l'Iowa. » J'étais complètement à bout maintenant, on ne pouvait plus m'arrêter.

« Robbie, tu dois aller dans ta chambre tout de suite ! »

« Non. J'en ai marre de cet endroit. Toi, Sam, ces petits cochons crasseux que tu as mis au monde avec cette truie, j'en ai fini avec vous tous. Bande de porcs ivres et répugnants. »

Ma mère avait cessé de parler. Je crois qu'elle avait compris que j'étais hors de contrôle et que tout ce qui allait suivre ne ferait qu'empirer les choses, mais il lui manquait la pièce manquante — le fait que Cecilia n'allait pas devenir ma petite amie. Si elle l'avait su, les choses auraient peut-être pris une autre tournure. Mais elle ne l'apprit que lorsqu'il était trop tard. « Robbie, je crois qu'il faut t'envoyer chez ton père. »

« C'est ce que je veux aussi, dis-je. J'en ai marre de toi. De vous tous. Va te faire foutre, cet endroit. Va te faire foutre ! »

Elle secoua la tête et se détourna dans l'obscurité. « J'appelle ton père demain. »

*

Trois semaines plus tard, j'avais terminé ma troisième. Le vieux Crâne-Bosselé avait rédigé une recommandation élogieuse pour Kickshaw, et j'avais constaté que mes notes étaient plutôt bonnes. J'avais déjà envoyé ma candidature. Mais c'était l'été à présent, et j'avais très envie de quitter la Floride. Un été en Californie ! Avec mon père, mon vrai père, le vrai, pas ce porc au cou épais qui se tenait à côté de ma mère et reniflait l'air dans l'aérogare tandis qu'elle se recroquevillait et tordait les mains.

Ma mère regardait partout autour d'elle, n'importe où sauf vers moi, et ses yeux étaient rouges. Elle avait probablement pleuré ce matin-là, mais je m'en fichais. Les dernières semaines avaient été très calmes, car tout le monde savait que les choses changeaient. Ça ne servait à rien de gaspiller son énergie.

Mais Sam Jr. fit ce qu'il faisait d'habitude : il mit ma mère au courant de mes affaires, en lui répétant une partie de ce qui s'était passé cette nuit-là. Elle connaissait donc désormais la vérité, elle comprenait pourquoi j'étais si bouleversé. Cette révélation changea tout pour elle, mais rien pour moi.

« Robbie, on peut parler ? » Nous étions dans la cuisine, dans la même pièce et pratiquement dans les mêmes positions que lorsque mon père m'avait appelé quelques mois auparavant.

« Je ne veux pas, maman. »

« Mais Sam Jr. m'a un peu raconté ce qui s'était passé. Cecilia. »

Je détestais l'idée qu'elle sache quoi que ce soit de ce qui s'était passé, alors le fait qu'elle me le dise ne fit que m'exaspérer davantage. « Ça ne regarde que moi ! C'est trop tard maintenant, maman. J'ai dit au revoir à Cecilia hier. » Je ne lui dis pas que j'avais, les larmes aux yeux, donné à la fille aux lunettes à fond de bouteille la règle à calcul de Sam. C'était le dernier jour d'école et je m'étais assis à côté d'elle dans le bus, comme toujours. Mais c'était différent.

La règle à calcul me semblait lourde dans la main.

« C'est pour toi, Cecilia. »

« Mais Robbie, je ne sais pas. »

« S'il te plaît. Accepte-la, c'est tout. C'est ce que je veux. »

« C'est vraiment gentil. C'est cool. Je suis contente que tu partes en Californie. Peut-être qu'un jour moi aussi je quitterai la Floride. »

« Ouais, dis-je. Un jour. » C'est un fait avéré que je ne revis jamais Cecilia. Je n'ai même pas de photo d'elle, et au fil des ans son visage s'est effacé de ma mémoire, comme dans cette chanson de *The Band*, *Katie's Been Gone*. Il y a probablement un album de fin d'année quelque part, mais je ne crois pas qu'il me montrerait ce que je veux voir.

Ma mère continua à manœuvrer à sa façon pendant un moment. « Je pensais que tu pourrais rester pour l'été. Je ne veux pas que tu partes. Robbie, écoute. Tu peux partir quelques semaines avant la rentrée. Qu'est-ce que tu penses de cette idée ? »

« Ce n'est pas ce que tu disais avant. Tu t'en souviens ? Les mots ont de l'importance, maman. Tu m'as dit de partir — tu as dit que c'était mieux comme ça. » Je me comportais vraiment comme un connard, mais il s'avéra que c'était ma spécialité.

« Robbie, écoute. Tu es mon fils aîné. »

« Et alors ? »

« Je t'aime plus. Je t'aime plus que les autres enfants. »

Ça me blessa, ce qui, j'en suis sûr, était le contraire de l'effet escompté, car j'étais convaincu que tous les parents aimaient leurs enfants de la même façon. Apprendre que cette idée était une illusion n'était pas une leçon que je voulais recevoir à ce moment-là ; c'était comme si la lune avait cessé de tourner comme je croyais qu'elle devrait. « C'est absurde, dis-je. Il doit y avoir quelque chose qui cloche chez toi. Tu devrais aimer tous les enfants pareil. »

« Non, Robbie. Ça ne marche pas comme ça. Tu ne comprends pas encore ce qu'est l'amour. C'est vraiment dur pour moi que tu partes, et surtout de cette façon, vu comment les choses se passent. Je suis ta mère. Quoi qu'il arrive, je serai toujours ta mère. S'il te plaît, reste. Pour l'été. Les choses vont s'arranger. »

« Non. Je veux être avec papa. J'ai hâte de partir d'ici. »

Et puis Sam eut la brillante idée que nous devrions tous aller à l'aéroport en famille pour qu'ils me disent au revoir. Bien sûr, ça n'enfonça le couteau qu'un peu plus, et je n'eus aucune chance d'avoir une discussion en privé ou un quelconque rapprochement de dernière minute avec ma mère. Pas de sursis. Je commençais à réaliser que tout cela était bien réel ; que je devais vraiment aller jusqu'au bout et partir. Mais j'insistai finalement pour qu'ils me laissent seul à la porte d'embarquement. « Je ne veux pas de vous ici ! Partez ! Je vous déteste ! »

« Mais Robbie, s'il te plaît », dit ma mère. Oui, je voyais bien qu'elle pleurait maintenant. Les gens regardaient, ce qui l'aurait gênée. Mais elle pleurait ouvertement.

« Non, dis-je. Ça suffit. C'est fini. » Je ne regardai même pas Sam, Sam Junior, ni la petite Jackie. Elle pleurait aussi. Je ne dis au revoir à aucun d'entre eux.

« Je n'ai pas l'intention de revenir en Floride, maman. J'en ai fini. Tu ne me reverras plus jamais », et je leur tournai le dos.

J'avais un peu le sens du drame, évidemment. Mais j'allais faire ma gamelle à grande distance et finalement avaler la pilule.

DEUXIÈME PARTIE — « California Reaming »

Un gars de Lorenzo, mal élevé,
Clama que sa sœur s'était déshabillée,
La grange, grande ouverte,
Passa sans alerte,
Et la vache trouvait ça fort dépravé.

Les gros réacteurs s'emballèrent, me clouant à mon siège bien droit comme quatre pattes invisibles. Cette curieuse sensation de quitter le sol me traversa les entrailles. La Californie, je le savais. était à six heures de là, reliée par un tiret d'une demi-heure à Houston. Je n'avais jamais volé seul, et je ne savais pas laquelle des nombreuses émotions qui m'envahissaient je devais m'autoriser à ressentir. Je n'étais certes pas censé pleurer, mais les larmes étaient là, prêtes. Je me sentais comme un prisonnier évadé.

Une jeune hôtesse de l'air dont le badge indiquait Shelly me surveillait du coin de l'œil. Son uniforme se plissait à des endroits intéressants. J'étais timide avec elle et l'esprit plein de fantasmes, comme un Walter Mitty adolescent et falot obsédé par la fanfiction, ce qui correspondait, à vrai dire, en grande partie à ce que j'étais à l'époque, et je regardais par le hublot le triste bleu et le blanc cotonneux nacré et irisé quand je ne fixais pas la jupe bleue de Shelly, à hauteur de mes yeux, et ses bas nylon tendus descendant vers de minuscules chaussures noires. Si elle se penchait, on pouvait en voir davantage — rien d'outrancier, comme un écusson cousu sur ses fesses portant l'inscription « Bite Me » —, mais juste sa chair naturelle, la courbe lisse de sa cuisse et l'arrière plat du genou recouvert de nylon. Je méditais là-dessus, parce que les bas nylon restaient pour moi une énigme ; on aurait dit qu'ils remontaient jusqu'en haut ? Mais alors, à quoi bon ? Ils auraient dû s'arrêter à la cuisse, comme une chaussette.

Il y avait une tache sur sa jupe, juste une petite tache ; mais je lui insufflai une existence romanesque en me racontant une histoire à son sujet. Comment elle était arrivée là. Ce qu'elle signifiait. Peut-être le pilote l'avait-il invitée dans le cockpit et avait-il renversé son... mais non. Cette tenue avait sans doute été conçue, pensais-je, à l'issue d'un processus rigoureux de design industriel, pour mettre en valeur et magnifier ce qu'elle contenait : un sac rempli surtout d'eau, en une époque prude fascinée par le sexe en avion, par les extraterrestres de *Star Wars* et par d'impudentes fembots sans visage.

Des coussins d'assise bleu azur profond. Ces coussins utilitaires, curieusement plats, ressemblaient à ceux de l'attraction Disney *Spaceship to Mars* et donnaient au vol un air suspect de simulation. Je m'agrippai à l'accoudoir au-dessus de l'Arizona et m'abîmai dans *L'Homme bicentenaire* d'Isaac Asimov pour me changer les idées face à la turbulence soudaine. *Mr. Toad's Wild Ride.*

J'étais certain qu'un homme normal aurait compris cette profonde magie de la technologie aérienne et y aurait réagi par un désir irrépressible de danser, tout spasmodique et saisi d'une peur frémissante, ou bien d'hurler de joie et d'émerveillement comme une banshee. Mais moi, l'homme contre-nature, le bâtard de Titusville, le renégat blanc de Hickory Hills, le fils arrogant destiné au paradis des écoles privées tandis que mes pathétiques camarades de classe pourrissaient dans la chaleur et l'humidité accablante de cet enfer qu'est la Floride, j'étais en route pour rencontrer Kickshaw le Grand.

Je restais assis là, légèrement étourdi, et vivais d'instant en instant un fantasme cauchemardesque : la peur, l'horreur, du vomi, du vomissement âcre dans ma gorge qui m'étouffait, du vomi jaillissant convulsivement, éclaboussant partout, éjaculant dans le petit sac en papier, haut-le-cœur après torride haut-le-cœur, tandis que mon esprit explosait au-dessus du territoire ennemi.

Ce sac. Je ne cessais de fixer obsessionnellement son bord blanc qui dépassait de façon obscène de la pochette du siège. Je ne le touchai pas ; je n'étais pas certain d'avoir le droit de le sortir avant le moment de la crise, et donc il restait là, et je ne pouvais rien faire d'autre que le regarder. Mais son existence même parlait de l'horreur du mal de l'air, et me rappelait d'innombrables reportages télévisés, des heures de détresse aérienne mises en scène. En ce temps-là, les gens fumaient dans les avions, et le léger filet de tabac, évanescent, était omniprésent. Ça me donnait envie de vomir.

Mais le sourire d'une femme montée à Houston et maintenant assise à côté de moi — une femme dont le postérieur était plus large que mes épaules, que j'imaginais comme une gracieuse princesse vache des Basses-Plaines du Texas — me rassura. Elle semblait si convaincue qu'il était possible de faire ce truc de l'avion, m'ordonnant par son calme de faire confiance à la machine, à l'Ingénierie comme profession de foi. Et au moins, j'étais sorti de Floride ! C'était ma pensée dominante à présent, après le mélodrame de mon départ et quelques heures de bruit blanc et de gorgées de Coca-Cola. Elle sentait la grand-mère.

« Alors, tu vas en Californie ? » dit-elle.

« Ouais, je vais voir mon père. »

« Tout seul ? »

« Bien sûr. »

« C'est merveilleux. Je vais voir mon fils. Il vit à West Valley. Vous connaissez ? »

« Non, madame. »

« Votre père, qu'est-ce qu'il fait dans la vie ? »

« Oh, c'est un acteur. Du moins, à temps partiel. »

« Vraiment ? C'est incroyable ! »

« Oui. » Je m'enflammais pour mon sujet. « Il vit à Hollywood. Il a eu quelques petits rôles dans *Star Trek* et d'autres émissions. Vous savez, les séries télévisées. Il s'est fait griller par un extraterrestre dans l'un des derniers épisodes. »

« C'est incroyable ! » dit-elle encore. Je ne pensais pas qu'elle serait familière de *Star Trek* et, fort heureusement peut-être, elle ne l'était pas. Je continuai donc à mentir.

« Oui, dis-je. Mon père, c'est vraiment quelqu'un. Il gagne tellement d'argent qu'il peut se permettre de m'envoyer en école privée. Il possède une Mercedes-Benz et un bungalow à Hollywood. »

La femme-vache cessa de parler après cela ; l'argent n'était peut-être pas un sujet de conversation admis dans sa brutale sous-culture de la pampa.

*

À mesure que nous approchions, minute après minute, ma peur et mon anxiété se dissipèrent. Le petit sac à vomi blanc ne fut soudain plus que ce qu'il était objectivement : un petit sac en papier ciré, inoffensif. Quelle bonne pensée de se dire que je trouverais peut-être un semblant de normalité en Californie avec Papa. C'était ma pensée dominante. Je ne savais pas grand-chose au fond et j'espérais simplement que tout s'arrange. Mais je ne le dis pas à Mme Texas Longhorn.

Shelly l'hôtesse de l'air ferma les hublots pour l'atterrissage après un message laconique du pilote, dont les mots brouillés m'étaient en grande partie indéchiffrables à travers les parasites. La Terre glorieuse nous accueillit avec amour dans une secousse, l'immense balle magique bondissant hors de contrôle dans ses bras. Mais c'était fini, tout à coup, et nous étions à terre. Retournés à la joyeuse terre nourricière. La Terre, la terre-mère. Je bondis de mon siège sans dire au revoir à personne.

*

« Robbie ! Par ici ! »

Mon père faisait de grands signes, souriant à pleines dents, qui m'attendait à la porte d'embarquement et me serra dans ses bras. Il était comme un grand ours brun — Smokey the Bear —, ses bras m'engloutissant d'une immense bonté. Richard, qui aimait qu'on l'appelle « Dick » avec toutes les connotations que ce prénom comporte, m'était soudain si familier. J'avais sans doute effacé son visage de ma mémoire, ou alors l'amnésie infantile s'en était chargée ; mais le visage que je voyais correspondait à mes attentes et j'éprouvai un grand soulagement, voire un élan d'affection, à son égard.

Il était là en chair et en os, mon père, enfin mon propre père, non pas Sam le gros crâne de la brigade des doigts boudinés, mais grand et bien bâti, beau même. Mon Père. À trente-huit ans, il ressemblait à un pin de l'île Norfolk qui a grandi en affrontant les vents de la côte et est désormais d'une force au-delà de la force, un tronc impossible à abattre. Son odeur, un mélange d'après-rasage Old Spice et de sueur, semblait d'une familiarité envoûtante. Elle évoquait des époques dont je n'avais aucun souvenir conscient, mais il y avait une réalité cachée, un passé caché, qui venait avec cet homme.

« Robbie, voici mon ami Lawrence », dit-il.

« Appelez-moi Larry », dit le petit homme mince, en me tendant la main. Je ne l'avais pas vraiment remarqué jusqu'à cet instant, mais il était manifestement *avec* mon père. Il souriait, il était sympathique, un peu plus jeune que mon père — d'une génération même —, mais considérablement plus âgé que moi, aux traits lisses — mon père portait une moustache de tueur, très dans la mode des années 70 — mais Larry était à ce moment-là imberbe, avec des cheveux noirs et un visage à moitié asiatique. Il souriait comme un pirate.

« Bonjour, Larry, dis-je. J'adore la dent. » Nous nous serrâmes la main, une vraie poignée de main, comme deux hommes.

« Bien, dit mon père. Oh merde ! J'ai oublié d'apporter le Nikon. »

« Vous avez raison, Dick. Comment avons-nous pu oublier ça ! Bon, on pourra prendre des photos bientôt. Je m'en occupe. »

« Je laisse beaucoup de détails comme ça à Larry, fiston. C'est un expert en information et une fontaine de faits. Et il a un sens du style comme tu n'en as jamais vu. »

« Oh, écoutez-le me flatter. » Mais Larry souriait des yeux. Quand il faisait ça, on pouvait voir sa dent en or pointer le bout du nez, et son visage avait une torsion, telle que l'un de ses côtés était différent de l'autre. L'« autre » côté portait une boucle d'oreille en or, à la façon de Sinbad le Marin, tandis que le côté proche — le côté sous le vent — était plus ouvert et « normal ». Une combinaison intrigante de parties, ce visage. Larry n'était pas facile à oublier. Quand il marchait, la fluidité de son pas était telle qu'il semblait glisser. Cet effet était si marqué qu'il amenait parfois les gens à le prendre pour une célébrité. Sa tendance à s'habiller avec une élégance parfaite, en une époque de négligé et de paresse, accentuait chez l'observateur ce sentiment d'inquiétude à l'idée d'entrer en contact imminent avec une célébrité, avec la gloire. « J'ai sûrement déjà vu ce type quelque part », telle était l'intuition commune. Mais avec moi, il était toujours calme et doux. Presque maternel, même si je sais que ça sonne comme un cliché. Il était aussi minutieux ; et je crois qu'il décida immédiatement que j'avais besoin de plus de vêtements.

Mon père regarda sa montre. Je remarquai qu'elle semblait être de très belle qualité ; le cadran lui-même semblait incrusté de petites pierres ; ce n'est que bien plus tard, quand il était absent et que je me posais des questions dessus, tic-taquant sur sa commode quand la maison était silencieuse — le bougre, c'était une Rolex.

Il semblait pressé de partir. « Allons chercher tes bagages, et après on pourra peut-être trouver un endroit pour parler. Il y a quelques trucs que je dois dire, mon pote. »

« Bien sûr, papa. »

« Tu entends ça, Larry ? Papa. Je suis papa. »

« C'est sûr, Dick. Tricky Dick s'est reproduit. Et voilà les fruits. Vous semblez être de belle progéniture, Robert. Puis-je vous appeler Robbie ? »

« Bien sûr, dis-je. »

Nous descendîmes au carrousel à bagages et récupérâmes mes deux sacs — qui contenaient en gros tout ce que je possédais —, beaucoup de livres dans l'un d'eux —, puis nous trouvâmes un endroit pour nous asseoir.

« Fiston, il y a quelques trucs dont on devrait parler. »

« Bien sûr, papa. »

« Eh bien, je ne sais pas si je suis très doué pour expliquer les choses. Mais Larry et moi, on est ensemble, tu vois. Larry vit avec moi. »

Je haussai les épaules. « Ah ouais ? Eh bien, c'est cool. »

Mon père sembla un peu déconcerté par cette réponse. Le phaseur était visiblement réglé sur étourdissement léger. Il regarda Larry, qui sourit alors et dit : « Ce que ton père essaie de te dire, Robbie, c'est que ton papa et moi, on est gay. Tu sais ce que ça veut dire ? »

« Pas à cent pour cent, dis-je honnêtement. Et maman, elle est au courant ? » dis-je en regardant mon père.

Il sembla un peu décontenancé. « Euh... bon... »

Larry croisa les bras et fit une grimace à mon père ; ce geste, chose étrange, me le rendit plus proche ; Larry pensait manifestement exactement comme moi. « L'honnêteté est toujours la meilleure politique, Dick, dit-il. Ou devrions-nous t'appeler Tricky Dick ? »

Mon père eut l'air un peu abattu. « Ouais, je sais. »

« Courage, papa, dis-je. Je ne te dénoncerai pas. » Je ne lui avais rien dit de mon départ de Floride, et en fait les détails n'étaient pas quelque chose que je comptais lui révéler. Pas si je pouvais faire autrement. J'en avais déjà la nausée. Je me contentai d'expliquer que ma mère avait accepté que je passe tout l'été. « Je suis vraiment emballé, papa. C'est tout bon. »

*

En fait, j'étais un peu paniqué par ce que mon père et Larry avaient dit. « Putain de merde. Mon père est un pédé. » Telle fut ma toute première réaction. Mais j'essayais de rester cool. Je ne savais pas mettre des mots sur ce que je ressentais ; on n'avait pas les mots pour ça, à l'époque. C'était juste une peur vague et obscure d'être différent, ou peut-être la peur de craquer, comme du lait mélangé à du café noir brûlant et qui, soudain, se met à cailler. Du caillé, du petit-lait et du vomi. J'eus le sentiment accablant que mon père était peut-être un type bizarre, qu'il avait quelque chose qui clochait chez lui, et que, quoi que ce fût, cela se trouvait peut-être en moi aussi. Cette pensée me terrifia un instant. Après tout, j'étais son fils, son fils naturel, et le produit de son matériel génétique. Du moins, c'est ce qu'il semblait. Je me demandai soudain s'il ne fallait pas faire une sorte de test de paternité. S'il était vraiment mon père, s'il était « gay » et n'aimait que les hommes, qu'est-ce que cela signifiait pour moi ? Allais-je finir par devenir comme ça un jour moi aussi ? Et s'il était pédé, comment se faisait-il qu'il ait mis ma mère enceinte ? Avait-il vraiment fait la chose, d'ailleurs ? Ou l'avait-il infectée d'une manière ou d'une autre, comme un parasite extraterrestre s'enfonçant dans la vacuole d'un animalcule ? Je me mis à envisager divers scénarios de science-fiction. Puis j'envisageai la possibilité que tout cela soit la faute de quelqu'un. Peut-être celle de ma mère. Peut-être avait-il autrefois aimé les femmes, mais s'était-il désormais tourné vers les hommes ? Et si c'était le cas, ma pauvre mère l'avait-elle en quelque sorte rebuté ou rendu gay en faisant les mauvaises choses au lit, les choses sexuelles inappropriées ou inadéquates ? Cela me fit penser à ma mère et à ce porc de Sam, et à quel point je le détestais désormais. Ces deux-là avaient baisé. Oui, baisé, rien que d'y penser, c'était impossible à imaginer pour moi. En partie parce que je n'avais jamais vraiment fait ça, mais aussi parce que leurs corps, leurs silhouettes, semblaient incongrus. Le sexe. La physique de la chose. Et ils avaient fait deux enfants d'une manière ou d'une autre ; peut-être que d'autres viendraient, se glissant dans ma chambre, fouillant dans mes affaires, puis me dénonçant. Oh, quelle horreur. Mais d'une certaine manière, ma mère et mon vrai père avaient eux aussi fait ça, à une époque préhistorique lointaine, peut-être au Crétacé, et j'étais leur résultat saturnalien impie. Et c'était quoi, exactement, cette histoire de gay, de quoi s'agissait-il, au juste ? Mais qu'est-ce qui se passait, bon sang ?

C'était le genre de questions absurdes qui me traversaient l'esprit. Je me sentais comme Bambi essayant d'échapper à Godzilla. Un vaisseau spatial explosif en flammes s'était écrasé sur moi. Les torpilles à photons explosaient une à une dans ma tête.

Cependant, une autre partie de mon esprit, complètement différente et distincte, était en réalité ravie. Mon père était un pédé, oui, et cette honte était sans doute une préoccupation, quelque chose à cacher, mais il était aussi « gay », ce qui signifiait probablement qu'il était follement anticonformiste, branché, cool. Il *avait ses trucs*. Et ce mec gay, Larry, qui était clairement, genre, super gay, eh bien, bon sang, c'était vraiment un trip. Il était intéressant, excentrique, tellement excentrique, tellement à l'opposé de la Floride baptiste du KKK, et je n'avais aucune idée de ce à quoi m'attendre, mais ça allait sûrement être un été intéressant.

C'est un fait que mes peurs, mon inquiétude et mon anxiété se dissipèrent rapidement. Alors que nous roulions de Los Angeles vers Santa Barbara, j'eus le temps de me détendre et de me calmer. Il y avait une brise venue de la mer, et la Californie, je rayonnais, était tout simplement *d'enfer*. Mon Dieu. C'était soudain tout ce à quoi je m'étais attendu, baignée de soleil, de smog, de poussière, de crasse et de la joie du commerce. Larry s'assit exprès à l'arrière, même si c'était sa voiture, pour que je puisse m'asseoir à côté de mon père, ce qui était cool, et je me déposai vite dans cette expérience de la route-comme-destination, l'expérience américaine de la voiture, la vie au volant, la vie à 70 miles à l'heure. Il y avait aussi de la musique dans la voiture, de la bonne musique à mes oreilles, et *Maggie May* de Rod Stewart hurlait dans les haut-parleurs de la Camaro de Larry.

C'est Larry qui fit en sorte que tout fonctionne. À chaque étape, Larry me construisait une rampe à laquelle m'accrocher. Mon père était comme un ours qui cassait les chaises en s'y asseyant ; mais Larry avait tout sous contrôle, et même plus. Leur ancienne maison sur De La Vina Street à Santa Barbara était excentrique mais sympa, et on voyait bien que Larry était le décorateur d'intérieur et qu'il avait un sens du style fantastique. Architecturalement la maison avait un air de San Francisco, mais à l'époque je ne le savais pas. Elle était aussi typique des années 70 qu'on puisse l'imaginer : des bougies électriques sur une immense table en bois qui était littéralement une tranche d'un énorme arbre, avec ses anneaux et tout ; et il y avait un fauteuil poire, ou plusieurs ; des serviettes aux tons terreux et de la vraie faïence majolique dans une cuisine ensoleillée, des carreaux muraux vert avocat dans la salle de bains, un vitrail dans la porte d'entrée — un superbe ours brun de Californie dans des teintes douces, qui me fit penser à Smokey the Bear ; nous rîmes en le voyant et en remarquant la vague ressemblance qu'il semblait présenter avec mon père ; et des perles, voire du macramé au mur. Du beau bois. J'avais ma propre chambre, ce qui était une nouveauté (auparavant j'avais partagé une chambre avec mon demi-frère cadet Sam Jr.), et Larry avait ajouté quelques petites touches sympas pour moi, comme un poster de la récente tournée *Tusk* de Fleetwood Mac, qu'il pensait que j'aimerais (je n'avais même pas encore entendu Fleetwood Mac, je n'en avais aucune idée, c'est dire à quel point j'étais à la traîne) et un ficus d'un mètre quatre-vingts et quelques petites fougères « pour produire de l'oxygène dans ta chambre », dit-il. Il avait même sélectionné un autre poster — Farrah Fawcett, le maillot de bain rouge originel, tétons pointants — et l'avait accroché au mur à un endroit bien visible depuis le lit. J'étais au paradis.

L'art était aussi celui de Larry. Beaucoup d'œuvres étaient clairement gay — je dois l'admettre — de très beaux corps masculins, pas des gars en cuir prêts à baiser, mais juste des hommes nus, gracieux et séduisants. Des dessins, pour la plupart. Rien d'ouvertement sexuel — pas d'érections. Rien qui atteignît le niveau d'un Mapplethorpe — mais clairement, de très beaux modèles masculins. Certaines œuvres reflétaient une sensibilité académique ; si les modèles avaient été féminins, personne ne les aurait trouvées déplacées. Mais c'étaient des hommes aux beaux corps naturels, avec des poils pubiens et des sexes détaillés, tous dessinés d'après nature.

« Alors, d'où vient tout cet art ? » dis-je.

« Eh bien, une partie est de moi, dit Larry. »

« Quoi ? Tu veux dire que c'est toi qui as dessiné tout ça ? »

« Larry est un vrai artiste, fiston, dit mon père. C'est du sérieux. C'est même dans une galerie d'art qu'on s'est rencontrés. N'est-ce pas, Spanky ? »

Larry rit. « On s'est rencontrés, oui, mais c'était pas mon expo. Grand dommage. »

« Waouh, c'est quoi ça ? » dis-je en regardant un dessin dans le salon. L'étrange mais magnifique dessin régnait dans la pièce depuis un emplacement central au mur, au-dessus du canapé. C'était de la craie sur papier feutré noir, une sorte de bébé qui rampait et un chien qui aboyait. Ça ressemblait à du graffiti, mais le style était mémorable. L'ensemble était soigneusement encadré dans un cadre en bois blanc.

« C'est un Keith Haring, dit Larry. J'ai visité New York l'année dernière pour une expo et je l'ai rencontré. C'est un artiste de rue pour l'instant, mais il va être grand un jour, c'est évident. Ça vient du métro. Je l'ai plus ou moins volé. Il attire déjà beaucoup d'attention. »

« C'est trop cool. »

« Ouais, j'ai pu traîner avec lui. Un type sympa. »

« C'est vrai ? Je veux dire... »

« Ouais, Robbie. Tu peux le dire. »

« Il est gay ? »

Larry se gratta le front. « Eh bien, j'espère vraiment que oui. »

Mais je n'ai même pas encore parlé de la chose la plus importante, celle qui me valut le plus de points avec Larry : les guitares. Larry en avait plusieurs, et c'étaient de vraies beautés. Il y avait même une salle de musique ; des trucs comme des amplis, dont je ne savais franchement rien mais qui avaient l'air impressionnants. Et il dit : « Tu aimes la musique, Robbie ? » J'étais timide et les yeux baissés. J'aimais vraiment ça, pourtant. Je voulais tellement apprendre à jouer de la guitare, parce que ça semblait tellement cool, mais j'étais trop timide pour faire grand-chose. L'idée d'entrer dans un magasin de musique et d'essayer un truc pareil avec des gens qui me regardaient me semblait tellement intimidante.

« Alors, c'est quoi ça ? » dis-je en montrant la guitare la plus proche.

« C'est une Stratocaster, dit Larry. »

« Et celle-là ? »

« C'est une Les Paul Gold Top — une Gibson. Ton père me l'a offerte en cadeau l'année dernière. »

« Waouh. »

« Oh, tu ne les as même pas encore entendues. Tiens, viens qu'on t'installe. » Et Larry se mit à m'ajuster avec la Strat, raccourcissant un peu la sangle. « Voilà, prends ce médiator. Maintenant, essaie juste de gratter. Ne t'occupe pas encore des cordes. »

Je passai le médiator quelques fois sur les cordes, puis Larry alluma l'ampli. Il y eut une brusque montée de son qui sortit de l'ampli devant moi. Je fis un bond en arrière. « C'est vraiment fort ! »

« Ouais, ça peut monter bien plus haut. On ne peut pas trop monter, vraiment. C'est seulement le 4 sur le bouton. »

« Seulement le 4 ? Oh mon Dieu ! » J'étais sidéré.

« Voyons si je peux t'apprendre quelques accords. »

*

C'était le matin du troisième jour et je me sentais un peu comme j'imaginais qu'un vrai rockeur californien se sentirait. Je flemmardais au lit ; Larry et mon père étaient tous deux partis à leurs sites de travail respectifs, mon père à son agence immobilière, et Larry à son studio « espace artistique » où toutes sortes de *hijinx* pouvaient se passer — dessin d'après modèles nus, peinture, sculpture, bœufs de rock and roll — je n'en avais aucune idée et ne pouvais qu'imaginer. Larry entrait dans une phase musicale, m'avait dit mon père.

Et donc j'étais à la maison, c'était l'été, et pas grand-chose à se préoccuper pour l'école à part l'énorme liste de lectures dans laquelle j'étais censé me plonger. La vie était belle.

Larry avait utilement meublé ma chambre de quelques objets utiles, dont un plan de Santa Barbara que je comptais utiliser cet après-midi. Il était temps pour moi de sortir, je le sentais. Mais Larry avait aussi fourni autre chose — peut-être en guise de blague — car j'apprendrais bientôt que Larry était un peu farceur. C'était enveloppé dans un sac en papier brun avec l'annotation : « Amuse-toi bien, Robbie ! De la part de Papa. » Mais je devinai immédiatement que c'était l'écriture de Larry.

J'ouvris le sac et trouvai un exemplaire de Playboy du mois de juin 1979. Oh là là, oh là là. Je me levai et fis le tour de la maison — tout était calme, même la circulation sur De La Vina semblait apaisée tandis qu'approchait mon heure de révélation, et la porte d'entrée bien verrouillée, parfait. Je courus à ma chambre et fermai la porte. Ma première plongée dans un Playboy. Je me préparai à une merveilleuse séance de plaisir onaniste, sans culpabilité.

Une dizaine de minutes passèrent et je crus entendre la porte d'entrée s'ouvrir ; était-ce une clé dans la serrure et le verrou qui tournait ? Ou n'était-ce que ma paranoïa ? D'abord je pensai, non, c'est impossible. Pas moyen. Je repris mon activité. L'attrait de ces seins choyés de séance photo était trop fort pour que je lâche prise. Puis j'entendis, très distinctement, « *Esos bastardos!* » et « *Pinches jotos, siempre con sus cosas...* » C'était une voix de femme, et je crus peut-être qu'elle cambriolait chez mon père. La porte de ma chambre s'ouvrit alors d'un coup.

« *Pequeño bastardo !* » s'écria la femme. « *¿Qué estás haciendo aquí?* Mais enfin, c'est qui toi ? » dit-elle finalement, en anglais.

« Je m'appelle Robbie ! » bredouillai-je.

« Robbie ? T'es un des fuck boys de Larry ? » dit-elle.

« Quoi ? Non ! Je suis le fils de Richard. »

« Fils ? Ehh... »

« *Hijo ! Hijo !* » hurlai-je.

« *¿El idiota tramposo tiene un hijo?* » Puis elle sembla comprendre. Elle se mit à rire.

La femme était âgée à mes yeux — la trentaine avancée —, pas sans charme avec ses gros seins ballottants, mais sans non plus faire rêver, et je devinai que c'était la bonne — mon père n'avait rien dit d'une femme de ménage. Mais je réalisai alors que j'étais nu. J'étais, pour ainsi dire, pris *en flagrant délit*. Elle semblait regarder attentivement mon visage, puis en bas, vers ma situation. Il y avait peut-être une ressemblance familiale avec mon père — dans mon visage, je veux dire. Puis la vieille vache aperçut le magazine sur le lit et hocha simplement la tête avec réprobation. « *Demonio sexual !* » Elle se signa pieusement tandis que je lui faisais de grands gestes des bras pour qu'elle sorte.

« Sale petit garçon ! » dit-elle enfin. « Tout comme ton père », et elle ferma la porte avec fracas.

Quelle que fût l'excitation érotique que j'avais ressentie auparavant, elle s'était soudain envolée, car j'avais été pris sur le fait. Mon visage était rouge dans le miroir de la salle de bains. Je pris une douche et sortis de la maison assez vite.

C'est ainsi que je fis la connaissance de Conchita, la bonne. Mon père et Larry s'esclaffèrent de toute cette histoire quand je leur racontai le soir.

« Tu aurais au moins pu me prévenir, dis-je. »

« Honnêtement, fiston, je n'y ai pas pensé. »

« Conchita est une dépense considérable, mais je refuse de laver les caleçons de ton père, dit Larry. »

*

Cet été-là fut une période d'exploration — de toutes sortes, j'imagine — et il me changea, principalement grâce à la liberté. Probablement trop de liberté. Mon expérience de ce phénomène s'était jusque-là limitée au choix d'une boîte de céréales le samedi matin au Publix ; mais désormais j'avais du temps libre, le libre arbitre, et aucune contrainte évidente sinon le bon sens et l'argent. Mon père se fichait pas mal que je dise « putain », que je mange ceci ou cela, ou à quelle heure je me couchais le soir. Il y avait de la bière dans le frigo, et même si ça ne m'intéressait pas, ça ne l'aurait pas dérangé si j'en avais pris une. Mais il avait quand même quelques règles et quelques contraintes de base, comme ne pas le déranger, lui et Larry, dans leur chambre. Je le comprenais, je respectais ça. Il y avait un lit à eau là-dedans, et d'autres choses farfelues, des choses sur le mur, des choses dans le placard, et ce n'était pas mon territoire. Oui, j'ai jeté un œil quand ils étaient sortis. Je me sentais comme un locataire dans un spectacle de monstres, mais je pouvais passer outre grâce à la joie que toute cette liberté apportait dans mon cœur.

Mon père s'intéressait aux grandes choses, comme de savoir si j'étais enthousiaste et motivé, si j'avais des idées, si je savais parler avec esprit, défendre un point de vue ou apporter quelque chose à une conversation. Si j'étais silencieux ou réticent, il cherchait à en savoir plus.

« Tu es un garçon intelligent, tu as sûrement réfléchi à ça ? »

« Pas vraiment. »

« Tu devrais, ça te rapportera de l'argent un jour. »

Oui, il se souciait de l'argent. Il pensait beaucoup à l'argent. Il était impressionné que j'aie eu mon petit boulot de livreur de journaux, et je lui racontai tout, même à propos des Johnson et du billet de cent dollars. Je n'avais jamais raconté cette histoire à personne et me voilà, assis sur la moquette à poils longs de son salon, à tout déverser, comme ma mère lors d'un café entre copines. Son seul commentaire fut : « Tu as surmonté ça, tu as relevé un défi. Tu as gagné. » Cela lui faisait une joie immense que j'aie eu une expérience professionnelle, et en plus en tant qu'indépendant. « Un billet de cent dollars ! » Il y revenait souvent, le visage rayonnant, et semblait croire que c'était un présage de chance.

« Le travail te rendra libre, Robbie ! » me dit-il un jour.

« C'est exactement ce que les nazis disaient aux Juifs, dit Larry. »

« N'importe quoi ! »

Je ne crois pas que mon père ait compris la référence.

Nous passions beaucoup de temps à discuter, mais c'était généralement dans le cadre d'une activité sociale. Il n'était pas loquace en privé ; là, il avait tendance à devenir introspectif et replié sur lui-même. Il lui arrivait de sembler abattu et de se retirer dans son monde privé. Mais dans un lieu public, surtout après un verre de vin ou une canette de Coors Light, il s'ouvrait. Il savait raconter des blagues. Certaines étaient grivoises, quelques-unes étaient mordantes et sarcastiques. Mon père adorait aussi faire étalage de sa richesse d'une manière que je trouvais ridicule. Il aimait aller dans de bons restaurants ; par exemple, nous allions tous les trois chez Luigi's sur State Street, un restaurant italien si authentique qu'on s'attendait à voir des gangsters rôder au bar. Mon père entrait dans le restaurant comme un roi, droit et la tête haute, et désignait la direction générale de la section de Lorenzo.

« La section de Lorenzo est complète, monsieur, pourquoi ne pas essayer... »

« Absolument pas, nous attendrons. »

Aucun autre serveur ne ferait l'affaire. Et bien sûr, la section de Lorenzo se trouvait tout au fond du restaurant, ce qui, dans un restaurant italien, est l'endroit où s'asseyaient les hommes d'honneur et les capos les plus respectés, pour pouvoir surveiller la porte d'entrée et parler à voix basse. Mon père n'avait aucun mal à se mêler à la clientèle de cet endroit. Il n'était pas un *made man*, mais un *self-made man*, ce qui revient à peu près au même dans ces milieux-là. Il adorait être vu et était toujours en train de vendre. « Toujours vendre, Robbie », aimait-il dire. Lorsque Lorenzo eut pris notre commande et que le Chianti fut apporté, je m'émerveillai devant la bouteille, enveloppée dans un panier en paille. « Le Chianti vient de Toscane, fiston. C'est en Italie. »

« J'ai entendu parler de la Toscane, papa. »

« Tu entends ça, Lorenzo ? Il m'appelle papa ! Voici mon fils Roberto, il sort tout juste de l'exil en Floride. Il va à Kickshaw. »

« Une école privée ! » s'exclama le vieux serveur. « Très bien. Très bien. Roberto souhaite-t-il goûter un verre de notre Chianti ? »

« Robbie, tu veux un verre ? » demanda mon père.

« Oui, s'il te plaît, dis-je. Merci, monsieur. »

« Il est très poli, votre fils. »

« Il est intelligent, aussi, dit mon père. Il a roulé un nègre pour lui soutirer un billet de cent dollars. »

« Alors il est doué pour l'argent comme son papa. »

« En effet. Et il sait se servir d'une règle à calcul. »

« Vraiment ? dit le serveur. Bene, bene. Il sera scientifique ou ingénieur. »

J'arrosais mes pâtes de vin et absorbais les compliments comme une sauce sur du pain. La chaleur m'envahit d'un sentiment d'exaltation et, à vrai dire, d'un léger vertige. « Alors c'est ça, l'alcool », pensai-je.

« Tu aimes le vin, Robbie ? » demanda Larry.

« Je me sens chaud, dis-je. Même rougeaud. »

« C'est le doux feu du raisin. Mais regarde ce qui m'arrive. » Le visage de Larry s'empourprait.

« C'est le Jap qui est en lui, Robbie. »

« C'est vrai, les Asiatiques ont tendance à rougir à cause de l'alcool. Pas tous, mais c'est une chose. »

« Ton père vient du Japon, Larry ? »

« Ma mère. Elle est née à Hawaii, en fait. Lui, c'était un marin qui a failli se faire arracher les couilles à Pearl Harbor. »

*

« Papa, dis-je. Pourquoi es-tu devenu gay ? »

C'était un vendredi soir. Nous rentrions de chez Luigi's après avoir encore profité du Chianti et de leur fantastique pain à l'ail, et nous étions maintenant assis à regarder une rediffusion de *Kung Fu.*

« Robbie, est-ce que je dois vraiment répondre à ça ? »

Papa en était bien avancé dans un pack de six Coors Light, aussi me dis-je qu'il était peut-être prêt à se confier sur quelques points.

« Je ne sais pas, papa. Je crois que oui. »

« Mais pourquoi ? »

« Parce que j'essaie de comprendre certaines choses. Pour moi-même. J'ai peur d'être gay. Larry dit que je ne le suis pas... »

« Tu ne l'es pas », lança Larry depuis la cuisine.

« ... Mais il y a des questions évidentes qui se posent. On n'en a jamais parlé. Je sens que c'est le bon moment. Est-ce que c'est à cause de quelque chose que maman a fait ? »

« Non, mon fils. Ça n'a rien à voir avec ta mère. C'était bien avant de la rencontrer. »

« Eh bien, alors ? »

C'est là que Larry sortit de la cuisine pour nous rejoindre. « Alors, Dick ? »

« Alors quoi ? »

« Raconte-nous. Les personnes intéressées veulent savoir. » Il souriait et joignit le bout des doigts en pyramide, comme s'il s'apprêtait à entendre quelque chose d'amusant. « Comment le grand Dick Gray est-il devenu gay ? » Il s'affala sur le canapé. « Nous sommes tout ouïe. »

« Oh là là. D'accord. Très bien. C'est toute une histoire. Tout ça s'est passé il y a très longtemps, dans une galaxie très, très lointaine. Cette époque me semble aussi lointaine que celle des hommes des cavernes. Bref. Un soir, je me suis échappé de la maison. J'avais probablement dans les douze ans. Mon objectif était d'aller voir un film porno. Un film classé X. J'en avais entendu parler par mes copains à l'école. À Portland à l'époque, du côté de Division Street, il y avait ce cinéma porno. Je suppose qu'il en existe encore. J'ai dû me faufiler hors de la maison très discrètement, m'assurer que mes parents dormaient et me glisser dehors. J'ai trouvé mon vélo — je l'avais planqué loin de la maison, tu vois — et j'ai pédalé, pédalé sur mon petit vélo d'enfant. Finalement j'ai trouvé la rue et j'ai pu apercevoir le cinéma sous la lumière crue des réverbères. J'ai essayé d'entrer, mais ils ne voulaient pas me vendre de billet. Je me suis approché de la caisse. Il y avait un vieux type crasseux qui ressemblait à un clochard dans la cabine. J'ai dit : « Un billet, s'il vous plaît », et il m'a juste regardé en riant. « Dégage d'ici, gamin. C'est pas pour toi. »

« Mais je veux voir. »

« Tu veux voir quelque chose ? » dit-il. « Va t'acheter un magazine, petit voyou. » Il m'a grogné dessus. « Dégage d'ici ! »

Je me suis éloigné, me sentant idiot, mais je ne suis pas parti. J'ai un peu repéré les lieux. Je suis passé par derrière. J'ai vu des types entrer et sortir par la porte de derrière. Je me suis dit : je vais juste attendre que quelqu'un ouvre la porte, et me faufiler à l'intérieur. C'est ce que j'ai fait.

Je suis entré dans la salle et j'ai trouvé une place. Les lumières venaient juste de s'éteindre. J'ai remarqué qu'il y avait plein de mecs ; en fait, tout le public était composé d'hommes de toutes sortes. Et j'étais très excité, tu vois ? Parce que je pensais qu'enfin j'allais voir un film classé X. J'étais tellement fébrile et tendu que je me serais bien éclaté.

Le film a commencé et mes yeux étaient collés à l'écran. J'étais perplexe. Je ne comprenais pas d'abord. Mais j'ai regardé de côté, et ce type, juste plus bas dans le couloir, il avait sorti son engin et se le frottait. J'étais choqué. Puis il m'a semblé que tout le monde en faisait autant — ils s'étaient tous mis à se masturber aussi. Soudain, à mon grand effroi, j'ai réalisé que c'était un film gay. Du porno gay. Et tous ces types, ils se masturbaient sur ce porno gay. À l'écran, au lieu d'une fille sexy, il y avait un mec, un mec tout nu, qui faisait l'amour à un autre mec tout nu. Et ensuite, eh bien, il se passait beaucoup de sexe de toutes sortes, et c'était toujours homme contre homme. Des mecs qui se faisaient des choses — je ne te dirai pas lesquelles, Robbie. T'es trop jeune.

Bref, je ne savais pas quoi faire. Parce que, tu vois, j'étais encore très excité, mais aussi très déçu. Je me sentais lésé. J'avais vraiment besoin, tu sais, d'une libération sexuelle. C'était comme si ma tête allait exploser. Il fallait que quelque chose cède. Mais une petite partie de mon cerveau hésitait. Je remettais en question mon excitation. » Il fit une pause, comme pour se souvenir. « Tu vois, si ça avait été un porno hétéro, j'aurais probablement immédiatement rejoint les autres types et je me serais masturbé sans trop me poser de questions. Mais là, j'étais dégoûté et en même temps excité. C'était du sexe, après tout. Je me sentais partagé. Avec tout ça, j'ai dû décider quoi faire et je suppose que je me suis juste laissé aller. Comme dans cet épisode de *Star Trek*, tu sais — je voulais ma part de l'action.

— Ma part de l'action ? Tu te laissais porter par le courant ? C'est ce que tu essaies de dire ?

— Eh bien, oui, Robbie. Je me laissais porter par le courant. Tout le monde le faisait alors je l'ai fait aussi. Quand on est à Rome, tu vois. Donc j'ai sorti mon engin et je me le suis frotté sur le porno gay. J'y ai pris goût. Je suis retourné à ce cinéma quelques fois encore. Et puis, eh bien, il y avait un type, il n'était pas si vieux, c'était un beau mec à peu près de l'âge de Larry, peut-être moins. Son nom m'échappe pour l'instant. Il m'a abordé dehors. Nous avons parlé, et il a dit que j'étais trop jeune et que je n'avais rien à faire là. Il essayait de me materner, tu vois ? Il a dit que c'était pour les adultes. Il m'avait vu me masturber, et il trouvait que je ne devrais pas être là. Il s'inquiétait pour moi. Je l'ai respecté, je voyais que c'était quelqu'un de bien. J'ai même envisagé si peut-être... Bref, j'y avais pris goût à ce moment-là. »

« Tu étais perdu ! dit Larry. Ça me rappelle Francis Bacon. Il a été perdu à seize ans. »

« C'est qui Francis Bacon ? dis-je. »

« C'est un peintre, Robbie, dit mon père. »

« Ouais, dit Larry. Plutôt tordu lui aussi. Mais quel talent. Son art est l'un des plus choquants du XXe siècle. Son père l'a surpris à porter les vêtements de sa mère et l'a fait fouetter par les garçons d'écurie en punition. Alors devine ce qui s'est passé ? »

« Euh, il s'est mis à s'intéresser aux chevaux ? »

« En quelque sorte. Il a commencé à avoir des relations avec les garçons d'écurie. Ils le fouettaient. »

Mais je n'étais pas convaincu. Je regardai mon père dans les yeux. « Donc tu as regardé du porno gay, et ça t'a rendu gay ? Papa, ça ne semble pas crédible. C'est le genre de chose qu'Anita Bryant dirait. »

Larry rit.

Mon père baissa la tête et fronça les sourcils. « Eh bien, bon sang, Robbie. Tu me l'as demandé, et c'est ce qui s'est passé. C'est une histoire vraie. C'est en regardant du porno gay que je suis devenu gay. C'est arrivé. »

*

Je ne savais pas quoi penser de l'explication de mon père, parce qu'elle allait à l'encontre de mes propres idées sur la psychologie. Je ne pensais tout simplement pas que regarder du porno gay dans un cinéma pouvait rendre quelqu'un gay, pas plus que lire *Moby Dick* ne pourrait vous transformer en baleine. Et Larry semblait du même avis.

D'un autre côté, je n'avais jamais vu de porno gay. Peut-être qu'exposer un garçon à des pénis en quantité, encore et encore, *pouvait* le rendre gay. Ça m'inquiétait. Je savais aussi qu'un jeune garçon en état d'excitation baisse ses inhibitions et a toutes sortes de pensées. J'en avais certainement, des « idées », quand je me soulageais dans l'intimité de ma chambre, en pensant à ma mère sous la douche, et en essayant d'atteindre le plafond, comme *Mad Magazine* l'avait un jour suggéré dans un article que j'avais lu au camp scout. Bref, c'est pour ça que je faisais ce que je faisais en secret et n'avouais jamais rien. Tout ça, c'était cachotteries, honte et quelque chose à garder pour soi.

Mais des types comme Hedda Henry, ils aimaient passer du temps ensemble en groupe, à reluquer des filles nues dans des magazines porno et à en parler sans fin. Ils parlaient probablement même de leur propre engin. Est-ce qu'ils se touchaient ? Je suppose que ce genre de choses peut arriver, surtout dans une école de garçons. Mais je trouvais ça plutôt merdique comme comportement. Je me sentais coupable rien qu'à imaginer du mec contre mec, encore moins à envisager de le faire.

En fin de compte, je regrettai d'avoir interrogé mon père sur son histoire, parce que c'était sa vie privée et ça ne me regardait pas de toute façon. Il avait révélé une partie de sa vie, quelque chose d'important pour lui, et je l'avais mis en doute. C'était une erreur, et il était manifestement blessé, mais il était maintenant trop tard pour rembobiner la cassette.

*

C'était le jour d'installation, et mon père m'emmena à l'école vers dix heures du matin. Larry était occupé pour une raison quelconque et ne put venir, c'était juste moi et Dick. Mon père était habillé en tenue de week-end mais avait encore fière allure. Sa toison thoracique saillante et son torse étaient de surcroît ornés d'un petit yin yang blanc et noir serti sur une fine chaîne en or ; mais son élégant blazer blanc et son chino, avec des chaussures bateau en dessous, lui donnaient un air preppie. Il était détendu et paraissait fort et sûr de lui ce jour-là. C'est ainsi que j'aime me souvenir de lui. Il conduisait avec un grand bras sur le volant et l'autre calé sur le bord de la fenêtre ouverte, le coude en bas et la main sur le cadre. Nous étions dans la Bimmer. Je n'avais pas souvent pris cette voiture, et elle sentait la récente mise au point, mais Papa pensait qu'il serait plus approprié de faire bonne impression sur tous ceux qui pourraient traîner dans les parages. Il n'utilisait vraiment la Bimmer que pour le travail.

La préférence de mon père en matière de voitures penchait en réalité vers les vieilles Volkswagen, le genre de voiture qu'il réparait à l'époque où il n'était qu'un modeste mécano, et il traitait ses vieilles Coccinelles (il en avait trois, dans divers états de délabrement, si ce n'est de décomposition totale) comme des enfants chéris mais délinquants. Sauvages. Il était vraiment un passionné de bagnoles, et il lui arrivait d'emprunter une Porsche pour un week-end spécial. Larry disait que mon père savait conduire vite ; qu'il pourrait même conduire sur un circuit avec assurance si nécessaire. Mais je m'égare.

Kickshaw School for Boys était le nom complet de l'école, si je ne l'ai pas mentionné avant. C'était bien un internat, mais le nombre total d'élèves n'était que de 200 — environ 50 garçons par niveau, de la 3e à la Terminale. Nous avions mes affaires à l'arrière, mais il n'y en avait pas beaucoup. Mes vêtements, une grande pile de livres, surtout de la science-fiction.

« C'est une école très élitiste, fiston, disait mon père. Tu vas rencontrer beaucoup de gamins de familles bien placées, et ces gamins, ils seront des amis pour la vie. Ils deviendront même des contacts professionnels. C'est ce qu'on appelle le réseau des anciens. »

« Mais à quoi ça sert ? »

« C'est comme ça que le monde fonctionne, Robbie. Il faut connaître des gens. »

« Mais toi, papa ? »

Il rit. « Moi, j'ai dû faire les choses à la dure, fiston. »

« Ouais, ben. Et alors, si moi j'ai envie d'être comme toi ? » À ce stade, j'avais un vrai béguin pour mon père. « Je l'idolâtrais » serait juste. Je trouvais même que le fait qu'il soit gay, qui au début avait été tel un cauchemar, était à peu près ce qu'il y avait de plus cool. Et puis il y avait Larry. Larry était comme un mage secret de la connaissance souterraine du blues et du cool, le meilleur oncle qu'un gars puisse avoir. J'avais deux pères, un papa-secret dans le placard et un papa-guitare sorti du placard. C'était comme gagner le jackpot.

Mais mon père devint soudain sérieux. « Oh Robbie, ne dis pas ça. Je le pense vraiment. Je ne suis même pas allé à l'université. Je ne suis qu'un mécano de luxe. C'est quelque chose que je veux pour toi. Cette histoire d'école. Imagine si tu pouvais entrer à Stanford ou au Cal-Tech. Parfois les élèves de Kickshaw entrent à Harvard. »

« Vraiment ? » dis-je. Je commençais à être un peu nerveux. Je ne me considérais pas vraiment comme un intellectuel. Mon principal talent semblait être la masturbation. Je ne savais pas encore que beaucoup des gamins que j'allais rencontrer à Kickshaw étaient des ignares. Avoir de l'argent (au sens de la richesse héritée), comme je l'appris plus tard, n'a que peu ou rien à voir avec l'intelligence.

Nous quittâmes la 101 vers le sud et prîmes un viaduc sur une route qui montait vers les contreforts. Je les voyais au loin tandis que nous roulions devant une banlieue de petites maisons. « Pas exactement des collines comme des éléphants blancs », soupirai-je.

« Quoi ? »

« Oh rien, papa. C'est juste dans l'un des livres que je devais lire cet été. »

« Ah oui, c'est juste. La liste de livres. Zut, j'étais censé vérifier si tu les avais lus ? »

« T'inquiète pas, papa. » La liste de livres avait été une vraie corvée pour moi, mais j'avais lu les trente livres qui y figuraient. J'avais en réalité apprécié Hemingway plus que certains des autres. Auparavant, j'étais resté plutôt indifférent à son minimalisme machiste. « Larry me l'a demandé genre un million de fois. »

« Ah. Bon gars, ce Spanky. »

Nous avions tourné plusieurs fois et pénétrions dans les zones agricoles, avec des citronniers et, plus haut, des avocatiers. Les collines étaient proches maintenant et derrière elles, des montagnes. C'était splendide et ensoleillé. Nous atteignîmes un décrochement sur la gauche et, en tournant, aperçûmes les premiers signes de l'école : un grand panneau en brique et béton portant le mot « Kickshaw » en grosses majuscules, puis « Preparatory School for Boys » en lettres plus petites. La route, qui était maintenant une voie privée, mais récemment asphaltée de noir et assez large pour deux voies de circulation, montait régulièrement le flanc d'une colline. Elle serpentait et devenait escarpée par endroits, avant de s'aplatir finalement à un embranchement près du sommet de la colline. Nous prîmes l'embranchement de droite, qui menait à une zone plus plate avec des bâtiments et les terrains de l'école. Je ne le savais pas alors, mais l'autre embranchement n'était qu'un chemin plus long et plus détourné pour arriver au même endroit. Une boucle, en d'autres termes.

Mon père ralentit la Bimmer, puis finit par s'arrêter complètement, comme un homme plongé dans une rêverie. Il avait vu la brochure ; c'était comme un rêve de transaction immobilière façon Floride qu'on lui avait vendu — mais il n'était encore jamais venu à l'école ; en ce sens, il était aussi puceau vis-à-vis de Kickshaw ce jour-là que moi. « Waouh », fut tout ce qu'il dit. Il se remit à conduire et nous suivîmes la route principale, bordée de gigantesques eucalyptus en pleine maturité ; je pensais qu'ils devaient avoir au moins cent ans. L'odeur des arbres m'enveloppa, car j'avais baissé ma vitre et me laissais imprégner par l'air. Mon père regardait de tous côtés en conduisant et j'espérais qu'il réussirait à rester sur la route, car je pouvais voir sur la droite, aux endroits où il y avait une pente herbeuse et ce qui ressemblait un peu à des hôtels plus bas. Il y avait une voie d'accès pour descendre là-bas d'une façon ou d'une autre.

« C'est les dortoirs ? » dis-je.

« Bonne question. »

Nous atteignîmes finalement une agréable zone ombragée par des arbres, comme une place de village, avec des voitures garées et des gens qui s'affairaient. Mon père eut une brève conversation avec un garçon plus âgé portant une écharpe bleue. Le garçon consulta un porte-documents puis fit un geste derrière lui en montrant quelque chose du doigt. Mon père revint et me fit signe de sortir.

« Neville nous dit qu'on peut faire le reste à pied. Merci Neville. »

« Bien sûr, descendez juste ce chemin et puis faites le tour, c'est La Maison Haute et le Lido. La Maison Haute est au dernier étage. »

Nous prîmes quelques affaires dans le coffre de la Bimmer et descendîmes le chemin. Je pouvais voir quelques autres garçons faire des choses similaires. Les dortoirs de ce côté avaient l'air plus anciens et je n'avais pas de mot pour ça — aujourd'hui je dirais plus européens — que les constructions plus récentes que nous avions dépassées plus tôt. Ces bâtiments s'avérèrent être considérablement plus anciens. En brique mais peints d'un pâle ton crème, comme une guimauve, avec du lierre poussant généreusement sur le côté, ils dégageaient un sentiment de saine quiétude. Nous marchâmes vers ce qui ressemblait à l'entrée et entrâmes. Il y avait un escalier et deux étages de dortoir. Au sommet, un homme, manifestement l'habitant de l'appartement du Master devant lequel il était assis, habillé comme un preppie, découpait des haricots verts d'un sac sur une planche à découper. « Bienvenue ! dit-il. Bienvenue à Kickshaw ! »

Mon père s'arrêta pour lui parler, mais ce qui m'intéressait davantage, c'était de savoir où était ma chambre. En passant devant des portes ouvertes et d'autres garçons qui s'installaient, je trouvai ma porte, qui était à l'extrémité du couloir sur la gauche. Je ne l'ouvris pas. Mon père finit par longer le couloir jusqu'à moi.

« C'était l'un des professeurs, il s'appelle Martin. »

« On les appelle des Masters, papa. »

« Des Masters, oui. »

« Je les rencontrerai tous plus tard, dis-je. Regarde cette chambre. » Je ne frappai pas — je n'avais aucune idée — mais je réalisai alors que quelqu'un était déjà là. La chambre était double, finalement ; j'aurais peut-être dû m'y attendre. « Salut, dis-je. Pardon de ne pas avoir frappé. »

« Salut, dit le garçon. Je m'appelle Jonah. Jonah Archer. » Il semblait cirer une planche de surf.

« Robbie Gray, dis-je. Voici mon père. »

« Salut Jonah, dit mon père en lui serrant la main. Waouh, un vrai surfeur. Trop cool ! »

Jonah sembla rougir de plaisir à ces mots. « J'espère que ça ne vous dérange pas. J'ai déjà pris ce côté. »

« Pas du tout, dis-je en regardant autour. C'est sympa. » Et c'était vrai. Il y avait deux grandes fenêtres à châssis avec douze petits carreaux de verre chacune ; Jonah les avait toutes deux ouvertes ; deux bureaux avec des chaises en bois et deux lits simples ; et même une cheminée (bien que j'aie appris un peu plus tard qu'on n'avait pas le droit de l'utiliser).

Jonah m'impressionna et me prit un peu de court. C'était un vrai surfeur : cheveux plutôt longs, chaîne hi-fi déjà installée avec une grande caisse en bois pleine de disques, et il avait déjà accroché un poster. C'était Farrah Fawcett, pas le célèbre original en maillot rouge et tétons, mais le légèrement moins célèbre avec le débardeur et les tétons.

Nous montâmes mes affaires, ce qu'il y en avait, et mon père, regardant la disposition de Jonah, dit : « On dirait qu'il faut te procurer plus de choses, Robbie. »

« Mais non, ça va. J'ai juste besoin d'installer cette étagère et d'y mettre mes livres. »

« OK si tu le dis. Bon, fiston, il faut que j'y aille. »

Je dis au revoir à mon père et m'attelai à l'installation de la fameuse étagère, qui en réalité n'était pas si grande et était la seule chose que j'avais pour ranger mes affaires. Je me sentais comme un paysan du Bangladesh affamé. Pendant ce temps, Jonah avait posé la planche et s'occupait maintenant à lire un magazine. Je réalisai bientôt que c'était un *Playboy* quand il ouvrit le dépliant central. « Regarde-moi ça, Robbie, dit-il. Quel beau paire, hein ? »

« Waouh, c'est un *Playboy* ? »

« Ouais, t'inquiète. Heureux de partager. J'en ai toute une pile. »

« Alors, dis-je. Je suppose que j'ai toujours été trop timide pour essayer d'en acheter. »

Il rit. « T'es d'où, toi ? »

« Mon père vit à Santa Barbara. Mes parents se sont séparés alors, tu vois, j'étais avec ma mère en Floride. »

« C'est cool. Moi je suis de Malibu. »

« Waouh. Ça explique la planche ? »

Il rit. « Je suppose. »

Jonah fut mon premier ami à Kickshaw, et cette amitié arriva à un moment important, car parmi tous les sentiments que j'éprouvais dans ce nouvel endroit, l'infériorité était un motif récurrent et omniprésent. Ils avaient beaucoup de choses que je n'avais pas : c'étaient des Californiens branchés, pour la plupart, mais au-delà de ça, c'étaient des surfeurs, des mecs cool qui avaient dragué, peut-être même pelotté une fille, et certains savaient même conduire. Bon sang, certains avaient leurs propres Bimmer financées par leur fonds de famille, des voitures aussi bonnes que celle de mon père.

Jonah était à peu près de ma taille, bien qu'il ait beaucoup plus de viande sur les os — j'étais un gamin maigrichon comme un clou, un Slim Jim, avec des cheveux courts et des vêtements bon marché que ma mère avait achetés chez JCPenney et Sears. Certes, avec le temps, Larry m'aida à m'habiller — après ce premier jour, mon père comprit qu'il me fallait des vêtements plus appropriés, et dépêcha Larry pour m'aider dans cette noble et désespérée cause. Mais Jonah était cool avec ça. Il aurait pu simplement m'ignorer et vaquer à ses occupations, parler à son propre groupe d'amis bien établi, et ne pas adresser la parole au geek dans son coin qui lisait Arthur C. Clarke ; ou il aurait pu se moquer de moi, ce qui fut certainement le sort de beaucoup de nouveaux garçons, comme James Goldberg, un Juif, qui fut rapidement connu sous le nom de « Fish » (abréviation de *Gefilte Fish*) et garda ce surnom comme un tatouage d'Auschwitz gravé sur son front pendant les trois années suivantes. Voyez-vous, j'étais en deuxième année, j'arrivais à Kickshaw en 10ᵉ ; mais Jonah et beaucoup d'autres garçons y étaient depuis la 9ᵉ ; ils connaissaient donc tout, ils savaient tous comment ça marchait. J'étais la chair fraîche. Nous étions une dizaine, les nouveaux garçons, et nous fûmes uniformément maltraités les premières semaines. Mais Jonah n'y avait aucune vraie part.

Au début, nous parlâmes un peu de musique, et il était clair que je n'y connaissais rien. Jonah était vraiment fan de Queen, et j'eus la maladresse de demander si c'était un groupe gay, et j'eus droit à une longue explication sur Freddy Mercury et sur le génie absolu de l'utilisation des amplis VOX par Brian May. Il était aussi très solide sur les B-52's (ce qui était très normal et vrai de beaucoup de gens cette année-là) mais aussi sur Cheap Trick et Journey. Il avait même vu certains de ces groupes en concert. À l'époque, je n'avais aucune idée de ce à quoi ces groupes ressemblaient ; chez ma mère, dans la maison de Sam, nous n'avions pas de chaîne hi-fi, et les soirées impliquaient généralement de regarder la télévision. Je n'étais jamais allé à un concert de rock, fait que Jonah répétait souvent avec étonnement et stupéfaction : « Sérieux ? T'as jamais été à un concert ? »

« Non, non, il m'a fallu l'admettre. »

« Mon Dieu, c'est comme si tu venais de la lune. »

« Ouais. La Floride. Mon beau-père travaille dans l'industrie aérospatiale. Tu vois, les fusées et tout ça. »

« Ah ouais. »

J'avais envie de dire que c'était un enfer merdique sorti d'un roman de Flannery O'Connor, mais cela semblait trop fort pour une première rencontre. Donc j'étais convaincu d'être un cas désespéré, probablement classé avec les nerds dont les parents travaillaient en Arabie Saoudite. On m'avait dit qu'on en avait quelques-uns.

Mais Jonah vit bientôt mon potentiel. Il observa rapidement que mes rédactions en cours d'anglais obtenaient les meilleures notes ; ma maîtrise facile de l'algèbre (que j'avais en grande partie apprise seul) me distingua également. Et puis dans mon cours de sciences, j'étais souvent celui qui levait la main, ayant déjà compris le mouvement harmonique simple, les bases de la physique newtonienne et les sortes de choses qu'Heinrich Henler, le Master de physique allemand, avait dans son programme.

Or Jonah était dans ces classes, qui étaient de très petits groupes, dix ou douze élèves au maximum ; il était donc impossible de tricher ou de rester au fond de la classe, même si certains garçons essayaient. Ce n'était pas comme l'ancien cours de sciences de Crâne-Bosselé à Titusville. Mais j'aimais l'école, j'aimais apprendre, et je voulais bien faire, du moins dans ces premiers temps. Après tout, mon père, contrairement aux pères de ces garçons, avait été mécanicien auto ; ses mains s'étaient autrefois salis, il avait une fois empesté la graisse, même si maintenant il avait gravi les échelons. Mon père avait travaillé dur et par tous les moyens avait réuni l'argent pour me permettre d'être ici, peut-être grâce à une aubaine, ou à quelque incroyable mésaventure, voire un accord avec des barons fonciers ou des criminels. Je n'en savais rien. Mais j'avais profondément conscience de ce fossé social et dans ces premiers temps, j'avais une peur bleue de décevoir mon père. (Ou peut-être, pire encore, d'être insuffisant — d'être incapable de tenir la comparaison avec ces fils de riches surfeurs.)

Jonah vit donc sans doute dans cette situation un moyen d'améliorer ses propres résultats un peu ternes. Le soir, il sondait mes connaissances et n'avait aucun scrupule à demander des réponses à certaines questions ; et moi, à mon tour, je n'avais aucun problème à partager mes connaissances. En vérité, j'en étais reconnaissant, parce que cela signifiait que j'avais de la valeur, et Jonah, qui ne m'avait pas encore présenté à son cercle, trouva bientôt l'occasion de le faire. Son groupe d'amis était la Mafia de Malibu — non pas le célèbre groupe d'hommes juifs qui s'était opposé à la guerre du Vietnam et avait financé la défense juridique de Daniel Ellsberg dans les années 70 ;

mais plutôt les nombreux surfeurs de sa ville natale de Malibu, et aussi ceux qui venaient de plus au sud — Newport Beach, Huntington Beach, tout ce tronçon de bonne vague qui constituait l'étendue du Sud de la Californie, la zone de joie de l'expérience paradisiaque du surf.

Le surf était comme une religion, mais je n'en connaissais pas le credo, alors Jonah m'aida obligeamment avec un script pour ces présentations. Il me présentait toujours comme un natif de Santa Barbara, dont le père faisait de bonnes affaires dans l'immobilier, et m'expliqua quoi dire quand on me poserait des questions sur Rincon, un sujet de culture locale qui finissait toujours par arriver. J'appris que Rincon était une merveille mondiale en ce qui concerne les *point breaks* — l'un des meilleurs. Le *break* là-bas ressemblait apparemment à celui d'*Apocalypse Now*, un film qui faisait grand bruit cette année-là (mais que je n'avais pas vu). Il me coacha même sur la façon de parler le bon argot, des mots comme *tubular*, *gnarly* et *radical*, et sur ce qu'il fallait éviter dans une conversation, c'est-à-dire essentiellement tout ce qui était geek, politique, spirituel ou philosophique, ou tout ce qui n'était pas lié au surf.

Je fus éternellement reconnaissant de cette aide initiale. Même en terminale trois ans plus tard, je me sentais toujours proche de Jonah, bien que nos chemins se croisent de moins en moins souvent et qu'il se passe quelque chose dont je parlerai plus tard. Nous ne fûmes co-locataires que cette première année. Je savais que je ne serais jamais un surfeur, et que les gars du clan de Jonah n'étaient pas mon genre : la plupart de ces types étaient des surf-nazis qui pensaient qu'Hitler était un habile architecte social, mais je m'en fichais. C'était bien. Et Jonah faisait la chose extraordinaire de me parler quand ces gars venaient le voir, faisant en sorte que je sois inclus dans la conversation. Les jours comme ceux-là, je m'assurais que Jonah avait une compréhension satisfaisante des leçons du lendemain. Nous n'avions pas tous les mêmes cours. Mais je faisais ce que je pouvais.

*

Je suppose que la suite logique serait de décrire à quoi ressemblait une journée d'école typique à la *Kickshaw School for Boys* à l'époque. Les choses ont changé, j'en suis sûr, mais une chose serait restée la même : aller dans un internat est une expérience entièrement différente de celle d'aller à l'école publique. On a le sentiment d'être ancré dans un lieu quand on s'y réveille le matin et qu'on s'y endort le soir. Ça devient un chez-soi, ce qui n'est jamais le cas dans une école publique. On est vraiment dedans, ou jusqu'au cou dedans, selon son karma ou ses relations. Après avoir rencontré Christian et qu'il m'ait fait découvrir Bob Dylan, j'ai compris ce que Dylan voulait dire quand il décrivait la Vie comme un clochard allongé dans le caniveau, et à côté de lui, debout sur le trottoir, un homme riche en costume. Ces deux mondes peuvent être à quelques centimètres l'un de l'autre et pourtant à des années-lumière. J'ai compris que Dylan voulait dire que dans le même « monde » que nous habitons tous se trouvent en réalité des millions, voire des milliards, une infinité de mondes différents, voire uniques.

Et dans chacun de ces mondes, je savais qu'au centre, au cœur, se trouve une âme. Cette âme — pour les besoins de la démonstration, disons qu'il s'agit d'une âme humaine, mais le fait est que même un cafard peut être considéré comme habitant un monde, rempli d'expériences, de goûts, de touchers, de sentiments et de connaissances — cette âme est prisonnière d'un corps, et ce corps est soumis à la pression continue du désir, des besoins et des envies. La faim et la soif, le froid ou la chaleur, le besoin de fuir les éléments pour trouver la sécurité et la sûreté, mais surtout, le besoin d'amour. L'amour, oui, l'amour est d'une importance cruciale et indispensable à la survie. C'est le besoin le plus important de tous. Souvent, les gens l'oublient et ne pensent qu'à l'argent.

Mais le fait est que chacun de ces mondes est complètement isolé et distinct de tous les autres : chaque monde a sa propre ligne d'univers, chacun son propre chemin qu'il parcourt dans l'espace et dans le temps. Et l'âme piégée dans cette ligne d'univers ne peut que s'accrocher et suivre le mouvement. Une Space Mountain ; une Tower of Terror. Bon, elle riposte aussi, elle gémit et crie parfois et refuse de capituler face au chemin prédestiné. Mais malheureusement, cela ne change rien : quoi qu'il arrive, quelle que soit la plainte, le cri de douleur, ou le moment atroce d'humiliation et d'échec, cette ligne d'univers continue son chemin, roulant comme une bille, ou flottant comme un morceau de bois mort dans un torrent de montagne allant vers le bas, vers le bas, et encore vers le bas, jusqu'à atteindre la mer.

*

Jonah avait l'habitude de se prélasser en short de surf, et il avait un dos magnifique, exempt de toute imperfection, bronzé par le soleil, la mer et le sable jusqu'à un brun doré profond, de la couleur d'une crêpe parfaitement retournée. Il avait le genre de morphologie avec un grand dorsal bien développé, de sorte que son dos prenait presque une forme de pointe de flèche quand il se tenait droit ; mais le haut de son trapèze n'était pas excessivement volumineux (autrement dit, son cou n'avait pas l'aspect d'un cou de gros haltérophile ou de marine). Ses jambes étaient compactes et ses cuisses donnaient une impression de puissance, mais pas de vitesse ; ce n'était pas un coureur, mais un nageur. Ce type de corps, je le vis encore et encore chez les surfeurs.

Comme moi, Jonah portait des lunettes, mais il préférait un style aviateur tandis que j'étais un vrai geek avec mes montures carrées en fil de métal. Il avait aussi des lunettes de soleil — je crois que c'étaient de vraies Ray-Ban Wayfarers — mais à l'école, dans les classes, il portait ses montures aviateur. Ses cheveux étaient longs pour l'époque, mais pas ridiculement longs, comme les miens le devinrent.

La planche de surf de Jonah occupait une place importante de son côté de la chambre ; pas glissée sous le lit hors de vue, mais hardiment appuyée et dressée, érigée. Elle se tenait près de la chaîne hi-fi, visible de tous, fier témoignage de sa physicalité et de son ambition zen en quête de la vague parfaite.

Or, la seule planche de surf que j'avais jamais vue était celle qu'utilisait Greg Brady de *The Brady Bunch* dans leur aventure hawaïenne : le longboard. Mais j'appris vite que ce que les gars préféraient, c'était une planche beaucoup plus courte. Souvent elles avaient deux ou trois ailerons plutôt qu'un ; et elles n'avaient pas beaucoup de courbe (ce qu'on appelle « le rocker », comme dans un rocking-chair). Ces planches courtes étaient très manœuvrables, presque comme un skateboard, et bonnes pour les figures. Je regardais Jonah surfer, comme une fille ou une groupie, en descendant observer depuis les tables de pique-nique de Rincon, jusqu'à ce qu'il me dise que j'étais trop gay et que je devrais soit prendre une planche et surfer moi aussi, soit rester à Kickshaw. Mais j'aimais regarder et être spectateur. Parfois mon père venait aussi, ou Larry et mon père et moi, nous trois ensemble. Mon père avait rencontré Jonah, et il était excité de le voir surfer aussi. Il me proposa même de m'acheter une planche. Mais je ris et dis que c'était une mauvaise idée. « Je me noierai à coup sûr, papa. » Ces occasions-là, mon père apportait du poulet frit et des frites dans des barquettes blanches en Styrofoam, peut-être de chez Carrows, et des canettes de Coors dans une glacière en plastique, et j'avais le droit de boire une bière si je voulais ; mais je m'abstenais généralement et restais au Coca-Cola.

La planche de Jonah était en fibre de verre, comme toutes les autres — ça flottait apparemment mieux que le bois et c'était considérablement plus léger. Je pense aussi que la petite planche était tout simplement plus facile à mettre dans une voiture pour le transport que les grandes.

« Du Mr. Zog's Sex Wax ? » dis-je.

« Évidemment. Quel autre genre de cire tu utiliserais ? »

« Je vois, ouais, dit comme ça. »

Jonah passait une quantité déraisonnable de temps à cirer sa planche, du moins c'est ce qu'il me semblait. Parfois il faisait même fondre la cire existante avant d'en appliquer amoureusement de la fraîche. C'est lors d'une de ces séances de cirage que Joey O'Dell fit irruption dans la chambre.

« Hé, mec ! Hé les gars ! »

« Hé Joey, dis-je. » Joey était un peu soupe au lait ; il s'emportait toujours pour quelque chose. Il avait personnalisé sa planche de surf avec une discrète croix gammée noire à la base. Aujourd'hui il s'emportait à propos de l'équipe d'entretien. « Il y a des Mexicanos qui grouillent partout dans l'école, mec ! Pourquoi ils peuvent pas engager des gens bien ! »

« Qu'est-ce qui ne va pas avec les Mexicains ? » dis-je.

« Oh, le gamin de Floride, tu sais pas comment c'est ici. On en est envahis. C'est comme des rats. »

Je secouai la tête. « Tu parles comme un Klansman. »

Jonah ne souhaitait pas s'impliquer. « Arrête, Joey », marmonna-t-il.

« Ouais, Joey, tu peux aller te faire foutre. »

C'était Christian Benoit, dans l'embrasure de la porte. C'était un dur du Lido, pas un surfeur mais un vrai gamin de San Francisco, et un nouveau en deuxième année lui aussi. Sauf que personne n'emmerdait Christian. Pas même les terminales. Il était apparemment monté dire bonjour et avait capté la puanteur de ce que Joey dégageait. Il n'avait pas l'air de l'apprécier.

« T'as quoi comme problème, mec ? » dit Joey.

« Dégage juste. »

« Ouais mec, je m'en vais, je m'en vais. »

*

Je ne me liai pas d'amitié avec Christian Benoit (que cette année-là on appelait presque universellement Ben Wa, d'après le jouet sexuel) immédiatement. Il était d'abord tourné vers le sport et donc entièrement lié aux gars de son équipe — il jouait au football, avec une préférence pour le poste de milieu central, voire parfois d'avant-centre, et au printemps il enfilait sa tenue pour la crosse. Il finit même par en devenir capitaine. Il aimait jouer en attaque avec un style agressif, de plein contact et un excellent jeu de crosse pour lequel il était universellement admiré. Son corps était bien adapté à ces sports ; il n'était pas grand, mais ses mollets, ses cuisses et son centre étaient tous faits pour courir, comme si c'avait été le plan, et il produisait facilement des accélérations et des prouesses d'agilité. Il ressemblait à un jeune dieu grec, ses longs cheveux blonds flottant dans la brise, les cuisses pompant, tandis qu'il inscrivait un but ou décochait un tir vers un gardien qui grimaçait.

Je ne connaissais rien à l'un ni à l'autre de ces sports, des choses telles que les ballons de football et le bâton ésotérique de la crosse m'étant totalement inconnues. Je savais ce qu'était un ballon de football américain (en théorie), et c'était à peu près tout. Je pensais aussi que les sports d'équipe étaient stupides, et que les gens qui y jouaient et les regardaient devaient être encore plus stupides. Cette affirmation, disais-je, était facilement prouvée par la science ; mais personne ne ferait l'expérience de peur de se faire battre. Le seul genre de sport pour lequel j'avais une vague appréciation était l'athlétisme ; et cet intérêt venait de mon romantisme un peu absurde à l'égard des Jeux olympiques. Nous regardions les JO à la télévision religieusement, comme tout le monde. Et peut-être que d'autres sports individuels comme le tennis étaient au moins intéressants ; ils représentaient des performances individuelles et des records personnels. Ma mère avait la particularité intéressante d'avoir été à la même école que Billie Jean King ; elle lui avait même parlé. Aussi naturellement, quand eut lieu la Bataille des Sexes, nous l'avons regardée à la télévision et avons applaudi pour elle. Donc le tennis, c'était bien, et j'avais même pris quelques leçons à un moment ou un autre.

Mais même alors, bien avant Kickshaw, mon intérêt se limitait à observer. À cause de mon indifférence totale au sport et de ma pleutrerie générale et de mon apparence pathétique de gamin maigrichon, je suis sûr que Christian ne m'a pas initialement considéré comme du bois à amitié.

Notre intimité informelle commença de la façon la plus naturelle qui soit, grâce à son omniprésence au Lido, qui comme je l'ai dit était le dortoir directement en dessous de La Maison Haute. Je voyais sa grande silhouette, comme un tyrannosaure, dans l'escalier ou montant par l'escalier de derrière, peut-être dans l'obscurité se faufilant à travers la pelouse quand nous étions tous censés être au lit, et parfois je me risquais à croiser son regard et à sourire. Il était cool avec moi, alors, et dans sa propre zone.

Pour expliquer un peu mieux le bâtiment, car il sera très souvent évoqué par la suite, l'ensemble de « la vieille bâtisse ancestrale » (comme l'aurait dit Sherlock Holmes) était haut de deux étages avec de lourdes tuiles de toit rouges et organisé en forme de L, avec une aile allant vers le Sud et l'autre vers l'Est. Au centre du « L », au premier et au deuxième étage, se trouvaient les appartements des Masters — normalement des hommes célibataires. Par Master, j'entends professeur. (Les professeurs s'appelaient tous « Masters », ce qui était apparemment une référence à une tradition d'école britannique désuète et draconienne.) Les étages supérieurs du « L » constituaient La Maison Haute ; les étages inférieurs étaient le Lido, sauf qu'à un moment de l'histoire du bâtiment, la majeure partie de l'aile est du Lido avait été convertie en bureaux. Le Proviseur, et le vieux Kickshaw lui-même, un antiquaire qui trottinait comme le Roi Lear avec ses lunettes rondes à monture noire à fond de bouteille, avaient leurs bureaux là ; d'autres bureaux accueillaient le Doyen des Étudiants et l'équipe des Relations avec les Anciens, c'est-à-dire les chasseurs de fric.

Je devrais peut-être aussi mentionner qu'il y avait une étroite cage d'escalier en pierre comme une trappe de secours à l'extrémité de chaque bras du « L ». Cela signifiait que ma chambre était près d'une sortie rapide, et aussi d'une sortie qui ne passait pas devant les portes desdits Masters.

Quoi qu'il en soit, la chambre de Christian avait une fenêtre donnant vers l'intérieur sur le bras sud du « L » en bas au Lido, tandis que Jonah et moi étions à l'extrémité sud, un étage au-dessus. J'étais souvent en bas au Lido cette année-là et j'ai regardé par cette fenêtre dans la chambre de Christian de nombreuses fois, perdu dans mes pensées. La fenêtre de Christian donnait sur le vert agréable des terrains et avait une vue sur la chapelle, le mur sud des dortoirs de la « Maison d'École », et plus loin, le réfectoire.

Comme moi, Christian était arrivé en 10e. Contrairement à moi, son frère aîné avait lui aussi fréquenté Kickshaw un temps, de sorte que Christian y était déjà venu en visite et avait une bonne idée générale de ce qu'on attendait de lui.

Le père de Christian semble avoir été un homme exceptionnel (du moins aux yeux de son fils). Il obtint un MBA de la Harvard Business School à la fin de la quarantaine. Christian aimait raconter cette histoire, je l'entendis plus d'une fois. Son père, disait-il, était un homme sans diplôme, n'avait même pas terminé le lycée, et pourtant il avait pris rendez-vous avec le Doyen de la Harvard Business School, expliqué son parcours et ses objectifs éducatifs (à ce stade, il dirigeait une entreprise du Fortune 500) et par la seule force de sa personnalité était ressorti de cette réunion comme étudiant admis. À Harvard. « Pas besoin de s'encombrer d'une licence », disait Christian en riant.

« Oui, dis-je. Mais c'était Harvard Business, pas Harvard Law ni Harvard Medicine. »

« C'est quand même impressionnant, non ? »

« Bien sûr. Le commerce est un domaine où la force de la personnalité peut opérer. Ça ne marche pas partout. »

Mais il n'en voulait pas. Il croyait que son père avait réussi à surmonter le système même dans lequel lui, Christian, se préparait maintenant à entrer, et avait ainsi démontré sa domination et sa maîtrise de tout le jeu éducatif. Christian était fier de son père et voulait énormément lui plaire. Il trouvait ça difficile. Le fils aîné avait traversé une tragédie, et le fils cadet était dans son ombre. Il y avait donc quelque chose de profond et d'amer, quelque chose de freudien, qui devait brûler au fond de l'estomac de Christian. Je fis finalement la connaissance du vieux bien plus tard, mais les circonstances n'étaient pas bonnes. De la mère je ne savais rien. Nous ne nous parlâmes qu'une seule fois très brièvement, et encore dans une crise.

Ce devait être le karma, alors, peut-être le mien, ou peut-être le sien ; mais le lien, « l'incident déclencheur », est un moment perdu dans les brumes du temps. Je pourrais l'inventer, et ça renforcerait peut-être le récit, mais ce ne serait pas juste envers l'un ni l'autre d'entre nous, Christian ou moi-même. Ce qui s'est le plus vraisemblablement passé, c'est ceci : j'avais découvert le frisbee, parce que Larry en avait un et que lui, mon père et moi irions de temps en temps dans le parc près de la maison faire quelques lancers. Après un certain temps, mon père et moi commencerions à y ajouter d'abord un joint, ce qui rendait évidemment l'expérience considérablement plus lumineuse, même si cela altérait aussi ma précision et causait de l'anxiété à Larry.

Christian adorait le frisbee, il jouait au *frisbee golf*, ce qui m'était entièrement nouveau à l'époque, et il jouait aussi au *3 Flies Up* du côté de l'Ermitage, où il y avait une forte pente descendante et où il était possible de lancer sur une grande distance, le frisbee s'engouffrant dans l'air et finissant par flotter vers le bas très loin sur le chemin, ou atterrissant par mésaventure sur le toit de la maison des '27, l'antre repoussant des Premières. Et il est probable que je me sois joint à ce jeu et que, grâce à ma profonde étude du Grand Cercle, mon zen du lancer de journaux, j'aie développé un mouvement athlétique dans mon corps ; un seul, certes, mais quand même, c'était une forme d'athlétisme ; et ce mouvement de lancer répété de journaux se transféra miraculeusement au frisbee.

Oui, j'y étais doué. C'était un peu étrange. Le frisbee était une révélation, et un truc californien, une accréditation utile, et j'en tirai du crédit. Je pouvais produire un lancer sérieusement long grâce à la magie kung-fu de mon bras gauche. Je pouvais même lancer un frisbee des deux mains, ce que Ben Wa jugeait digne d'un compagnon. C'est donc probablement ainsi que ça s'est passé ; cette première étincelle de connexion et d'attention.

Mais les choses étaient bien plus profondes que cela, et ce que je voyais en Christian, en mon ami Christian, mon frère de sang, qui si longtemps après sembla souffrir comme son homonyme, ce que je voyais en lui, c'était un type qui en savait tellement plus que moi sur comment être cool — sur la musique, le sport, les drogues, les mystères de la contre-culture — que je lui accordai immédiatement le statut d'icône, il devint mon idole. Quelqu'un à qui écouter, avec qui traîner si c'était possible, ou si ça pouvait être permis. Et il semblait que pour Christian, peut-être, il était juste possible que je corresponde au profil du sidekick, d'un minuscule Patrocle, parce que même si j'étais un geek au début, à mesure que je laissai pousser mes cheveux et commençai à porter les vêtements dingues, super tendance mais fashions que Larry m'aidait à acquérir, fantasmes de fripes, et à mesure que je montrai une disposition à pratiquer la dévotion et même à offrir une adoration totale à ses compétences et à ses connaissances, un lumineux récit continu dans lequel Christian était la star dont les opinions étaient la poussière d'or à extraire et dont on pouvait tirer des leçons — des leçons empressées — de tout cela, il avait dû décider que j'étais OK.

Je crois avoir omis que Christian était de Palo Alto, que le vieux Benoit Senior était dans les affaires technologiques d'une sorte ou d'une autre, un gros milliardaire ou cochon à fric, et que Christian connaissait tout ce qu'il y avait à savoir sur San Fran, et était allé à Berkeley d'innombrables fois. Ah, San Francisco, ce nom signifiait quelque chose de mystique pour moi ; et pour lui aussi, bien que pour des raisons différentes. Pour moi, c'était la librairie City Lights, un endroit dont même moi, en Floride, j'avais entendu parler et que j'imaginais ; mais pour Christian il y avait de nombreux lieux de repère et endroits, des disquaires, des boutiques de paraphernalia, et bien sûr quelques contacts — des revendeurs.

L'ésotérique véritable de Christian, je dois dire, cette chose si importante pour notre relation, était son grand amour et sa fascination pour la musique ; et il me communicait cet amour comme un professeur imprègne un élève. Même au-delà du shit, à cette époque, c'était avant tout la musique. La musique digne d'intérêt pour les jeunes, c'était le rock and roll, et Christian se rebellait profondément contre les souhaits de son père en embrassant les Beatles. Oui, les Beatles et les Stones. Le père ne pouvait pas accepter que la moindre musique émergée de l'invasion britannique ait de la valeur. Apparemment il ne supportait pas du tout le concept de guitare électrique. C'était un homme de jazz, un aficionado de la trompette et du saxophone, du swing, pas exactement non-musical, et donc tout ce mystère du jazz à absorber pour Christian, ce qu'il fit. Mais Christian et moi n'étions pas nés en 1940 ; je ne savais pas qui était Benny Goodman et franchement m'en fichais. La clarinette ? Nos dieux musicaux étaient entièrement différents et peut-être même quelque peu antagonistes envers les grands du jazz, un peu comme deux drogues qui agissent comme des agonistes l'une envers l'autre et ne peuvent se mélanger sans produire les effets secondaires les plus terrifiants.

Je ne devrais pas pousser cette analogie trop loin, car Christian lui-même ne l'aurait pas tolérée. Christian avait certainement la musique de Weather Report représentée dans sa prodigieuse collection d'albums, tous organisés alphabétiquement dans des caisses à lait, et même quelque chose de John MacLachlan, du Mahavishnu Orchestra, bien qu'il n'accordât pas à ce dernier une haute valeur. Une curiosité intellectuelle plus que tout. Ce n'était pas que le jazz n'ait pas de place, il l'aurait dit, c'était juste que la combinaison du jazz et du rock était une complexité que seul l'avenir pourrait créer et que la fusion n'était pas encore cette réponse. Plus tard, quand Steely Dan vint au premier plan, Christian dit qu'il avait enfin trouvé son lien avec le jazz. Mais le père n'en voulait pas.

L'autre ésotérique que Christian apportait à la fête, la connaissance secrète et clandestine qui signifiait le monde pour moi, c'était comment fumer du shit. Comment faire la fête. Christian avait appris son art subtil et discret de la fumette de son frère aîné, et il adorait se défoncer. C'était une chose joyeuse pour lui. Tout ce qui concernait le shit le réjouissait et le fascinait. Et il est certainement vrai qu'il y a peu de choses plus cool quand on a 16 ans que de fumer un joint avec quelques potes et de faire tourner de super musique, en allant au fond du mystique.

Mais pour toutes choses dans la vie il y a une première fois, une époque d'avant, de virginité et d'innocence, une époque ultérieure du « maintenant », d'action et d'expérience, et puis finalement (avec un peu de chance, ou bien une probabilité aléatoire, aveugle et inconsciente de son côté), une époque de sagesse, de suprématie.

Et c'est ainsi que je voyais mon temps avec Christian. Il m'a appris beaucoup de choses qui étaient cool, et même l'essence du Cool lui-même, à travers la musique, mais la chose la plus personnelle et la plus intense était de fumer du shit ensemble, comme un rituel, et nous nous défoncions presque quotidiennement.

Bien sûr, c'était absolument interdit et m'aurait valu une expulsion immédiate. Donc il y avait ça : la peur, l'anxiété, et l'immense joie d'être du mauvais côté de la loi.[2]

*

Je dois admettre que la première fois où je me suis défoncé, c'était non pas avec Christian du tout, mais avec Dick. Oui, il s'est avéré que mon père était un peu fumeur d'herbe, et c'était pour lui une excellente façon de décompresser après les rigueurs d'une transaction immobilière complexe, mais il était comme le professeur dans *Animal House*, celui que joue Donald Sutherland. La génération de mon père voyait le shit comme un mal, comme *Reefer Madness*. Pour que mon père se défonce, il fallait donc y mettre beaucoup de préparation et

---

[2] *Je voudrais dire, à ce stade, que même si le monde a changé en quarante ans, et que les drogues sont dangereuses pour les corps et les esprits en développement, et oui, que consommer est mauvais — il reste que tout le monde devrait fumer de l'herbe au moins quelques fois dans sa vie, et probablement bien plus souvent que ça. Le monde serait un endroit bien plus paisible si tout le monde était défoncé régulièrement. Les fusées n'arriveraient peut-être pas à aller dans l'espace, mais les esprits, si. Il y a très peu de bagarres entre des gens défoncés. Presque aucune. Comparons avec l'alcool, qui peut avoir d'horribles effets sociaux, allant jusqu'à pousser les gens à la violence. L'alcool détruit les sens. L'herbe semble les appeler et les exalter. — DRS*

de soin. Mon père n'était pas vraiment planificateur, mais il consacrait beaucoup de temps à son apparence, ce qui exige une planification considérable ; et il réfléchissait soigneusement aux gens, à ce dont ils avaient besoin, à ce qu'ils voulaient, et à quel rôle il pourrait jouer dans cette équation ; et il pesait et mesurait les gens de la même manière qu'un boulanger mesure la farine et le sucre. Je n'ai jamais su maîtriser ces compétences ; les gens m'accablaient toujours et je finissais par céder à leur énergie plus forte. Je n'avais ni piquant ni charme. C'est vrai, dans une certaine mesure, même aujourd'hui, c'est pourquoi je l'admirais énormément, car il possédait ces qualités que je ne comprenais pas. Mais plus tard, quand je voulais juste me procurer de l'herbe et qu'il refusait de m'aider, je repartais en me disant qu'il était rasoir.

Au début, pourtant, j'étais comme une vierge écervelée, submergé par chaque énergie, essayant de garder la tête hors de l'eau. Je vivais avec lui et Larry depuis quelques semaines seulement ce premier été, quand je commençai à remarquer que mon père se glissait dans le garage. Il ne disait pas grand-chose, et il semblait le faire quand Larry était distrait ou ailleurs. Un jour, nous étions plongés dans une discussion qui l'intéressait beaucoup : l'avenir de la Chine. « Robbie, le jour viendra où la Chine deviendra une puissance internationale. Nixon a ouvert la Chine, mais il y a encore tant à venir. »

« Tu es déjà allé en Chine, papa ? »

« Non », dit-il. « Mais j'adorerais y aller un jour. Il y a de l'argent à faire, fiston. Je me renseigne. On pourrait peut-être importer quelque chose et monter notre propre affaire. Tu pourrais peut-être m'aider ? »

C'était le soir et Larry était sorti, probablement pour acheter des plats chinois à emporter pour nous trois.

« Je suis sûr que tu peux y arriver, papa. Pour moi, toi et Larry, vous êtes comme des super-héros. » J'ai dû l'impressionner un peu, ou le toucher en dedans, car il me lança un regard. Au bout d'une minute il dit : « Écoute, viens avec moi, fiston. »

Je le suivis et nous descendîmes les escaliers pour entrer dans le garage. Le long du mur du fond du garage, il y avait des étagères au-dessus de la machine à laver et du sèche-linge, et au-dessus de celles-ci se trouvait une boîte en bois avec un couvercle. C'était une belle boîte en bois de la couleur du vin rouge, polie et lustrée, avec quelques sculptures ; elle venait peut-être de Bali ou d'un endroit comme ça.

Mon père ouvrit la boîte et en sortit un tube en plastique brun translucide, de l'épaisseur d'une poire à sauce, qui ressemblait pour tout dire à un élément d'un kit de chimie. Il y avait un trou dans le tube où s'emboîtait un bouchon en caoutchouc noir, et de là dépassait un petit bol monté sur une tige en verre. Mon père s'approcha de l'évier et versa un peu d'eau dans l'appareil.

« C'est quoi, ça ? » dis-je.

« C'est un bong. Tu vas voir comment ça marche dans une minute. Regarde un peu ça. » Mon père sortit un petit sachet de feuilles vertes en vrac, de la couleur de l'origan, et se mit à en écraser une partie en la roulant entre ses doigts, recueillant les fragments dans un petit bol en céramique blanche. Il fourra ensuite une boulette du contenu dans le bol du bong.

« Regarde comment ça marche, fiston. » Il alluma alors le bol à l'aide d'un briquet : celui-ci s'enflamma soudainement avec un clic, puis, tandis qu'il aspirait dans le bong, on entendit une sorte de gargouillement, même si l'herbe broyée brûlait comme un charbon ardent. Je voyais la fumée monter dans le tube en verre pendant qu'il tirait à l'extrémité du bong.

Il semblait tirer sur le bong indéfiniment, mais finit par s'arrêter. Il toussa, puis expira un énorme nuage de fumée dans le garage. L'odeur était sucrée, comme une plante aromatique, mais pas comme une herbe précise que j'aurais connue ; cependant, cela me rappelait quelque chose que j'avais senti quand j'étais avec les éléments de rattrapage de la classe de sciences du vieux Crâne-Bosselé, en particulier Tommy. Oui, je me souvenais qu'ils parlaient de se défoncer. Voilà donc ce que c'était.

Mon père était manifestement super cool.

« Qu'est-ce que t'en penses, fiston, tu voudrais essayer ? »

« Eh bien, d'accord, papa. C'est du shit ? »

« Absolument, fiston. »

« D'accord. Qu'est-ce que je fais ? »

« Laisse-moi préparer ça pour toi. » Mon père chargea le bong et me tendit le briquet. « Ça marchera mieux si tu contrôles le feu. Il suffit de l'allumer. »

Je commençai à aspirer dans le bong et sentis le tirage, puis j'allumai le briquet et le tins contre le bol. Je vis l'herbe s'embraser. Soudain une grosse bouffée de fumée me prit. Je m'arrêtai et m'étouffai.

« C'est bon, fiston, retiens-la si tu peux, sinon tu t'en sors très bien ! »

Je continuai à fumer et nous prîmes chacun quelques autres « taffes de bong », comme il les appelait. « Qu'est-ce que t'en penses, mon bonhomme ? » dit-il.

« Je crois que je le sens. » À vrai dire, l'idée que mon père se faisait du shit laissait à désirer. Il ne fumait que des feuilles, une herbe de merde qu'il avait trouvée quelque part. L'effet n'était donc pas vraiment bouleversant, mais c'était un agréable buzz, pas si différent du vin ou de la bière.

« Rangeons tout ce matos avec soin, je ne veux pas — je veux dire — »

« Je vois, papa. Tu ne veux pas que Larry le sache. »

« Oh, Larry sait toujours tout, fiston. Mais si ce n'est pas évident, s'il n'y a pas de désordre, alors il ne pique pas de crise. Larry est très anti-drogue. »

« Pourquoi ça ? »

« Je suppose que trop de ses amis de l'époque hippie ont soit pété les plombs, soit tout lâché, soit été tués au combat. Tu sais, KIA. Ils ont fait une overdose. »

Larry était donc résolument anti-drogue, et je comprenais. C'était logique. Mais l'attitude fondamentale de mon père face à la vie était la tolérance, et Larry lui aussi croyait profondément au concept de tolérance en toutes choses. Ainsi, même si Larry ricana et se moqua quand il apprit que nous avions fumé dans le garage, cette première fois, il était aussi prêt à plaisanter et était même, peut-être, fier que je sois enfin reçu. « Alors t'as fumé le narguilé avec ton vieux, hein ? Eh bien, il y a une première fois pour tout. Évite juste que ça prenne le dessus sur ta vie. Les gens comme ça ne valent pas qu'on leur coure après, c'est trop de galère. Ne deviens pas ce gars-là, Robbie. »

*

On dit qu'il est de bonne pratique de présenter tous ses personnages dès le début, de peur que le récit ne devienne trop confus pour le lecteur. Mais il y avait à Kickshaw tant de personnages potentiels — c'était en quelque sorte un entrepôt et un puits sans fond de figures comiques et tragiques — la source de mon enfance — qu'il eût été difficile d'en présenter même une poignée d'un seul coup. Il y en a pourtant un que je dois mentionner maintenant, car nous nous sommes rencontrés très tôt. C'était mon premier ami à Kickshaw, à part Jonah (qui était mon colocataire, et donc, en un sens, un acquis).

Et c'était William. Pas Bill ni Willy, mais William, c'est ce qu'il préférait. William Brennan. Je l'appelais William J. Brennan, en raison de son attitude progressiste et de son allure de magistrat, et je crois qu'il aimait ça. Je rencontrai William de la manière suivante : je traversais La Maison Haute du côté le plus éloigné et tombai sur une porte ouverte. C'était tout au début. William était à l'intérieur, assis par terre dans sa chambre, avec quelques autres garçons — Tony Perkins, entre autres.

« Bon, disait William. Tony, ton professeur fou se tient à l'entrée d'une grotte sombre remplie de chauves-souris. Il y a une odeur putride de fientes de chauves-souris et l'air sent l'humidité. Les parois de la grotte sont mouillées, on voit un éclat comme si elles étaient faites d'albâtre. À l'intérieur, tu entends le faible bruit de l'eau qui goutte. Que fais-tu ? »

Tony ajusta ses lunettes à fond de bouteille et plissa les yeux pour regarder un petit carnet relié en cuir qu'il tenait dans son épaisse main. « D'accord, euh... Je sors ma lampe Ruhmkorff et je la remonte. »

Le garçon assis à côté de Tony eut un sourire. Il s'appelait Ryan. « Mon elfe a la *Darkvision*. J'ai pas besoin de cette foutue lampe Ruhmkorff. » Il lança un dé à la forme bizarre, un seul, qui rebondit sur le tapis. « J'avance d'un pas assuré. »

William haussa un sourcil à sa manière, comme un Charley McCarthy. « Sans aucune peur ? »

« Ouais, mec. Aucune peur. Je suis un voleur. Je suis discret. »

« T'es aussi très facile à poignarder, dit Tony. Et s'il y avait genre une embuscade de gobelins ou un monstre-blob au plafond ? »

Ryan renâcla. « Je les liquide ! »

William soupira. « Bon, bon, laisse-moi vérifier un truc... » Il feuilleta ses notes, puis sourit. « Dès que tu entres, Ryan, tu entends un *clic* sous ta botte. »

Ryan se figea. « Aïe. »

Le sourire de William s'élargit. « Fais un jet de sauvegarde en Dextérité. »

Ryan gémit et attrapa son dé. « Ça va faire mal, hein ? »

Tony ricana. « Je le savais. »

Je ne comprenais pas vraiment ce qui se passait, et ces gars ne s'arrêtèrent pas pour me dire bonjour. Mais j'écoutai un moment. Finalement William dit : « Salut, mec. »

« Salut, dis-je. C'est... ? »

« D&D. C'est cool, non ? »

« Je vois. » Ce qui n'était pas le cas, mais je déduisis que c'était une sorte de jeu. « C'est un truc de San Francisco ? »

« Non, dit William en levant les yeux vers moi. C'est des gars dans le Wisconsin qui l'ont inventé. »

Ryan dit : « Ils se sont fait des beaucoup bucks avec ça aussi. »

« Eh bien, ça se comprend, dis-je. Y a pas une chiée de trucs à faire dans le Wisconsin. »

Ils me regardèrent tous.

« Hé ! Je suis du Wisconsin ! dit Tony. Et je vais te carboniser avec mes yeux de la mort ! »

Je dis « Euh, cool, » et poursuivis mon chemin. Tony ne semblait jamais vraiment sortir de son personnage, même quand il ne jouait pas au D&D, ce que je trouvais un peu inquiétant, et quand je regardai en arrière j'entendis que les trois avaient déjà repris leur jeu de rôle. Pendant un certain temps, ce jeu de rôle fantastique me fit penser que ces gars étaient des gamins, et je les évitai, surtout Tony, qui était en Première et habitait en face de la chambre de William.

Quelques jours plus tard, je me promenais dans le campus et vis William assis seul sur le vaste terrain de foot, au-delà de la piscine et des courts de tennis (oui, nous avions les deux). Il portait un chapeau de paille. De loin, il ressemblait un peu à Vincent van Gogh dans un champ. Je me dirigeai vers lui. Quand je fus assez près, j'appelai : « Hé. Qu'est-ce que tu fous ? »

« Oh, je dessine. »

Je m'approchai et regardai par-dessus son épaule. « Wouah, dis-je. C'est vraiment bien. »

Il travaillait sur un dessin de paysage des contreforts. Je voyais qu'il était dessinateur expérimenté ; les traits étaient ceux d'une personne qui sait dessiner, pas d'un griffonneur.

« Alors tu aimes l'art ? dis-je.

— Bien sûr. Qui n'aime pas ? »

« Oh, je crois que j'en connais quelques-uns. »

Il rit. « C'est dommage. »

« Ouais. »

Il dessina encore un moment et je m'affalai près de lui. Je regardai avec lui vers l'horizon. C'était tôt dans la journée — je dirais en milieu de matinée — et le soleil illuminait les collines. Il y avait une brise fraîche ; c'était encore l'automne. On distinguait des collines moyennes, et derrière elles les montagnes de Santa Ynez en fond. Je ne dis rien, et au bout d'un moment il dit : « Tu sais, Gauguin, quand il était à Tahiti, remarquait que les insulaires s'asseyaient parfois, regardant simplement la mer, ou n'importe quoi d'autre, pendant des heures. Et dans ce temps-là, ils n'éprouvaient nul besoin de faire conversation. Ils s'asseyaient tranquillement, silencieusement. Pendant des heures, simplement. Il trouvait ça remarquable, il en a écrit dans une de ses lettres. Tu savais ça ? »

« Tu dis qu'ils s'asseyaient juste là, contents, comme des chiens allongés au soleil ? Ils dormaient ? »

Il rit. « Eh bien, je ne dirais pas *ça* exactement. Je dis qu'ils étaient différents ; c'était des peuples autochtones. Leur compréhension du monde n'était pas comme la nôtre. Ils ne dormaient certainement pas. »

« Donc ils étaient contents. »

« Peut-être. »

« Est-ce que leur mode de vie était meilleur, tu crois ? Est-ce qu'ils avaient quelque chose qui nous manque ? »

« Je crois qu'ils ont quelque chose qui nous manque, oui, c'est sûrement vrai. »

« Mais peut-être, vivant sur une île, qu'ils étaient juste sous-stimulés. Peut-être qu'ils s'ennuyaient à mourir. Ou peut-être qu'ils avaient depuis longtemps épuisé tout ce qu'ils avaient à se dire. »

Il rit. « C'est une chose très eurocentrique à dire. »

« Hmm. »

Nous restâmes assis un moment. Il dessina. Je me perdis dans mes pensées. Je remarquai que je me sentais tout à fait à l'aise en sa présence. Ce n'était pas toujours le cas avec les humains en général. Finalement je dis : « Je me demande ce que c'est là-bas. »

« Tu veux dire dans les contreforts ? »

« Ouais. »

« Eh bien, tu peux y aller voir. Les terminales sont connus pour partir en vadrouille là-haut. Il paraît qu'il y a un ruisseau, et un coin pour se baigner. »

« Vraiment, dis-je. Intéressant. »

« Oh oui. Tu sais, le doyen — »

« Stacks ? » dis-je.

« Exactement. Il est monté là-haut pour un week-end. A emmené sa jeune femme. Tu l'as vue ? »

« Non. »

« Ils habitent dans l'appartement au nord de Long House. »

« Vraiment ? »

« Oui. »

« Je n'ai pas vu cette femme. L'épouse. C'est étonnant, en fait. Je croyais que les dortoirs étaient réservés aux garçons. »

« Oh, ils le sont. Mais il est le doyen. Imagine ce qu'il te ferait si tu embêtais sa femme. Elle est assez attirante, blonde, vingt-cinq ou vingt-six ans probablement. »

« Mon Dieu », dis-je.

Il dessina encore un moment.

« Bref, Stacks est monté là-haut. On a observé qu'ils n'avaient pris qu'un seul sac de couchage. »

« Un seul sac de couchage, murmurai-je. Eh bien, peut-être qu'ils sont jeunes mariés. »

« Peut-être. »

Je bavardais maintenant. « Je ne crois pas que je pourrais dormir avec quelqu'un de cette façon. Enroulé autour d'une autre personne. Je crois que je m'agite beaucoup dans mon sommeil. Nos têtes se cogneraient. Quelqu'un se blesserait sérieusement. »

« Je m'agite aussi. Mais je ne suis pas tout à fait sûr que leur plan était de dormir, dit-il. » Nous rîmes tous les deux.

*

Le système de Kickshaw consistait à attribuer à chaque élève un conseiller, mi-parent mi-confesseur, et j'avais entendu dire que le mien était Martin Quinn. Tous les jours de semaine, nous avions une assemblée matinale dans le grand Henderson Theater, et le principe était le suivant : nous nous asseyions en rangées, mais plus ou moins en groupes regroupés autour de nos conseillers, qui ancrait chacun une zone de camaraderie. Ainsi, dès le tout premier jour de classe, Martin m'avait fait signe alors que je cherchais où m'asseoir. « Robbie Gray ? Par ici ! »

Je n'interagissais toutefois pas beaucoup avec Martin, si ce n'est que les maîtres de maison qui vivaient dans les dortoirs, comme Martin, faisaient également office de « parents » du dortoir et effectuaient des rondes pour vérifier que les corps étaient bien dans les lits. Je le voyais donc là. C'est-à-dire que j'apercevais la silhouette de son visage dans l'encadrement de la porte de notre chambre, la nuit. Mais ce n'est qu'à la fête organisée par les conseillers que nous eûmes vraiment une conversation.

C'était le premier week-end et je m'adaptais encore à la vie en dortoir. Martin avait organisé un barbecue. J'entrai dans son antre par une porte d'entrée maintenue ouverte à l'aide d'un morceau d'albâtre qui ressemblait à des seins, et me retrouvai face à plus d'œuvres d'art et de livres qu'il n'en semblait raisonnable dans un espace aussi petit. À l'intérieur, il y avait déjà du monde. Une aiguille en diamant grattait doucement du vinyle quelque part sur une chaîne stéréo invisible ; je ne pouvais pas vraiment identifier quoi, sinon pour dire que ce devait être de l'opéra italien.

Il s'avéra que parmi les pupilles de Martin se trouvaient à la fois William et Jonah, ce qui était un soulagement. Je me frayai un chemin dans leur direction. Il y avait quelques autres visages de La Maison Haute et du Lido aussi, qui rigolaient et riaient. Dans un coin, aussi visible qu'un pouce bandé, se tenait le seul garçon noir de la pièce. C'était d'ailleurs le seul garçon noir de toute l'école, pour autant que je sache. La tête baissée, maigre comme une tranche de bacon maigre, il fixait intensément le vide. Martin s'efforçait de le présenter.

« Voici Calvin, tout le monde. C'est un nouveau de Deuxième, comme certains d'entre vous. Tu veux dire quelques mots sur toi, Calvin ? »

« Oh, pas vraiment. »

La tranche de bacon ne leva pas les yeux. J'eus l'étrange impression qu'il portait une bande serrée autour de la poitrine, comme une sorte de soutien-gorge, sous sa chemise. Mais ce n'était qu'une impression fugace ; une intuition. Ce que je remarquais consciemment, c'était la chemise de Calvin, qui s'épanouissait en un fin travail de crochet fleurissant au col et aux poignets. Alors la tranche de bacon prit la parole, un mot ou deux d'une voix plaintive.

« Sauf que... c'est tellement merveilleux d'être ici... c'est la nature, la création de Dieu. Mais c'est aussi un peu solitaire. »

« Ce n'est pas inhabituel, Calvin, dit Martin. Tout le monde a besoin d'un peu de temps pour s'adapter et se faire des amis. Donne-toi encore quelques semaines. »

Le barbecue battait son plein, et j'avais déjà fait des vagues en me plaignant du manque de plats végétariens.

« Hé, Martin, il n'y a rien à manger pour un végétarien ici. »

« On en a, des végétariens ? » dit-il.

« T'es végétarien ? » dit Jonah. « Je savais pas ça. »

« Eh bien, je ne suis pas *vraiment* végétarien. Pas encore », dis-je. « Mais j'ai l'ambition de le devenir. »

Martin porta la main à son menton. « Je suppose que c'est un peu le problème de la poule et de l'œuf : si toutes les options alimentaires disponibles sont à base de viande, tu n'as pas le choix et tu ne peux pas réaliser ton objectif, dit Martin. On ne te soutient pas assez. Mais j'espère que tu ne mourras pas de faim ce soir. J'ai bien une salade de pâtes... laisse-moi voir. Viens avec moi, Robbie ! »

« Oh, ne t'en fais pas, dis-je. » À ce stade, je commençais à prendre conscience de ce qu'il y avait sur le grill.

« Non, non, dit-il. Ce n'est pas pour toi. Maintenant que je connais tes exigences alimentaires, il faut faire quelque chose. »

Il n'acceptait pas qu'on lui dise non. Du coup, je ratai les côtes du barbecue — d'incroyables baby-back ribs à l'air et à l'odeur extraordinaires — comme venues tout droit du fin fond de la Louisiane cajun. Oh, j'en avais l'eau à la bouche. À la place, ce soir-là, je dus me contenter de macaronis froids noyés dans la mayonnaise et de quelques têtes de laitue romaine douteuses que Martin avait trouvées dans les profondeurs de son frigo.

« La prochaine fois, je m'assurerai d'avoir plus de choix pour les végétariens », dit-il avec un sourire. Martin avait parfois un sourire espiègle et il était difficile de savoir quand il me prenait pour un imbécile. Mais étant moi-même un baratineur, j'étais à peu près sûr qu'il me faisait marcher.

Une fois que nous fûmes tous à manger, Martin prononça quelques mots de bienvenue. « Ma porte est toujours ouverte. Enfin, peut-être pas toujours. En gros, si ma porte est fermée, ça veut dire soit que j'exerce mon droit inaliénable à l'intimité, soit que je suis avec une femme. Ou que j'aimerais bien l'être. Dans tous les cas, considérez-moi comme indisponible pour vous. Je veux dire, disponible. »

Nous rîmes.

« On est tous des garçons ici, et les garçons resteront toujours des garçons. Ma devise, c'est vivre et laisser vivre, et je pratique une philosophie de tolérance. Tout le monde devrait être tolérant envers les autres. Ainsi, par exemple, j'ai tenu à aider Robbie à atteindre son objectif de devenir végétarien. Je ne lui ai pas forcé ces horribles côtes. »

Nouveaux rires.

« Cependant, poursuivit-il, ce que je peux tolérer a ses limites, et il y a des règles scolaires à respecter. En fin de compte, chaque garçon a la responsabilité de se montrer à la hauteur de la devise de l'école, qui est que si l'on travaille dur, on peut tout accomplir. Bon, voilà pour mon laïus de motivation. Quelqu'un a des questions ? »

« Ouais, euh, c'est quoi cette musique d'église ? » demanda Jonah.

« Oh, merci de demander. Tu aimes l'opéra, alors, Jonah ? »

« C'est, euh, très inspirant », dit-il.

« Inspirant ? Eh bien, oui. Je suppose. J'aime la musique classique en général, mais l'opéra par-dessus tout. Ah, *La Traviata* ! Ne vous inquiétez pas, après quelques mois à l'écouter, vous deviendrez tous des aficionados. » Il dit cela avec un sourire, ce qui lui valut des sarcasmes et des éclats de rire. Mais tout le monde voyait bien que c'était un type bien.

*

En Deuxième à Kickshaw, j'étais d'abord occupé à apprendre les bases : où se trouvaient mes salles de cours, qui étaient les professeurs et quelles étaient les attentes de l'école à mon égard. J'essayais de trouver ma place, comme doivent le faire tous les nouveaux membres d'une famille.

Mais au fil du temps, mon inclination naturelle pour l'exploration — quelque chose qui, je crois, est gravé dans le cœur de tous les adolescents — commença à se manifester. Comme dans une famille, on finit par avoir envie de voir ce qui se trouve au-delà.

D'une part, on nous accordait parfois la permission — la liberté — de sortir du campus. C'était un privilège, pas un droit, et bon nombre de garçons de Kickshaw s'angoissaient à l'idée de perdre ce privilège pour quelque infraction mineure ou manquement aux règles ; mais quand il était accordé, la liberté régnait en maîtresse.

Et avec la liberté venait le problème existentiel de savoir comment quitter le campus. Pour certains, cela ne demandait pas plus qu'un coup de fil à des amis ou à la famille, voire un taxi, et d'autres avaient la joie d'aller à Carpinteria en mobylette. Mais je n'avais pas ces options, je devais donc marcher. Parfois je faisais du stop, bien que cela ne fût pas recommandé et que cela ait pu enfreindre une règle mineure de Kickshaw.

Ce premier jour où je réussis à signer la feuille d'autorisation de sortie hors campus, sous le regard et le clin d'œil du doyen, Charlie Stacks, je courus jusqu'à ma chambre, pris mon portefeuille presque vide et quelques pièces, puis me mis en route en direction de Long House. Je savais d'après les explications de Jonah que le chemin descendrait, passerait devant quelques maisons isolées — l'une d'elles était apparemment celle du doyen — et serpenterait le long du flanc de la Mesa, pour finir par devenir un chemin de piste poussiéreux bordé de sauge. Ce chemin tournait jusqu'à faire une boucle et rejoindre le bitume de la route principale qui montait ; mais avant cela, il y avait un embranchement sur la droite qui descendait, un sentier.

Il serpentait et se ramifiait, comme un chemin de chèvres ; mais les chèvres avaient été des étudiants. « Si tu prends ce chemin, dit Jonah, il débouche finalement au pied de la Mesa, juste devant la maison des Sauvage. »

C'est pour cette raison que toute la zone s'appelait, du moins pour moi, la *Forêt Sauvage*, bien qu'elle n'eût guère de ressemblance avec ce qui est décrit dans *Le Roi qui fut et qui sera*. Je dois préciser que M. et Mme Sauvage étaient des gardiens, des compatriotes écossais qui avaient suivi le vieux Kickshaw depuis le Royaume-Uni jusqu'en Californie ; ils étaient donc sans doute les plus anciens et les plus chers amis de Kickshaw. Mais il paraît que M. Sauvage était mort ; il ne restait plus que sa femme. C'était une vieille dame aimable, apparemment à demi aveugle, et pourtant elle préparait et servait encore le café des Terminales le soir. Je la voyais avancer lentement en poussant un chariot en direction de la bibliothèque Branson, l'ancienne bibliothèque d'origine sous les dortoirs de l'école, où Kickshaw avait l'habitude de faire la lecture aux garçons le soir. « Un public captif ! » pensais-je.

Je pris ce sentier et traversai joyeusement la *Forêt Sauvage*, espérant vivre une aventure lors de ma première escapade solo en ville. C'était un après-midi radieux — on ne se serait pas dit en automne en Californie du Sud — et je me mis bientôt à transpirer. Le parfum de la sauge, cette odeur si particulière des contreforts, m'enveloppait, et je me demandais si quelqu'un pouvait être plus heureux. Soudain j'entendis une voix sur ma droite. Il semblait y en avoir plusieurs, mais quand j'atteignis un croisement de sentiers, je sentis une odeur de shit, et les voix se turent. Je m'arrêtai, me demandant si je devais m'incruster. Mais j'en étais encore à mes débuts à Kickshaw et je ne connaissais pratiquement personne. Je continuai donc à marcher.

Le sentier finit par déboucher. Je distinguais clairement l'arrière du cottage des Sauvage. Il était situé de telle manière que quiconque atteignait le grand panneau au début de la route privée menant à la Mesa voyait également le cottage ; mais cela signifiait aussi que quelqu'un dans le cottage verrait le visiteur, s'il choisissait de prendre la peine de regarder.

J'atteignis la route. C'était la Casitas Pass Road, une longue bande de bitume qui s'enfonçait dans les collines et contournait même l'arrière de Carpinteria. Mais ici, il n'y avait presque pas de circulation de transit. De temps à autre, un agriculteur bloquait la route, assis sur son tracteur. Il n'y avait aucune voiture pour l'instant, le monde était étrangement silencieux ; et je voyais des citronniers aux yeux jaunes somnoler dans un verger de l'autre côté. Je me mis en route, sans vraiment me soucier d'atteindre une destination précise, mais me dirigeant vers là où je savais que ça menait à Carpinteria ; c'est-à-dire vers la droite. À gauche, la route longeait les vergers, puis il y aurait un virage qui montait vers le pied de la colline ; et quelque part là-haut vivaient Heinrich, le professeur de physique, et sa femme âgée, menant une vie idyllique bien loin des horreurs de la Seconde Guerre mondiale, auxquelles nous supposions tous que Herr Henler avait pleinement participé. Il était SS pour sûr.

Soudain mes pensées furent interrompues par le bruit d'un moteur à refroidissement par air qui peinait. Ce petit moteur était logé dans une vieille Coccinelle VW, comme une machine délabrée de l'époque de la Seconde Guerre mondiale, du genre de celles que mon père collectionnait et sur lesquelles il avait autrefois travaillé comme mécano.

Je regardai par-dessus mon épaule, car je marchais en bon scout face à une circulation imaginaire venant en sens inverse, tandis que la Coccinelle, bien réelle, me dépassait rapidement. J'allais bientôt me retrouver débordé.

« Oh non ! » dis-je.

C'était Heinrich, je le distinguais clairement, regardant à travers ses lunettes rondes et agrippant le volant comme une furie. Je n'étais pas vraiment prêt à le croiser ici, en plein air, alors que j'étais en liberté. Mais la Coccinelle ralentit rapidement, pour finalement s'arrêter complètement au milieu de la route. Il avait baissé la vitre ; ou bien conduisait avec elle baissée. « Jeune maître Gray ! Puis-je vous emmener en ville ? »

Je souris. « Bien sûr, monsieur. » Je fis le tour de la voiture et montai.

Il fit immédiatement vrombir le moteur et la voiture se mit en mouvement. Au bout d'un moment il dit : « Que pensez-vous de Kickshaw jusqu'à présent ? »

« Très différent de mon ancienne école. »

« Oh, c'était où ? »

« En Floride, monsieur. Là où vit ma mère. J'allais au lycée de Titusville, en Floride centrale. »

« Il paraît que la Floride est un endroit agréable pour prendre sa retraite. »

« Je ne saurais dire, monsieur. »

Il me regarda et dit : « Tu as de bonnes manières. Tu peux m'appeler Heine, si tu veux. Mais seulement si je peux t'appeler Robbie. »

« Mais en cours on dit toujours "Maître", dis-je. Je croyais que c'était peut-être la règle. »

Il gloussa. « Non. La règle veut que je t'appelle M. Gray et que tu m'appelles Maître Henler. Mais si tu le souhaites, on peut être plus informels. C'est notre choix en tant qu'hommes. »

« Alors Heine est le diminutif d'Heinrich ? »

« Ou Einer. Mais je préfère Heine. »

« Il n'y a pas un auteur célèbre qui s'appelle "Heinrich" et qui est aussi un Heine ? Mais c'est son nom de famille. Tout ça est un peu déroutant. »

Le vieux maître parut surpris. « Tu as entendu parler du poète Heine ? »

« Eh bien, oui. Je passe beaucoup de temps à la bibliothèque. Ou j'y passais, enfin. Il n'y a pas grand-chose d'autre à faire à Titusville, à part regarder de temps en temps des fusées décoller et espérer qu'elles explosent. »

Je voyais bien qu'il n'était toujours pas tout à fait convaincu. Il me regardait comme si je le prenais pour un imbécile. « Hmm », dit-il.

« N'est-ce pas lui qui a dit : "Là où l'on brûle des livres, on finit par brûler des hommes" ? »

Soudain je sentis la voiture faire un écart brusque. Le vieux Heinrich, qui était désormais Heine (je n'aurais jamais osé l'appeler Einer), avait tiré violemment sur le volant de la petite voiture et semblait en grande détresse. « *Dort, wo man Bücher verbrennt, verbrennt man am Ende auch Menschen,* » dit-il d'une voix étouffée. La voiture ralentit — il avait dû lever complètement le pied de l'accélérateur — et avança lentement en roue libre avant de s'arrêter. Il semblait presque en état de choc.

« Vous allez bien, monsieur ? » dis-je.

« Oh, je suis désolé, mon cher garçon. Tu ne comprends pas. Cette citation, elle était importante pour nous pendant les années de guerre. Nous avons vu des choses à l'époque, des choses terribles. »

Je ne dis rien.

« Oui, je suis désolé », dit-il. Dans sa détresse, il sortit un mouchoir de la poche droite de son manteau et s'essuya les yeux. « Laissez-moi un instant, s'il vous plaît. »

« Bien sûr. » Il ne m'était jamais venu à l'esprit que Maître Henler avait réellement vécu, pour de vrai, dans l'Allemagne nazie. Il semblait très vieux ; certainement assez vieux pour que cela soit vrai, mais cela soulevait de nombreuses questions. Cependant, ma préoccupation immédiate était de prendre mentalement note de cesser de l'appeler « Himmler », ce qui revêtait désormais un caractère d'urgence supplémentaire. Je ne pouvais m'empêcher de penser que nos discussions et nos rires enfantins au sujet de la SS étaient cruels. Il était bien plus probable qu'il ait été brutalisé et terrorisé, et ait ainsi ressenti le besoin de fuir vers l'Amérique. Et s'il était juif ? Avait-il été dans un camp ? Ou peut-être était-il soldat, un conscrit ? À présent, il était vieux et soudain rattrapé par la terreur, par des choses indicibles. J'avais commis une grave erreur.

Mais le vieux Heine récupérait maintenant. Au lieu d'être furieux et de me tuer avec un Luger caché dans la boîte à gants, il sourit. Son visage changea. « Alors, au moins, nous avons établi que tu es un jeune homme de culture. C'est stupéfiant. Tous les garçons à Kickshaw... » Cette pensée sembla se tarir, mais il continua : « Puis-je te demander qui est ton conseiller ? »

« Mon conseiller ? Oh, c'est Martin Quinn. »

« Ah oui, le jeune Martin. C'est un vétéran, bien sûr tu le savais. »

Je ne le savais pas, mais je mentis en disant : « Naturellement. »

Maître Heine rassembla alors ses esprits, s'essuya les yeux une nouvelle fois, et regarda finalement la route, qui était encore vide, et remit la voiture en marche. Nous avançâmes lentement, prenant de la vitesse, et la petite Volkswagen commença à s'élancer à mesure qu'il passait les vitesses. « En avant ! » dit-il.

« Merci. Au fait, c'était très aimable de vous être arrêté. »

« C'est avec plaisir. Et je dirai à Martin, qui est lui aussi un homme de culture, que j'ai trouvé quelqu'un à qui il voudra peut-être consacrer un peu plus d'attention. »

« Oh, ce n'est pas nécessaire. » L'idée d'avoir attiré une attention inutile sur moi ne m'enchantait pas ; après tout, j'étais un nouveau venu. Je ne savais rien. « Vraiment pas nécessaire ! »

« Mais si. Martin est en réalité un de mes anciens élèves. Voyez-vous, il est passé lui aussi par Kickshaw. Et puis il a été conscrit et est allé au Vietnam, et a finalement fait l'université grâce au G.I. Bill. »

Nous « avançâmes » ainsi inéluctablement jusqu'à l'autoroute, l'US-101, la majestueuse double bande de béton qui longe la côte californienne.

« Je vais à l'Albertsons, Robbie. Vous voyez ? Juste là-bas. Où puis-je vous déposer ? »

« Oh, n'importe où fera l'affaire. Oui, le centre commercial. »

Je lui fis un signe de la main alors qu'il s'éloignait à pas incertains vers l'épicerie. Je n'avais pas vraiment de destination, Carpinteria m'était inconnue. Quelle aventure ! La joie d'être libre me submergea, mais en même temps je me sentis curieusement étranger à moi-même, même un peu effrayé. Cette petite pointe d'anxiété venait d'un sentiment que je n'aurais pas su expliquer alors. Je ne le comprends que maintenant, tant d'années plus tard : c'était l'effet d'être seul. Brusquement, j'étais juste moi-même, et la vérité c'est que je ne savais pas qui c'était. Étais-je le fils d'un pédé ? Étais-je le mystérieux farceur que j'imaginais ou espérais être ? Étais-je un intellectuel ? Un riche gosse blanc ? Un privilégié ? Peut-être étais-je un enfant, un imbécile, un inconnu ? Je n'en avais aucune idée. Ces jours-ci, il me semblait que je réagissais toujours aux autres, et c'est ça qui me définissait. C'était ce qui était censé se passer. Mais maintenant, seul dans cette petite ville-dortoir, sans amis, sans voiture, sans argent pour ainsi dire, juste l'air marin et le ciel, je n'avais rien à quoi réagir et personne à convaincre. J'étais juste moi.

Je marchai un moment et il me sembla que mes pieds m'emmenaient inévitablement vers la mer. Peut-être l'odeur détectable du sel dans l'air m'attirait-elle. J'étais descendu des collines, comme Moïse ne portant rien, et ma destination était une mer Rouge. Ou du moins une mer, une belle mer de mon imagination, le Pacifique. L'Atlantique, je l'avais toujours trouvé tellement putain d'oubliable. C'était différent. Je me sentis chez moi. Je m'assis simplement sur la plage pour presque toute la journée. C'était le paradis.

*

Un samedi matin, quelques semaines plus tard, je déjeunai de tartines de pain complet généreusement beurrées et confituées, et de jus d'orange concentré surgelé, et j'observai la splendeur du jour depuis les fenêtres de la salle à manger. En retournant vers notre chambre, je constatai que Jonah était levé et parti — faire du surf, évidemment. Oui, la planche avait disparu et il y avait un vide sur le mur du fond là où sa combinaison de surf résidait d'habitude, comme un épouvantail noir.

J'étais tenté de me plonger dans la pile de magazines Playboy de Jonah, car tout le dortoir semblait très calme, mais je savais où ça mènerait, et je décidai de partir en exploration à la place. J'enfilai un short et mes vieilles Converse montantes en toile et sortis par l'escalier de derrière. Pas besoin de signer le registre ; je ne quittais pas vraiment le campus. Du moins, pas en théorie.

La *Forêt Sauvage* était ma destination — bien sûr — mais j'avais l'intention d'explorer plus bas sur la colline. Au lieu de prendre le chemin habituel en direction du Moon Flower, la cachette secrète des Terminales, j'allai au bout de Long House et m'assis un moment sur l'herbe près du bord de la pente. Ce n'était pas trop raide à cet endroit, mais il n'y avait pas de sentier à proprement parler. Je m'arrêtai, attendis et observai. Tout semblait assez calme ; cet endroit précis était à l'abri des regards sur la gauche grâce à quelques arbres, et sur la droite il n'y avait que les dortoirs, et personne ne semblait être sur son balcon. Je passai par-dessus le bord, avançant rapidement, descendant trouver un abri à une cinquantaine de mètres en contrebas.

Une fois hors de vue du sommet de la Mesa, je me reposai une minute et pris mes repères. Je décidai de continuer à descendre encore un peu. Il y avait une route, appelée Jefferson Canyon, qui longeait le côté nord de la propriété de la Mesa. Je savais que si j'atteignais la route j'étais en bas. Mais entre-temps, il y avait beaucoup de territoire inexploré.

Au bout d'un moment, ma fidèle machette commença à me manquer. C'était ma compagne de tous les instants dans le Florida Wasteland et elle m'aurait été bien utile. Je m'arrêtai une minute car je crus entendre quelque chose d'inattendu : de l'eau. Pas un cours d'eau, mais le bruit d'un arroseur. Peut-être avais-je pris un mauvais tournant ? Mais non — devant moi je pouvais maintenant apercevoir les débuts d'un sentier longeant le flanc de la colline. Un tuyau métallique gris courait à environ un mètre de hauteur le long du sentier, et fixée à ce tuyau, juste devant moi, semblait se trouver une tête d'arrosage. C'était là la source du bruit. Un filet d'eau jaillissait de la tête comme si la pression du débit était en ce moment minimale ; mais je pouvais voir des traces indiquant qu'à certains moments, le débit était abondant, suffisant pour faire pivoter la tête selon un arc d'environ quatre-vingt-dix degrés.

Je m'engageai sur le sentier. Il était clair qu'il n'était entretenu qu'occasionnellement, sans doute par quelqu'un de l'équipe de Chickie, mais il n'y avait aucune empreinte de pas, et le sentier lui-même était fait d'argile sèche et compacte avec de petits cailloux çà et là — la matière même de la Mesa.

Je remarquai que le sentier descendait très légèrement, et je pensai d'abord que la tuyauterie faisait peut-être partie d'un système agricole d'irrigation, mais je remarquai ensuite le type de plantes qui poussaient là où l'eau giclait : des capucines, principalement. Et une abondance de plants de tomates, poussant spontanément dans des endroits grotesques çà et là, des tomates cerises mûres et non mûres éparpillées sur le sol comme des boulets de canon, et puis des orties. Des quantités et des quantités d'orties. « Ah, un pulvérisateur de merde ! » me dis-je. Oui, c'était évident maintenant. Il s'agissait bien d'un système d'irrigation, mais l'irrigation n'était qu'un effet secondaire. La raison du déversement était de distribuer les eaux grises — les eaux usées — provenant des toilettes, des lavabos et des douches des dortoirs. Il ne m'était pas venu à l'esprit jusqu'alors que Kickshaw n'était pas raccordé au réseau d'égouts de Carpinteria. Nous étions peut-être trop en altitude, ou bien le comté de Santa Barbara n'avait pas encore eu le temps de construire un réseau d'égouts municipal aussi loin.

Les tomates m'avaient donné le fin mot : ces petites graines résistantes étaient capables de traverser indemnes le cul des habitants de Kickshaw, puis de survivre au processus de traitement des eaux, quel qu'il soit, et de se retrouver encore viables. C'était quelque chose qui me réjouissait énormément pour des raisons que je ne parvenais pas vraiment à saisir. Ainsi les graines vivaient ; et elles descendaient le tuyau pour être projetées sur le flanc de la colline, dans un sol humide et bien fertilisé. Quant aux capucines, elles avaient peut-être emprunté un parcours similaire ; les orties, je pensais, venaient de graines emportées par le vent, mais leur présence avait du sens, d'une certaine manière. Je supposais qu'elles aimaient l'humidité riche en nutriments là où beaucoup d'autres plantes ne pourraient pas prospérer.

Mais les orties étaient aussi assez douloureuses, comme je le découvris aussitôt en en effleurant une. Ma jambe gauche en dessous du genou se mit soudain à brûler. Je réalisai que j'en étais entouré, et aussi que le déversement du pulvérisateur de merde, même s'il ne puait pas vraiment, n'était probablement pas terrible à avoir plein les chaussures. Je m'arrêtai et réfléchis à ce que j'allais faire. Finalement je décidai de suivre le sentier du pulvérisateur de merde un moment. Il me sembla qu'au retour, je pourrais emprunter l'autre sens du chemin et voir où il menait, probablement *par un commodius vicus* de recirculation pour remonter au sommet de la Mesa.

Je n'avais pas parcouru cent mètres quand je le vis. Il y avait un tuyau d'arrosage. Quelqu'un avait retiré la tête de pulvérisation du tuyau et bricolé suffisamment pour y fixer un tuyau souple. Il serpentait sur le flanc de la colline. Je ne compris pas immédiatement ce que cela pouvait signifier.

J'avançai un peu plus sur le sentier et commençai à entendre un grondement sourd dans le tuyau gris, puis le tuyau lui-même se mit à vibrer bien plus que je ne l'aurais prévu, comme s'il était sur le point de prendre vie ; et enfin, dans un jaillissement joyeux, des jets saccadés de liquide commencèrent à gicler à pleine force des têtes de pulvérisation. Les têtes étaient équipées de gâchettes à ressort qui déplaçaient le jet — chk, chk, chk, chk, chk — rafale après rafale, en séquence, pour pointer dans une nouvelle direction, mais toujours dans le sens inverse des aiguilles d'une montre. Je réalisai que j'allais me faire arroser, et me dépêchai de sortir de la trajectoire. Le sentier du pulvérisateur de merde n'était plus une voie sûre vers l'avant, pensai-je, et je plongeai hors du sentier dans les buissons, descendant la colline. À quelque distance maintenant, le bruit des pulvérisateurs s'affaiblit, et j'eus un sentiment de désorientation ; je n'étais plus aussi haut sur le flanc de la colline, je voyais beaucoup moins loin, et la végétation était très dense. Mais je réalisai vite mon erreur : j'étais complètement entouré d'une dense forêt verte d'une espèce végétale unique, quelque chose comme une vigne, avec des feuilles lobées semblables à celles d'un chêne. J'avais un mauvais pressentiment, mais je retombai alors sur le tuyau souple. Sans véritable curiosité, mais à ce stade désireux de toute urgence de retrouver la rue qui devait se trouver quelque part en contrebas, je le suivis, écartant la végétation verte et dense qui envahissait tout.

C'est alors que le tuyau prit fin. Le déversement du pulvérisateur de merde s'écoulait sur le sol et l'extrémité fouettait comme quand on coupe la tête d'un ver. Le liquide expulsé coulait maintenant dans une sorte de tranchée grossière. Je suivis la tranchée, repoussant des haies de végétation, et débouchai au pied des plants de marijuana les plus grands que j'aie jamais vus. Ils me dépassaient, atteignant peut-être deux à trois mètres de hauteur dans certains cas. Il y en avait plusieurs, et je sus immédiatement que c'étaient des plants de cannabis à la forme des feuilles, mais surtout à l'odeur sucrée. Ils avaient une forte odeur résineuse difficile à décrire mais très facile à reconnaître si on l'a déjà sentie.

Je contemplai avec émerveillement cette ferme de cannabis magique alimentée par le pulvérisateur de merde, cachée dans la partie la plus dense de la *Forêt Sauvage* ; mais malheureusement mon excitation fut tempérée par la réalisation que j'étais sûrement en train de violer une propriété privée, et la peur m'envahit. Je repartis en courant dans l'autre sens, remontant la colline un moment, à bout de souffle, traversant de plus en plus cette végétation dense de vignes aux feuilles lobées qui semblait être partout, la repoussant, me passant les mains sur les yeux qui semblaient maintenant étrangement irrités, et souhaitant avoir de meilleurs vêtements ou équipement, ou même une gourde. Où était ma machette ! Je remontai la colline péniblement en suivant surtout le tuyau souple, et arrivai finalement à nouveau sur le sentier du pulvérisateur de merde. Ça m'amènerait au moins jusqu'à la Mesa. Ce fut effectivement le cas, finalement. Mais ça semblait aller bien plus loin que je ne l'avais prévu.

Le sentier avec le tuyau atteignit son sommet à l'extrémité éloignée de la Mesa, au-delà de Long House et de La Maison Haute, au-delà de l'Ermitage, et plus loin encore, au-delà même de la maison du '27. Là je trouvai la station de pompage — la Fin-du-Pulvérisateur-à-Merde — et ce qui me semblait être la station d'épuration. Elle n'était pas très grande, et naturellement hors de vue pour des raisons esthétiques. J'étais épuisé, mais juste capable de faire le tour de la structure et d'en ressortir, d'apparence totalement innocente, je l'espérais, bien que je sois certainement quelque peu décoiffé, sinon complètement dévasté. Je regardai mes Converse montantes en toile, qui étaient maintenant complètement souillées et trempées. Foutues. En marchant elles couinaient. Avant de regagner La Maison Haute, je les ôtai et les abandonnai dans les buissons avant de m'effondrer dans notre chambre. Jonah n'était pas rentré. Je contemplai le Penthouse que je savais être sous le lit de Jonah (je trouvais Penthouse dégueulasse, mais il fallait bien admettre qu'on y voyait vraiment tout le menu). Cependant mes yeux ne fonctionnaient plus vraiment. Je me dis que j'étais juste crevé à mort. Je fis une sieste.

*

Quelques heures plus tard, je commençai à vraiment me sentir mal.

Je n'étais jamais allé à l'infirmerie de l'école. Je me traînai jusqu'à la porte et l'ouvris d'une poussée, comme l'indiquait le panneau : « Entrez. » J'arrivais à peine à le lire.

« Oui, dit une vieille matrone coiffée d'une coiffe d'infirmière. Qu'avons-nous là ? » Elle était assise derrière un petit bureau, du genre qu'utiliserait un enfant, près d'une lampe, et semblait lire un livre relié en cuir, probablement la Bible. La pièce était assez sombre au-delà de la lampe — éclairée pour des cocktails, pas pour une réanimation. Il y avait quelques lits de camp en rangée et dans le fond j'aperçus un couloir sombre qui menait sans doute à la perdition.

« Je crois que j'ai un problème », coassai-je.

« Oh ? Eh bien, entrez alors. »

C'était Mrs. Standish, l'infirmière. Elle me guida vers l'intérieur en me prenant par la main et me fit asseoir sur un tabouret tandis qu'elle m'aidait doucement à ôter ma chemise. « Oh, mon Dieu. » Les orties avaient vraiment fait des ravages sur mes jambes et ma main droite ; mais ma principale préoccupation, c'était que mes yeux larmoyaient et semblaient presque gonflés au point d'être fermés.

« Oui, je vois, dit-elle. Ça ressemble à une piqûre d'ortie. Et ça aussi. Et le gonflement ressemble beaucoup à du sumac vénéneux. Vous avez été sur les sentiers ? »

« Oui. »

« Vous pensez vous être frotté les yeux ? »

« Oui. Très probablement, dis-je.

— Ça expliquerait pourquoi ils sont presque fermés. Vous respirez bien ? »

« Je crois », dis-je.

« Je vais vous aider à prendre une douche. Essayez de vous laver le visage et les yeux. Commencez par vous savonner les mains bien à fond, puis faites de votre mieux pour vous laver. On mettra de la lotion à la calamine après. Le sumac contient une huile caustique. La meilleure chose que vous puissiez faire est d'essayer d'en éliminer le maximum en vous lavant. »

« Mais ça fait mal ! »

« Oui, ça va piquer un peu. Surtout les orties. Mais faites ce que vous pouvez avec le savon. Ça aidera, croyez-moi. Vous en avez malheureusement pour quelques jours. »

Je luttai contre la douleur en tâtonnant jusqu'à la douche et elle ouvrit l'eau. « Je vais mettre ces vêtements dans un sac pour que vous puissiez les laver plus tard. Ils sont probablement couverts de l'huile qui provoque l'éruption. »

Elle aida l'invalide que j'étais à entrer sous la douche, où je me tenais chancelant, et je gémis et me plaignis en sortant, ayant tout l'air d'un rat nu et fripé. Un rat de laboratoire.

« Qu'est-ce que je vais mettre ? » gémis-je.

« Allongez-vous un moment sur l'un des lits de camp et rabattez le drap sur vous, dit-elle. Reposez-vous. Je vais envoyer un des gars de Ciccariello vous chercher des vêtements. »

Je crois ne pas avoir encore présenté Albert Ciccariello, que nous appelions tous Chickie. Il était le chef de chantier de l'équipe de bâtiment et d'entretien, entièrement mexicaine, une sorte de mélange arabo-italien, et il travaillait à l'école depuis une éternité, rendant compte au responsable des bâtiments et des terrains, qui était bien sûr toujours un homme blanc — en ce moment Glen Thompson. Thompson était aussi le coach de basket, le genre de type qui refusait d'appeler Mohammed Ali par son nom et disait encore Cassius Clay. Mais contrairement à lui, Ciccariello était apprécié.

J'eus un jour à aller voir Ciccariello pour lui demander de l'aide afin de récupérer un frisbee sur un toit. Je descendis jusqu'à son bureau.

« Monsieur, dis-je, j'ai un problème. »

Il se retourna, cigarette au coin de la bouche, et dit : « Oui, nous en avons la plupart d'entre nous. C'est la condition humaine. » Mais il finit tout de même par envoyer quelqu'un aider après une longue discussion et une allocution considérable sur les dangers des disques volants.

J'estimai l'âge de Ciccariello à environ cinquante-cinq ans, mais il était petit et maigre, et encore davantage rétréci par son addiction au café noir et à la nicotine. Une forte exposition au soleil californien complétait l'effet rétrécissant de son régime et de son mode de vie. Il était devenu miniature. Un rital, comme disaient les gars (moi, je ne disais pas des trucs comme ça), mais il était cool. Son « bureau » — essentiellement un grand hangar où étaient entreposés les outils et les équipements d'entretien des terrains, c'est-à-dire les remises des Bâtiments et Terrains — jouxtait l'infirmerie. Il s'y était bricolé un semblant de bureau, assemblé avec des deux-par-quatre et de vieilles planches sciées, et il aimait s'y asseoir, les pieds sur la plateforme bancale, à tirer sur ses cigarettes. Parfois il se redressait et écrasait ses mégots dans un immense cendrier brun et dégoûtant.

Une particularité de Chickie était que son bureau se trouvant aussi à proximité de la zone fumeurs désignée (le seul endroit sur le campus où les élèves ayant l'autorisation de leurs parents de fumer du tabac pouvaient le faire), et parce qu'il était lui-même un fumeur continu et un habitué de la zone fumeurs — on pouvait souvent lui taxer une clope — il s'était constitué un petit groupe d'apprentis voyous accros qui se regroupaient autour de lui, ou traînaient dans son hangar, toussant des glaires, bavardant et plaisantant, crachant comme des serpents, ou jurant comme de petits marins déments, tout en s'adonnant à leur vice tabagique. C'étaient les « gars de Chickie » auxquels elle faisait référence. Pensez aux gamins de Fagin, mais avec beaucoup plus d'argent.

Je m'allongeai sur l'un des lits de camp dans l'infirmerie tranquille et obscurcie, et me reposai, écoutant les bavardages et les gros mots qui s'échappaient doucement de la zone fumeurs, et faillis m'endormir tandis que l'infirmière me frictionnait doucement de la lotion à la calamine sur les bras, les jambes et le torse. C'était relaxant, presque sensuel, qu'elle fasse ça, et à cause de l'intimité que cela créait, ça me procurait du plaisir mêlé à l'hypersensibilité de la peau brûlée chimiquement ; mais dans mon esprit elle était ancienne et donc je n'avais aucune sensation d'impropreté ou de sexualité là-dedans ; je dérivais. C'était si paisible. Je restais juste là dans le calme et la quiétude, la lumière tamisée cachant tout, tandis qu'elle frictionnait la lotion, et que j'émettais de temps en temps un petit soupir de soulagement, et elle émettait un petit « ah » chaque fois que je soupirais.

Malheureusement je commençai à me sentir en érection. Elle ne m'avait pas touché là, mais toutes ces frictions dans cette zone générale devaient avoir eu un certain effet. Mes yeux étaient encore larmoyants et il était agréable de les garder fermés. « Oh non, pensai-je. Et si elle voit ça. » Je continuais d'essayer de le faire disparaître, mais il semblait que plus j'essayais de le faire aller, plus mon érection devenait intense. Elle grossissait de plus en plus.

« Allons, allons, là, là, Robbie. Ça suffit. »

« Oh non ! » pensai-je. Elle avait vu mon érection. Je ne pouvais penser qu'à sa taille (ce n'est pas que j'aie un pénis autrement que d'une taille ordinaire, mais *de l'intérieur*, pour ainsi dire, il me semblait grand, à ce moment-là) et je l'imaginais, elle aussi, comment elle le regardait. Le fixant. Si quoi que ce soit, il était encore plus grand maintenant, probablement (dans mon imagination) visiblement palpitant. Il semblait juste de plus en plus tendu.

« Ça va, Robbie. Pas de quoi être gêné. J'en ai vu, des pénis. »

L'entendre prononcer le mot « pénis », et la façon dont elle semblait si à l'aise avec les érections, sembla me faire quelque chose. Je l'entendis sursauter. Et puis après un moment : « Oh, mon Dieu. »

Je criai. « Oh non, oh mon Dieu ! » C'était en train d'arriver et ça allait partout.

« Du calme. Ça va. Seigneur, quel gâchis », dit-elle distraitement pour elle-même. « Je vais chercher un gant de toilette. Petit idiot. Repose-toi maintenant. » Elle rit alors en me regardant, le rire d'une femme qui voit une giclée de foutre sur votre visage, et ce rire me dégonfla instantanément. Je fus soudain un petit garçon nu de cinq ans, debout dans une salle de bain lointaine, ma mère, plus jeune alors, me grondant pour quelque chose d'embarrassant que j'avais fait ou imaginé faire, assise à faire pipi sur des toilettes avec un cordon pendant de son entrejambe.

L'Incident, comme je l'appelai, fut une *cause célèbre* personnelle et une source de honte pour le reste de mes jours à Kickshaw, un secret soigneusement caché. Un secret que j'espérais que personne d'autre n'apprendrait jamais. Ce qui s'était passé — la vérité — était bien pire que ce qui était arrivé à Johnny Winkle, ce malheureux de la promo '76 dont on entendait dire qu'il avait été traîné nu dans le couloir lorsqu'on l'avait surpris en train de se branler. Oui, bien, bien pire que Johnny : j'avais éjaculé de force devant l'infirmière de l'école, comme un branleur absolu. Comme un mongolo de chez DEVO. Elle avait tout vu.

Pendant longtemps j'imaginai avec terreur ce qui se passerait si Mrs. Standish venait à raconter à des gens — bien sûr, elle devait le faire, répandant l'histoire aux quatre vents, la racontant dans la salle des profs, en riant avec l'opulente Ms. Snodgrass, la fantastique jeune juive aux gros nichons qui nous enseignait l'anglais et la photo, et que tout le monde fantasmait en permanence. Mon imagination terrorisée s'emballait.

Chaque fois que je voyais Mrs. Standish, pendant des mois et des années, peut-être à une assemblée, peut-être dans le parking de l'école, à la chapelle ou sur la pelouse, et pour toujours après, il me semblait qu'elle souriait aussi de cette même façon particulière. Souriait et riait. Gloussait. Dans ces moments-là je rougissais et devenais timide et ne savais pas quoi dire, en pensant à elle qui me touchait, puis je partais dans l'autre direction aussi vite que possible. Mais ce n'était pas toujours possible, et une ou deux fois j'avais dû lui parler vraiment.

Bref, après un moment, après qu'elle m'eut nettoyé, après que je me fus calmé, peut-être une heure, peut-être deux, j'entendis la porte de l'infirmerie s'ouvrir et la sonnette (qui était une vraie cloche) tinter, et alors Sheldon Witherspoon, l'un des « gars » de Chickie, et un Terminale qui plus est, entra en portant quelques-uns de mes vêtements — une chemise, une ceinture et un pantalon.

« Hé Robbie, tiens, j'ai dû fouiller un peu. J'ai trouvé ton stock de cul dans le tiroir du bas, mais pas grand-chose côté sous-vêtements. »

« Vraiment super, Sheldon. » Il sentait la cigarette, ce qui n'était pas une grande chose à mes yeux.

Sheldon s'approcha un peu et chuchota. « T'as vu quelque chose d'intéressant là-bas ? »

« Oh, pas grand-chose, dis-je. Ça pue pas mal là-bas. »

« Forcément, dit-il. C'est un pulvérisateur de merde, après tout. »

Je mentais, bien sûr. Pas sur la puanteur, mais sur l'herbe. J'avais pas mal réfléchi à la plantation de cannabis sur laquelle j'étais tombé et à ce que je devais dire ou faire. Mais il semblait maintenant que Sheldon était peut-être déjà sur ma piste.

« Eh bien, de toute façon, dit-il, la prochaine fois demande-moi, je te ferai faire une petite visite guidée. » Il fit un clin d'œil. « Pas un mot, hein. Salut. »

*

Pendant un moment je fus hors de combat, évidemment, mais ce n'était pas si mal. Après quelques jours j'étais de retour en cours et supportais d'être la cible de blagues sur mon éruption cutanée. Je continuais à penser à la marijuana, mais je finis par conclure que tenir ma grande gueule fermée était probablement la meilleure politique. Quelqu'un — Sheldon, sûrement — était au courant et savait que j'étais au courant. Ce qui était mauvais. Je ne voulais pas être impliqué ; mais je ne voulais pas non plus être écrasé par un Bimmer chargé de Terminales furieux fumeurs d'herbe. Je n'avais aucune idée de quoi faire, alors mon imagination continua de s'emballer.

Mais aussi, je l'admets, l'envie de bud était là en moi. Je convoitais l'herbe. On dit que le shit n'est pas addictif ; eh bien, peut-être pas. Mais le plaisir, lui, l'est. Je me maudissais de ne pas avoir eu les moyens de cueillir quelques têtes. Comme paiement pour mes ennuis. Et au-delà de ça, que penserait Jonah ? Qu'est-ce que Christian en dirait ? Y avait-il un moyen d'en tirer profit sans me faire démolir le portrait ou exploser la tête ?

*

Le dernier ami que je dois maintenant présenter est Cadogan West. Je n'ai pas vraiment accroché avec Cadogan pendant longtemps. Il était à La Maison Haute avec nous, et en fait il était près de Jonah exprès, en raison de leur amitié depuis la Première. Je crois qu'ils avaient été colocataires. À la maison du '27. Il était donc très proche de Jonah, mais pas comme surfeur. Sa vibration venait d'un endroit entièrement différent. Je me souviens de lui avoir cherché des noises à propos de son nom quand il vint voir Jonah.

« Alors, t'es dans Sherlock Holmes, hein ? T'as volé des plans dernièrement ? »

« Oh, dit-il. Tu connais ça. »

« Bien sûr. J'ai probablement le bouquin juste là... Mais je ne dirai rien si les gens t'emmerdent avec ça. J'imagine que c'est le cas. »

« Moins souvent que tu ne le croirais. Les gens ne putain de lisent pas. Quatre-vingt-dix pour cent d'entre eux préfèrent s'étouffer avec une carotte plutôt que d'ouvrir un livre. Je suis Cadogan. Enchanté de te rencontrer. » Il tendit la main et sourit. Je la pris. Sa poignée était celle d'un lutteur.

Cadogan était petit et maigre, avec un visage déjà ravagé par l'acné, et il continuerait à avoir de temps en temps un bouton furieux pendant toute la durée de notre fréquentation.

Selon Jonah, le père de Cad était riche, *tremendously wealthy*, ou comme le disait Kurt Vonnegut dans *Petit Déjeuner des Champions*, « fabuleusement à l'aise. » L'homme ne développait pas simplement de l'immobilier, il était à l'origine de la création d'une *ville* entière qu'on appelait, assez à propos, West Valley.

Mais il n'y avait pas de « vallée ». C'était plat sur des kilomètres à la ronde, complètement sans caractère à part le figuier de Barbarie. Et *West* Valley était situé à l'*est* de Los Angeles, au-delà de San Bernardino mais pas tout à fait jusqu'à Barstow. La distance était certes praticable jusqu'à LA, si vous pouviez tenir du cent quarante à l'heure, ce que les gens faisaient là-bas, et en d'autres termes, c'était une banlieue-dortoir pour les fanatiques terminaux de la voiture : pas si proche d'être inondée par les problèmes de LA, comme « les sales Mexicains, les barjots de gangs et les nègres au crack, » comme son père était censé l'avoir dit. Mais confortable, privée et blanche quand même. Cadogan West *père* était apparemment dans le Klan dans sa jeunesse en Géorgie, et Cadogan *fils* disait que son père avait autrefois décrit avoir été témoin d'un lynchage. Il trouvait que c'était très satisfaisant.

Oui, il y avait quelque chose chez Cadogan senior que son fils méprisait ; aussi je savais que derrière chaque histoire il y en avait probablement davantage qui n'était pas dit — une vérité encore plus sale, plus sombre, cachée derrière une histoire sombre. De l'ombre cachée par de l'ombre.

Cadogan ne parlait pas beaucoup de sa riche famille, en partie parce que son père ne lui avait rien assuré de son vivant et ne savait probablement guère que son fils existait ; et puis il était soudain mort, mort d'une crise cardiaque, un mangeur de steak et buveur de bourbon abattu en pleine force de l'âge, étalé sur un putain de terrain de golf ou peut-être une fourchette en main, ou plantée dans le cul — Cadogan ne clarifierait jamais ce point ; et c'était la mère, assez jeune et encore raisonnablement attirante, qui avait maintenant tout l'argent et l'exquisément construite maison ranch de vingt pièces sur quatre hectares au beau milieu de l'absolument nulle part. La mère et le fils dans Erewhon. Et le jeune fils était un malin.

« Il ne semblait pas possible qu'il puisse y avoir autant de gars dans un endroit comme West Valley, me dit-il. Mais il y en avait. J'ai fini par détester ça immensément. Je détestais tout de ça. Moi, j'aime la verdure. J'aime même la neige. Les plantes. Les animaux. La Californie a toujours été une déception pour moi, Robbie. Tu vois, l'argent ne peut pas tout acheter. » Et puis il entonnait : « *Can't buy me love, love, no, no, no, nooo !* »

*

« Robbie, tu peux lire ton essai sur *Le Cœur révélateur* d'Edgar Allen Poe à la classe, s'il te plaît ? »

« Bien sûr, Ms. Snodgrass. Avec plaisir. »

Lori Snodgrass enseignait l'une des sections d'anglais de Deuxième — par hasard, Jonah, Cadogan et moi étions tous dans ce cours — et aussi la photo, une matière que Jonah aimait peut-être autant que le surf. Christian et William J. Brennan étaient dans une autre section d'anglais.

« Robbie, vous me fixez ? »

« Non, pardon, madame. »

« Vous sembliez dans la lune. »

« C'est indéniable », dis-je.

Lori était une belle femme. Elle était, comme je le compris plus tard, une juive sépharade, sa famille avait des racines en Espagne. La peau de son visage et de ses mains était soyeuse et lisse, mais ses sourcils étaient sombres et du genre à s'épiler, et ses cheveux étaient épais et noirs ; je ne pouvais pas me prononcer sur le reste de son épiderme, parce que chaque autre partie de son corps semblait recouverte d'une couche de tissu en permanence. Ce n'était pas le hijab ou le foulard — pas ça — mais c'était une tenue très modeste, assurément. Collet monté. Elle avait aussi de petites lunettes de lecture à monture fine qui avaient tendance à accentuer l'effet de bienséance et à la vieillir de quelques années. Même ses pieds, qui m'intéressaient considérablement, étaient enveloppés dans des chaussures près du corps par-dessus des chaussettes moulantes, de sorte qu'aucune partie de son corps n'était exposée au soleil. J'émis l'hypothèse qu'elle pourrait être allergique à la lumière du soleil, comme une créature vampirique, mais la préoccupation était sûrement nous. L'allergie, c'était nous : les regards inquisiteurs des adolescents obsessionnellement concupiscents qu'elle devait gérer quotidiennement.

Non pas que nous fussions autre chose que des gentlemen, du moins à portée d'oreille de la pauvre femme. Mais ce que je veux dire par tout ça, c'est simplement qu'elle n'était ni laide ni vieille ni grosse ni dotée de tout autre attribut qui aurait rendu improbable une vigoureuse activité sexuelle dans sa routine quotidienne. Nous l'imaginions comme une Brigitte Bardot espagnole, qui prétendait en avoir besoin tous les jours. Et le sexe, étant la raison biologique d'exister du point de vue d'un garçon de seize ans, oui, le sexe était le *raison d'être*. Nous étions tous certains qu'elle baignait dans les hormones et dansait nue quelque part pour l'argent ou le plaisir. Ce qu'étaient réellement ses routines quotidiennes, ou à quoi ressemblait vraiment son mode de vie, sa vie privée, ses intérêts et ses passions, même ce qu'elle aimait manger au petit-déjeuner, aucun de nous ne le savait. Nos jeunes imaginations s'emballaient. Cadogan était convaincu que son poil pubien était aussi dense et rêche qu'une brosse à chiendent, et prêt à parier de l'argent sur son affirmation si quelqu'un pouvait en prouver la véracité.

Bien sûr, la véritable vérité, qui était probablement entièrement différente, était complètement obscurcie et déformée par notre fantasme, et donc tout à fait impossible à percevoir pour nous.

De nos jours, s'obséder sur les attributs physiques d'une femme est considéré comme grossier, sexiste, peut-être même une forme de harcèlement. Mais je ne peux pas passer sous silence la vérité sur Lori. Ce serait injuste envers elle, et cela fausserait aussi le récit, si je ne parlais pas de l'éléphant dans la pièce, ou plutôt, des deux.

Oui, les Seins. Des seins impressionnamment gros. Assez gros pour avoir besoin d'être harnachés ; assez gros pour être arrimés avec des bretelles épaisses, comme un navire amarré à un quai avec des cordages prodigieux. Ses hanches et ses cuisses étaient relativement élancées, peut-être en raison de sa jeunesse, ce qui faisait paraître son développement du haut du corps encore plus imposant qu'il ne l'était.

« C'est comme un mastodonte, telle était la formulation de Jonah. On pourrait y perdre un œil. »

« Ces pis ont une taille de mammouth, tel était l'avis de Cadogan. Bien trop gros pour qu'un gars normal sache quoi en faire. Il faudrait un spécialiste pour même savoir comment les tenir. »

« Imagine être là-dessous et qu'elle te gifle la figure avec. Quel réveil, dit Jonah.

— Elle se couvre tellement que ça ne fait qu'accentuer tout l'effet, dis-je. Pauvre femme.

— Oh, ne la plains pas, dit Cadogan. Tu sais combien de femmes paient des médecins pour créer ce qui lui a été donné naturellement ? Il se forme en ce moment toute une industrie de chirurgie esthétique. Et en fait, ils pourraient être faux.

— Ça semble hautement improbable.

— Pourquoi ? Des milliers de femmes voudraient lui ressembler. Et là où le désir mène, l'argent suit.

— Mais elle ne semble pas très à l'aise. Inhibée, je dirais. Elle paraît parfois maladroite. »

Jonah rit. « Elle aurait bien besoin d'une bonne baise, plutôt. »

Cadogan retourna la chaise et s'y assit en utilisant le dossier comme accoudoir. « Tu devrais peut-être l'encourager à s'habiller un peu plus provocateur, Robbie. Tu sembles accrocher avec elle. Je t'ai observé en cours. »

« Oh, ne sois pas idiot.

— C'est vrai, dit Jonah. Elle semble t'apprécier. »

Je rougissais maintenant. « Elle aime juste le fait que je sache écrire. Je rends mes devoirs à temps. »

Jonah et Cadogan se regardèrent et hochèrent la tête. Ils savaient que j'étais puceau. C'est vrai que j'étais terriblement timide avec les filles. Mes expériences avec Cecilia n'avaient pas été entièrement platoniques, mais notre amitié n'était sexuelle que par procuration, par projection telle que la voyaient les autres. J'étais trop jeune. Mais maintenant...

« Parle-lui. Invite-la à sortir. »

« Oh, les gars. » Je secouai la tête vigoureusement.

Ce fut Jonah qui l'approcha en premier avec une intention amoureuse ouverte. Il tenta sa chance. « Miss Snodgrass, vous êtes déjà allée à Rincon ? »

« Pas trop souvent. Une fois, je crois.

— Qu'est-ce que vous penseriez de venir prendre des photos de moi en train de surfer ? »

« Hmm. Ça semble amusant.

— Vraiment ? Euh, d'accord, et si c'était ce samedi ? »

Les choses se passèrent comme Jonah l'espérait, et elle se présenta à l'heure et au lieu convenus ; il prit place du côté passager de sa Chrysler LeBaron jaune décapotable comme un roi, et ils partirent ensemble. Je vis la voiture descendre la route de la Mesa de l'autre côté, près de la Chapelle. Je distinguais sa planche de surf à l'arrière.

Mais quelques heures plus tard Jonah revint, le visage sombre.

« Te voilà ! dis-je. Comment ça s'est passé ?

— Oh, elle a pris quelques clichés, mais elle a ri quand j'ai suggéré qu'on devrait nager ensemble. Elle n'a même pas mis de maillot de bain. C'était juste la même couverture habituelle. »

Cadogan fit alors ses propres tentatives, bien plus subtiles et complexes, et appliqua la foutaise de la séduction à la mode gonzesse. Pour des raisons que je ne m'explique pas, Cadogan plaisait naturellement aux femmes ; soit ça, soit il avait le don de la parlote. Ou autre chose. Peut-être avait-il été formé professionnellement comme espion. Parce qu'il se débrouilla très bien. Comme je le narrerai plus tard, Cadogan réussit à se taper plus d'une des femmes sur le campus — et techniquement, il n'y en avait aucune à se taper.

Mais avec Nibards, comme il l'appelait, il se heurta à un mur. Il poussait et tirait, et elle se contentait de rire ou de se moquer de lui. Pas des blagues directes, mais juste des allusions à sa jeunesse, ou un rire doux et léger. Elle lui suggéra certains produits pour son acné, par exemple.

Un après-midi, Cadogan passait par là. Jonah et moi traînions dans la chambre avec la porte ouverte, et on pouvait entendre l'opéra de Martin Quinn de tout au bout du couloir. Et on commença à parler d'elle.

« Tu sais, Robbie, on m'a retenu après les cours aujourd'hui, et Nibards a complètement assassiné mon devoir. Il est couvert d'encre rouge. Elle a décidé de le reprendre ligne par ligne.

— Malheureux, dis-je.

— Brutal, dit Jonah.

— En effet. Et puis elle a dit : "Regardons le devoir de Robbie. Voilà. Regardez juste à quel point c'est concis. Il fait la moitié de la longueur de votre devoir mais dit davantage. Vous voyez comment il a des paragraphes pour chaque sujet et couvre le terrain. C'est très clair et bien argumenté. Et puis là, vous voyez comment il fait cette observation qui lie tout ensemble. Alors que vous, vous vous étalez partout." Elle t'a loué, mec, elle t'a loué franchement. »

Je souris. « Ça me semble juste. »

Et c'est là qu'entra en jeu le génie particulier de Cadogan. Je pouvais voir son esprit commencer à tourner. Il imaginait le comment, le où et le quand. « Robbie, dit-il. Je crois qu'on peut utiliser ça. Oui... Voyons... » Il commença à faire les cent pas.

Jonah me regarda et sourit. « Il réfléchit, dit-il.

— C'est ce qu'il fait, non ? dis-je.

— On a besoin d'une sorte d'événement littéraire. Peut-être le cinq centième anniversaire de quelqu'un... »

« Shakespeare ? dis-je.

— Exactement, quelqu'un comme ça. Et tu invites Miss Nibards. À une sorte de rassemblement. Où tu... tu lis quelque chose que tu as écrit. Et puis tu remercies le public et tu désignes Nibards comme ton inspiration.

— Bien sûr, soupirai-je. Ça ne semble même pas vaguement plausible.

— Hmm. D'accord. J'ai une autre idée. Ça pourrait te permettre de la b..., mais c'est très risqué. Je sais pas si t'as les couilles.

— Dis voir, dit Jonah.

— Il faudra qu'on s'appuie sur un curieux petit renseignement — des ragots, je suppose — que j'ai entendu quand je fumais dans le coin de Chickie. »

Jonah fronça les sourcils. « Je croyais que t'avais décidé d'arrêter de fumer, Cad.

— C'est vrai. Mais de temps en temps une clope fait du bien. C'est juste la première bouffée, vraiment, et après c'est la descente aux enfers. Bref, j'étais assis tranquillement, il n'y avait personne d'autre. Et j'ai surpris une conversation entre Standish et Nibards. De là-bas à l'infirmerie. »

Je regardais avec horreur. « Non. Non ! »

Cadogan me jeta un œil. « C'est juste Jonah, Robbie. Et on peut lui faire jurer le silence.

— Non ! Non, mec ! »

Cadogan gloussa. « Alors Standish parle de l'urticaire, je sais pas comment ça a surgi mais elles discutent de quelque chose et Standish dit que les garçons descendent parfois sur les sentiers et qu'il y a du sumac vénéneux. Des tonnes. Et puis elle rit et commence à raconter une histoire sur un incident récent, où un garçon — elle n'utilise pas son nom — un garçon est complètement couvert d'urticaire au sumac et entre à l'infirmerie. Et quand elle applique la lotion à la calamine — »

« Non, Cadogan ! »

« Et quand elle applique la lotion à la calamine, et juste par inadvertance, poursuivit-il, le garçon a une érection. Puis dans sa confusion et sa panique, il éjacule. Pas à cause de quoi que ce soit qu'elle a fait, bien sûr, d'après elle, mais spontanément. Juste parce que c'était sensible. Un happy ending incroyable. »

Je me couvris le visage des mains.

Jonah se tordait de rire. « Et qu'est-ce que Snot Bag a dit ?

— Oh, elle riait hystériquement. Elle pouvait plus s'arrêter.

— Non, Non ! » criai-je.

« Alors c'est tout vrai, dit Cadogan.

— Non, c'était juste une chose qui est arrivée. Elle me frictionnait de la lotion à la calamine sur la majorité de mon corps. J'étais fatigué, épuisé, et mes yeux étaient fermés. J'ai eu une érection je sais pas comment. Ça voulait pas s'arrêter.

— Elle a genre cinq cents ans, mec, dit Jonah qui n'arrivait pas à se retenir.

— Oui, dit Cadogan. Stupéfiant. T'as réussi à te faire branler par Standish, cette vieille bique. Qui aurait pu imaginer.

— Non ! dis-je. C'était pas comme ça.

— Mais la meilleure partie reste à venir. » Cadogan était rayonnant. « Standish a ensuite dit que l'éjaculation était si puissante qu'une partie du foutre avait touché le mur du fond de l'infirmerie. Elle avait dû l'essuyer avec une éponge.

— Pas possible, dit Jonah. Bon sang !

— C'est vrai. Elles ont ensuite discuté de comment ça avait pu se passer. Apparemment Standish pensait que ton urètre devait être cicatrisé à l'ouverture, faisant du trou quelque chose de plus proche d'un canon de pistolet. Elles ont eu une longue discussion sur ta virilité, Robbie, et sur les pénis en général. Elle a même parlé de ta bourse.

— Pas question, mec. T'exagères.

— Eh bien, peut-être juste un tout petit peu. Quoi qu'il en soit, le point c'est que Nibards était fascinée. Elle est captivée et intriguée par toi. Alors maintenant, la revanche. Les femmes ont ri de ta virilité, mais voilà ta façon d'égaliser le score. Écoute bien ça... »

Ce soir-là je me mis au travail à écrire une histoire courte sur un incident arrivé à un garçon que je connaissais — j'essayai de le cadrer ainsi. Mais je me laissai intentionnellement aller à écrire quelque chose qui frisait la pornographie. Ou ce que j'imaginais être de la pornographie. Je fis entrer dans l'histoire une femme plus âgée, une professeure, avec des traits catalans et une silhouette délicieuse et voluptueuse. Le garçon se retrouvait empêtré dans du sumac vénéneux et tout son corps devait être soigné — enfin, vous connaissez la suite.

La prochaine tâche était d'inviter Lori à sortir. Cadogan avait expliqué qu'il était crucial qu'elle lise l'histoire quand on serait chez elle. Il fallait que je trouve un moyen pour qu'elle m'y emmène, ou simplement, que je me pointe à froid chez elle. Je ne pensais pas pouvoir faire ça. « Miss Snodgrass ? »

« Oui, Mr. Gray ?

— Vous pouvez m'appeler Robbie, vous savez », dis-je.

Elle souriait. « D'accord. Merci pour ça. Vous pouvez m'appeler Lori dans ce cas. »

« Je me demandais si on pouvait aller quelque part et, eh bien, j'ai écrit une histoire courte. Je voulais avoir votre avis.

— Bien sûr. Mais pourquoi ne pas simplement me la donner et je la lirai ce week-end ?

— Je voulais être là quand vous la lisez. »

« Oh ? » Son sourcil se plissa mais graduellement son visage se détendit et un sourire Mona Lisa apparut. « Je vois. »

Je pensais peut-être avoir tout raté.

« Voilà ce qu'on va faire, dit-elle. Pourquoi est-ce que je ne viendrais pas te chercher dimanche matin ?

— Vraiment ? » J'étais complètement surpris. « Euh, ça semble super.

— Assure-toi de signer pour la liberté du week-end. D'accord ?

— Absolument. »

Alors les choses semblaient fonctionner, et non seulement ça, mais ça semblait même facile. Je ne le comprenais pas, et je commençais même à imaginer que c'était vraiment aussi facile que ça. Je devais avoir raté ça tout ce temps. Je commençais à me sentir bien. J'étais nerveux, bien sûr, mais Cadogan continuait à me remplir de courage pour faire ce qui devait être fait. « Tu dois apprendre une leçon à Nibards, Robbie. Il n'y a pas d'autre moyen. Donne-lui. Lâche-toi sur ses nibards si tu peux. »

Le dimanche arriva enfin et je m'obsédai sur les détails — quoi manger au petit-déjeuner, quels vêtements mettre — et j'essayai de me coiffer, ce qui était une tâche absurde et impossible. Mes cheveux poussaient bien (au grand désespoir du vieux Kickshaw) mais je manquais d'après-shampoing. J'abandonnai et me concentrai sur les vêtements. J'avais une belle chemise que Larry m'avait achetée, une chemise hawaïenne je crois, avec des danseuses balinaises, et le vieux jean confortable sembla le mieux. Je n'étais pas un type à mocassins, ni un type à chaussures bateau *topsider*, comme tant de garçons de Kickshaw. J'aimais mes Chuck Taylor All Stars. Donc les All Stars ce serait.

Vingt minutes avant l'heure convenue je m'assis dans l'escalier de derrière pour guetter la voiture de Lori. L'idée qu'elle monte jusqu'à la chambre du dortoir était trop pour moi, alors je montai la garde. Finalement voilà, la Chrysler, comme un papillon jaune parmi la verdure de la pelouse. Elle me vit et fit signe. Je descendis en courant, puis me souvins de l'histoire, et remontai en courant jusqu'à la chambre, empoignai le papier écrit à la main, et redescendis en trombe. Bientôt nous roulions. Je regardai Lori et elle avait l'air radieuse. « Vous êtes belle. Je veux dire, vous êtes superbe », bégayai-je.

« Merci. Tu as l'air bien toi aussi. Détends-toi, je t'emmène faire un petit tour et puis on ira chez moi. »

Je fus submergé par l'excitation et le plaisir soudain et inattendu — entièrement nouveau pour moi — d'être dans une décapotable. Je n'avais aucune idée. Le vent me soufflait les cheveux en arrière, et je remarquai que Lori avait un foulard sur la tête mais par ailleurs il y avait beaucoup plus de peau. Elle portait un top noir sans manches. Je pouvais clairement voir ses bras et le contour de son soutien-gorge, les bords épais des bretelles visibles sur ses épaules. Elle portait un short, du genre Levi's coupé, dont les bords étaient maintenant effilochés, et elle conduisait pieds nus. Ce n'était pas facile de parler avec la voiture en mouvement, alors je me tus. Parfois elle montrait un repère, nous conduisions dans les faubourgs de Carpinteria et puis en direction de Summerland, une petite communauté juste au nord. Nous n'y arrivâmes jamais tout à fait, elle s'engagea dans le Polo Club, et puis alla vers des appartements derrière.

« C'est là que vous habitez ? dis-je.

— Oui, c'est juste une location. Mais j'aime ici. Il y a des chevaux.

— Alors vous aimez le polo ? dis-je, assez platement.

— Oh pas du tout. » Elle se gara. « Mais je connais quelqu'un qui l'aime. Il m'apprend un peu à le comprendre. Bon, nous voilà. » Elle enfila des sandales et je la regardai se pencher en avant. Je sortis et la suivis. Nous montâmes un escalier et j'étais deux marches derrière elle, fixant son postérieur, qui remplissait le short Levi's d'une façon qui semblait très femme adulte, pas fille. Je me sentais totalement dépassé. Elle déverrouilla la porte d'un appartement quelques portes sur la gauche ; nous entrâmes.

« C'est agréable, dis-je.

— Ouais. Pourquoi tu ne t'assieds pas ? Je vais faire du thé. J'ai probablement un coca dans le frigo... laisse-moi voir... » Elle se penchait à nouveau et regardait dans le réfrigérateur ouvert, alors je me forçai à arrêter de regarder et me dirigeai vers la table de la salle à manger, puis je pensai que je devrais m'asseoir sur le canapé. Mais je finis par m'installer dans un fauteuil en face du canapé. Elle finit par arriver avec du thé dans deux mugs et en posa un sur la petite table basse pour moi. « Bon, j'imagine que tu as une histoire que tu veux que je lise. »

« Oui, euh, absolument. »

Et puis j'entendis quelque chose. « Mon petit cœur, tu es rentrée ? »

« Dans le salon », dit-elle.

Puis à mon horreur, je réalisai que nous n'étions pas seuls. C'était une voix masculine. Un homme plus âgé. Et je crus la reconnaître. La porte de la chambre s'ouvrit et en sortit un visage familier, mais que je n'avais jamais vu en dehors du contexte du Lido et de La Maison Haute. C'était Martin Quinn.

« Martin ? » bredouillai-je.

« Hé Robbie », répondit-il, et s'assit avec Lori sur le canapé. La façon dont il s'assit, en souriant, et proche d'elle, dans son espace personnel, son bras sur le haut du canapé capitonné mais derrière elle et autour d'elle, tandis qu'elle me souriait, rendait tout clair.

« Oh merde », dis-je.

« Robbie a une histoire courte qu'il veut que je lise », dit-elle.

Martin continua à sourire. « Ça a l'air d'être intéressant.

— Non, dis-je. Pas si intéressant. » Je me levais déjà pour partir.

« Ne pars pas précipitamment, Robbie, dit Martin. Il va y avoir du polo dans un moment si tu veux regarder. Lori a un appartement vraiment cool, on peut voir l'action depuis le balcon.

— Non, dis-je. Le polo, c'est pas mon truc. J'aime même pas les chemises. » Je réussis à arriver jusqu'à la porte quand Lori m'arrêta. « Robbie, attends. »

« Quoi », dis-je.

« Eh bien, comment tu vas rentrer à Kickshaw ?

— Je sais pas.

— Mais je peux demander à Martin de t'y emmener dans un moment.

— Non, dis-je. Ce ne sera pas nécessaire. Mon père habite à SB. Je peux aller chez lui et trouver un moyen. Ou quelque chose.

— Hmm. Voilà ce qu'on va faire, allons faire une petite promenade. D'accord ?

— Je ne crois pas.

— S'il te plaît ? dit-elle.

— D'accord. »

Elle dit à Martin qu'on sortait faire une promenade et on descendit.

Je ressentais un fort besoin de partir de là. Ça ou pleurer. « Au revoir, Miss Snodgrass. »

« Attends, Robbie. Attends. Je t'ai joué un petit tour, je le sais. Je voulais m'en excuser. Allez, allons vers les pelouses. »

Il n'y avait pas encore de polo, l'endroit commençait tout juste à s'animer. Un camion s'arrêta avec une remorque à chevaux à l'arrière ; un cheval était à l'intérieur en train de passer la tête par l'avant.

« Il a l'air plutôt féroce, dis-je.

— Quoi donc ?

— Ce cheval.

— Je ne connais pas grand-chose au polo, dit-elle à nouveau.

— C'est le jeu des rois, dis-je. C'est ainsi qu'on le décrit. Ça me semble un jeu de tape-la-taupe. Ils utilisent de grands bâtons pour frapper une balle.

— Ça semble un peu bête.

— Franchement con comme jeu si tu veux mon avis. »

Lori me fit signe de la main. Elle ouvrit et ferma sa main, paume en l'air. « Viens. S'il te plaît. Viens t'asseoir sur ce banc. »

« D'accord. »

Nous nous assîmes une minute en silence, regardant le terrain. Il y avait une odeur fraîche d'herbe au soleil qui montait comme du café, et l'odeur de crottin. Un homme passa portant un uniforme de polo, ou du moins une partie. Ces chapeaux sont rigolos. Il regarda Lori fixement en passant.

« Tu vois, dit-elle.

— Quoi, ce gars qui te lorgne ?

— Oui.

— J'imagine que ça t'arrive souvent.

— Oh, vous n'avez aucune idée. » Elle s'appuya en arrière sur les gradins. « C'est vraiment chiant. Je n'ai aucun désir d'attirer l'attention. Ce genre d'attention est comme un poison. Je crois que pour la plupart des femmes c'est vrai. On ne le veut vraiment pas. »

« C'est intéressant, dis-je. Je croyais que c'était le rêve de toutes les femmes. »

Elle secoua juste la tête. « Non, Robbie. »

Nous restâmes assis encore un moment, et puis elle dit : « Je peux lire ton histoire maintenant ? »

Je secouai la tête. « Ça ne sert à rien.

— Mais pourquoi pas ?

— C'est une arnaque. C'était l'idée de Cadogan.

— Ah oui, Cadogan. Je crois qu'il se prend pour un vrai séducteur.

— Eh bien, il a déjà couché avec au moins deux filles sur le campus. Et vous avez vu Kickshaw. Je veux dire, il n'y a pas de filles.

— Mon Dieu. C'est tout un tombeur. Mais j'aimerais quand même la lire. »

« Je suis gêné, Lori. C'est érotique. Ou du moins c'est censé l'être. C'est censé être sexuel. Je n'ai jamais écrit quelque chose comme ça auparavant. »

Et aussi, je n'avais jamais dit ce mot, "sexuel," à une femme auparavant. Je me sentais complètement aliéné. Mais il me sembla qu'en réponse, à mesure que je m'éloignais de plus en plus d'elle émotionnellement, comme si elle savait ce que je ressentais, elle s'ouvrit. Je pouvais la voir commencer à s'ouvrir.

« Tu sais, Robbie, tu es mon meilleur élève. Dans ma section d'anglais. En photo, c'est Jonah. Il a du talent, un très bon œil. Mais tu es mon meilleur écrivain. Je crois qu'un jour tu pourrais être romancier. Ou être tout ce que tu veux être. Tu es vraiment intelligent, mais tu es aussi gentil. C'est une merveilleuse combinaison. »

Je ne dis rien. Lentement, je sortis le papier — il était plié dans ma poche avant et devait être défroissé. « Ne ris pas, d'accord ? » dis-je, et le lui tendis.

Elle déplia le papier et commença à lire, et au bout d'un moment je pouvais voir qu'elle voulait rire. Je croisai les bras et fronçai les sourcils en regardant ailleurs. Et quand il y eut un gloussement, je finis par dire : « Retiens-toi, Edith. »

Mais je regardai finalement en arrière et elle me souriait. « Oh Robbie. Ce ne sont que des seins. Si tu veux vraiment les voir je te laisserai les voir. Tu le mérites certainement. »

« Alors tu vas me les montrer ici ? Ne taquine pas. Tu sais ? Ce n'est pas juste. » J'avais pris une attitude assez maussade. Peut-être qu'être gay serait plus facile que ça, pensai-je.

« Tu n'as pas encore de petite amie ?

— Non. J'en avais presque une, en Floride. Mais elle a décidé de partir avec le sportif à la place.

— Ah, oui. Ça arrive.

— C'est vrai. Bref, ça a été amusant. »

« D'accord, Robbie. Je suis contente que tu sois venu. Même si ce n'était peut-être pas ce que tu espérais. Merci de m'avoir laissé lire ça. »

Je tendis la main pour le récupérer et elle le rendit à contrecœur. « J'aimerais bien le garder. C'est comme une lettre d'amour. Je n'en ai pas eu beaucoup quand j'étais jeune.

— Non, dis-je. Je crois que je ferais mieux de le garder.

— Très bien. » Puis elle eut une idée. « Je sais. Je t'accorderai des points de bonus si tu veux, dit-elle en souriant.

— Au revoir, Lori », dis-je.

« À bientôt en cours ! » cria-t-elle, après que j'eus mis une certaine distance entre nous. Je regardai en arrière après un moment et je voyais Martin avec elle. Il me fit un signe de la main.

Putain, quelle « California Reaming ».

TROISIÈME PARTIE — Les Longues Douches

Une fille et un garçon se prirent d'amour
Et s'en vinrent à tenter leur détour ;
Mais plus tarda l'heure,
Plus se serra la fleur —
« C'est signe du bon Dieu ! » dirent-ils toujours.

Je vais me permettre quelques passages à la troisième personne omnisciente dans cette partie, car une partie de ce qui suit est une reconstruction — presque des séquences oniriques, peut-être — et il me semble simplement logique de les narrer ainsi. Les raisons de ce choix deviendront, je l'espère, claires au fil de la lecture.

— DRS

Christian rentra dans la brume du matin accrochée à ses vêtements humides — il était encore « sorti des limites ». Rien que l'ordinaire : un saut en ville pour acheter un quart chez le nouveau contact qu'il avait dégoté — un barjo qui cultivait des tulipes dans l'arrière-pays de Carpinteria, avec une serre magique derrière son repaire au bord de la route sur Casitas Pass — plus quelques provisions à la supérette ouverte toute la nuit, l'aller-retour à bord de sa Peugeot planquée. Ce vélomoteur commençait à avoir du vécu.

De retour dans sa chambre, tout n'était que calme et tranquillité, et il poussa un soupir de soulagement. Mais il décida qu'il voulait prendre une douche rapide et un coup de brosse à dents. « Il faut prendre soin de ses dents », pensa-t-il. « Certaines choses ne peuvent pas attendre. » Dans son esprit surgit quelqu'un qu'il craignait secrètement : sa grand-mère, morte depuis longtemps, qui n'avait plus une dent et qui plongeait son horrible dentier dans la coupelle à côté du lit, exactement comme dans les pubs pour Polident. Il ne voulait pas finir comme ça — l'image l'horrifiait. C'était comme s'il pouvait *voir* l'odeur de la décrépitude, et elle avait même une couleur : le visage et les dents de sa grand-mère étaient constellés d'un bleu mordant et violent.

En descendant le couloir, il fut intrigué de trouver la lumière allumée dans les toilettes et d'entendre une douche couler quelque part à l'intérieur. « C'est bizarre », pensa-t-il. « Je me demande bien qui. » Il entra — et vit que c'était Suzanne.

Leurs regards se croisèrent. Elle poussa un petit « Eeeeeeeh » de fillette, comme un oisillon d'effraie. Les yeux écarquillés, la bouche grande ouverte, elle tenta de couvrir son corps lisse, brun et nu de ses mains. L'effort fut totalement vain, et il resta là, à la fixer. Finalement elle dit : « Christian, va-t'en ! S'il te plaît ! »

Mais Christian n'avait d'yeux que pour sa grosse bite qui pendouillait.

*

Suzanne se réveilla très tôt, comme d'habitude. Le brun doux des lambris de chêne qui l'entouraient dans la petite pièce lui rappelait une cellule de cloître. Cet effet de cloître était accentué par le fait que la pièce n'avait qu'une seule fenêtre, à l'autre bout. C'était une jolie fenêtre, et comme celle de la chambre de Christian, elle donnait à l'est et offrait une vue partielle sur la chapelle et le réfectoire. Mais la pièce restait, au fond, un cloître. Je suppose que beaucoup de dortoirs donnent cette impression.

Son lit, comme tous les autres à Lido, avait un cadre en fonte peint en gris et un matelas simple. Je ne me souviens pas que ces lits aient eu de sommier, mais ils étaient généralement confortables, et cette nuit-là elle gisait immobile, paisiblement et béatement endormie.

Trois heures du matin arrivèrent comme un briseur de rêves.

Elle se réveilla spontanément avant le réveil — car c'est ainsi que le corps humain s'adapte à de telles exigences : d'abord, nous avons besoin d'un réveil, mais nous finissons par nous habituer si profondément à une routine, si éprouvante soit-elle, que les béquilles telles que la sonnerie du réveil deviennent superflues. Voire agaçantes, à terme. Parce que nous revendiquons la liberté de vaincre l'adversité.

Elle se redressa dans son lit, étira ses bras frêles, et entreprit de réciter automatiquement une prière. C'était la routine tous les matins à trois heures, et parfois, quand elle se sentait particulièrement fervente, à minuit également. Il y avait bien sûr les prières ordinaires aux heures prescrites : six heures, neuf heures, midi, quinze heures, et à l'heure du dîner. Puis une prière à vingt et une heures avant de se coucher. Elle appelait ça son cycle de prières, son « Œuvre de Dieu ». Cela devait être fait et serait fait.

Elle se leva, enfila une robe de chambre et des pantoufles, prit sa trousse et se dirigea silencieusement vers la porte, l'entrouvrit, jeta un coup d'œil pour s'assurer que la voie était libre, et sortit dans le couloir. Les lumières étaient éteintes mais elle connaissait le chemin par cœur, et de fait sa chambre était bien placée pour ses besoins. Elle entra dans les toilettes, utilisa une cabine, tira la chasse d'eau, puis alluma la lumière dans la salle de douche. Elle se déshabilla, et se tint nue — un petit corps brun, presque enfantin, se découpant dans la lumière crémeuse des ampoules dans la vaste salle de douche carre-lée, toutes les surfaces trop brillantes et luisantes — et ouvrit l'eau sur l'un des pommeaux de douche en saillie, le plus proche. L'eau lui faisait du bien sur son corps mince, la chaleur la pénétrait et l'apai-sait intérieurement, et l'eau serpentait, finissant par dévaler en cas-cade sur le sol carrelé vers la grille d'évacuation en laiton. La vapeur de l'eau chaude tourbillonnait dans l'air en volutes chaotiques, et une partie s'échappait dans l'autre pièce où la rangée de lavabos attendait en silence.

Suzanne accomplissait ce rituel chaque matin. Elle ne voulait pas se doucher avec les garçons. Après tout, c'était une fille. Les filles ont besoin de leur intimité, se disait-elle. Tout cela lui semblait on ne peut plus convenable. Mais soudain, quelqu'un était là. « Oh non », pensa-t-elle. « Peut-être qu'il utilise juste les toilettes. Peut-être que ça va aller... »

Mais Christian avait fait irruption, son corps mince et sinueux, un corps d'athlète, bronzé et magnifique, nu soudainement devant elle.

Elle fut stupéfaite par sa beauté, mais aussi terriblement honteuse de se retrouver ainsi exposée. « Non ! » pensa-t-elle. « Pas lui ! »

Elle gémit, puis cria : « Christian, va-t'en ! S'il te plaît ! »

Mais il resta là, à la fixer. Puis il se retourna et sortit.

*

Pour ma part, je n'ai jamais eu beaucoup d'enthousiasme pour les douches collectives et j'aurais préféré avoir ma vie privée ; mais je n'étais pas assez motivé pour me lever tôt le matin afin d'y parvenir comme l'avait fait Suzanne. Je sais qu'il n'y a rien de honteux à avoir un corps humain, mais pour une raison ou une autre j'ai tout simple-ment envie de faire certaines choses en privé : aller à la selle, uriner, me laver et prendre un bain. Il m'arrive même d'avoir l'impression que manger est une activité que je préférerais faire seul. Je ne fais pas pipi dans les urinoirs, juste par habitude, sauf si je n'ai pas le choix, parce que j'aime m'asseoir. Les urinoirs ont aussi tendance à empes-ter la pisse, donc voilà. Et d'ailleurs, mon père disait toujours : « Pour-quoi rester debout quand on peut s'asseoir ? »

Quant aux douches avec les autres garçons, ça m'offrait l'occasion d'observer leurs bites, l'étendue de leur pilosité pubienne et leur dé-veloppement physique global — leurs corps appréhendés comme des formes sculpturales — ce qui m'intéressait certainement, et je pense que tout le monde est naturellement curieux de ces choses-là. Il n'y a rien de « gay » dans la curiosité pour le corps humain, surtout quand il s'agit de corps attrayants. C'est naturel et normal. Du moins, c'est ce que je pense. Mais je peux dire que j'aurais préféré laisser ces garçons — surtout les plus âgés, avec leurs bites plus grosses — à leur propre intimité. Je ne voyais pas alors, et je ne vois toujours pas aujourd'hui, de raison impérieuse de comparer nos affaires.

Voilà donc comment je voyais les choses, comment j'y pensais. Nous prenions tous notre douche ensemble, sans horaire fixe. Et ce n'était vraiment pas bien grave, et Suzanne semblait en faire tout un plat. C'était l'avis général. Elle avait une bite, après tout. Christian pouvait en témoigner. Et apparemment une bite dont elle avait de quoi être fière. Nous ne comprenions pas son problème.

*

C'est en réalité Martin Quinn qui, au départ, m'avait demandé de me lier d'amitié avec elle.

« Il ne se fait pas d'amis, Robbie.

— Ouais, je sais. Le fait est qu'il est, tu sais, un peu bizarre.

— En quel sens ? » demanda Martin.

« C'est un peu une mauviette.

— Robbie. Ce n'est pas juste. C'est un gamin défavorisé. Mon ami le père Ferapont, qui est prêtre à Los Angeles, m'a recommandé Calvin pour Kickshaw. Dans le cadre du programme Diversité. Calvin vient d'un milieu difficile — il est de Watts. Tu connais Watts ?

— Non, dis-je.

— C'est un quartier dur. Il y a une longue histoire de violences policières, de brutalités. C'est pas un endroit facile où grandir.

— Bon, dis-je. Qu'est-ce que tu veux que je fasse ?

— Lui parler de temps en temps, c'est tout. Être un peu son ami. Je ne te demande pas de traîner avec lui. »

Alors je dis à Martin que je le ferais. Mais je trouvai des prétextes pour ne pas le faire pendant longtemps.

*

Comme Suzanne était dans mon cours d'aïkido, j'avais l'occasion de lui parler. Non pas que nous nous soyons vraiment jamais assis pour discuter de quoi que ce soit d'important. Mais nous nous parlions.

Suzanne était une marginale, même parmi les marginaux du cours d'aïkido de M. Morris. Elle n'était vraiment pas très motivée. Son gi, blanc et repassé, tenait à peine sur ses épaules minces, et sa ceinture pendait ou n'était pas nouée correctement pour former un nœud plat. Mais un jour, nous faisions un combat d'entraînement et je glissai et tombai par-dessus elle. Elle me sourit d'une façon qui me rappela, l'espace d'un bref instant, Cecilia.

Je me relevai vivement et me détournai pour me recomposer, puis me retournai. « Ça va ?

— Oui, ça va. » Elle était en train de se recoiffer pour une raison quelconque, d'une manière qu'aucun garçon n'aurait eue. « Allez, on recommence », dit-elle, et elle se jeta sur moi en riant.

Ce soir-là, il m'apparut que Suzanne se trouvait dans une situation très similaire à celle de Valentine Michael Smith, le protagoniste de *Stranger in a Strange Land* : elle venait de Watts, un quartier de Los Angeles tristement célèbre pour les émeutes de 1965. Suzanne venait donc d'une autre planète, pour ainsi dire. La Planète des Noirs. Suzanne avait aussi d'autres qualités qui me faisaient penser aux premiers romans de Heinlein sur Mars : elle ressemblait vraiment à une extraterrestre, par son apparence et ses attitudes. Elle semblait tellement différente. Mais ce lien avec l'étrangeté ne me dérangeait pas, bien au contraire. Je pensais avoir peut-être commencé à *grok* Suzanne : je pensais que je commençais peut-être à la comprendre. Ou du moins, à sympathiser avec elle. Personne n'aime se faire traiter de « trou du cul gay ».

Je décidai sur un coup de tête de frapper à sa porte. Elle l'ouvrit assez timidement.

« Salut, dis-je. Ça te dérange si on discute ?

— Pas du tout. » Elle sourit et secoua la tête.

J'entrai. La chambre ressemblait exactement à celle de Ben Wa en bas du couloir, mais sentait étrangement le lilas et il y avait beaucoup plus de vide : la pièce était à peu près nue et dépouillée. En voyant une chambre du Lido sans toutes ces caisses de disques, je réalisai à quel point la collection de Christian était imposante. Je remarquai un petit crucifix accroché au mur.

« Pourquoi tu ne t'assieds pas sur la chaise ? » dit-elle. Suzanne, elle, s'affala sur le lit.

« Je suis juste passé parce que j'ai pensé que ce livre pourrait te plaire. Tu as déjà lu Heinlein ?

— Oh, je ne suis pas très fan de science-fiction.

— Eh bien, celui-ci pourrait peut-être te plaire. Il s'appelle *Stranger in a Strange Land.* »

Elle rit. « Oh, comme c'est drôle ! De quoi ça parle ?

— C'est l'histoire d'un garçon qui fait naufrage seul sur Mars et qui est élevé par des Martiens. On le retrouve et il retourne sur Terre, mais il est en fait un Martien, toutes ses idées sont différentes. Et il fonde en quelque sorte une nouvelle religion. Il finit par changer la façon dont les gens voient beaucoup de choses sur Terre.

— Hmm. Je ne sais pas si c'est vraiment pour moi, Robbie. »

Mon idée de créer un lien avec Suzanne ne semblait pas se dérouler aussi bien que je l'avais espéré. Je pensai devoir retourner voir Martin et lui avouer que ça ne marchait pas, que j'avais échoué. J'avais essayé, mais j'avais échoué. Peut-être que ça se lisait sur mon visage et que j'avais l'air triste, car après quelques secondes elle dit : « Mais j'aimerais bien le lire. C'est vraiment gentil d'avoir pensé à moi. Tu es venu ici, et personne d'autre ne fait ça. Tu es venu et tu m'as offert quelque chose — un livre. Un livre, c'est un message, n'est-ce pas ?

Je ne savais pas trop ce qu'elle voulait dire, mais je répondis : « Oui, bien sûr. Tout à fait. Ça peut l'être.

— Bien. Très bien. Oui, laisse-moi le lire. Je vais le faire tout de suite. »

C'était un échange étrange, mais je me laissai porter. Je lui tendis le livre et repartis, et nous ne nous parlâmes pas pendant quelques jours. Mais elle avait dû en lire au moins une partie, car nous en parlâmes peu après.

« Hé Robbie, merci pour le livre.

— De rien. Qu'as-tu pensé de Smith ?

— Oh, j'ai bien aimé qu'il s'appelle Valentine. Quel beau prénom. Je l'ai lu en entier. Mais ne me fais pas passer d'interrogatoire, s'il te plaît ! » Elle rit.

« D'accord. Pas d'interrogatoire.

— Je... j'ai moi aussi un prénom spécial, Robbie.

— Ah oui ? Tu veux dire comme un surnom ?

— En quelque sorte.

— D'accord. C'est quoi ?

— Suzanne. »

« Suzanne, dis-je. Eh bien, c'est un peu comme le garçon qui s'appelle Sue. »

« Quoi ? »

Elle ne semblait pas saisir l'allusion. Mais ça ne me dérangea pas. « Alors tu veux que je t'appelle Suzanne ? »

« Vraiment ?

— Oui, vraiment. »

Elle sourit. « Oh, c'est tellement gentil de ta part. Je n'en reviens pas »

« Tu devrais essayer d'être qui tu veux être. Ou plutôt, tu devrais être qui tu es. On devrait tous faire ça, tu vois ce que je veux dire ? »

« Waouh, Robbie. Tu es tellement inspirant parfois. » Et elle fit quelque chose à quoi je ne m'attendais pas : elle me serra dans ses bras. Je n'en fis pas tout un plat ; je la laissai simplement faire ce qu'elle voulait. Elle semblait heureuse. Ce n'est pas facile de rendre quelqu'un heureux dans ce monde, ne serait-ce que pour une minute ou une heure. Même à cet âge-là, je comprenais ça. Je considérai donc que mon cadeau de livre avait porté ses fruits.

Cependant, je dois préciser que je ne comprenais pas encore que ce Calvin Tyrone Gay était en fait la fille, Suzanne. Pas tout à fait encore. Je pensais que c'était juste un fantasme intime qu'elle me confiait, un fantasme homosexuel — car nous avons tous des sentiments et des fantasmes passagers — et je n'y croyais pas. Pas de foi. Mais cette compréhension, cette certitude, me vint lentement au fil du temps. Finalement, je ne pouvais plus me sortir « elle » de la tête. À ce moment-là, il était tellement évident qu'il était une elle, et j'étais tellement à l'aise avec cette idée, que je ne pouvais plus la formuler autrement.

Oui. Une fois que je commençai à voir Calvin comme étant bel et bien une Suzanne, tout prit sens.

*

Un jour, Suzanne et moi étions assis sur la pelouse après le cours d'aïkido et elle se mit à parler de sa vie. Je lui racontais comment mon père avait appelé de Californie, que je ne me souvenais pas de lui, et qu'il avait proposé de m'envoyer dans une école privée. Et que j'avais accepté.

« J'ai le sentiment que quelque chose là-dedans était écrit d'avance, dis-je.

— Mon confesseur pensait que venir à Kickshaw m'aiderait à "me remettre dans le droit chemin" », dit Suzanne.

« Te remettre dans le droit chemin ?

— Oui. Il pense que je suis perdue. Il ne le dit pas vraiment comme ça, mais je le vois dans ses yeux. »

« Eh bien... » J'allais dire : *Oui, parfois tu as l'air assez perdue.* Mais je jugeai que ce serait grossier. Alors à la place je dis : « Tu veux dire, comme ne pas savoir quoi faire de ta vie ?

— Oh, non, c'est pas ça. Je sais exactement ce que je suis censée faire de ma vie.

— D'accord. Aller à l'université. C'est ça ? »

Elle me regarda. « L'université ? Eh bien, je suppose que ça pourrait en arriver là. Mais ça ne semble pas vraiment indispensable pour le genre d'avenir qui m'attend. »

Je n'y comprenais plus rien.

« Désolée, Robbie. Tu ne comprends pas. C'est Dieu qui me dit ce que je dois faire de ma vie. Il a un plan. Je ne connais pas tout le plan, mais il me le révèle petit à petit.

— Vraiment ?

— Tu ne me crois pas. » C'était une affirmation, pas une question.

Je tergiversai. « Ce n'est pas vraiment une question de savoir si je te crois, n'est-ce pas ? C'est ce que toi tu crois.

— Laisse-moi t'expliquer comment ça marche. Mais d'abord, tu acceptes de ne rien dire ? Tu ne me dénonceras pas ? Parce que je pense que les gens seraient jaloux — certains pourraient être très jaloux — et je ne veux pas ça. Ce serait un terrible péché pour moi de paraître supérieure. Très peu de gens ont ça. »

Je levai la main gauche en l'air et tendis la droite devant moi, comme si elle reposait sur une bible. « Je le jure.

— Tu te moques de moi. Bon, peu importe.

— Tu n'es pas obligée de me le dire.

— Non, je veux le faire. »

Elle marqua une pause, comme pour réfléchir. « Est-ce qu'il t'est déjà arrivé quelque chose dont tu étais presque sûr qu'il signifiait que le monde s'adressait à toi ? Par exemple, quand tout s'écroule autour de toi, et puis, tout à coup, on te tend une bouée de sauvetage ?

— Comme, par exemple, une proposition d'aller étudier à deux mille miles de là, de la part d'un homme dont je me souvenais à peine ?

— Oui. Oui... Parfois ce sont des choses ou des objets qui se manifestent, mais en général c'est un être humain, une personne, qui parle. Sauf que ce n'est pas cette personne, pas son moi inférieur, mais son moi supérieur. Dieu en eux. Et parfois ils se laissent emporter, parce que, comme tu peux l'imaginer, quand une puissance supérieure s'exprime à travers toi, ça provoque une sorte de folie.

— D'accord. Je vois. » Je ne voyais pas, et je n'avais aucune idée de ce dont elle parlait, mais je voulais être son ami, alors je dis : « Oui, évidemment, ça doit être euphorisant. Ça ressemble aux oracles de la Grèce antique. Mais tu peux me donner un autre exemple ?

— Bien sûr. Je vais te raconter comment je suis arrivée à Kickshaw. Je ne voulais pas venir. J'avais vraiment peur.

— Ah bon ?

— Ouais. Ne te fâche pas, Robbie. Mais il n'y a que des Blancs ici. Il n'y a personne comme moi. Je suis seule ici. »

« Euh, ouais. Je comprends ça. En fait, moi non plus, j'aime pas vraiment ça. Et je suis blanc. »

Cette blague sembla tomber à plat avec Suzanne. Elle n'avait jamais eu beaucoup d'humour.

« Les visages noirs me manquent », dit-elle avec un soupir. « À Los Angeles, si tu voyais un Blanc dans mon quartier, c'était neuf fois sur dix un flic en tenue anti-émeute. Tout le monde là-bas déteste les Blancs.

— Hmm...

— Mais moi, je ne les déteste pas ! J'ai juste peur d'eux.

— Tu as peur ?

— Ouais.

— Mais moi, alors ?

— Eh bien, non, tu n'es pas si menaçant, Robbie. Parfois je ne te considère même pas comme un Blanc. »

« Hmmm, dis-je.

— Mon église me manque aussi. Il y a un ou deux catholiques, tu sais, ici sur la Mesa, mais personne qui récite même le rosaire. C'est pas si sérieux que ça.

— Je vois.

— Bref, mon confesseur est très sage, un homme formidable, et il connaissait quelqu'un, je crois — il a postulé à une sorte de bourse, un truc de diversité. Mon père a ri et a dit que c'était idiot. »

« Ça semble cruel, dis-je.

— Ça l'était. Dieu m'a mise entre ses mains. Ma mère est morte. Je ne suis même pas sûre qu'on soit de la même famille, mais je l'appelle quand même papa. » Elle marqua une pause. « Mais Dieu a aussi arrangé les choses pour que je le quitte. Ce n'était pas un homme bien. Il était violent. Il vendait de la drogue, des trucs comme ça. J'avais peur qu'il me fasse faire des choses dégoûtantes pour de l'argent. Et je pense qu'il l'aurait fait — il était sur le point de le faire — c'est pourquoi Dieu est intervenu. »

Je ne savais pas quoi dire, alors je dis quelque chose d'assez stupide. « Eh bien, tu sais, personne n'est parfait.

— Je suppose. Bref, un jour la lettre officielle est arrivée ; c'était la première lettre que j'avais vue pour laquelle il fallait signer un reçu. Et elle m'était adressée, à moi. J'étais tellement excitée. »

« Ouah. C'est une sacrée histoire. Mieux que la mienne. »

Nous restâmes assis un moment en silence. Je crus qu'elle allait me dire quelque chose de difficile, car son visage se contracta.

« Je veux te dire quelque chose, Robbie. Tu garderas le secret ?

— Oui. Bien sûr.

— Vraiment.

— Je te le promets », dis-je.

« Les gens ne me comprennent pas, Robbie.

— Tu veux dire à propos de... » Je laissai la phrase mourir, car je n'étais pas très à l'aise avec la direction que ça prenait. Ça touchait dangereusement de près une question que je me posais moi-même. Mais je m'y forçai. « Tu veux dire, parce que tu es gay ? »

« Oh Robbie », s'écria-t-elle. « Tu ne comprends pas. Je ne suis pas gay. Je suis une fille. À l'intérieur, je suis une fille. Je suis une fille dans un corps de garçon. J'aime les garçons. Mais ce n'est pas parce que je suis gay. C'est parce que je suis une fille. Je ne suis pas équipée comme il faut. C'est tout de travers, tu vois. Une terrible erreur, peut-être. Mais non. Il n'y a pas d'erreurs. Ça doit être Sa Volonté. »

Je restai assis à réfléchir, à essayer de digérer tout ça.

Peu à peu, j'assemblai les pièces du puzzle. « Donc tu veux dire que tu es transsexuelle, comme dans *Rocky Horror Picture Show* ? Tu as l'attirail d'un garçon, mais tu... »

Elle me regarda d'un air plutôt vide. « Je ne connais pas ça. »

Je gloussai et haussai les sourcils. « Tu n'as jamais vu *Rocky Horror* ? Sérieusement ?

— Ça a l'air un peu bizarre. »

« Non, dis-je. Pas du tout. Tu dois absolument voir ce film. »

*

Je commençai donc à échafauder ce grand projet — j'étais enthousiaste, je pensais que ça allait vraiment aider Suzanne, que ça l'ouvrirait à quelque chose. À l'époque, j'essayais toujours de faire des choses pour aider les autres ; je n'avais pas encore appris qu'aider les gens est quasi impossible, que les gens sont ce qu'ils sont à cause du karma et de la tendance de leur esprit, transmise d'une incarnation à l'autre, impossible à modifier. Essayer d'aider quelqu'un qui ne veut pas être aidé, c'est comme essayer d'arrêter un train en lui jetant un seau d'eau froide dessus. Ça fait des éclaboussures et l'eau ruisselle ; le train, lui, est indemne — il n'est même pas mouillé ; l'eau que tu as jetée s'évapore. Mais je ne sus tout cela que bien plus tard.

« Peut-être qu'elle rencontrera des gens avec qui elle se sentira comprise, ou qui se sentiront compris par elle », me dis-je. « Ça pourrait tout changer. »

Il fallut un certain temps pour organiser cette sortie, et j'étais un peu mal à l'aise avec l'idée, car même si j'y étais déjà allé quelques fois, c'était toujours avec des gars comme Jonah, pour qui *Rocky Horror* était un rendez-vous régulier — une célébration de l'étrange, du brut, du sauvage et du farfelu le samedi soir, de préférence à minuit. Le problème, c'est que quand Jonah se retrouvait confronté à l'étrange pour de vrai — et Suzanne était plutôt bizarre — ça ne l'intéressait pas du tout ; mais quand il s'agissait d'un film avec Suzanne Sarandon et Tim Curry et Meat Loaf, là, tout allait bien.

Je décidai donc qu'il valait mieux y aller seul avec Suzanne, juste elle et moi. Je ne dis même pas à Jonah que j'avais prévu d'y aller. On était encore colocataires à ce moment-là, bien sûr. C'était Jonah qui m'y avait emmené la première fois ; ça se faisait beaucoup à l'époque, une véritable sensation, dans quelques salles branchées et avant-gardistes de Los Angeles. C'était vraiment cool et j'étais tellement reconnaissant que je lui avais même confié mon secret : que mon père était gay. Jonah s'en fichait. Il avait dit : « Ouais, y en a plein dans ce cas. Je n'en parlerais pas trop souvent à Kickshaw, cela dit. »

Mais malgré tout, je n'invitai pas Jonah. Je ne lui en dis même pas un mot. Ce devait être une sortie spéciale de rattrapage — une mission de charité, si l'on peut dire — pour aider Suzanne.

Je n'avais pas de voiture à l'époque, et le film passait à Santa Barbara, à l'Arlington, à minuit, et j'avais tout de suite pensé que Larry pourrait peut-être nous y emmener. Mais il s'avéra que Larry n'était pas du tout partant pour le *Rocky Horror*.

« Trop camp, dit-il. Le travestissement m'amuse pas vraiment, Robbie. »

Bien sûr, j'aurais dû m'en douter, et je ne sais pas pourquoi j'avais supposé qu'il aimerait le film. Larry avait un sens du style très affûté. Il était tout à fait logique qu'il ne soit pas attiré par l'outrance. C'était un homme gay, mais d'un raffinement irréprochable — voire élitiste.

C'est donc mon père qui nous emmena. Il s'assit même avec nous et sembla trouver le film hilarant — il rit tout du long. « C'est dingue, Robbie ! Mais pourquoi les gens jettent-ils des toasts ?

— Je sais pas, papa.

— Regarde ! Ce type est en drag et danse sur la musique près de la scène. On dirait qu'ils jouent la comédie. »

Les gens criaient des répliques, comme « Great Scott ! » et « Il fait honneur à votre génie, maître », et d'autres folies dont je ne me souviens même plus. Avec quelques verres dans le nez, mon père se serait facilement retrouvé au cœur de l'action.

Mais Suzanne ne s'amusait pas. Au début, elle ne semblait pas comprendre ce qui se passait.

« Je n'aime pas les films d'horreur, Robbie.

— T'inquiète pas, c'est juste une mise en scène. C'est une comédie musicale. »

« OK. » Elle posa ses mains sur ses joues et s'affaissa un peu — elle n'était pas très grande de toute façon — et sembla se replier sur elle-même.

Au fil du film, elle parut de plus en plus mal à l'aise. Ennuyée, la plupart du temps, je dirais. Quand on arriva à la chanson « Sweet Transvestite », elle dit : « C'est dégoûtant ! » — ce que je pris pour un mauvais signe.

Le film toucha à sa fin et nous quittâmes la salle, mon père riant toujours.

« C'était plutôt cool, Robbie, dit-il.

— Merci papa.

— Qu'en as-tu pensé, Suzanne ? » demanda-t-il. J'avais expliqué à mon père toute cette histoire de « Suzanne » — comment elle était une fille dans un corps de garçon — et lui avais demandé de ne pas en faire tout un plat. Il avait répondu : « Ouais, d'accord, fiston. Je vais pas te créer des ennuis. Tu cherches à coucher avec elle ? Je veux dire, tu la trouves attirante ? Parce que je suis pas sûr que ce serait une bonne idée. Les travelos, c'est pour la plupart de vrais cas, du moins d'après ma maigre expérience. »

« Non, papa, non, dis-je. C'est pas ça du tout. J'essaie juste d'être son ami. Elle a l'air d'en avoir besoin. J'aime les filles.

— Mais tu dis qu'elle est une fille, en fait.

— NON, je veux dire, j'aime les filles qui, tu vois, n'ont pas de bite. »

Il réfléchit à ça, puis éclata de rire. « Ouais. OK, c'est vraiment généreux de ta part, fiston. Je suis impressionné, en fait. T'es un vrai gentleman d'essayer d'aider quelqu'un.

— Maintenant tu te fous de ma gueule, dis-je.

— Non, Robbie. Tu es un prince parmi les hommes. »

Je ne crois pas qu'il m'ait cru — à ce stade, il avait compris que j'étais un maître dans l'art de raconter n'importe quoi (« tel père, tel fils », disait-il souvent) — mais peu importait, et en tout cas il fut vraiment très cool avec toute l'affaire. Il essaya à plusieurs reprises d'engager la conversation avec Suzanne dans la voiture, mais ce n'était pas facile. Ils finirent par parler des émeutes de Watts (puisqu'elle était de là-bas) et il raconta qu'il devait traverser ce quartier en voiture pour se rendre à son travail, qui était à l'époque la raffinerie de pétrole Texaco. « Robbie n'avait que trois ans à l'époque, dit-il. Je travaillais dans une raffinerie là-bas, à Long Beach, et je devais passer par ce coin. J'avais l'habitude de garder une batte de baseball dans la voiture. Et aussi mon .45. »

Ce qu'il ne dit pas, c'est que lorsqu'il m'avait raconté cette histoire en privé, la batte de baseball était son « bâton à nègres ». Mais il s'était montré cool. Il avait édulcoré son récit pour essayer de mettre Suzanne à l'aise. Mais ça n'avait guère marché avec elle ; elle était inaccessible.

« Watts grouillait d'émeutiers en colère, dit-il.

— Oh là là, dit Suzanne. Ça a l'air effrayant. Tu craignais pour ta vie ?

— Non, c'était juste le monde qui était devenu fou. Mais parfois j'avais peur, bien sûr.

— C'est surtout envers les flics qu'on ressent ça. Mais je n'avais jamais pensé qu'ils pouvaient eux aussi avoir peur.

— Je suppose, dit-il. La police de Los Angeles est connue pour sa brutalité. Peut-être que ça cache de la peur. Mais franchement, je pense que ce sont eux les agresseurs. Je veux dire, essaie donc d'être gay. »

« Oh là là, dit-elle.

— Alors tu as une arme, papa ? » dis-je, essayant de changer de sujet. « Je savais pas.

— Ouais, fiston, j'étais dans la Garde côtière.

— Pour éviter d'aller au Vietnam ?

— Oh oui, carrément. Qui a envie d'aller tuer des Jaunes ? Mais je n'étais pas courageux comme Cassius Clay. Il est allé en prison, tu sais. On lui a volé les meilleures années de sa carrière de boxeur. C'est complètement dingue. Mais non — au lieu de manifester, j'ai choisi la Garde côtière. C'était pas si mal.

— Mais tu étais quand même un tireur.

— Oh, bien sûr, tirer c'est sympa, fiston. C'est très marrant. On devrait aller au stand de tir un de ces jours. Je t'apprendrai. J'ai même un ruban de tir au pistolet. Je peux démonter un automatique .45 les yeux fermés. »

« Tu as déjà tiré sur quelqu'un, papa ? » dis-je. Je plaisantais, mais il répondit avec un visage impassible.

« Personne qui ne le méritait pas. » Il conduisait et avait une main sur le volant. Il me jeta un coup d'œil et me fit un clin d'œil.

Suzanne le regarda d'un drôle d'air pendant un instant, puis éclata de rire. « Oh, tu me faisais marcher ! »

Nous rîmes tous.

*

C'est là qu'on arrive à la partie dont je n'étais pas sûr de vouloir parler. Mais tant pis.

Après le film, mon père ne nous ramena pas au campus — nous allâmes chez lui à Santa Barbara. Je suppose que c'était aussi chez moi, j'y avais une chambre, mais d'une certaine façon je l'ai toujours considéré comme chez lui et Larry.

Bientôt Suzanne et moi nous retrouvâmes dans ma chambre. Mon père avait tiré sa révérence pour la nuit et m'avait fait un clin d'œil malicieux, mais je lui avais vigoureusement secoué la tête.

Je fermai la porte et la regardai. Elle me tournait le dos et inspectait ma chambre du regard. Ses yeux s'arrêtèrent sur l'affiche de Farrah Fawcett. Et je me sentis soudain gêné — comme si c'était d'une façon ou d'une autre indécent ; après tout, j'y avais recouru plus que de raison. Mais Suzanne se retourna alors et me regarda. Elle semblait glousser. « Oh Robbie, je crois que tu es un garçon tout à fait normal.

— Je suis content que tu le penses », pus-je tout juste articuler.

« Mais où est-ce que je vais dormir ?

— On pourrait être ensemble... si tu voulais », dis-je.

« Je ne crois pas, Robbie.

— Pourquoi pas ? »

« Viens t'asseoir sur le lit », dit-elle. Elle s'y affala, comme un petit elfe brun, et prit ma main.

« Robbie, je sais que tu as essayé de faire des choses pour moi. Et je t'en suis reconnaissante. Vraiment. Dieu t'a envoyé vers moi. Tu te rappelles, ce premier jour où tu es venu avec ce livre bizarre ? J'ai su à ce moment-là que Dieu m'envoyait un message important.

— Ah oui ?

— Oui. Le message, ce n'était pas vraiment le livre, cependant — c'était toi. Tu as été mon seul ami à Kickshaw. Vraiment — non, c'est vrai. Tu es le seul qui s'en soucie. Dieu t'a envoyé, parce que j'avais vraiment besoin de quelqu'un. Mais... pas pour ça. »

Je ne savais pas très bien ce qui se passait, mais ça avait commencé à ressembler un peu à ce qui s'était passé avec Cecilia.

« Oh non, tu ne me largues pas, si ? »

Elle ne dit rien, mais je saisis le sens.

« Alors tu veux dire que tu as quelqu'un ?

— Non, Robbie. Mais il y a quelqu'un dans mon cœur. »

« Je vois. »

*

C'était une journée où tout avait mal tourné pour Christian. Il s'était fait prendre par Martin, qui connaissait bien les rouages du monde mais qui, d'ordinaire, fermait les yeux. Mais ce jour-là, Martin avait frappé à la porte, et Christian n'avait pas eu le temps de ranger sa pipe. Leurs regards s'étaient croisés et Martin avait secoué la tête.

« Je ne vais pas te dénoncer, dit-il. Tout le monde a droit à une carte Sortie de prison gratuite de ma part. Je sais comment ça se passe. Mais tu dois faire un sérieux effort pour t'améliorer. Si je te surprends encore, je devrai en parler à Charlie. »

Par « Charlie », il entendait Charlie Stacks, le doyen des étudiants. Stacks était relativement jeune, avec une jeune femme canon (on reviendra sur elle plus tard) et sans doute, probablement, un type très raisonnable en dehors du campus, mais il était connu pour être un dur à cuire et un exécuteur impitoyable sur la Mesa. On l'appelait « Clint » parce qu'il ressemblait beaucoup à Clint Eastwood et avait des manières qui (du moins dans notre imagination débordante) rappelaient le western spaghetti. Il était connu pour son attitude de tolérance zéro envers l'herbe — et même la bière.

C'était donc pas cool. Et plus tôt dans la journée, il y avait eu d'autres problèmes. L'entraînement de foot se passait bien jusqu'à ce qu'il glisse et se fasse marcher dessus. Les crampons lui enfoncèrent le côté de la tête. Il crut que son tympan droit allait exploser. Mais il refusa de quitter le terrain. Au lieu de ça, il passa sa frustration sur

Fish, qui était au mieux un footballeur médiocre mais qui voulait jouer...

Cette nuit-là, sans le réconfort d'une bonne bouffée de bang pour l'aider à dormir, il se tourna et se retourna dans son lit. Même les deux disques de l'Album blanc dans les écouteurs n'arrivèrent pas à faire l'affaire.

Le temps s'écoulait comme il le fait les nuits sans sommeil — s'étirant en une série infinie de secondes épineuses et chatoyantes. Finalement, Christian se dit qu'il n'avait d'autre choix que d'allumer un bol. Il pensa au sachet d'herbe de bas étage qu'il s'était procuré la semaine précédente, mais ça ne lui faisait pas grand-chose. « Et puis merde », se dit-il. « Il est temps de passer à quelque chose de spécial. »

Christian ouvrit son compartiment secret — une trappe dans le plancher du placard qu'il avait aménagée dès la première semaine — et en sortit une petite boîte à cigares. À l'intérieur, il fouilla principalement au toucher — la chambre était plongée dans le noir — et trouva un petit morceau de haschich offert par son grand frère la dernière fois qu'il était allé à Palo Alto. Il l'inséra dans la « pipe-stylo », qui permettait de sceller hermétiquement la dose dans une chambre, puis ouvrit la fenêtre suffisamment large pour pouvoir souffler la fumée dehors. L'air nocturne s'engouffra à l'intérieur, frais et vivifiant. Sa synesthésie s'éveilla alors, et l'air frais sembla briller d'une lueur ténue. Il alluma le briquet, tira une bouffée d'essai et continua jusqu'à ce que le haschich commence à brûler. Lorsqu'il eut suffisamment de fumée âcre en lui, il la retint vaillamment, pour finalement l'exhaler avec maîtrise par la fenêtre. Les bouffées de fumée lui parurent vertes et fantomatiques. Cela dura un moment. Et il commença à se sentir un peu mieux.

Le haschich marocain procure un high très particulier — pas quelque chose pour tous les jours, plutôt une solution de dernier recours, du genre briser la vitre en cas d'urgence. Et Christian, sentant qu'il avait besoin de plus, que sa situation ce jour-là était particulièrement injuste, comme elle l'était en général, probablement à cause d'une histoire avec son père — n'arrêtait pas de tirer sur cette pipe-stylo encore et encore jusqu'à ce que le contenu de la chambre en laiton se soit réduit en poussière. Fini.

Il était bien défoncé maintenant. Les anges tourbillonnaient assurément dans l'architecture marocaine, les motifs géométriques vibrant comme au rythme d'une partition inconnue, hautement opératique, au fond de sa tête. Les murs brillaient d'une lueur bleue.

Puis soudain il entendit quelque chose, un bruit, dans le couloir. Instantanément il s'immobilisa, son cœur bondissant dans sa poitrine. Il attrapa discrètement un chewing-gum et se mit à mâcher machinalement. Ça lui semblait sec sur la langue mais il continua, essayant de masquer l'odeur âcre de son haleine. Pendant ce temps, aux aguets, il comprit au bout d'un moment que la douche du Lido s'était mise en marche. Dans l'obscurité, il examina les cadrans radium de son réveil : 3 h 02 du matin.

« Eh bien, ça alors », pensa-t-il. « C'est la bite-banane qui se croit une fille. Bite-banane fille... trou du cul gay. » Il se leva lentement, se hissa tant bien que mal, la tête qui tournait, des couleurs qui fusaient, et enfila un peignoir. Il attrapa sa trousse et se dirigea vers la porte, qu'il ouvrit très doucement. Sortant dans le couloir, il entra calmement dans les toilettes, poussant la porte lentement puis la refermant derrière lui.

Il ôta son peignoir et l'accrocha à un crochet, laissa glisser son caleçon et posa sa trousse. Calmement, détendu, se sentant mieux qu'il ne l'avait été de toute la journée, il entra dans la salle de douche, où la lumière était allumée. Il y faisait très clair ; il dut protéger ses yeux un instant. Il sentit la chaleur de la vapeur sur sa poitrine.

« Les longues douches, c'est ce qu'il y a de mieux », pensa-t-il.

Suzanne se trouvait sous la deuxième pomme à droite de la grande salle ouverte, l'eau ruisselant sur son corps, sa longue bite pendant. Elle se retourna et l'aperçut. Cette fois, elle ne dit rien. Ses mains allèrent instinctivement la couvrir, mais lentement, centimètre par centimètre, elles retombèrent le long de son corps.

Christian était là, l'index sur les lèvres. Son autre main était derrière lui. Il ne fit aucun bruit. D'abord, il ouvrit sa propre douche et se lava, mais il ne la quitta pas des yeux un seul instant. Puis, lentement, il s'approcha d'elle. Son corps trahissait son désir. Doucement il posa les mains sur son torse, d'abord la droite puis la gauche, et fit courir ses doigts sur sa peau mouillée. Les gouttes d'eau éclaboussaient sans fin, scintillant de bleu, de vert, de turquoise dans son esprit, puis semblèrent irradier chaleur et lumière. Il prit le savon et commença à la savonner. Elle baissa les yeux, presque pudique, pendant qu'il faisait ça, puis releva les yeux vers son visage.

« Christian... Christian », dit-elle.

QUATRIÈME PARTIE — Une Conspiration de Viande Hachée

Un garçon aux énormes roupettes
Les planqua dans sa perruque coquette,
Mais d'un grand cri,
Ses couilles s'en fuirent ainsi,
Ce fut la fin de sa baguette.

J'avais un programme ambitieux pour l'été qui approchait à grands pas — celui coincé entre ma deuxième et ma troisième année de lycée — mais il n'y avait qu'un élan irrépressible : essayer de baiser. Je comptais aussi travailler et économiser de l'argent, de quoi financer mes diverses envies et mes nouvelles dépenses comme les visites au magasin de disques. Mais baiser semblait être la priorité absolue. J'avais mes raisons.

Mon échec avec Suzanne, qui m'avait valu une bonne crise de boules bleues ce soir-là après la projection de *Rocky Horror*, en faisait partie. C'était moins le rejet — je comprenais — il y avait quelqu'un d'autre — que la réalité qui s'imposait à moi : j'avais soudain réalisé que j'étais prêt à *faire* des choses avec Suzanne. Des choses sexuelles. Oui, j'étais prêt à tenter.

Au début, je voulais en rejeter la faute sur *Rocky Horror*. Le corps fantastique de Suzanne Sarandon m'avait excité, peut-être celui de Frank-n-Furter aussi. Mais je savais que c'était absurde. Ce n'était qu'un film. Suzanne avait dit non, me laissant abattu et frustré et (sans doute évident pour elle) en pleine érection, pour me dégonfler ensuite lentement dans le silence du rejet, comme un pneu à plat.

Certes, j'allais désormais régulièrement au 7-Eleven, complètement défoncé, armé de quelques pièces de monnaie moites pour acheter des magazines pornos pendant que le vendeur soupirait et me sermonnait — et c'était une forme de progrès ; je devenais effronté face à mes passions, presque insouciant des conséquences. Pour moi, c'était un progrès dans la lutte contre l'angoisse. Mais je réalisais que je n'avais pas vraiment progressé au-delà du pauvre Hedda Henry, le garçon que j'avais frappé à plusieurs reprises au visage sans grand effet, le branleur qui ressemblait tellement à un Crâne-Bosselé. Les goûts d'Henry en matière de pornographie étaient grotesques, et c'était un adolescent grotesque, un produit des grotesqueries du Sud. Avec le temps, j'ai eu de la peine pour lui — mais je n'étais pas si loin derrière. C'était une question de degré. Oui, même à cet âge, j'avais un certain niveau minimal de connaissance de moi-même. Je savais, pas d'une façon que j'aurais pu exprimer, bien sûr, mais à quelque niveau que ce soit, que j'avais un long chemin à parcourir pour devenir qui je voulais être ; qu'il y avait plus. Et le sexe faisait partie de l'équation. Le sexe était un problème.

J'ai partagé quelques-unes de ces pensées intimes et de ces confusions avec William. À mes yeux, il était sage. Ou du moins, plus sage que quiconque à Kickshaw. Il était comme le Wizard, le chauffeur de taxi dans *Taxi Driver*. Il savait des choses.

« C'est comme Diogène, dit-il. Quand on l'a surpris à se masturber sur la place du marché, il a répondu cette célèbre réplique : "Si seulement la faim pouvait être satisfaite en se frottant le ventre." Apparemment, ça ne le dérangeait pas. Il y a donc des philosophes qui l'ont assumé. Mais la plupart ont préconisé l'abstinence, ce qui semble absurde. Après tout, d'une certaine façon, nous sommes des animaux. La nature reprendra ses droits. »

« Mais je veux être libre.

— Libre de tout désir ?

— Oui. Libre de tout désir.

— Ça ressemble au bouddhisme.

— Ouais.

— Mais tu n'as pas, tu sais...

— Non, je n'ai jamais été avec une fille.

— Eh bien, Robbie, le sexe avec une fille, c'est dix fois mieux que la branlette.

— Dix fois ? » J'étais incrédule.

William sourit. « Mmh. Je crois que tu ferais mieux d'attendre un peu avant de décider de renoncer complètement au sexe. »

Voilà qui donnait matière à réflexion. Et l'été approchait.

*

La maison de mon père était calme ces jours-ci, à l'exception de Conchita qui passait de temps en temps et m'insultait en pliant mes boxers. Larry était plus souvent absent. Il travaillait désormais d'arrache-pied pour faire de son groupe, Larry and the Linguals, une formation viable. Le son de Larry ressemblait apparemment un peu à celui des *Sex Pistols* ; c'était du punk, mais avec une touche de Los Angeles. Il aimait X, les Go-Go's et The Bags, et aspirait à ce genre de son. C'était bien trop intense pour moi ; j'étais encore en pleine évolution musicale, commençant tout juste à apprécier le hard rock. Je me souviens très bien d'avoir écouté *Who's Next* cet été-là et d'avoir enfin eu le déclic. Je n'étais pas prêt pour le punk. J'ai néanmoins demandé si je pouvais aller à un concert. Ça me semblait être un excellent moyen de rencontrer peut-être une punk cool qui se laisserait faire ; elle aurait peut-être même un tatouage...

« Non, Robbie. Pas question. Ton père me tuerait. C'est la scène des bars de Los Angeles. Je ne pense pas que tu sois prêt pour ça ; c'est très brut. En plus, tu n'as pas 18 ans. Si jamais on organise un concert pour les mineurs, je te le ferai savoir. »

Peut-être que Larry voyait que j'étais déprimé d'avoir été recalé sans ménagement, car d'un ton plus conciliant il dit : « Puisque ça t'intéresse, j'ai quelque chose pour toi... donne-moi une seconde... » Il disparut quelques minutes et revint avec quelque chose dans un simple sac en papier kraft. « Tiens, Robbie. Ton exemplaire à toi. »

C'était un album. Sur la pochette, on voyait une photo de Larry, l'air très viril avec ses lunettes aviateur, un chapeau trilby en cuir et un gilet assorti, un peu comme un Lou Reed japonais, et le titre disait :

Larry and the Linguals
Hollywood Useless

« Bon Dieu ! » m'écriai-je. « Tu as décroché un contrat d'enregistrement, Larry ?

— Non, c'est juste une édition à compte d'auteur. C'est une démo. On voulait voir un truc sur vinyle.

— Papa l'a vu ?

— Pas encore, alors motus et bouche cousue. C'est ton père qui a financé tout ça. Je veux lui faire la surprise. Et au fait, je crois qu'il a quelque chose pour toi aussi... »

*

Mon père tenait à m'aider à trouver un job d'été ; on aurait dit qu'il connaissait tout le monde, et il me présenta à un directeur du Carrows qui était prêt à m'embaucher — mais je n'avais pas de voiture. Ça ne me semblait donc pas faisable, et pendant un moment je repoussai l'idée. L'Amérique est bien des choses, mais une chose est sûre, et c'est qu'il y a une culture de l'automobile. Et oui, c'était évident qu'une voiture m'aiderait à me faire des filles.

C'est Larry, je crois, qui avait mis cette idée dans la tête de mon père, comme il l'avait fait pour tant d'autres choses : Robbie allait avoir besoin d'une voiture pour l'été. Et mon père l'écouta. Un jour il me dit : « Hé Robbie, qu'est-ce que tu fais ?

— Pas grand-chose, papa.

— Eh bien, viens avec moi. »

On monta dans l'une de ses vieilles Coccinelles VW délabrées et on sillonna les rues ventées et étouffantes de Santa Barbara jusqu'à sa nouvelle propriété. Il l'avait simplement baptisée « De La Vina » d'après le nom de la rue — nous étions à une dizaine de pâtés de maisons — mais son vrai nom était « *Rancho Bravos Bungalows* ».

« C'est très macho, papa, dis-je.

— Je suis d'accord, fiston. Larry en plaisante. "C'est du costaud, cette propriété", dit-il. "Faut juste espérer ne pas se retrouver coincé dans les bungalows", et ainsi de suite. Mais c'est une super opportunité. Les retours sur investissement s'annoncent fantastiques ! »

À ce stade, mon père avait réuni suffisamment d'argent pour acheter un bien immobilier d'investissement assez conséquent, et c'était celui-là. Il s'agissait d'un ensemble de jolies petites unités indépendantes, des bungalows ou des cottages, une vingtaine en tout, de style ranch, sur une bande de terrain qui s'étendait de la rue De La Vina à la rue Bath. Ce terrain était la seule bande de terre continue entre les deux rues, et il était convaincu qu'un jour rien que le terrain vaudrait des millions. Il y avait aussi un grand parking, officiellement destiné aux résidents, où il décida de garer une partie de sa collection de voitures en pleine expansion. Pendant qu'il conduisait, il voulut faire le point.

« Alors, tu penses à trouver un job pour l'été ?

— Ouais, papa. J'ai besoin d'argent. Les dix dollars par semaine que tu me donnes me permettent à peine d'acheter un joint.

— Je sais que je suis un peu radin là-dessus, mais c'est pour ton bien. Si je continue à te donner de l'argent, eh bien, on sait où ça va finir. »

Il faisait allusion à ma consommation de drogue qui prenait rapidement de l'ampleur, dont il bénéficiait largement d'ailleurs, par la même occasion. J'avais amélioré la qualité de son herbe, passant de feuilles en vrac achetées à un dealer de rue — qui n'étaient qu'à moitié de l'origan — à de la sinsemilla digne de l'*Hotel California* des Eagles. Je n'aimais pas trop ce genre d'herbe ; elle était bien trop puissante et lumineuse. J'étais sentimentalement attaché à l'herbe de merde colombienne de mes premières expériences avec Christian, de l'herbe brune séchée à l'eau qui arrivait en balles du Mexique — le genre de truc que Cheech et Chong auraient fumé — pleine de tiges et de graines. Mais mon père aimait les têtes fraîches et résineuses. Une fois qu'il en avait découvert l'existence, il était devenu accro.

Mon père semblait ressentir la pression du travail, ou quelque chose comme ça, et cet été-là je remarquai que sa consommation d'alcool avait augmenté. L'herbe, l'alcool, et même un peu de cocaïne de temps en temps — ce que je n'avais pas le droit de faire, mais j'avais essayé une fois avec Christian quand on était allés voir George Carlin à l'UCSB — pas un concert de rock, mais un spectacle, mon premier vrai spectacle — oui, tout ça, je voyais bien que mon père brûlait la chandelle par les deux bouts. Mais chaque fois que j'en parlais, il éclatait de rire. « Je vais bien, mon petit. Parfaitement bien, même. Pas de quoi s'inquiéter. C'est juste un petit creux. *Rancho Bravos* a coûté beaucoup de cash à monter. Mais ça rapportera gros avec le temps. L'essentiel, c'est d'acheter des actifs. » En fait, d'après Larry, la propriété avait coûté plus de 800 000 dollars, une somme colossale à l'époque.

Bref, on arriva à *Rancho Bravos* — il y avait une enseigne devant et tout — et on roula lentement sur la longue route privée qui traversait le centre de la propriété en direction de la rue Bath. De chaque côté se dressaient les petits bungalows. J'aperçus quelques regards ici et là, mais c'était plutôt calme.

« Waouh, ils sont vraiment sympas, papa.

— Oui, ce sont de jolies petites maisons. Tu serais surpris du loyer que je touche.

— Je vois, alors ils sont tous loués ?

— Ouais. Je suis un propriétaire de taudis maintenant, mon petit.

— Propriétaire de taudis ?

— Ouais, c'est comme ça que les choses se passent. Des sans-papiers, des Asiatiques, des pauvres Blancs, des types de bas étage, certains d'entre eux. Je dois m'assurer que personne ne fait du trafic. On ne voudrait pas ça, n'est-ce pas, Robbie ?

— Non, ça ne serait pas bon.

— Il faut sauver les apparences. Mais cet endroit est une mine d'or. Et puis il y a un joli garage à l'arrière. C'est un peu mon parking privé, si tu vois ce que je veux dire. »

Je compris vite ce qu'il voulait dire : cinq ou six des voitures étaient à lui, dont un camping-car, trois autres Coccinelles en plus de celle dans laquelle nous étions, et puis une voiture neuve que je n'avais jamais vue auparavant. « C'est quoi celle-là, papa ? C'est à toi ?

— Non, mon petit. C'est la tienne. »

J'étais abasourdi. « Ouah. Papa ! » C'était un Combi VW, un soixante-trois. Il était très dépouillé, mais en excellent état. « C'est une voiture de collection, papa.

— Ouais, eh bien, essaie de ne pas l'abîmer. »

On sortit et je regardai à l'intérieur. « J'aime bien la simplicité.

— Tu peux démonter ce van avec seulement trois outils, fiston, et le remonter aussi. Bien sûr, il n'a même pas de radio. Et c'est une boîte manuelle. Tu sais conduire avec une boîte manuelle ?

— Bien sûr, bien sûr », dis-je. En réalité, je n'avais jamais conduit avec une boîte manuelle, mais je supposais que c'était facile. « Comment ça pourrait être difficile ? »

Mon père rit. « C'est ça l'esprit. Bon, fiston, voici les clés. Je te laisse t'en occuper. Je dois y aller.

— Oh, euh... tu ne veux pas me donner quelques conseils ? »

Il regarda autour de lui avec une certaine hésitation, et j'eus la nette impression qu'il ne voulait pas croiser les résidents. Je ne comprenais pas pourquoi. Finalement il dit : « Bon, d'accord. Monte. Juste une petite leçon. Voilà, là-bas, c'est l'embrayage. Ce que tu dois faire, c'est appuyer dessus quand tu veux changer de vitesse. Quand l'embrayage est relâché, tu sentiras les vitesses s'enclencher. Tu dois les passer les unes après les autres. Donc, par exemple, tu commences en première, puis tu passes en deuxième, et ainsi de suite.

— D'accord. Je peux essayer ?

— Bien sûr. Mais je pense que c'est mieux que tu le fasses tout seul. Je crois que si je suis là, ça ne fera que te rendre nerveux.

— D'accord. Merci, papa. » J'étais encore incertain mais me dis qu'il devait avoir raison. Et de toute évidence, il voulait partir.

Ce qui suivit fut environ deux heures à faire grincer et craquer les vitesses jusqu'à ce que je parvienne enfin à sortir sur la rue De La Vina. Et là, c'était terrifiant. Je fis le tour du pâté de maisons puis revins et roulai lentement vers le parking, pour découvrir que ma place, là où se trouvait le van, avait été prise par quelqu'un d'autre. « Merde », me dis-je.

Pendant ce temps, un homme sortit d'un bungalow voisin et s'approcha. C'était un Asiatique d'un certain âge, un petit bonhomme frêle, coiffé d'une casquette de baseball et vêtu de vêtements de vieux. « Alors, toi essaies garer ici, hein ? »

Je tournai la clé et le moteur s'arrêta. « Ouais, j'étais juste là.

— Je sais, dit-il. Moi écouter toi depuis deux, peut-être trois heures. Toi conduire pas cette voiture ?

— Eh bien, mon père vient de me la donner.

— Oh. Ton père. C'est Tricky Dick ? »

« Tricky Dick », répétai-je. « Ouais, c'est lui. »

Le visage de l'homme changea. « Lui pas bon propriétaire. Nous pas l'aimer. Lui prendre toute la place de parking. C'est notre parking selon bail.

— Oh, dis-je. Je suis désolé. Je ne savais pas.

— Toi ferais mieux partir. Emmener nouveau van cadeau ailleurs. »

Je ne savais plus trop quoi faire à ce stade. En fait, j'avais envisagé de garer le van là où il était et de partir.

« Mais, euh, je ne sais pas conduire avec une boîte manuelle.

— C'est facile. Moi montrer toi. »

Sans un mot de plus, l'homme contourna le véhicule et monta côté passager. « Démarre », dit-il.

Je tournai la clé.

« Bon, ton problème, toi pas comprendre embrayage. Embrayage pas comme gâchette pistolet. Tu dois être doux, appuyer, seulement ensuite bouger levier de vitesse. Faire mouvement comme tai-chi. Doux, grand cercle. Ensuite, relâcher doucement embrayage jusqu'à sentir moteur s'engager. C'est comme vélo à dix vitesses. Facile une fois avoir idée. Maintenant toi essayer. En avant, première vitesse. »

Je desserrai le frein à main, puis enfonçai l'embrayage et déplaçai le levier.

« OK, maintenant, doucement sur embrayage », dit-il.

Je relâchai lentement l'embrayage. La voiture se mit à avancer et je crus comprendre ce qu'il voulait dire. Mais je dus freiner brusquement car nous allions trop vite.

« Stop ! dit-il. Maintenant, doucement, lentement, enfoncer embrayage. OK. Maintenant. Mettre voiture en marche arrière. »

J'essayai et c'était moins fluide, mais ça marcha.

« OK, toi presque prêt partir. Première vitesse, deuxième vitesse. Toi descendre De La Vina, puis trouver autoroute. Toi avoir beaucoup fun sur autoroute. » Il rit alors, un rire un peu malicieux. Il ouvrit la portière passager et sortit. « Bonne chance, fiston. » Puis il se détourna. Il ne regarda pas en arrière.

Je lâchai un « Merde ! » puis fis ce que j'avais à faire. J'oubliai instantanément le type. Je ne lui dis même pas merci.

Il avait raison, l'autoroute était « très fun » si par là on entend s'amuser en enfer. Mais je conduisais désormais avec une boîte manuelle. « Bon Dieu », pensai-je. « J'ai une bagnole ! » J'étais trempé de sueur. Tout à coup, je me sentis comme un vrai Américain.

*

Cet été-là, je travaillai bien moins que prévu. C'était tellement exaltant d'avoir un van que je passai beaucoup de temps à rouler, rien que ça. Trop, en fait. Je consommais de l'essence comme un fou. J'allai passer la journée à Isla Vista et flânai dans les environs à la recherche de filles hippies sans en trouver, puis un autre jour je montai jusqu'à El Capitán State Beach. Elle est baignée de soleil au nord, là où des baigneurs nudistes se prélassent à faire dorer leurs attributs. Je passai aussi du temps à Summerland à regarder les surfeurs faire des figures si près des rochers que ça semblait fou. Je garai le van à Carpinteria State Beach et traînai là, essayant péniblement de faire griller du maïs dans un barbecue tout en grattant le goudron sous la plante de mes pieds. Le maïs n'était pas vraiment cuit à cœur, mais je le mangeai. J'étais convaincu de vouloir devenir végétarien, même si ça s'annonçait difficile. Je finis par faire quelques services chez Carrows et gagnai quelques dollars de cette façon. Malheureusement, travailler dans un restaurant, je trouvais ça nul. Trop gras, trop de viande. J'avais besoin d'une autre idée pour gagner de l'argent, mais pendant un moment, elle ne vint pas.

Et puis, un mauvais truc arriva. Je me mis à repenser à la parcelle d'herbe que j'avais aperçue ce jour-là sur les sentiers, bien cachée dans la *Forest Sauvage*. Pendant un moment, je pus refouler cette idée ; mais finalement, mon envie d'herbe et mon besoin d'argent firent germer un plan dans mon cerveau microcéphale.

Ouais. Je commençai à penser à voler l'herbe de celui qui la cultivait. C'était une idée incroyablement stupide, je le reconnaissais, et pourtant, dans ma tête, je calculais déjà combien de têtes pouvaient se trouver là-bas. Si c'était toujours là. J'avais aussi l'idée saugrenue qu'en tant que mineur, j'étais à l'abri de toute poursuite. D'une certaine manière, j'étais « encore un gamin » et mes frasques pourraient toujours être expliquées, pensais-je, comme de la bêtise et du simple hooliganisme.

Bien sûr, c'était en grande partie faux. J'envisageais de voler au moins plusieurs kilos d'herbe. Un flic, en arrêtant un gamin avec une telle quantité, supposerait logiquement qu'elle était destinée à la vente — ce qui était vrai. Je me voyais déjà comme une sorte de super-caïd adolescent de la drogue. Je connaissais plein de jeunes qui achèteraient. Et maintenant, j'avais un van et je pouvais me rendre à Los Angeles, à Malibu, à Berkeley — partout où je voulais aller avec mon gros sac de têtes, comme le Père Noël en pleine tournée de folie.

Le plan fut vite mis à exécution. J'attendis une nuit où la lune serait nouvelle et le ciel aussi sombre que possible. Je rassemblai quelques équipements : un sac à dos, un grand sac poubelle noir, des sécateurs, et pour les vêtements, je décidai de porter deux couches. La couche du dessus était plus ou moins jetable, y compris une cagoule noire. Je trouvai dans le garage de mon père des lunettes de natation. Je me dis qu'elles protégeraient mes yeux si j'arrivais à ne pas faire de bêtises.

En route vers Carpinteria, je pris l'autoroute, puis remontai avec audace Casitas Pass Road. Il était bien plus de 2 heures du matin et la route était aussi déserte que la tête d'un bizuth de Kickshaw. Je bâillai plusieurs fois en approchant de la sortie qui menait à l'école. Mon plan était de me garer au pied de la colline, près du cottage des Sauvage. La vieille Mme Sauvage, cerveau complètement à l'ouest, devait sûrement dormir à poings fermés. Je planquai le van du mieux que je pus derrière des arbres qui se trouvaient sur l'aire de stationnement près du cottage. Puis je m'équipai complètement, attrapai le sac et partis. Je remontai le sentier qui menait à la *Forest Sauvage.* Je savais que je devais grimper un bon bout de la colline, puis couper à travers et trouver le sentier du tuyau de merde. J'avais repéré ça discrètement auparavant, pas dans l'intention de voler l'herbe à l'époque, mais simplement pour me faire une meilleure carte mentale du terrain. La Moon Flower, qui était le repaire des seniors sur la colline, se trouvait là-haut, et je l'avais vue. Christian et moi étions assez curieux pour la trouver : une structure octogonale bien construite avec des sièges et une vue sur les étoiles. L'endroit idéal pour faire la fête, surtout un matin comme celui-là. Mais j'avais désormais une mission et je ne pouvais pas me permettre de me laisser distraire. Je m'arrêtai pour écouter un moment lorsque j'arrivai à l'embranchement qui menait au sentier du tuyau. C'était toujours aussi silencieux qu'un tombeau, et à part quelques bruits nocturnes et ma respiration haletante, je pensais être le seul bruit.

Je me frayai un chemin jusqu'au tuyau, principalement au toucher. J'étais trop paranoïaque pour utiliser une lampe torche. En le suivant, j'arrivai devant le chêne vénéneux à n'en plus finir — je souris sous ma cagoule, pensant que j'avais cette fois eu le dessus sur lui, puis pensai à en arroser l'infirmière Standish. Eh bien, seuls Cadogan et Jonah, et maintenant Lori et sans doute Martin, qui aurait été curieux, connaissaient ma terrible honte.

Après ce qui me sembla être une marche interminable, je me retrouvai soudain dans une petite clairière. Oui. Il y avait des plantes ici. Je remarquai qu'environ la moitié d'entre elles étaient plus petites. En les inspectant, je vis qu'elles n'étaient pas encore matures. Mais sur la droite, je distinguai plusieurs plantes adultes. Elles étaient couvertes de fleurs. Je pouvais les voir, sombres sur fond sombre, comme des silhouettes se découpant sur le ciel nocturne, et les sentir, chargées de résine. « Jackpot ! » me dis-je.

Je me mis au travail sur l'une des plantes, coupant des tiges couvertes de bourgeons, et réalisai vite que mon petit sac ne pouvait contenir qu'une fraction de ce qui était disponible. « Bon, tant pis », pensai-je. « Je vais en ramasser autant que je peux. »

Je fus bientôt fatigué, couvert de sueur et de crasse, et il se faisait tard — je ne voulais certainement pas être là-haut à l'aube. Ce serait un désastre. Mon sac semblait plein à craquer. Soudain, la peur m'envahit : je réalisai que j'étais engagé ; j'étais en train de le faire. Il n'y avait plus de retour en arrière. Je puais l'herbe et la résine recouvrait mes mains et mes vêtements. Un chien renifleur m'aurait dévoré tout cru. Ce sentiment d'irréversibilité et d'angoisse me tira de ma torpeur, et j'eus une montée d'adrénaline. Je repris le chemin du retour en suivant le tuyau clandestin du merdier, puis halétai et soufflai sur le sentier, passant devant l'embranchement de la Moon Flower, jusqu'à ce que j'arrive près du bas. Je m'arrêtai et tendis l'oreille. La voie semblait dégagée. Je me dirigeai vers le van. Mais alors, à ma grande horreur, une lumière s'alluma dans le cottage des Sauvage. Je me mis à marcher plus vite, et parvins même jusqu'à mon van, mais je dus d'abord me débattre pour retirer mes gants, puis tâtonner pour trouver la clé. À ma grande horreur, j'avais l'impression de ne pas la trouver.

« Arrête-toi tout de suite », dit une voix. Je me retournai et aperçus une petite silhouette dans l'obscurité. Je crus d'abord qu'elle tenait un bâton, mais non, c'était un fusil. « Viens avec moi au cottage. Avance. J'ai le droit de te tirer dessus. »

« Je ne vois pas comment, dis-je. Je n'ai rien fait de mal ! »

— Ah non ? » dit la voix. J'entendis un rire très étrange. Dans l'obscurité, je ne savais pas comment l'interpréter. On aurait dit une voix de diable à ressort, ou de poupée. « On verra. Non, ramasse ça, prends le sac. Avance. »

J'avançai lentement, complètement abattu, le cœur battant la chamade. « Toi d'abord, dit la voix. Entre. »

J'entrai dans le cottage. La lumière électrique m'éblouit momentanément, même s'il ne s'agissait que de la lampe de l'entrée. Je n'étais jamais entré dans le cottage des Sauvage et ne savais pas du tout à quoi m'attendre ; mais l'intérieur correspondait tout à fait à ce que j'aurais imaginé : un endroit où vivaient, ou avaient vécu, des personnes âgées.

Je reçus alors un coup dans le dos, de ce qui semblait être un objet métallique froid et dur, et m'avançai plus loin dans la petite maison. Je distinguai les contours d'une cuisine un peu plus loin. Je me retournai et eus le choc de ma vie. « Vous ! »

« Qui êtes-vous ? » dit-elle. Elle me regardait en plissant les yeux. « Enlevez cette cagoule. »

Je tâtonnai avec la cagoule. « Je suis Robbie. Robbie Gray », bredouillai-je.

C'était Mme Sauvage. La vieille cerveau-à-l'ouest, désormais bien vivante et alerte. Elle se tenait fermement, tenant le fusil, le pointant sur moi d'une manière extrêmement professionnelle. Une vieille robe de chambre recouvrait sa chemise de nuit, dont le bas pendant en flottant dans la brise. Ses pieds avachis étaient enveloppés dans de vieilles pantoufles éraillées.

« Je suis Robbie Gray, de Kickshaw », répétai-je. « Je vous ai vue plusieurs fois à la cafétéria, mais nous ne nous sommes jamais parlé. »

« Je vois », dit-elle. Elle me scruta dans l'obscurité et son visage sembla se fermer. « Je ne me souviens pas de vous. »

« Mais je suis en deuxième année, madame ! Ou plutôt, je l'étais — je vais entrer en troisième. S'il vous plaît, ne me tirez pas dessus ! Je ne pourrai jamais goûter votre café ! »

Ça sembla la faire sourire. « Très bien. Hum, dit-elle. Je vois. Tu es un baratineur. »

Bien sûr, ma première idée fut d'essayer de m'en sortir à force de baratin et ma langue se mit à aller toute seule. « Je suis désolé si je vous ai dérangée. Je — je faisais une randonnée jusqu'au Gobernador Creek. Dans les contreforts. C'est magnifique là-haut à cette période de l'année. »

« Bien essayé, mon petit, dit-elle. Je t'ai vu garer ton van il y a quelques heures. » Elle pointait toujours son arme sur moi et l'agitait comme une baguette magique en direction de mon sac. « Qu'est-ce qu'il y a dans ce sac ?

— C'est juste mes affaires, vous savez, mon sac de couchage.

— Écoute, mon garçon, ce fusil est chargé. Ce n'est pas un jouet.

— Mais vous, vous ne tireriez pas sur un gamin, n'est-ce pas ? Je ne suis qu'un randonneur. Je suis étudiant à Kickshaw. J'habite à Santa Barbara. Je suis un gars du coin. J'adore le surf et la plage et tout ça. »

« Je crois que tu es autre chose. »

« Mais vous ne le feriez pas. Vous êtes, vous êtes...

— Une vieille dame ? » Elle gloussa. « C'est vrai je suppose. J'ai vieilli, en quelque sorte. Eh bien, j'ai le droit de tirer sur un intrus. Si je crois te tirer dessus, je dirai simplement aux flics que tu t'es introduit chez moi et que tu m'as fait mourir de peur. »

Je voyais bien que j'étais royalement foutu. Mais je ne comprenais toujours pas la situation. « D'accord, dis-je. Je vais vous montrer ce qu'il y a dans le sac. Mais ce qu'il y a là-dedans risque de vous choquer. Je l'ai trouvé quand j'étais sur le flanc de la colline. Ça a été une totale surprise. »

« Allez, vas-y. Ouvre-le ! »

J'ouvris le sac lentement, en dézippant le rabat supérieur, et écartai les bords pour que le contenu soit visible. Quelques têtes se répandirent alors sur le sol de sa cuisine ; c'était une pluie d'herbe. « Tu vois ? C'est juste une herbe. Une herbe intéressante. C'est de l'origan, je crois.

— Non, mon garçon. Ce n'est pas de l'origan. On dirait de l'herbe.

— Oh, je ne crois pas.

— Arrête de mentir.

— Mais madame, ça ne vous concerne pas. »

Elle rit. C'était étrange. Et en y repensant, c'était en fait la partie la plus étrange de toute l'histoire.

« Alors tu penses qu'une vieille dame comme moi ne s'intéresserait pas à l'herbe ?

— Eh bien, non, vous êtes, vous êtes... » Ma voix s'éteignit. « Vous êtes en train de me dire que c'est à vous ?

— Ah, alors une toute petite ampoule vient de s'allumer dans ta toute petite tête. Hein, mon petit ? »

Je n'arrivais toujours pas à comprendre. Et je le lui dis. « Je n'arrive pas à *grok* ça.

— *Grok* ? Qu'est-ce que c'est que ce mot ?

— Ça vient de Heinlein.

— Heinlein ?

— C'est un grand écrivain de science-fiction. Ça signifie "comprendre profondément".

— Assieds-toi, dit-elle. À la table de la salle à manger. Pose les mains sur la table. Heinlein. Il pense que Heinlein est un grand écrivain. Quelle absurdité. »

Je m'assis et posai mes mains à plat sur la table. Pendant ce temps, Mme la mamie maniaque armée d'un fusil souleva mon sac à dos et en sortit le grand sac poubelle en plastique noir, le dégageant du sac, qui bascula sur le sol. Puis elle s'éloigna lentement, le sac poubelle en remorque, le traînant derrière elle, jusqu'à ce qu'elle disparaisse dans une chambre. Je restai assis à me tortiller, envisageant de m'enfuir en courant. « Ne fais rien de stupide », l'entendis-je dire. Elle finit par revenir. Elle ne pointait plus le fusil sur moi — c'était un beau fusil, peut-être un Winchester, tout droit sorti du *Wild Wild West* — mais elle tenait toujours l'arme. Je posai la question qui s'imposait.

« Tu vas appeler les flics ? »

Elle sourit alors. « Tu n'as toujours pas compris. »

« Je suis désolé. » Je me sentais assez déprimé. Je l'admets, oui. « Qu'est-ce que tu vas faire de moi ? » Je pleurais maintenant. Je sanglotai pendant un moment.

Elle me regarda pleurer. Au bout d'un moment, elle fronça les sourcils. « Oh, ne sois pas bête, mon garçon. J'ai vu des millions de garçons stupides. Je ne vais pas te faire de mal. Tu veux une tasse de thé ?

— Quoi ? Oh... d'accord.

— Comment as-tu dit que tu t'appelais ? » Elle s'affairait maintenant dans la cuisine, allumant la cuisinière avec une allumette. Elle avait appuyé le fusil contre le mur, mais il n'était pas loin.

« Je m'appelle Robbie, madame.

— Robbie. Eh bien, fiston, tu vois comme je me déplace lentement ? Hmm ?

— Oui, madame.

— C'est parce que j'ai de l'arthrite. C'est vraiment pénible parfois. Mais le remède — cette plante que tu essayais de voler — ça soulage mon arthrite. C'est la seule chose qui semble calmer l'inflammation. » Elle s'activa un moment à préparer des tasses avec des sachets de thé. « Ce thé chaud te fera du bien. Mais je ferais attention à ne pas te toucher le visage. Je crois que tu l'as peut-être déjà fait.

— Oh non ! » dis-je.

« Oui. Le chêne vénéneux là-haut, c'est quelque chose de féroce. Tu as été très imprudent.

— J'ai eu une mauvaise rencontre avec lui il y a environ quatre mois. Quand l'école était en session...

— Ah oui. Je suppose que tu n'es pas le garçon dont l'infirmière a parlé ? Celui qui a, comment dire, tiré sa cartouche, pour ainsi dire. » Elle rit comme les femmes le font parfois.

« Oh mon Dieu. Vous avez entendu cette histoire ? Même vous ?

— Bien sûr. Ce genre de chose a tendance à circuler. On en parlait avec le personnel de la cantine il y a quelques jours à peine. »

« Oh mon Dieu », répétai-je. « Autant me tirer dessus, alors. Je crois que je préférerais la balle de fusil. »

Elle caqueta comme une vieille poule et avança lentement vers la table avec la grande bouilloire en cuivre. Elle était si chaude que je pouvais voir la chaleur rayonner depuis le fond. J'étais convaincu qu'elle allait la faire tomber et nous ébouillanter, elle, moi, ou nous deux. Mais d'une façon ou d'une autre, elle y parvint sur ses jambes chancelantes et versa l'eau chaude dans les deux tasses. Elle me regarda. « Tu prends du sucre ?

— Oui, madame.

— Je suis désolée, je n'ai ni lait ni crème.

— Ne vous excusez pas, je vous en prie. Je vous ai réveillée. C'était mal de ma part.

— Ce que tu as fait, mon garçon, c'est essayer de voler mes médicaments. J'en ai besoin pour continuer à bouger. Sinon, je serais clouée au lit. Et après ? Je serais fichue. »

Je pris alors pleinement conscience de la gravité de ce qui s'était passé. Je n'étais pas en train d'arnaquer un vieux connard de senior comme Sheldon Whitherspoon, ni une bande de voyous anonymes sans nom. J'essayais de voler une vieille dame, une invalide, qui vivait de sa retraite, et ce que je tentais de lui prendre, c'était ses médicaments, dont elle avait absolument besoin. J'étais abasourdi.

Elle me regarda par-dessus sa tasse de thé. « Alors ça cogite, hein ? Le bonnet de réflexion est de sortie.

— Je, je ne sais pas quoi dire. J'ai commis une terrible erreur.

— Eh bien, dit-elle, je suis contente que tu commences à prendre conscience de la gravité de ton crime. J'ai quelques garçons plus âgés qui m'aident. »

« Des seniors, dis-je.

— Oui, bien sûr, des seniors. Ils m'adorent. Je leur prépare leur café et je le leur sers tous les soirs, sauf le week-end. Chaque année, j'en prends un ou deux dans ma confiance.

— Sheldon ? » dis-je.

« Hmm. Oui. Il en fait partie ; ou plutôt, il en faisait partie. Il a dé-croché son diplôme. Je dois mettre quelques nouveaux garçons dans la confidence. »

Je réfléchis un instant. « Mais madame ! Et moi, alors ? »

Elle secoua la tête. « C'était quoi, ton nom déjà ?

— Robbie, madame, répondis-je patiemment. Au fait, ce thé est ex-cellent. J'ai hâte de goûter votre café. » Je pris alors une gorgée. Et en fait, il était plutôt bon à cette heure matinale.

« Le fait est, Robbie, écoute — tu as essayé de voler mes médica-ments. Je ne suis pas sûre qu'il soit très sage de te faire confiance. Qu'allais-tu en faire ?

— J'ai honte de le dire, madame.

— Alors ?

— J'allais les vendre.

— Mais c'est un crime grave.

— Mais vous en cultivez ! C'est illégal ! » dis-je d'une voix faible.

« Oui. C'est vrai. Mais aucun flic ne va arrêter une vieille dame de 90 ans pour quelques plants de cannabis qui ne se trouvent même pas sur sa propriété.

— Alors, ce cottage est à vous.

— Oui, dit-elle. Oui, d'un commun accord avec Harold.

— Qui ?

— Harold Kickshaw. Tu sais, il était directeur, mais maintenant il a un larbin à son service pour s'en occuper. Il traîne toujours sur le campus, par contre. Harold le directeur ! Harold le maladroit. Harold l'imbécile !

— Oh, je vois. Oui. On l'appelle simplement Kickshaw.

— Après ma mort, le cottage reviendra à Harold. Mais pour l'ins-tant, au moins, j'ai un toit au-dessus de la tête. C'est dur d'être vieille et seule, Robbie. »

On resta un moment assis en silence et je me concentrai sur mon thé, sans la regarder. Elle semblait réfléchir. Ou alors, elle rêvassait. « Tu es trop jeune pour avoir connu mon mari. Lui, Harold et moi, nous étions autrefois polyamoureux.

— Pardon ?

— Polyamoureux. Cherche ce mot un de ces jours.

— Oui, madame.

— Harold et mon mari formaient un sacré duo. »

« Je vois », dis-je. Je me demandais si elle pouvait bien vouloir dire ce que je pensais. Kickshaw était gay ? Ou du moins, avait-il franchi le pas ? Peut-être que ça expliquait l'école de garçons. Et la vieille

Mme Sauvage avait, quoi, regardé ? Applaudi ? Fait l'amour avec eux deux ? J'avais la tête qui tournait.

« Eh bien, j'ai réfléchi à votre idée, dit-elle. Je ne pense pas pouvoir faire appel à vous, mais j'aimerais avoir votre parole, en tant que gentleman, que vous ne direz rien au sujet des médicaments.

— Bien sûr, madame. Je suis vraiment désolé. Si j'avais compris la situation, je n'aurais jamais essayé de — faire ce que j'ai fait.

— De temps en temps — et cela doit rester très rare — tu peux passer me dire bonjour. Je te donnerai un peu. Mais ne fume pas ça sur le campus. Ce serait contraire au règlement. Est-ce une motivation suffisante pour que tu gardes le silence ? Pour mon bien ? Ou plutôt, pour notre bien à tous les deux ?

— Oui, madame, bien sûr ! C'est très généreux de votre part. Très généreux.

— Je le pense aussi. Tous mes garçons ont été satisfaits. Ils y goûtent de temps en temps et ça leur suffit. Mais je sais aussi que tu as la piqûre. Ça se voit sur ton visage. Essaie de rester loin des drogues dures. Maintenant, ramasse ces têtes par terre et mets-les dans ta poche. C'est ça. Ça ira. Essaie de ne plus faire de bêtises à partir de maintenant. D'accord ?

— Oui, madame.

— Tu peux sortir maintenant. »

*

Je frémis rien qu'à y penser, au reste de cet été-là ; mon père refusait stoïquement de me donner plus de dix dollars par semaine d'argent de poche, et ça ne suffisait même pas à faire le plein de la camionnette, alors je fus contraint de faire des doubles services au Wendy's en bas de Bath Street. J'avais au moins la chance de pouvoir y aller à pied. Mon projet de me faire des filles ne progressait pas davantage.

Il y avait une jolie petite nana aux grands yeux et aux boucles blondes, qui portait son chapeau légèrement de travers avec désinvolture et tenait la caisse un jour sur deux. Pas très futée, je dois dire, mais faute de grives on mange des merles. Je la regardais beaucoup. Mais j'étais trop timide pour lui parler. Un jour, je pris mon courage à deux mains pendant qu'elle déjeunait.

« Hé, Sharon ?

— » Elle leva les yeux de son Dave's Single avec du jus lui coulant sur le menton. « Robbie ? Ça va ?

— Je me demandais... tu vois, j'ai acheté des billets pour Joan Armatrading. Ça te dit d'y aller ?

— Eh bien, c'est quand ?

— C'est ce soir.

— Quoi ? Pas ce soir ! »

Et j'y allai tout seul. Pat Metheny jouait en première partie. Je passai la majeure partie du concert dans ma voiture à broyer du noir.

Mais parlons de mauvais karma : le boulot consistait à traîner d'énormes sacs en plastique de bœuf haché depuis la chambre froide jusqu'à l'étroite arrière-cuisine, puis à charger cette chair hachée sanglante dans une machine à steak haché qui aurait pu être conçue à partir de plans trouvés dans un roman de Stephen King. Je devais ensuite la mettre en marche et regarder ces délicieux « Hot 'n Juicy » de Wendy's sortir en piles. Enfin, la production devait être soigneusement emballée dans d'autres sacs en plastique et remise dans la chambre froide. Après des heures passées à faire ça, j'étais couvert du sang d'un malheureux bœuf qui, dans une autre réalité, aurait pu être mon ami. Je rentrai chez moi en puant, très légèrement, quoi que je fasse pour me laver. Ça devint à un tel point que même Larry le remarqua. « Il faut mettre de la Javel dans ces vêtements, Robbie. Bon Dieu. Ou alors te trouver un autre boulot. »

« C'est une conspiration ! » dis-je.

« Une conspiration ? »

— Oui. Une Conspiration de Viande. Je pue ! »

Larry rit. « Ça ferait un sacré bon nom de groupe. Mais ouais, tu ne vas jamais te faire des filles en sentant comme ça. »

Et soudain, je devins végétarien convaincu. Même les glorieuses côtes de Martin ne semblaient plus envisageables.

CINQUIÈME PARTIE — Les Astronautes Intérieurs

Un homme s'en alla de Toledo,
La gaule dressée comme un torpedo,
Dans les bordels, dit-on,
Il passa sa saison,
En quête du Frito Bandito.

« Alors, tu es de retour », dit le doyen Stacks.

« Ouais, content de te voir aussi », répondis-je.

C'était le premier jour complet de ma troisième année, et les cours avaient commencé. Je me sentais curieusement plein d'anticipation, même si la vue du doyen si tôt le matin était rebutante. Auparavant, mes étés étaient une échappatoire à l'école et je comptais les jours jusqu'à ce moment de liberté où je parcourais le Wasteland ou planifiais des attaques au papier toilette contre des voisins indisciplinés ; mais maintenant, quand je pensais à l'école, même si j'étais en sécurité sous la garde d'un père qui regardait *Kung Fu*, ou que je traînais avec Larry et son groupe punk déjanté à une répétition, je ne voulais qu'une chose : y retourner. Mes amis me manquaient, et j'avais hâte de revoir William et Christian en particulier.

Le cours que j'attendais le plus s'appelait simplement « Idées ». J'en avais beaucoup entendu parler. Idées était inhabituel à bien des égards, et d'après les diverses descriptions que j'avais entendues, je ne comprenais même pas comment ce cours avait pu être intégré au programme.

C'était un cours de philosophie orientale et de métaphysique, quelque chose d'imaginable probablement seulement en Californie dans les années 1970, mais il était organisé comme un cours de littérature comparée et avait un côté Literati (et peut-être même Illuminati). Le Master était lui aussi très inhabituel, peut-être unique, et ne correspondait pas à la théorie d'un broyeur à saucisse élitiste résolu à réduire en chair à canon les futurs cadres d'entreprise.

Ce premier jour, alors que nous attendions tous dehors avant d'entrer en file indienne dans la salle de classe, j'avoue avoir ressenti une certaine anxiété. Mon père m'avait dit plus tôt qu'il connaissait ce professeur ; qu'ils étaient amis mais s'étaient éloignés l'un de l'autre. Cela m'inquiétait à cause de mon secret : le fait malheureux que mon père était, comme on disait, aussi gay qu'un billet de trois dollars. Je m'inquiétais de ce que ce nouveau professeur pourrait dire ou penser de lui et de moi ; et pire encore, de ce qu'il pourrait laisser échapper ou révéler par plaisanterie, ou compromettre d'une manière ou d'une autre mon statut nouvellement acquis et durement gagné de mec cool, de mec. Mes cheveux avaient bien poussé. Larry m'avait mis sur mon trente et un, mais c'était un look punk, un look rocker, et ça jurait complètement avec l'esthétique preppy de l'école. J'étais connu pour être un fumeur de joints et un passionné de musique. Mon lien avec Larry and the Linguals avait même fini par filtrer. Je voulais que tout ça soit moi, que ce soit à moi, mon identité. Mon père ne cadrait pas toujours avec cette belle image.

*

La salle de classe d'Idées était l'une de celles situées sous l'infirmerie-dortoir. (Ce n'était pas le même bâtiment où j'avais éjaculé par inadvertance, mais plutôt un bâtiment beaucoup plus ancien qui avait lui aussi été autrefois une infirmerie.) Les salles de classe de cet étage se trouvaient au rez-de-chaussée, avec une entrée par de gracieuses portes en bois donnant sur la route principale, cette route festonnée d'eucalyptus que je considérais comme l'Allée du Paradis. De l'autre côté, ces salles de classe avaient toutes des fenêtres composées de nombreux carreaux de verre, avec des portes qui s'ouvraient sur une promenade couverte (même si celles-ci étaient souvent verrouillées). La promenade reposait sous des arches en stuc blanc qui donnaient sur une vaste pelouse verte bien entretenue. C'était sur cette pelouse que M. Morris donnait son petit cours d'aïkido les mardis et jeudis après-midi, et je la connaissais bien, ne serait-ce que pour y avoir planté mon visage à plusieurs reprises dans la terre. Oui, l'aïkido était mon sport. Je ne supportais aucune des autres options. Grands Cercles.

Pendant la journée scolaire, les différents cours faisaient défiler un va-et-vient incessant de nombreux pieds d'élèves-fourmis vers ces salles de classe ; je me souviens avoir suivi à la fois des cours d'anglais et d'anthropologie dans cette salle particulière à un moment ou à un autre de ma scolarité à Kickshaw. C'était une salle baignée de lumière la plupart du temps, pas de lumière directe du soleil, mais une lumière abondante et filtrée, qui se diffusait dans la pièce grâce aux vitres à nombreux carreaux ; mais à part cela, il y avait très peu de choses dans la pièce à part des chaises. Les chaises étaient du type de celles qui comportent une surface d'écriture intégrée, et nous avions parfois du mal avec l'inconfort d'une chaise soudain trop petite pour un corps en pleine croissance ; mais elles offraient une souplesse et une simplicité qu'un bureau complet n'aurait pas.

Le Master avait fait disposer ces chaises-pupitres en cercle, de sorte que nous étions tous assis face les uns aux autres, et lui-même s'asseyait parmi nous sur l'une des chaises, tel un humble serviteur soucieux de montrer son équanimité. Cette disposition conférait à la salle une atmosphère nettement arthurienne, bien qu'il n'y eût pas de table centrale, mais plutôt un vide, un vide contemplatif. Et cela tombait à point nommé, car parfois le contenu de la leçon était bel et bien le Vide.

En revanche, le bureau du Master, qui occupait habituellement une place prépondérante au premier plan et au centre de la plupart des salles de classe — pilier et point d'ancrage — était absent ; ce qui conférait à l'espace une sensibilité nettement égalitaire et peut-être un sentiment d'incomplétude. Le tableau omniprésent, noir ardoise et froid au toucher, se dressait quelque peu désolé sur le mur dans cette salle, en manque d'attention, là où, dans tant d'autres, il servait de toile de fond au bureau du Master, tel un accessoire de cinéma, et accueillait d'importantes annotations.

Nous entrâmes donc en file indienne le premier jour. J'étais heureux de voir Cadogan et William J. Brennan. Ce cours va être agréable, pensai-je.

Un homme entra d'un pas vif. Il portait une barbe et un turban blanc. Je n'avais eu auparavant l'occasion de l'observer que de loin ; mais maintenant, il se tenait devant nous. De près, pour ainsi dire. C'était manifestement un Indien, mais il portait des vêtements entièrement occidentaux, à l'exception du bandeau blanc qui ceignait son immense tête : un beau costume noir, une fine cravate noire sous un col blanc impeccable, et des richelieus noirs cirés aux pieds. Je lui donnais entre 55 et 60 ans. Sa démarche était assurée et sa posture droite et correcte, mais il commençait à se faire un petit ventre.

Il se dirigea vers le tableau désolé, actuellement dépourvu de toute inscription, aussi propre que si l'écriture n'avait pas encore été inventée, et y écrivit son nom en grosses lettres. Lorsqu'il eut terminé, il se retourna et dit : « Bonjour. Je m'appelle Ramakrishna Onkar Ji. Mais vous pouvez m'appeler Ram. Ce cours s'appelle Idées 101. Il existe également un cours Idées 201, qui s'adresse normalement aux seniors. Des questions jusqu'ici ? Quelqu'un pense-t-il s'être trompé de salle ? »

Nous nous regardâmes les uns les autres. Il semblait que tout le monde était déterminé à persévérer.

« Très bien. S'il n'y a pas de questions, nous allons procéder aux présentations. Je vais vous parler un peu de moi, vous expliquer ce que ce cours vise à accomplir, et vous faire part de mes attentes à votre égard. Ensuite, nous pourrons peut-être dire un petit mot sur chacun d'entre nous. Des questions ? »

Cadogan avait levé la main. « Monsieur Onkar Ji, devons-nous vous appeler Master Onkar ? »

« Merci, et vous, comment vous appelez-vous ?

— Cadogan West.

— Très bien, M. West. Vous m'appellerez Ram, et je vous appellerai Cadogan, si vous me le permettez. Ou peut-être Cad, vu que vous avez ce petit air de voyou. »

Cela provoqua quelques rires dans la classe. Les sourcils de Cadogan se levèrent et ses lèvres se pincèrent, mais il acquiesça d'un signe de tête.

« Juste pour expliquer : le "Ji" est un titre honorifique qui, traduit, signifie à peu près "Monsieur". Les autres parties de mon nom signifient toutes Dieu. Par exemple, "Ram" signifie Dieu. Krishna signifie également Dieu. Même Onkar est un mot qui signifie "Seigneur de l'Om", ce qui désigne sans doute Dieu. C'est pourquoi je reste très humble face à mon nom. Il est évident que j'ai encore un long chemin à parcourir avant de devenir Dieu. De plus, il semble que certains garçons aient du mal à prononcer mon nom. »

Nouveaux rires.

« Alors "Ram" suffira. C'est simple, précis. Maintenant, en ce qui me concerne — » Ram se dirigea vers l'un des pupitres libres du cercle et s'assit. Il semblait plutôt petit une fois assis, un effet accentué par la chaise-pupitre adaptée aux élèves. « Quant à moi, je suis né au Pendjab, en Inde, en 1934. J'ai grandi à une époque très troublée. L'Inde cherchait à obtenir son indépendance des Britanniques, et il y avait la guerre et la révolution. Puis une vague de violence sectaire a tout balayé — les hindous contre les musulmans, les musulmans contre les hindous. Cette guerre civile a ensuite conduit à la partition de l'Inde en une zone à majorité hindoue, que nous appelons aujourd'hui simplement l'Inde, et le Pakistan, qui correspondait à toute la zone à majorité musulmane. Plus tard, le Pakistan lui-même s'est à nouveau scindé, et une partie est devenue le Bangladesh, dont vous avez sans doute entendu parler grâce à George Harrison et Ravi Shankar. »

Cela provoqua un rire général.

« Oui, il m'arrive parfois de faire des blagues. Je sais aussi qui sont les Beatles. Quoi qu'il en soit, j'ai grandi dans des conditions qui, comme vous pouvez l'imaginer, étaient parfois très difficiles. Mais je ne m'intéressais pas vraiment à la politique, à l'argent, et tout ça. Je m'intéressais à la vie spirituelle. »

Quelqu'un leva la main.

« Oui ?

— Êtes-vous brahmane ?

— Excellente question. Non, je ne suis pas brahmane. Les brahmanes sont hindous. La société hindoue est traditionnellement divisée en quatre castes, et il en existe une cinquième, celle des intouchables. La caste la plus élevée s'appelle celle des brahmanes. Donc non, je n'étais pas brahmane, car je ne suis pas hindou de naissance. Je suis ce qu'on appelle un sikh.

— C'est quoi, un sikh ? » dis-je.

« Le sikhisme est une religion. Il repose sur les enseignements des Dix Gurus. L'Inde compte de nombreuses religions différentes, pas seulement l'hindouisme et l'islam. Il s'y passe beaucoup de choses. Comme nous le verrons. Mais, pour terminer mon histoire : après la Partition, j'ai décidé que je voulais partir en Occident. C'était difficile à faire pendant la période de la guerre froide. Tant de guerres, n'est-ce pas ? Mais bon, il y a une dizaine d'années, j'ai émigré aux États-Unis. J'ai fini par obtenir la citoyenneté. Du coup, vous êtes tous coincés avec moi maintenant. »

Cela provoqua un nouveau rire général.

« En Inde, je suis allé à l'université pour étudier la littérature. La littérature occidentale, bien sûr, comme c'était la coutume. Et j'ai obtenu un diplôme supérieur, ou plutôt, travaillé dans la fonction publique indienne, ce qui est une destination courante pour les personnes instruites. Mais j'en ai eu assez des livres. Alors je me suis rebellé et j'ai quitté l'académie pour faire quelque chose que j'aimais : je suis devenu mécanicien. Encore aujourd'hui, j'adore la course automobile et la conduite. Bref, quand je suis arrivé en Amérique, j'ai travaillé comme mécanicien auto. En fait, je crois que je connais le père de quelqu'un... » Il regarda autour de lui, puis me regarda. « Peut-être vous ? »

« Mon père était mécanicien auto », dis-je.

« Richard Gray ?

— C'est lui.

— Très bien ! Vous devez être Robbie.

— Oui. Enchanté.

— Moi aussi. On appelait ton père Tricky Dick. »

Rires.

« Oui, dis-je. C'est toujours son surnom. »

« Très bien. Bon, pour compléter mon histoire, je suis également membre de la Loge théosophique de Santa Barbara. La Loge a été contactée il y a quelques années pour savoir s'il y avait quelqu'un ayant un bagage en matières orientales. C'est ainsi que, d'une manière ou d'une autre, je me suis retrouvé à enseigner ici, sur cette magnifique colline, tous les mardis et jeudis. Bon, assez parlé de moi. À moins qu'il y ait des questions, passons au cours lui-même. »

Nous passâmes un certain temps à discuter de ce qu'était réellement une « idée », puis Ram nous expliqua que nous allions lire de grands ouvrages, dont beaucoup étaient orientaux ou influencés par l'Orient, afin de voir quelles idées ils pouvaient contenir. « Des livres comme *Siddhartha* et *Le Loup des steppes* de Hermann Hesse. Et *La Voie du Zen* d'Alan Watts. Un peu plus tard, si nous y parvenons, nous lirons peut-être *La Bhagavad Gita*. C'est un texte hindou fondamental, la partie spirituelle, pourrait-on dire, de ce que contient le *Mahabharata*. »

« S'agit-il donc d'une sorte de cours de contre-culture ? » demanda Cadogan.

Ram se gratta le menton à travers sa barbe. « Peut-être. Je suppose qu'il va sans dire que les idées sont toujours quelque peu contestataires, si par culture vous entendez le statu quo. Mais notre but n'est pas d'être des révolutionnaires. Du moins, pas encore. Vous êtes trop jeunes pour être des révolutionnaires. D'abord, apprenez, devenez des astronautes intérieurs, escaladez la montagne visionnaire. Ensuite, avec la compréhension, avec une vue sur l'horizon, la destination — c'est seulement alors que vous devriez agir. Vous en êtes au stade précoce de l'apprentissage. En fait, Kickshaw est une merveilleuse occasion d'imprégner vos jeunes cerveaux de connaissance, tout comme Madge imprègne ses mains de Palmolive. »

Nouveaux rires. Tout le monde semblait satisfait du cours d'Idées, jusqu'à ce que Ram explique qu'en plus de la lecture, nous devrions rédiger des dissertations. « De très longues dissertations ! » dit Ram sous les grognements. « Ce sera une exploration à la fois du cœur et de l'esprit ! Dans un espace de sécurité, vous pourrez exprimer votre cœur intérieur ! » dit-il d'une voix forte, les bras grands ouverts, alors que nous nous précipitions dehors.

*

C'est Christian qui en avait eu l'idée, cherchant des espaces sûrs et propices où fumer tranquillement un joint sans être dérangé, ou simplement se détendre loin des regards et loin de tout. Sa conception d'un astronaute intérieur était bien différente de celle de Ram, me semblait-il. Christian s'éclipsait régulièrement hors du campus — ce que je n'avais jamais osé faire —, et son sang-froid face au danger était fascinant à observer. Bien sûr, c'était de la folie pure, et l'expulsion planait comme une menace réelle s'il se faisait prendre. Mais il semblait se nourrir du risque. Trouver un espace protégé sur le campus ne pourrait que faciliter notre propre forme d'astronautique intérieure — celle avec le bang.

Nous partîmes donc explorer. C'était comme construire une cabane, le genre d'activité que les enfants pratiquent par instinct naturel. Nous étions un peu plus vieux, mais ça nous semblait juste, comme un jeu, de dénicher la planque secrète idéale. Ce fut lors d'une de ces expéditions que je fis une découverte importante.

J'ai déjà décrit le bâtiment de l'« École », qui comprenait l'infirmerie-dortoir à l'étage et des salles de classe en rez-de-chaussée, et auquel était rattachée l'ancienne bibliothèque de Branson, où se tenait le café des seniors. On avait remarqué que ce bâtiment possédait une chaufferie ou un sous-sol. Cela m'intriguait. Un jour, j'allai reconnaître les lieux et découvris qu'il servait principalement de buanderie. Mais au fond se dressait une grande porte coupe-feu. Il y avait manifestement autre chose. Peut-être une chaudière ou un autre espace de travail se cachait-il derrière cette grande porte coulissante en métal rouge.

Je remarquai également, à l'extrémité du Branson, un petit panneau d'accès environ à hauteur d'homme, et je pouvais voir à l'intérieur. On aurait dit qu'il y avait un vide sanitaire menant sous la bibliothèque. Supposant qu'il s'agissait peut-être d'un accès aux installations intérieures, à l'instar des passages secrets que l'on prête à la Grande Pyramide de Gizeh, je décidai de l'explorer.

Il fallait attendre le moment opportun. Je voulais y aller de jour, car une lampe de poche risquait de projeter trop de lumière à travers le passage ; j'attendis donc un jour où l'école était pratiquement déserte. Le dimanche matin convenait parfaitement. Je me dirigeai vers l'arrière du Branson et m'assis à côté du panneau d'accès. Il se trouvait dans une sorte de canalisation en vieux béton, haute de quelques pieds. Je m'assis simplement et me décontractai, comme si j'attendais quelqu'un. Pendant ce temps, je balayai les alentours du regard et mobilisai tous mes sens pour détecter la moindre présence vivante dans les parages immédiats. Mais la scène était calme. Je sautai alors le pas. Rapidement, je me glissai dans la canalisation et soulevai la grille. Elle n'était même pas verrouillée. Je rampai prudemment dans le passage et remis la grille en place par-dessous.

En regardant autour de moi pour la première fois, je constatai que c'était bien un passage d'accès menant sous la bibliothèque. C'était un vide sanitaire, mais j'y circulais aisément à quatre pattes. Je suivis le passage qui s'assombrit peu à peu. Je m'arrêtai alors, j'écoutai, et laissai mes yeux s'habituer à la pénombre. J'avançai jusqu'à une bifurcation, avec un embranchement partant à gauche et un autre à droite. Dans mon imagination, le passage de droite devait mener au sous-sol de la buanderie que j'avais reconnu précédemment. Je me faufilai dans le passage de droite. Je vis finalement qu'il touchait à sa fin. Il y avait une faible lueur. J'atteignis l'extrémité du vide sanitaire et regardai dans une autre pièce, pas très grande, et là, sur le mur du fond, je pus voir l'envers de la grande porte coulissante en métal rouge, condamnée de l'autre côté par un cadenas. Je me laissai glisser lentement sur le sol de la pièce. Je ne voyais presque rien et cherchai un interrupteur. Je le trouvai sur le mur d'en face, après avoir trébuché contre une table. La pièce était un atelier ; je distinguai des outils sur un établi, sans doute destinés à l'équipe d'entretien des bâtiments et des terrains. Il y avait apparemment des piles de chaises, des tas de tuyaux métalliques et d'autres objets empilés et rangés sur le côté.

Soudain, j'entendis des voix dans le sous-sol, de l'autre côté de la porte rouge. J'éteignis la lumière et restai figé, silencieux. Je me rendis compte, avec horreur, que de la lessive, de l'eau de Javel et autres accessoires de buanderie étaient bel et bien présents dans la pièce où je me trouvais, et la panique commença à monter en moi. Peut-être que certains membres du personnel faisaient la lessive le dimanche ? Venus de Carpinteria pour répondre à un besoin urgent de nappes pour le café des seniors ? Le vieux Kickshaw exigeant un service hors heures pour un dégât de sa façon ?

Mais en tendant l'oreille, je reconnus dans ces voix un ton familier, et je distinguai des mots comme « mec » et « *gnarly* ». Après ce qui sembla être le vidage d'un sèche-linge, les voix enjouées éclatèrent de rire, puis s'estompèrent au rythme des pas qui s'éloignaient.

Je pris alors une grande inspiration et m'affalai sur l'une des chaises autour de la table. Soudain, depuis ce point d'observation, je distinguai le reflet d'un trousseau de clés. Un filet de lumière filtrait par une fente en haut de la porte coulissante en métal rouge et tombait sur ce qui semblait être un gros trousseau. J'eus un flash-back sur la scène du *Voyage au centre de la Terre* où un rai de lumière serpente au moment critique pour révéler l'entrée vers le monde souterrain. Je me levai et décrochai délicatement le trousseau de son crochet. Les clés étaient numérotées et, pour la plupart, identiques quant au type de serrure qu'elles desservaient ; mais certaines portaient des étiquettes assez intrigantes, rédigées sur de minuscules bouts de papier collés sur leur tête. L'une disait « Hitch arr. », ce qui pouvait désigner la porte arrière du bâtiment du Hitchcock Theater. Une autre : « Chim 132. » Cela faisait sans doute référence au local du concierge du labo de chimie.

« Merde alors », pensai-je. J'avais une décision difficile à prendre. Devais-je prendre une ou deux clés, les essayer, puis revenir en chercher d'autres au besoin ; ou devais-je m'éclipser avec tout le lot en espérant que quelqu'un penserait qu'elles avaient été égarées ?

Par paresse, et aussi peut-être par cupidité, j'optai pour la deuxième solution. Si on me prenait avec les clés, je pourrais toujours dire que je les avais trouvées dans l'herbe et que j'avais eu l'intention de les rendre. Mais que j'avais oublié. Ou un truc de ce genre. J'étais convaincu que je trouverais une meilleure histoire le moment venu.

Ayant décidé non seulement de m'introduire sans autorisation dans les installations de l'école, mais de me muer en véritable voleur, je rassemblai mon courage et me mis en route. Il me fallut remonter en rampant jusqu'à l'entrée du passage, ce qui s'avéra plus difficile qu'il n'y paraissait si je ne voulais pas laisser quelque chose d'aussi voyant qu'une chaise sous l'accès. Je finis par me hisser dans l'ouverture et me remis à ramper. Je m'aperçus que j'étais trempé de sueur et que mes vêtements étaient déjà crasseux à force de ramper dans le passage en béton. Ce qui n'était pas idéal. Et j'avais désormais un lourd trousseau à trimballer, qui ne rentrait pas dans la poche de mon pantalon. Si seulement j'avais pris un sac à dos !

J'étais trop lâche pour me promener avec ce trousseau sans perdre contenance si quelqu'un l'apercevait, alors je le cachai dans les buissons près de la canalisation et rentrai dans ma chambre. J'étais à Long House cette année-là, ce qui était un peu nul, mais c'est le lot qui m'était échu. Au moins c'était une chambre avec vue, et le soir, depuis mon balcon, je regardais le coucher de soleil, avec Santa Barbara et la mer au loin. Pendant ce temps, Christian avait réussi à décrocher une place à l'Hermitage, un petit dortoir de seulement douze chambres individuelles. Le Master était le vieux M. Bright, qui enseignait l'histoire américaine.

Je revins après une douche — heureusement les dortoirs étaient plus ou moins déserts, les élèves en permission de week-end étant partis vaquer —, récupérai le trousseau et le dissimulai dans mon sac à dos. Je me dirigeai aussitôt vers l'Hermitage, bien décidé à montrer à Christian mon incroyable trouvaille.

« M. Gray », dit une voix. Je me retournai et vis la corpulente silhouette de Franklin Bright émerger de son appartement.

« Bonjour, monsieur », dis-je.

— En effet. J'espère que vous êtes de bonne humeur ?

— Oui, monsieur.

« Comme vous le savez, je suis votre conseiller cette année. Nous devrions nous réunir bientôt pour faire le point. »

« Oui, bien sûr », répondis-je. « Je suis impatient de... de vous avoir comme conseiller. L'histoire américaine me passionne. »

« Vraiment ! » dit-il. L'homme bedonnant sembla soudain s'alléger. « C'est très encourageant ! »

« Oui, monsieur, en fait je pensais passer l'examen d'histoire AP. » C'était bien sûr du pur baratin inventé sur le moment, mais j'aimais vraiment l'histoire. J'avais entendu dire que M. Bright était un vrai dur à cuire.

« Vraiment ? C'est la manne tombée du ciel, pour ce qui me concerne », dit-il. « En classe de première, qui plus est. Eh bien, voilà une excellente nouvelle. Discutons des détails la semaine prochaine. Je pourrai peut-être vous placer dans l'un de mes cours. »

« Très bien, monsieur. À bientôt ! » Sur ces mots, je m'engouffrai dans l'entrée de l'Hermitage. J'étais douloureusement conscient de la tintinnabulation qui s'échappait de mon sac. Bien sûr, personne à part moi ne pouvait sans doute entendre ce tintement ; il semblait résonner pour moitié à l'intérieur de mon crâne. Je descendis l'escalier jusqu'au rez-de-chaussée et frappai doucement à sa porte, une fois, deux fois, trois fois, et au bout d'une minute il dit : « Qui est là ? »

« C'est moi, mec », répondis-je.

Il ouvrit alors la porte et jeta un coup d'œil. « Salut, mec ! »

J'entrai et nous nous installâmes : lui sur son trône, le fauteuil confortable — en fait un vrai fauteuil inclinable récupéré auprès d'un senior à la fin de l'année précédente —, et moi sur le lit. « Regarde-moi ça ! » dis-je. Je sortis le trousseau de clés. Il me sembla encore plus lourd qu'au moment où je l'avais soulevé pour la première fois, comme si la gravité de nos affaires lui avait ajouté quelque poids.

« Tiens, tiens, tiens », dit-il. « Quelqu'un a été distrait et a laissé ça traîner ? Oh là là, c'est bien ce que je crois ? »

« Je n'ai encore essayé aucune des clés. Je ne sais pas trop quoi faire, en fait. Tu crois que s'il s'en aperçoit, ça lancera des recherches ? »

« Hmm. » Christian se pencha en arrière et réfléchit. « Ce n'est pas impossible, mais je suppose qu'on a toute la journée, voire jusqu'à demain matin, pour trouver une solution. Essayons d'abord une ou deux clés pour voir si elles marchent encore. Sacré tonnerre, mon vieux ! »

« Oh, ça oui. »

Nous dûmes faire quelques recherches pour faire correspondre les clés aux numéros de salles ou de bureaux. Les clés qui m'intéressaient le plus étaient celles des labos de chimie et de biologie, de la salle de musique et du bureau du directeur. Le bureau des anciens élèves était également intéressant.

« Qu'est-ce que tu cherches dans le bureau du directeur ?

— Oh, je sais pas, balbutiai-je. Je pensais au Dr Kickshaw et à sa liaison avec M. Sauvage. Il doit sûrement y avoir des informations intéressantes là-dedans. »

« C'est très audacieux, mec. *Axis Bold As Love*, mon vieux. »

« Putain, ouais, pourquoi pas ? » Je me livrais bien sûr à de la pure fanfaronnade et à l'hyperbole. Les chances que je rassemble réellement le courage de m'introduire dans le bureau du directeur étaient sans doute proches de zéro. Mais j'avais très envie d'aller faire un tour dans le local de chimie.

Pour Christian, les clés qui l'intéressaient le plus étaient celles des Remises — le nom donné à l'endroit où était stockée la majeure partie de l'équipement sportif, ainsi que d'autres types de matériel d'entretien. Des outils et tout ça. Il était également curieux de découvrir le Rayburn Theater. « Il y a probablement plein d'espaces bizarres là-dedans. C'est immense. T'as envie d'aller voir ? »

« Bien sûr », dis-je.

Le Rayburn Theater était le plus grand bâtiment du campus, et il se trouvait au bas d'un chemin tracé en diagonale par rapport à l'Hermitage ; il suffisait donc de longer la '27 House, puis de glisser tranquillement vers l'arrière du grand bâtiment. Le soleil continuait de briller, et le vent soufflait doucement. C'était une belle journée pour un cambriolage. Christian avait apporté un frisbee pour se donner une contenance, et nous nous le lancions en nous rapprochant peu à peu, comme par hasard, de l'arrière du bâtiment.

Ayant déjà prélevé du trousseau la clé qui, selon lui, était la bonne, Christian jeta un coup d'œil autour de lui et, voyant que la voie était libre, l'essaya. Elle ne semblait pas fonctionner.

« Merde », dis-je.

« Ah, mais essayons-en une autre... » Il sortit une deuxième clé et l'inséra. Celle-ci fonctionna. Il me regarda en souriant, puis jeta un coup d'œil alentour. « T'es prêt pour ça, mec ? »

Je hochai la tête. En réalité, j'étais terrifié. Et s'il y avait d'autres personnes à l'intérieur ? Ce n'était pas impossible un dimanche. Nous entrâmes, avançant sans bruit, sans parler ni rire, comme si nous étions en mission. L'endroit m'était très familier — nous y venions presque tous les jours d'école — mais à présent il était silencieux et nos pas résonnaient. Une impression d'espace et d'air s'en dégageait.

« Viens voir quelque chose que j'ai remarqué », dit Christian.

Nous contournâmes le bâtiment et montâmes un escalier. Il menait à une mezzanine qui dominait les gradins du théâtre. Christian désigna un vide, une ouverture à ras du plancher, qui semblait mener quelque part. « Attends ici », murmura-t-il. Il se mit à quatre pattes et se glissa dans l'ouverture. Je vis bien qu'il y avait forcément quelque chose, car il continuait à ramper et bientôt, tout son corps avait disparu à l'intérieur.

Je commençai à m'impatienter, mais au bout d'un moment sa main apparut, comme par magie désolidarisée de son corps, et me fit signe d'avancer. Je me mis à quatre pattes et rampai à mon tour. Il faisait complètement noir, mais j'entendais la respiration de Christian. Il alluma son briquet, et je pus voir l'intérieur de l'espace.

« Cool ! » murmurai-je.

« Ce n'est pas très utile en soi », dit Christian. « Mais je pense que si je découpe un panneau dans cette cloison, il y a probablement un espace intéressant derrière. »

Un claquement lointain résonna dans le théâtre vide. Je compris immédiatement ce que c'était : l'une des entrées vers l'avant du théâtre venait d'être déverrouillée et ouverte, et en se refermant elle avait produit ce son si reconnaissable. Nous restâmes tous les deux figés, à l'écoute. Pendant un moment, rien ne semblait se passer, mais je distinguai clairement un mouvement en bas, comme si quelqu'un marchait dans le théâtre.

« Merde », chuchota Christian. « Reste calme. »

Le temps s'écoula seconde après seconde, peut-être dilaté par l'adrénaline qui m'inondait le sang. De la musique jaillit soudain, forte, quelque peu déformée. Il me fallut quelques secondes pour identifier ce que c'était : de l'opéra. Le son était métallique et cuivré, comme s'il provenait d'un petit tourne-disque (ce qui était effectivement le cas). Quelqu'un avait installé un petit phonographe sur la scène et l'avait mis en marche. Et pendant que nous écoutions, une voix s'éleva — une voix humaine, masculine, puissante, et incontestablement ténor. Quelqu'un chantait sur la musique.

Christian était bien plus courageux que moi. Il se mit lentement à ramper hors de l'espace. Je lui tirai la jambe, mais il continua. Finalement, il disparut complètement. Au bout d'un moment je vis sa main se détacher dans la pénombre, m'invitant à sortir.

J'avais peur de le faire, terrorisé à l'idée qu'on nous surprenne. Mais je sortis lentement. Je rampai ensuite jusqu'à l'endroit où Christian était assis. Il souriait. « Jette juste un coup d'œil et regarde qui c'est », murmura-t-il.

Je pris mon courage à deux mains et jetai lentement un coup d'œil par-dessus le mur. « Putain de merde », pensai-je. « C'est Martin ! » Et c'était bien lui. Il se tenait sur la scène, les mains sur les hanches, et à mesure que l'aria gagnait en puissance, ses bras s'ouvraient vers le ciel et sa voix s'amplifiait, emplissant l'espace.

Martin était plutôt un bon ténor, pour ce que j'en pouvais juger. Mais voilà que Christian avait retiré ses chaussures et rampait lentement vers le fond du théâtre. Je n'avais d'autre choix que de le suivre. Après ce qui me sembla une interminable progression à quatre pattes, nous atteignîmes la cage d'escalier du fond et descendîmes, marche après marche, en chaussettes, jusqu'à la sortie. Christian la poussa doucement — c'était une issue de secours, sans alarme heureusement — et nous nous faufilâmes dehors.

« C'était quoi, ce truc ? » dit Christian.

« Rigoletto.

— Rigoletto ?

— Ouais. Verdi. La femme est volage.

— Ah. Je vois », acquiesça Christian. « C'est une chanson sur une fille.

— Ouais. Encore une chanson sur une fille. »

Nous apprîmes plus tard que Lori avait largué Martin. *C'est la vie.*

SIXIÈME PARTIE — M. Chunkie et l'Antre du Dragon

Un gars se perdait dans la fumée des soirs,
Il flottait dans la zone, au-delà du miroir,
Mais l'essentiel,
C'était juste un peu de ciel,
Un ami, un chez-lui — et garder un peu d'espoir.

« Il faut qu'on trouve du shit, mecton », dit Christian, tout en raclant sa pipe pour en récupérer la résine. Il grattait la substance noire et poisseuse de la pipe-stylo et la récupérait sur un morceau de papier blanc propre. « On est au bout du rouleau. »

« Mais fumer cette boue noire ?

— Eh bien, qui tu connais dans ce vaste monde ? Ton père ?

— Non, dis-je. C'est hors de question en ce moment. » Larry avait de nouveau mis le holà à l'herbe. Même mon père était tenu en laisse. Le bong du garage avait fini à la poubelle.

« On y va », dit Christian en empoignant le bol et en l'allumant avec son briquet. Il toussa assez fort. « Beurk. Bon sang ! »

« C'est comment ? dis-je.

— Pas mal. Mec, tu connais pas quelques seniors ? Ces allumés ? »

Il voulait parler d'AJ et de Ringo. Ouais, je les connaissais. D'habitude, les seniors de Kickshaw n'avaient rien à faire avec les petits, mais on avait cohabité avec eux dans les dortoirs — AJ avait été à Lido et Ringo à La Maison Haute, et j'avais toujours eu pour eux une sorte de déférence qu'ils appréciaient. Ils aimaient aussi ma coiffure, qui à ce stade était déjà assez longue pour l'époque. C'était un peu comme du grand frère–petit frère, ou comme à l'époque dans la classe du vieux Crâne-Bosselé avec Charlie et Tommy. Et c'étaient des drogués. Peut-être en dernier recours.

AJ s'appelait Alan Jensen, mais on ne l'appelait jamais autrement que par ses initiales, et Ringo s'appelait Ronald Bryant, mais on l'appelait Ringo à cause de son allure et de sa coiffure. Ces deux-là étaient les meilleurs amis du monde, et je les consultais plus ou moins indifféremment sur les drogues, la musique et tout ce qui touchait au domaine interdit. De nos jours, on peut juste googler quelque chose ou demander à l'IA, qui vous répondra « désolé, c'est hors limites » ; mais à l'époque, on comptait sur les gens — les rock stars parmi nous. Si tu voulais savoir si Carlos Castaneda disait vrai, ou ce que ça faisait de manger des champignons magiques, ou comment préparer de la coke pour la sniffer, tu allais trouver le type qui savait probablement, tu abordais le sujet avec ménagement, et tu espérais que ça se passe bien.

C'est AJ qui m'avait fait découvrir le reggae, et j'avais ensuite transmis ce virus jamaïcain particulier à Christian, qui était un peu plus réservé sur la question — oui, Christian était un snob musical, un rock and roll suicide sans aucun doute, mais même lui finit par être conquis par la positivité débordante de ces fumeurs de joints aux dreadlocks. Le grand Bob Marley, que tout le monde là-bas reconnaissait unanimement comme le Roi. AJ l'avait même vu en concert.

« Tu l'as vraiment vu ? dis-je.

— Ouais. En 1976 au Roxy.

— C'était un bon concert ?

— Oh oui, mec. C'était le meilleur concert que j'aie jamais vu.

— Le *meilleur* ? dis-je.

— Oui. Et j'en ai vu, des concerts.

— C'est vrai », dit Ringo.

AJ se mit à parler avec lyrisme, comme il le faisait parfois à propos de musique. « J'ai vu les Rolling Stones. Les Grateful Dead deux ou trois fois, peut-être dix. Mais l'ambiance de ce concert de Bob Marley, c'était tout en amour, mec, tu vois ? Tout en amour et positivité. Et la foule, mec. La foule adorait ça. »

Ringo était un peu plus dans la veine intellectuelle, genre Timothy Leary — il avait pris de l'acide, ce à quoi Christian et moi aspirions mais n'avions pas encore atteint. Et il adorait Blue Oyster Cult. « N'aie pas peur de la Faucheuse, mec ! » C'était sa phrase fétiche. Il postulait à Cal Tech et avait toutes les chances d'être admis ; il finirait par faire un post-doc en chimie. Mais à ce moment-là, il était encore enfoui au fond des dortoirs de Kickshaw, aux prises avec ses addictions et (tout en secret) des épisodes occasionnels de dépression qui allaient et venaient dans l'obscurité la plus totale.

Un jour, j'étais dans sa chambre et il me chuchota : « Regarde ça », me faisant signe de jeter un œil dans son placard. Là, dans l'obscurité derrière sa pile de vêtements sales, se trouvait un petit bloc enveloppé de paille humide et lié de ficelle. Je pouvais voir quelques champignons pousser dessus, comme des yeux sur un triton en plastique.

« Des LBM », dit-il.

« Des LBM ?

— Oui. Des Petits Champignons Bruns.

— Mais est-ce qu'ils sont... ?

— Je ne le dirai jamais », dit-il, les sourcils tressautant.

Ces gars-là étaient donc des idoles du crépuscule, des figures légendaires des années 70, et voilà qu'ils étaient désormais en terminale, revêtus de l'immense pouvoir des dernières étapes de Kickshaw : les examens du SAT et des cours avancés, les admissions à l'université, ces jeunes filles en attente de cette grande promesse de liberté qu'est l'obtention du diplôme et l'entrée dans le supérieur.

Alors même que je rassemblais le courage de leur parler, AJ me surprit un jour dans la salle à manger.

« Salut mec, tu montes dans ma chambre deux minutes ?

— Bien sûr, répondis-je.

— Tu sais où c'est ?

— J'en ai une petite idée. » Il était à l'Infirmerie, une caverne obscure de dortoir dans laquelle je n'avais mis les pieds qu'une seule fois.

Je ne perdis pas de temps et y montai après les cours. Je frappai, et il ouvrit dans ce qui était le plus calme et le plus tranquille de tous les dortoirs. Il arborait son sourire de négociateur à un million de dollars. « Salut mec, te voilà. Entre.

— Alors, qu'est-ce qui se passe ? » J'étais un peu surpris de voir Ringo déjà là. Mais bon, il vivait dans le même dortoir.

« Merci d'être venu, mec. Voilà la situation. Mon grand frère est à court de cash. Il doit payer son loyer et, suite à des circonstances imprévues avec ses colocataires et tout ça, il est dans la mouise. Alors il m'a demandé de faire le tour des gars les plus dans le coup. Si tu peux lui prêter de l'argent pour une semaine ou deux, il peut te rembourser soit en espèces, soit en haschisch. »

Ringo ne disait rien, mais ses yeux s'illuminèrent, ses sourcils broussailleux tressautèrent et sa tête opina violemment d'avant en arrière, comme pour dire « ouais mec ». Je ne posai pas de questions. Il me restait un peu d'argent du travail de jardinage chez *Rancho Bravos*, auquel s'ajoutait un billet de cent dollars de Larry — un cadeau de Noël avant l'heure —, alors je dis : « Bien sûr, AJ. Je suis partant. Ravi d'aider.

— Combien tu penses pouvoir lui prêter ?

— Eh bien, deux cents dollars, ça t'aiderait ?

— Ouais, trois cents, ce serait mieux.

— OK, mec. Je peux aller jusqu'à trois cents. »

AJ s'illumina. « Super. Super ! Bon, tiens-moi au courant. Ce soir, peut-être ?

— Ouais, je passerai après le dîner.

— Merci Robbie. Ou tu t'appelles Sutra maintenant ?

— Ouais. C'est une blague du cours d'Idées. Mais ouais.

— Sutra ! » s'exclama Ringo. « Trop classe. Tu devrais mettre ça sur un tee-shirt, mec. »

Je sortis donc le cash pour AJ du tiroir du haut de mon bureau et je n'y repensai plus trop jusqu'en fin de soirée, quand je dis à Christian que j'avais échoué.

« J'ai essayé de lui parler de beuh, mais il avait besoin d'argent pour le loyer de son frère.

— Christian rit. « Oh mec, tu ne comprends pas. T'es tellement naïf.

— Hein ? »

Il entrebâilla rapidement sa porte et regarda dans le couloir pour vérifier que la voie était libre, puis se rassit. « Ouais. Ils sont en train de faire un deal de drogue.

— Quoi ? Tu veux dire...

— C'est bon. Le frère d'AJ a probablement une opportunité et ils essaient juste de rassembler le plus de cash possible. Ou peut-être qu'il a déjà le hasch et qu'il est en train de le distribuer. Ces choses-là arrivent. Tu savais que le frère d'AJ a été à Kickshaw un temps ?

— Non.

— Eh bien, il s'est aussi fait virer. Il ne peut pas venir sur le campus. Alors AJ l'aide probablement.

— Oh mince.

— Non, non. Tu peux t'estimer chanceux. AJ a pensé à toi. Mais n'en parle à personne d'autre, mec. Tu vois ce que je veux dire ?

— Merde alors, dis-je. La lumière se fit soudain. Ces types se sont servis de moi. Ils ont menti. Tout ça, c'était du bidon.

— C'était une vente. J'espère que tu ne te feras pas rouler. On va peut-être avoir du hasch ! Pense à ça.

— Il est bon ?

— Oh que oui.

— Ouais. OK. On verra. » Je restai sur mes gardes.

Après ça, je me montrai un peu plus circonspect, un peu plus blasé, avec ces deux-là. Seniors ou pas. Et peut-être avec les autres en général. Ce fut une bonne leçon.

Mais c'est ainsi que nous obtînmes M. Chunkie. Christian, qui avait toujours fait preuve d'une grande créativité pour nommer les choses et inventer de nouveaux mots, l'avait baptisé « Chunkerton », d'après la barre chocolatée Chunky. Le morceau de haschisch était certainement aussi gros qu'un Chunky, et avait à peu près les mêmes dimensions. Je n'avais pas de balance — Christian, si. Il débarrassa soigneusement le bloc pâle de son enveloppe de papier aluminium et le déposa sur l'appareil. Celui-ci sembla fléchir sous le poids.

« Regarde ça ! Presque 30 grammes !

— Ça fait plus d'une once, dis-je.

— C'est vrai. M. Chunkie ! Mon Dieu. C'est vraiment beaucoup de hasch. » Il remballa soigneusement le bloc. « Je vais en couper une tranche, d'accord ?

— Absolument.

— Tu ferais mieux de bien planquer ce bonhomme, Sutra.

— J'ai une bonne idée pour ça, répondis-je. »

Il me rendit M. Chunkie, puis glissa le morceau de haschisch blond pâle et gommeux dans une boîte de pellicule. « Il faut fêter ça, non ?

— Bien sûr. Mais j'ai un devoir à rendre.

— Quoi ?

— J'ai une dissertation à écrire !

— D'accord, mec. D'accord. On ira à... oh, attends, t'as pas encore vu l'Antre du Dragon.

— Non.

— On y va ce week-end. »

*

La *Forest Sauvage* regorgeait de chemins détournés et de bifurcations secrètes menant à la malice et à la folie, et ce samedi ensoleillé Christian m'emmena sur le sentier principal au-delà de Long House jusqu'à ce que nous arrivions à une nouvelle trouée. Là, Christian s'arrêta, scrutant le chemin derrière nous. Nous étions complètement seuls, pour autant que je pusse en juger. « Fais attention à ne pas le dégager. Regarde comment je fais — repousse ce plant de sauge. » Nous empruntâmes un sentier entièrement nouveau qui plongeait en pente raide, puis obliquait brusquement à droite, puis à gauche. Finalement, nous arrivâmes à une sorte de corniche. Le sol m'avait l'air traître au bord d'un ravin de trois ou quatre mètres de profondeur. Il fallait sauter à cet endroit. Christian le fit avec aisance ; je l'imitai, mais avec beaucoup moins de grâce. Il me regarda d'un air approbateur tandis que je bondissais par-dessus le rebord. « Putain », dis-je. « Ouais, on ne veut pas que quelqu'un passe par là. »

Nous nous arrêtâmes à un point de vue, et je retins mon souffle de surprise.

« Bienvenue dans l'Antre du Dragon », dit-il.

« Ouah ! » En contrebas, je pouvais voir une cavité creusée dans la pente abrupte. Quelqu'un avait installé quelques planches qui avaient peut-être marginalement stabilisé le flanc de colline ; et puis, incroyablement, l'endroit avait été aménagé. Un canapé s'était en quelque sorte matérialisé là. Il avait à peu près la taille d'un canapé deux places, et à côté se trouvait une glacière rouge au couvercle blanc. Il y avait même une petite table en bois — juste une caisse à lait avec une planche dessus, mais ça ferait l'affaire.

« Assieds-toi, mecton. »

Nous nous installâmes confortablement, et Christian sortit un bong en céramique de la glacière. Il était en forme de dragon, gueule grande ouverte et dressée vers le ciel, avec dans la gueule un bol en laiton. Le trou d'aération du bong se trouvait sur le devant, au niveau de la poitrine. « Je te présente le Dragon.

— Ah oui. Je comprends mieux maintenant.

— Laisse-moi mettre un peu d'eau là-dedans.

— On dirait que tu as pensé à tout. Mais tu as apporté l'ingrédient principal ?

— Oh, merde ! » s'écria-t-il. Puis, après un instant, il gloussa. « Je t'ai eu ! Non, je n'ai pas oublié. La petite sœur de M. Chunkie, Chunkie Cutie, a fait le voyage avec nous. » Il exhuma alors de la poche avant de son jean la boîte de pellicule noire au couvercle gris et la posa sur la table comme un tour de magie.

Pendant qu'il préparait le matériel, j'admirai la vue, qui s'étendait à perte de vue : je distinguais aisément les îles Catalina au loin, car le ciel cristallin était exceptionnellement dégagé ce matin-là. D'ordinaire enveloppées de brume, les collines de Santa Barbara semblaient agrandies comme sous une loupe à l'est.

« Fumons ça », dit Christian. Ses yeux brillèrent à l'éclair du briquet tandis que le bong gargouillait.

C'était le bon temps, et j'aime me souvenir de Christian dans cet endroit, un lieu secret d'une beauté cachée, où un instant de perfection pouvait se déployer en une joie indicible et inexprimée. Mais la vie ne peut pas toujours être ainsi. La roue du karma est inexorable.

*

« Ils lui ont tiré dessus ! »

« Quoi ? dis-je.

— Ils l'ont abattu ! » répéta Christian. « John Lennon, ils l'ont assassiné ! Il est mort ! »

C'était le 8 décembre 1980. Pour Christian, l'assassinat de Lennon était aussi difficile à encaisser que la mort de Martin Luther King Jr., ou peut-être de Jésus — il était ébranlé jusqu'au tréfonds de lui-même. Je restai là, ne sachant que dire.

Nous passâmes la journée à parler à voix basse, sans faire grand-chose, et d'autres à Kickshaw étaient eux aussi dévastés. Le choc et la consternation se lisaient sur les visages des élèves comme sur ceux des maîtres. Nous eûmes même un office spécial à la chapelle ce soir-là, où nous chantâmes des chansons des Beatles. Martin Quinn semblait particulièrement conscient de la souffrance de Christian, et me dit : « Robbie, tu peux garder un œil sur Christian ?

— Bien sûr, dis-je. Si tu parles de Lennon, il est effectivement bien déprimé. Mais je ne pense pas qu'il ferait quoi que ce soit, eh bien, d'inconsidéré.

— Je ne sais pas », dit Martin. Il avait l'air pensif en regardant Christian, qui pleurait ouvertement, seul, près du réfectoire. « Surveille-le juste pour moi, d'accord ?

— Je le ferai.

— Et toi ?

— Moi ? » Mais je n'avais pas de répartie. Je me contentai de secouer la tête.

Cette nuit-là, Christian fit l'une de ses escapades nocturnes à Carpinteria. Il frappa à ma porte très tard, vers une heure du matin. Je me levai et jetai un coup d'œil.

« C'est moi, mecton », murmura-t-il.

Je le laissai entrer et il s'assit sur le lit dans le noir. « Salut mec. Trinquons à la santé de John. » Il tenait un sac en papier comme un ivrogne.

« OK, mec. »

Il prit lui-même une gorgée à la bouteille cachée, puis me la tendit. « Vas-y doucement. »

Je pris une petite gorgée et ça brûla. « Beurk, c'est quoi ?

— Du whisky.

— Je n'ai jamais bu de whisky », murmurai-je.

« Ne le garde pas dans la bouche. Avale-le d'un trait, dit-il. Ça va brûler, mais ça va avec, tu vois, comment on se sent.

— Ouais. OK. »

Je n'étais pas aussi bouleversé que Christian, mais j'étais triste, et Christian était mon meilleur ami. Je pris une grande lampée à la bouteille. Je faillis m'étouffer ; l'alcool me brûla la gorge. Christian posa sa main sur ma bouche pour me faire taire. « Chut », dit-il.

Je finis par renvoyer Christian se coucher. Nous bûmes peut-être cinq ou six verres. Plus tard dans la matinée — je rêvais probablement — je crus entendre la douche couler en bas. « Peut-être que Christian essaie de se rafraîchir », pensai-je.

Je fis la grasse matinée et me réveillai la bouche en feu ; je manquai mon premier cours pour aller vomir.

Mais je dis à Martin que Christian allait bien. « Il est en voie de guérison, dis-je. Il traverse ça à sa façon. » Et le lendemain, il me sembla qu'il avait effectivement un sourire.

« Les vacances de Noël arrivent bientôt », dit Martin.

*

Avant Noël arriva l'incontournable Spectacle de Noël des juniors, une série de sketchs montés par la classe pour divertir tout le monde au Rayburn Theater. William y tenait un rôle de premier plan, et je voyais bien que sa créativité bouillonnait. Ce type avait une imagination prodigieuse. Il écrivit la plupart des sketchs, dont un numéro d'ouverture où il incarnait Rod Serling de *La Quatrième Dimension*.

« Voici l'Homme sans nom, trente-trois ans, que certains appellent Clint. Doyen des élèves à l'École pour garçons de Kickshaw. Un homme qui se targue de connaître chaque visage ayant jamais pris place à l'assemblée, et chaque permission jamais accordée sur la feuille d'inscription. Mais ce matin, les choses ont changé. »

« Dans une école où les garçons disparaissent et où des filles apparaissent à leur place — où les alliances ne vont plus et où les voix montent d'une octave —, Clint est sur le point de découvrir que l'identité est une chose fragile, et que le genre est peut-être plus une illusion que quiconque ne le croit. Car le doyen Stacks vient tout juste de pénétrer dans... la Quatrième Dimension. »

L'école se transforma, façon *Quatrième Dimension*, en école de filles, et les uns après les autres les garçons surfeurs devenaient des filles travesties. Le dialogue, dont je ne me souviens malheureusement plus, était hilarant. Mais la scène la plus drôle fut celle où Cadogan, coiffé d'une perruque blonde, d'une robe et d'un maquillage à outrance, jouait avec « Clint », le doyen cow-boy, incarné par Johan en tenue de western. Cadogan s'écria : « Oh Clint, qu'y a-t-il pour moi ici ? » Nous rîmes aux larmes, de ce rire hystérique qui surgit quand on sait que ce qu'on fait dépasse les bornes.

Stacks et sa femme étaient dans le public, et clairement mécontents de cette représentation. Je pouvais voir que l'œil gauche du doyen tressautait, même si son sourire de fer imperturbable était gravé sur son visage comme un fer rouge. Le visage de sa femme était défait. J'avais pitié d'elle.

Après coup, il semblait que « Clint » avait eu des mots avec William et Cadogan, mais je n'entendis pas ce qui s'était dit. William avait l'air désolé, mais Cadogan ricana et secoua la tête.

« Superbe performance ! dis-je.

— Sutra, andouille ! T'aurais dû voir sa tête ! »

J'avais un mauvais pressentiment à ce sujet, car je savais que Clint était un vrai salaud. Mais je n'en savais pas la moitié.

SEPTIÈME PARTIE — La Nuit de la Nana Vivante

Une fille avait trouvé un boulot :
Caresser jusqu'au bout un grelot ;
Mais le bijou trop grand
Ne rentrait pas dedans —
Alors elle s'en prit au fourneau.

Isabella est entrée dans ma vie comme le font souvent les amants : mystérieusement, et sans explication claire. C'était écrit, et c'est ainsi que cela s'est passé. C'est ce que j'ai ressenti. Elle aurait pu marcher dans la rue et me rentrer dedans alors que j'essayais de lacer ma chaussure ; ou bien être propulsée par un canon et finir par s'écraser sur le toit du camping-car, pour être ensuite rattrapée dans mes bras. Quel que soit le processus extérieur, elle se serait d'une façon ou d'une autre glissée dans ma vie et dans mon cœur. Cela peut sembler un peu étrange ou absurdement, impossiblement romantique, mais je suis tout à fait sûr d'avoir raison. Certaines choses relèvent tout simplement du Destin.

Cecilia était comme ça, elle aussi. Je n'aurais jamais pu la prévoir. J'avais une peur intense des Noirs et j'ai fini par tomber amoureux d'une fille noire, la plus douce et la plus effacée des filles, et pourtant toujours un fruit défendu, une expérience interdite et taboue. Jusqu'alors, je n'avais jamais avoué à personne que mon premier amour était, selon le langage des bigots, une nègre. Je n'avais aucun moyen de mettre des mots sur mon expérience ; et je ne pensais pas que les autres comprendraient ce qui s'était passé. Je n'avais même pas raconté toute l'histoire à mon père ni à Larry. Seule ma mère savait tout, et elle était désormais divorcée de ma vie.

Mon expérience avec Cecilia ne m'a pas appris que le racisme était mauvais ou absurde, mais plutôt que ce que j'appréciais chez les êtres humains n'avait rien à voir avec la race ou les apparences extérieures — absolument rien. Ce que j'appréciais le plus dans la vie, c'étaient les gens qui me ressemblaient, ceux qui vivaient dans ce monde comme des *étrangers en terre étrangère* ; ceux qui flottaient sur l'eau de ce monde comme un lotus, plutôt que de nager sur place le corps presque entièrement submergé, essayant en vain de garder la tête hors de la surface d'une mer putride.

Et puis, bien sûr, il y avait Suzanne, qui était la grande contradiction. Je ne la comprenais pas du tout. J'avais tout fait, consenti tous les sacrifices pour créer le moment parfait ; j'étais prêt à caresser la bite de fille de Suzanne — voire à la sucer — si c'est ce qu'il avait fallu. Mais non. La Sainte, cette fille dans ce corps masculin chétif, piégée, bras et jambes écartés sur ce crucifix permanent qu'on appelle le genre, ne voulait pas de moi. Je voulais la pénétrer avec joie alors qu'elle gisait, bras et jambes écartés sur ce crucifix, avec toute la culpabilité et la tension qu'un tel acte impliquait.

Cela ne devait pas se faire, et mon incursion dans le monde de la bête sauvage fut au mieux avortée. Mais au moins, j'avais essayé. J'étais fait du bois dont on fait les amis. Apparemment envoyé par Dieu pour l'être. Et un ami dans le besoin, c'est un vrai ami. Bon, d'accord alors. Mais d'autres karmas m'attendaient.

*

C'était la période de l'année du bal de l'école. Kickshaw était une école réservée aux garçons, mais il y avait quelques écoles réservées aux filles à Santa Barbara, ou du moins dans le comté de Santa Barbara. C'était tout à fait logique, je suppose, cette idée d'établissements préparatoires réciproques. Il existait peut-être un accord permanent avec ces écoles, car un soir donné, à l'heure dite, plusieurs bus remplis de filles — des lycéennes, des demoiselles, des femmes, appelez ça comme vous voudrez — remontèrent péniblement la route jusqu'à la Mesa. Je n'ai aucune idée de comment ces bus affrétés réussirent à négocier la route étroite menant au sommet de la Mesa sans tomber dans le ravin, mais ils y parvinrent finalement.

Cette explosion de jupes, et le souffle d'énergie Yin qui l'accompagnait, se diffusèrent ensuite par capillarité et douce persuasion sur le terrain de l'école, se dispersant un moment comme portés par le vent, avant de se rassembler autour de la salle à manger, convertie pour la soirée en salle de bal et spectacle de lumières improvisée. C'était comme une étrange invasion de Mars : partout où je marchais, partout où je regardais, des visages et des corps de filles. Des membres de filles surgissaient de partout. Certains garçons étaient surexcités, comme Felix, qui avait déjà enfilé son plus beau costume et arborait une cravate rouge « power » tout en jacassant, dansant une petite gigue dans le couloir. Mais d'autres, moins à l'aise ou moins familiers avec le pouvoir du Yin, fuyaient les sentiments et les sensations que provoquait la chair de fille. C'était trop d'un seul coup.

Four moi, il y avait quelque chose de dégoûtant dans l'idée qu'une bande de riches de Kickshaw fasse venir des filles en bus pour jouer à socialiser et leur peloter goulûment les seins au passage. Peut-être pas jusqu'à la troisième base, mais au moins ça. Pourquoi ne pas avoir des établissements mixtes si nouer des liens avec des filles — avec des jeunes femmes — nous était utile ? À ça, il n'y avait pas de réponse.

Le vieux Kickshaw lui-même semblait se délecter de ces événements sociaux sordides. Il ne voyait rien d'anormal dans cette cavalcade de chair de fille. À l'arrivée des demoiselles, il partait faire un tour du domaine pour les voir dans leurs plus beaux atours, admirant et saluant de la main, bavardant parfois avec les chaperons. Ces dernières étaient des vieilles filles presque aussi âgées que le vieux Kickshaw, et presque aussi sourdes. Du moins, c'est l'impression que j'avais.

Ce soir-là en particulier, Jonah trouva la récolte de filles bien insuffisante et exprima son mécontentement en termes très sévères. « Oh non, pas encore Santa Anita ! Ces salopes ! »

« Quoi, elles ne te plaisent pas ? » dis-je.

« C'est vraiment le fond du panier, mec. Tu n'as pas suivi ? »

À ce stade, Jonah avait emménagé à la Maison Haute lui aussi, mais à un étage différent, et je lui rendais visite car il avait des questions sur le test d'anglais du vieux Norwich.

« Non, dis-je. À vrai dire, ces bals me flanquent un peu la chair de poule. »

« C'est toujours un peu mélangé ; mais parfois c'est mieux. Là, ce sont surtout des filles du coin, de Carp. Loin d'être satisfaisantes, même si quelques-unes couchent. Il y a des Mexicaines, dit-il. Elles couchent pas, en général. Des cathos, j'imagine. Mais il y en a une... »

Par Carp, il voulait bien sûr dire Carpinteria, la paisible ville de bord de mer qui s'étendait, telle une femme, aux pieds des collines élitistes et acariâtres. Nous la dominions de haut chaque matin.

« Des Mexicaines, hein ? dis-je. Joey va être ravi. »

« Ouais. Il y a ces deux sœurs dont tout le monde parle. Carmelita, c'est l'aînée, elle a la réputation d'être plutôt accommodante. C'était il y a deux ans, cela dit. Je crois qu'elle a fini le lycée. Mais la petite sœur, elle, peut-être. Isabella. »

« C'est un beau prénom, dis-je.

— Elle me plaît, si tu vois ce que je veux dire. De beaux nichons. »

« Eh bien, bonne chance. » Je savais que Jonah avait souffert des boules bleues après le dernier bal et je songeai à faire une blague, car la frustration semblait souvent être le lot de ces soirées. Mais je me retins pour l'instant. Il y aurait d'autres occasions. Quand il se traînerait comme un chien errant rachitique.

Moi, je comptais ignorer le bal complètement. Pas question de signer une permission de sortie pour fuir le campus comme un nerd apeuré, mais rester tranquille, peut-être plonger dans *Ringworld*, ou revisiter *Rendez-vous avec Rama*, ou gaspiller mon temps dans *Le Guide du voyageur galactique*. À ce stade, je m'intéressais aussi aux livres que Ram recommandait en cours d'Idées, comme la *Bhagavad Gita*, que je considérais comme une lecture légère. Nous avions même fait une sortie au Lodge des Théosophes où l'on pouvait acheter certains de ces merveilleux livres secrets et autres ésotérica, comme de l'encens au bois de santal. J'avais acheté *L'Évangile selon Thomas* lors de cette sortie, mais n'en avais pas encore ouvert la couverture.

J'étais à peu près sûr que Christian allait au bal, car il avait mentionné une fille qui venait pour l'occasion — « Pas une des pouffiasses de Santa Anita, dit-il. C'est Jill, je l'ai rencontrée à SB il y a quelques semaines. »

« C'est sympa, dis-je.

— Ouais. Tout s'est mis en place de façon... iconique, tu vois. Genre, c'était écrit. J'étais dans ce magasin de disques d'occasion sur State Street.

— Paradice Records ?

— C'est ça. Elle est fan des Beatles, mec. Je suis trop content.

— Ouais, je vois ça. Bon, ne te fais pas renvoyer.

— Ah, tu me connais. »

Je le connaissais, en fait, et j'étais certain qu'il avait préparé une nouvelle planque pour cette Jill. J'étais content pour lui, mais ça voulait dire qu'il ne serait pas là pour partager un bong qui m'aide à traverser cette monstrueuse Nuit de la Nana Vivante.

Alors j'enfilai mon casque et écoutai *Who's Next* à fond, tout en contemplant la batterie de Keith Moon, que Christian qualifiait de « batterie en chef ». Il n'avait pas tort — Moon était clairement la tête d'affiche de ce groupe. Nonchalamment, je jetai un œil aux couvertures de livres, somnolai dans mon fauteuil, puis finalement abandonnai et décidai de déambuler dans le campus comme Mme Robinson en camisole de force. C'était la nuit du bal, donc c'était tout à fait permis, aucun règlement ne m'interdisait de me balader dans les allées, et il n'était de toute façon que 22 heures.

Je montai depuis la Maison Haute et traînai un moment, regardant la forêt sombre en contrebas, puis passai devant l'Ermitage, devant le logement de Master Bright — la lumière était allumée — et remontai lentement la route principale, observant le ciel à travers les eucalyptus qui se dressaient au garde-à-vous. Les nuages cachaient les étoiles, et finalement une brume montée de la mer s'installa, rendant doublement difficile la contemplation des objets qu'Aristote prenait pour des âmes. Il y avait une légère brise de temps en temps, et les feuilles dans les arbres bruissaient, mais à part ça, le seul bruit provenait de l'autre côté du campus, sur la droite, où de l'autre côté du Branson les Bee Gees tonitruaient en cacophonie sur une espèce de jeu de lumières stroboscopiques.

Je descendis l'escalier qui menait vers les salles de sciences, passai devant la petite buvette, et finis par me retrouver en bas vers le Théâtre Rayburn. Christian disait avoir fait des progrès considérables sur sa super nouvelle planque, mais je ne l'avais pas encore vue. Je me demandai s'il était là-haut en ce moment avec la nouvelle fille dont il était si enthousiaste, Jill. Il prétendit y avoir monté un matelas, ce qui semblait physiquement impossible. Mais Christian avait tendance à tenter l'impossible.

Je me retournai, car j'avais entendu quelque chose. Au premier abord, j'avais cru à un animal blessé ou un oiseau mourant. Mais c'était une fille. Elle pleurait de faibles sanglots doux et ondulés qui n'étaient pas tout à fait des gémissements. « Allô ? dis-je. Il y a quelqu'un ? »

Pas de réponse, mais les pleurs s'arrêtèrent. Je m'avançai en direction d'un banc et vis une fille affalée là, essentiellement allongée sur le dos, une jambe pliée. Sa robe n'était pas dans son meilleur état. Pas déchirée, mais pas sur elle comme elle aurait dû l'être. Je supposai qu'il y aurait un garçon avec elle et dis donc : « Oh, pardon », puis me détournai, mais elle dit alors : « Non, c'est moi qui suis désolée. » Elle renifla. « Je pleure juste ici. Ne faites pas attention. Tout va bien. Restez calme. »

Je m'arrêtai et me retournai. Elle avait cité *Animal House*. « Euh. Désolé de déranger. Avez-vous besoin d'aide ? »

Elle rit alors, parce qu'apparemment c'était une chose amusante pour un garçon de Kickshaw à dire.

« Oh, je crois que j'en ai eu assez de votre "aide" pour ce soir. Merci quand même. »

Je gardai le silence. « Vous êtes Isabella ? »

« Quoi ? » Elle se redressa un peu et me regarda. « Je vous connais ? »

« Non, dis-je. Vous êtes Mexicaine, je suppose. Quelqu'un m'a décrit une belle fille. Peut-être avez-vous une sœur ? »

Elle secoua la tête avec dégoût. « Vous, les mecs. Quel beau panier de crabes cet endroit. J'imagine que les rumeurs vont vite. Non, je ne suis pas Mexicaine. Je suis née à San Diego. Mon père est flic. D'accord ? »

Je ne dis rien. Nous fûmes tous les deux silencieux un moment. Il faisait sombre. « Ce bâtiment là-bas, la première porte, c'est la salle de chimie — il y a un évier et de l'eau, du savon ; vous pourriez vous nettoyer si vous le vouliez. »

« Quoi, vous avez une clé ou quoi ? »

« Quelque chose dans ce goût-là. » Je ne lui révélai pas que j'avais une clé — c'eût été trop d'informations à divulguer. Mais je voulais aider. « Je peux entrer. Si vous vouliez. Faudrait garder les lumières éteintes, cependant. »

« Je ne crois pas vouloir faire ça. Mais merci. »

« Bien, d'accord alors. J'espère que vous allez bien. »

Je me tournai pour partir, juste un peu. Mais je ne partis pas. Elle se recomposait au fil de notre échange et s'était maintenant redressée et avait remis son soutien-gorge — je réalisai un peu bêtement que ses gestes impliquaient qu'il était tombé — et grâce à quelque opération magique d'ajustement sous sa robe, ses seins étaient à nouveau gainés, puis ses bras ressortirent par les manches. « Comment vous vous appelez ? dit-elle.

— Je suis Robbie, mais on m'appelle Sutra.

— Sutra ?

— Ouais.

— Comme dans le bouddhisme ?

— Ouais.

— Approchez. »

Je m'avançai et elle me fit de la place sur le banc. « Asseyez-vous. Là, dit-elle en désignant la place à côté d'elle. » C'était comme si elle s'adressait à un chien, mais ça ne me dérangeait pas. J'étais un bâtard, c'est sûr. Je m'assis et c'était chaud à cet endroit, là où elle s'était tenue. Je pouvais sentir son odeur corporelle, un parfum musqué dont j'avançai l'hypothèse que c'était l'odeur du sexe — des parties intimes d'une fille. Cela se mêlait à l'air nocturne plein de jasmin. Je remarquai qu'elle ne portait pas de chaussures.

« Qu'est-ce que vous pensez de ces bals ? dit-elle. »

Par impulsion je dis : « Je trouve ça un peu con, franchement. » Je n'étais pas sûr que ce soit la bonne chose à dire, mais à ce moment-là j'étais dans un état d'ouverture et de vérité. Car Isabella — oui, c'était Isabella, la fille que Jonah avait mentionnée — même si elle ne me l'avait pas encore tout à fait confirmé — Isabella était incroyablement belle. À mes yeux du moins. Exactement comme Jonah l'avait suggéré de son commentaire en passant sur *Le Voyage fantastique de Sinbad*, un film que je connaissais bien, mais que les lecteurs modernes ne connaîtraient pas. Dans ce film, Sinbad rêve d'une exotique beauté aux charmes immenses qui porte le tatouage d'un œil de Cyclope dans sa paume ; puis quelques jours plus tard il rencontre cette même femme et en fait sa captive. Mais moi, je rencontrais à présent ma propre femme exotique, et elle n'était la captive de personne. J'étais profondément conscient que contrairement à Sinbad, j'étais inexpérimenté et sans intérêt. Je n'avais rien à offrir et j'étais confus. Elle était si belle dans sa détresse.

Un mélange ethnique, à coup sûr, pensai-je — un hybride, Latino peut-être, mais son père était peut-être blanc, ou Noir, ou quelque chose dans ce genre. À l'époque, je ne comprenais pas le rôle unique de la contribution génétique indigène du continent sud-américain chez les peuples de la diaspora Latino. Plus tard, quand je vis une photo de la mère d'Isabella, je compris à quel point ses traits étaient autochtones.

Je ne pense pas que la Beauté soit un attribut objectif, sauf dans un certain sens scientifique de proportion et de symétrie. Pour un babouin mâle adulte, le derrière gonflé et rouge d'une femelle en œstrus est sans nul doute beau ; mais pas pour moi. Pourtant, le doux visage d'Isabella et sa peau brune soyeuse, ses yeux en amande et ses cils naturellement fournis — son visage n'était maquillé de rien, et pourtant il était parfait, radieux, même dans son état défait et désorganisé — voir son visage me transporta sur un autre plan. Je ne pouvais pas lui mentir. « Je pense que c'est une putain de plaisanterie. On ne devrait pas amener des filles ici dans des wagons à bestiaux comme des putes pour divertir de riches gamins blancs. J'en ai honte. Je suis désolé. »

Elle rit. « Eh bien. Oui. Ne vous sentez pas coupable. Ni désolé. Mais vous avez vu juste. Voilà ce que nous sommes. Du bétail. Des pis. Notre école reçoit de l'argent pour faire ça. C'est assez putassier, j'imagine. »

Je réalisai que je l'avais insultée. « Oh, mince, qu'est-ce que j'ai dit. Seigneur, je suis vraiment un idiot. »

Elle tendit la main et toucha mon bras, et je la regardai, car j'avais les yeux baissés. Elle secoua la tête en signe de dénégation. « C'est bon. Calmez-vous. Alors, c'est quoi cette histoire avec votre prénom ? »

« Vous voulez dire pourquoi on m'appelle Sutra ? Oh, c'est une histoire drôle.

— Ah bon. D'accord. Amusez-moi.

— Voyez-vous, je suis un cours qui s'appelle Idées. Il est donné par un type indien qui s'appelle Ramaswami Onkar Ji. Il est vraiment cool. On l'appelle juste Ram. Parce que, vous savez, la plupart des gars ne peuvent pas prononcer son nom. » Je la regardais pour voir si elle m'écoutait, parce que je pensais peut-être que ce que je disais n'avait aucun sens. Mais elle me regardait attentivement, alors j'esquivai à nouveau les yeux. « Donc, un jour j'étais en classe et Cadogan — un copain à moi — a posé une question sur le Dharma, et j'ai dit : "Eh bien, selon le *Diamond Sutra*, tout est Vide, il n'y a pas de Dharma", et alors tout le monde a ri, même Ram, et Cadogan a commencé à m'appeler comme ça. Il disait : "Sutra, andouille, passe le ketchup." Et j'ai suivi, les autres aussi, et maintenant même certains professeurs m'appellent comme ça. Les Masters, comme on dit. »

« Je vois. C'est une bonne histoire. Alors vous avez lu le *Diamond Sutra* ?

— Ouais. Je veux dire, oui. » Je me sentais un peu mal à l'aise maintenant.

« Avez-vous déjà lu *Dharma Bums* de Jack Kerouac ?

— Bien sûr, dis-je. » Je mentais, mais j'avais lu *Sur la route* et *Les Souterrains*, donc je pensais que ses livres étaient tous à peu près du même acabit. Et j'avais lu quelques autres beatniks, même si pas autant qu'il m'en faudrait plus tard. Je m'étais tenu à l'écart de *Dharma Bums* parce que je ne connaissais pas grand-chose à Gary Snyder et je pensais que le livre lui était surtout consacré.

« Sutra, vous pensez que vous pourriez m'amener dans de véritables toilettes ? Il y en a quelque part par ici ? J'en aurais bien besoin.

— Ouais. En fait, oui. C'est un peu bête de ma part de ne pas y avoir pensé. Il y en a par là, dis-je en montrant la direction. C'est la buvette. Il y a des toilettes derrière. Je ne crois pas que ce soit pour les filles, cependant.

— Ça ira, ça suffira. Tout port dans la tempête, comme on dit.

— On dit ça, dis-je.

— Vous m'accompagnez ? Je suis un peu instable. Pour une raison quelconque. Donnez-moi la main. »

Je ne lui posai aucune question sur cette « raison » et la vérité est que je ne voulais pas savoir, de peur que ça remonte à Jonah et que j'aie alors probablement une mauvaise impression de lui pour toujours. S'il avait fait quelque chose à ce bel hybride génétique, possiblement un androïde ou fémbot qui avait lu le *Diamond Sutra* et comprenait Kerouac, s'il lui avait fait quelque chose qui l'avait blessée — l'idée même qu'il l'ait touchée était maintenant devenue impensable. Alors, je n'y pensai tout simplement pas. C'est drôle ce qu'on peut réprimer quand ça ne sert pas nos intérêts. Nous marchâmes lentement à son rythme et je lui tins la main de façon très formelle, comme la main d'une princesse. Nous arrivâmes enfin en haut des marches.

« Attendez ici, dit-elle. J'aurai besoin que vous m'accompagniez dans un moment. »

« Bien sûr. Pas de problème. » J'attendis et elle passa un bon moment dans les toilettes, plus que je n'aurais imaginé nécessaire ; mais je me rappelai que c'était une fille et que je n'y connaissais rien ; et finalement elle ressortit avec l'air un peu plus composé. Elle s'était lavé le visage et il brillait encore.

« Parlez-moi un peu de cette salle de chimie à laquelle vous avez mystérieusement accès.

— Oh. Eh bien... il y a quelques produits chimiques assez sympas là-dedans. Christian et moi avons fabriqué de la poudre à canon récemment, juste pour expérimenter. C'était amusant. Et à côté, dans la salle de biologie, on a des microscopes qui sont très chouettes. Avez-vous déjà vu une amibe ?

— Non. Pas une vivante. Dites-moi quelque chose d'intéressant sur les amibes.

— Quelque chose d'intéressant sur une amibe ?

— Oui. »

Je me sentis un peu mis sur la sellette. « Eh bien, je crois que la chose la plus intéressante à leur sujet, c'est que lorsqu'une amibe a faim, elle se déplace beaucoup plus vite que lorsqu'elle a déjà mangé. En d'autres termes, elle dépense *plus* d'énergie, et non pas moins, lorsqu'elle a faim. Son métabolisme s'accélère, même lorsqu'elle a moins de ressources. Après avoir mangé, elle s'intéresse beaucoup moins à faire quoi que ce soit. Elles deviennent même quiescentes. Alors qu'elles devraient être pleines d'énergie. »

Elle y réfléchit. « Oui. Je vois. On dirait que vous voulez être scientifique.

— J'aime vraiment la science, surtout la biologie, la zoologie. Mais pour étudier la zoologie, vous savez, comme à l'université, il faut faire de la vivisection. Et malheureusement, ça va à l'encontre de mes convictions.

— Oh ? C'est intéressant. »

Je trouvai mon courage et dis : « Voulez-vous marcher encore un peu ?

— Oui. Emmenez-moi là-bas. » Elle montra la direction de l'Ermitage. « Y a-t-il un endroit d'où on peut voir la vue ?

— Je crois que oui. »

Nous marchâmes lentement, sans nous tenir la main maintenant, mais j'avais l'impression qu'elle risquait de tomber dans le noir ou de se blesser d'une façon ou d'une autre. C'était comme marcher avec une poupée de porcelaine, ou quand j'avais cassé le jouet de ma sœur et qu'elle avait pleuré. Il y avait un banc au bord de la Mesa qui offrait un beau panorama, mais il semblait qu'un couple avait déjà occupé les lieux. J'entendis le claquement de langues.

« Berk, dis-je.

— Par là ? » Elle montra le nord. « C'est quoi ?

— Oh, c'est la pompe du tuyau à merde.

— Le tuyau à merde ?

— Ouais, Kickshaw traite ses propres eaux et les pompe là-bas en bas. Elles sont aspergées sur toute la colline.

— Vous plaisantez !

— Non, j'y suis allé.

— Allons voir ça.

— Eh bien, d'accord. »

Nous descendîmes le sentier du tuyau à merde et je lui montrai la station de pompage. Elle était clôturée mais on pouvait voir l'essentiel de ce qui se passait. Une ampoule terne brillait en haut d'un poteau.

« Asseyons-nous ici, dit-elle. » Il y avait une margelle en béton. Pas exactement propre, mais c'était un endroit pour s'asseoir. Elle s'en souciait visiblement peu. Elle regarda au loin et son visage sembla changer. « Waouh. C'est une vue, je dirais. »

Elle avait raison, bien sûr — depuis cet endroit on pouvait voir toute Carpinteria, et au-delà vers l'obscur Pacifique. Sans étoiles, tout était éclairé uniquement par les lumières de la ville. Mais Santa Barbara était en arrière-plan, puis Goleta, et au-delà encore.

« Vous entendez parfois l'océan ?

— Pas l'océan, je crois, dis-je. Mais la corne de brume. D'Anacapa. Parfois dans les petites heures du matin.

— Ah. Ça doit être bien. »

Je ne dis rien pendant un moment. Je prenais conscience du fait que j'étais avec une fille.

« Alors, vous avez une petite amie ? dit-elle.

— Non.

— Non ? Vous êtes gay ?

— Hein ! Eh bien, quelle sorte de question c'est ça ?

— Oh, je vois. J'ai touché un point sensible.

— Non, pas vraiment. » Je ne pouvais pas tricher avec elle. « Mon père.

— Votre père ?

— Ouais, ouais. Mon père. Il est gay. D'accord ? C'est un pédé.

— Oh. Ne dites pas ça comme ça. C'est votre père. Donc vous vous inquiétez un peu.

— Pas vraiment. Il est vachement cool. Je ne veux juste pas que tout le monde le sache. Il prétend être devenu gay à force de regarder du porno gay.

— Du porno gay ? Je ne vois pas comment regarder du porno rendrait quelqu'un gay. C'est le genre de chose qu'Anita Bryant dirait.

— Exactement ! dis-je. C'est ce que j'ai dit. Mais il est convaincu que c'est ce qui s'est passé. Bref, je n'ai pas de petite amie. Je suis quand même tombé amoureux une fois.

— Vraiment ? C'était comment ?

— C'était bien. Mais ça a aussi créé des complications et mené à la souffrance. Exactement comme le dit le Bouddha. »

Elle rit. « Des complications.

— Oui.

— Elle était comment ?

— Je ne sais pas si j'ai vraiment envie de le dire. » Mais Isabella avait le don de m'enrouler autour de son petit doigt. Je ne pouvais rien lui refuser. « Elle était noire, d'accord ? Une fille noire. Elle habitait dans ma rue. On faisait de la science ensemble. Je lui ai offert une règle à calcul.

— Votre premier amour était une fille noire ? Vous lui avez offert une règle à calcul ? »

Je la regardai. « Vous semblez incrédule. Ce n'est pas très gentil. Peut-être devrais-je expliquer que je suis de Floride. Il y a des Noirs là-bas. Il tombe aussi de temps en temps une règle à calcul ou deux du ciel. Les enfants les ramassent et les collectionnent, les utilisant pour déduire de nouveaux théorèmes mathématiques pour s'amuser, pendant que les fusées décollent. Parfois les fusées explosent. Mais ce n'est pas à cause des enfants. »

« Bien sûr. »

Nous regardâmes encore la ligne d'horizon.

« C'est assez chouette, Sutra.

— Qu'est-ce qui l'est ?

— Vous avez offert une règle à calcul à une fille.

— Eh bien, ouais. C'était vraiment cool. Vous savez, les logarithmes. »

« J'ai une théorie, dit-elle, que la Science est une religion. Vous avez déjà pensé à ça ?

— Non.

— Eh bien ?

— Eh bien quoi ? La science et la religion ? Je pensais peut-être que c'étaient des contraires. Mais vous savez, je suis ravi d'être instruit autrement.

— La science est un système de croyances tout comme la religion. Elle est supposément en quête de vérités, peut-être même de vérités éternelles. Et elle a un catéchisme, un credo. »

Je réfléchis une minute. « Ah, la méthode scientifique. »

« Exactement. Elle a aussi des saints, comme Einstein et Darwin, et des martyrs comme Madame Curie, morte d'empoisonnement aux radiations. Et elle a des églises et des monastères — des lieux de recherche, des instituts académiques. Les gens qui s'y trouvent sont comme des moines et des prêtres, des grands prêtres de la technologie.

— Mais qu'en est-il de Dieu ?

— Oh, oui. La science a un dieu. Le dieu de la Science est l'Objectivité.

— Hmm... L'Objectivité.

— Les scientifiques croient si fort en leur dieu qu'ils sont prêts à s'abnéger complètement. Ils sont prêts à nier la subjectivité — leur propre conscience — pour le bénéfice d'une vision objective des choses. »

Je regardai vers le banc lointain, celui qui nous intéressait auparavant, et quelqu'un avec une lampe de poche s'en était approché. Le couple qui y était assis s'était dispersé comme des oiseaux effrayés par un renard.

« Vous voyez, dit-elle, la science est très similaire à une religion. Les gens disent même qu'ils croient en la Science, tout comme ils disent croire en Jésus ou je ne sais qui. »

J'entendais des pas à présent, et la lampe de poche semblait osciller violemment d'un côté à l'autre, comme un pendule.

« Que se passe-t-il ici ? » dit une voix. C'était Master Bright, le corpulent professeur d'histoire américaine. Il semblait hors d'haleine d'avoir marché. Avec lui se trouvait une femme plus âgée que je supposai être une chaperone de Santa Anita. Elle parla d'une vieille voix, mais la voix était stridente. « Isabella ! Ce n'est pas un endroit convenable pour une élève de Santa Anita la nuit. »

Isabella n'était pas des plus enchantées. « Baissez cette lumière ! Robert et moi avons une discussion approfondie sur la science et la religion. Je n'apprécie pas cette intrusion. »

« Mais Isabella, dit la chaperone.

— Je suis désolé, jeune dame, dit Master Bright. Nous ne voulions pas nous immiscer dans une conversation importante. Je ne suis pas surpris. Mister Gray ici est l'un de nos meilleurs élèves, Marylin. Un prodige en littérature et un esprit de première trempe. Je tente actuellement de le recruter pour Histoire américaine 201. Il est si avancé que je me sens à l'aise de lui faire sauter le 101 entièrement.

— Est-ce que c'est le cas, Franklin ? » La femme sembla apaisée. « En effet. Très bien alors. »

« Cependant, dit-il en se retournant vers nous, je dois vous informer tous les deux que le bus du retour sera prêt à partir bientôt. Il se fait tard. Il est passé minuit.

— Vraiment ? » dis-je. Je réalisai soudain que ce temps précieux avec une fille s'était presque évaporé, me laissant sec et vide, ou plutôt exactement tel qu'avant sauf que maintenant, je me sentais changé. Tout s'était passé si vite. « Désolé, je n'avais aucune idée. Je suppose qu'on a perdu la notion du temps.

— Oui. » Le gros homme ralluma la lampe de poche et commença à se traîner dans l'obscurité. « Nous vous laissons à présent mais veuillez commencer votre ascension. »

« Merci, Master Bright, dis-je. »

Nous commençâmes notre « ascension » comme Frank l'indiquait. Nous approchâmes des bus garés dans le parking principal, non loin de l'Ermitage. Je réalisai qu'il était vraiment tard et que le bal s'était maintenant effondré dans un morne silence. Le spectacle de lumières semblait bloqué sur une couleur, il était devenu monochrome. L'heure de la fermeture.

« C'est bien, Sutra. Vous pouvez me laisser ici. »

« Euh, d'accord. Eh bien, je crois que je vais vous souhaiter bonne nuit alors. Merci d'avoir discuté. C'était, vous savez, c'était vraiment bien. Je veux dire, c'était sympa de vous rencontrer, dis-je. » Je me mis à marcher. Je tenais l'index d'une main avec l'autre, le visage baissé. Je remarquai qu'il faisait plutôt sombre. Les âmes-étoiles d'Aristote refusaient toujours de se montrer et le ciel était vide comme une ardoise. Même les lumières de la ville étaient estompées.

« Attends. Idiot, dit-elle. »

Je me retournai, juste un peu. « Quoi ? » dis-je.

Elle secoua la tête. « Va me chercher un marqueur, quelque chose de permanent, ou un stylo à bille. Mais un marqueur, ce serait l'idéal.

— Euh, d'accord. » Je me précipitai pour obéir. Je m'arrêtai et fis volte-face. « Tu as besoin de papier aussi ? »

Elle rit et secoua la tête.

À mon retour, elle saisit mon bras et écrivit en assez grandes lettres, de façon que n'importe qui aurait pu lire, à l'encre indélébile :
ISABELLA TORRES — 275-1374

« Je m'appelle Isabella, comme tu l'as deviné. Je veux te revoir. » Elle dit cela simplement, sans cérémonie. Elle ne me toucha pas ni ne m'embrassa ou quoi que ce soit, mais elle me regarda dans les yeux un moment. Puis elle posa sa main sur ma poitrine. Elle la laissa reposer là, très doucement, juste du bout des doigts — je remarquai qu'ils étaient tout à fait féminins — et j'étais plutôt ravi, et j'ai probablement souri, mais alors elle me donna une chiquenaude sur le sternum avec son pouce et son majeur.

« Aïe, dis-je.

— Et lis *Dharma Bums*, il y aura un contrôle.

— Mais je—

— Ouais, c'est ça. Maintenant, quand tu appelleras, si c'est mon père qui répond, tu dis : "J'ai trouvé une écharpe et nous pensons que c'est celle d'Isabella, elle l'a laissée ici à Kickshaw. J'aimerais la lui rendre." Répète maintenant ce que je viens de dire. »

« J'ai trouvé une écharpe, nous pensons que c'est celle d'Isabella, elle l'a laissée ici à Kickshaw. À la Mesa. J'aimerais la lui rendre. »

« Correct.

— Mais s'il demande de quelle couleur elle est ?

— Ah, maintenant tu entres dans le vif du sujet. Voyons, dis que c'est vert avec de petits oiseaux blancs dessus.

— C'est vert avec de petits oiseaux blancs dessus. Compris.

— Bien. » Elle fit une pause et nous restâmes là un moment sans rien dire. Bizarrement, je ne ressentis aucun malaise à ce sujet. Tout était si naturel, comme si nous nous connaissions depuis des années. Nous aurions pu attendre le bus, ce qui dans un certain sens était ce qui se passait. Le chauffeur de bus avait maintenant semblé se matérialiser, et une ou deux filles traînaient dans les parages. Puis Isabella soupira.

« C'est l'heure. Bonne nuit, Robert Sutra, dit-elle. » Elle me donna un petit bisou sur la joue et je pus sentir sa chaleur. Son visage avait été si proche du mien qu'il avait entièrement rempli mes yeux de sa forme obscure. Ses yeux. Je ressentis un élan à l'intérieur de mon corps, puis mon visage s'empourpra. « Mince, dis-je dans un murmure. » William avait dit que le sexe avec une fille était bien meilleur que la branlette. Mais ce n'était pas du sexe, c'était autre chose.

Puis elle se retourna et marcha vers le bus. J'eus un dernier aperçu de sa silhouette svelte sur le marchepied, puis son visage se tourna vers moi. Ses yeux brillèrent. « Appelle-moi, dit-elle. »

Le lendemain, j'étais la sensation de la basse-cour. Les nouvelles vont vite. La Maison Haute n'est pas une maison soudée, il ne se passa donc rien là-bas, mais dès que j'errai vers le petit-déjeuner dans la salle à manger, tout le monde pouvait voir. Je ne trouvai pas d'utilité à essayer de le cacher. AJ et Ringo étaient penchés au-dessus de leurs plateaux, sirotant du café, et AJ souriait.

Ringo regarda un moment, puis se raidit. « *J'accuse !* » cria-t-il. Tout le monde se retourna vers moi tandis qu'il continuait à gesticuler sauvagement, manquant presque de renverser sa chaise, tandis qu'AJ s'esclaffait. « Mec ! dit-il. Tu ne sais pas que le père de cette fille fait les stups ? »

« Nan, dis-je. Je suis sûr qu'il ne fait pas les stups. Peut-être juste un flic ordinaire en patrouille. »

« Oh, mec, dit-il. Tu es bon pour en prendre plein la figure. »

Mais la réaction de Jonah fut la plus déconcertante, ou peut-être la plus intéressante. Il était *perplexe*. C'était comme dans *Un médecin de campagne* quand le docteur est perdu dans la tempête de neige ; c'est ainsi qu'avait l'air Jonah. Il regardait et regardait dans ma direction, avec une certaine sournoiserie, comme s'il n'arrivait pas à comprendre comment j'avais eu le temps d'interagir avec quelque fille que ce soit, encore moins celle-là. Je ne choisis pas de l'éclairer, et il ne demanda pas, si bien que le sujet ne fut jamais abordé, alors ni jamais. Mais il resta toujours quelque part à l'arrière de mon esprit. Et peut-être pour lui aussi. Après ça, pendant un bon moment, nous fûmes tous les deux à cran l'un vis-à-vis de l'autre, nous contournant l'un l'autre comme de nouveaux amis ayant besoin d'un mot d'encouragement.

Cadogan, en revanche, était profondément impressionné. Il me claqua immédiatement dans le dos. « Putain, Sutra ! s'écria-t-il. Sacré animal. C'est la bonne ! »

*

Il me fallut quelques jours pour rassembler le courage d'appeler Isabella. Toute l'expérience halcyon de cette nuit bénie, ces quelques instants avec une jeune femme idéale, puis les répercussions de la célébrité sur le campus, le choc de réaliser que je devais maintenant aller jusqu'au bout et sortir vraiment avec une fille — c'était trop à prendre au sérieux d'un coup. J'avais vraiment besoin d'un coup de bong.

« Sutra est amoureux, mec, » dit Cadogan à qui voulait l'entendre, comme si c'était une mystérieuse révélation venue d'en haut qu'il avait besoin de partager — une sorte d'Évangile.

Cela dit, il est fort possible que j'aie envoyé balader tout ça et que je me sois réfugié dans mes livres et mes fantasmes, si Cadogan ne m'avait pas régulièrement rendu visite pour voir où j'en étais.

« L'appel.

— Quoi ?

— L'appel. C'est l'heure, mec.

— Mais ça ne fait que deux jours.

— Bon. Je repasserai demain au dîner. Ne te dégonfle pas, mec, tu peux le faire. »

Alors, à la longue, je rassemblai le courage de trouver un téléphone. La vérité est que j'avais en fait écrit certaines de mes réponses à l'avance. J'essayai de préparer ça un peu dans ma tête. Je n'avais pas la confiance en moi nécessaire pour appeler comme ça, à froid, sans support. Non, j'aurais coulé à pic, c'est sûr. C'était quand même une bonne chose que je l'aie fait. Sanchez père décrocha. C'était un vrai salaud.

« Allô ? C'est Robbie Gray... Oui monsieur. J'ai rencontré Isabella à Kickshaw... Non, non monsieur. Vous voyez, elle a oublié une écharpe ici et j'aimerais la lui rendre... quand cela lui conviendra. Oui, je connais Carpinteria monsieur, mon père est agent immobilier. L'écharpe ? Eh bien, monsieur, elle est verte. Verte avec de petits oiseaux blancs dessus... Oui monsieur. Je reste en ligne. »

Finalement, Isabella prit la communication. « Bonjour Robbie, attends une minute... *sigue, papá.* » Elle le chassait de la pièce pour qu'on puisse parler. Puis elle rit d'un petit rire grave qui sonnait comme un bugle par un chaud matin d'été. « Tu l'as fait. Bon alors, Sutra. Quel est ton plan ? »

Cette réponse ne correspondait pas exactement à ma pensée — je n'avais pas de plan, mon objectif (qui me semblait déjà suffisamment difficile) avait été simplement de l'avoir au bout du fil. Maintenant je devais réfléchir vite. *Putain, qu'est-ce que les mecs font en rendez-vous ?* me demandai-je, désespéré. « Tu m'en demandes vraiment beaucoup, » marmonai-je. « Oh, dit-elle. Excellente idée. Oui, *The Spot* ! Ça ira très bien. Bonne idée, Robbie Sutra. Alors quelle heure — dimanche à 13 heures ? L'heure du déjeuner ? »

« Euh, ouais. Parfait. Merci Isabella.

— Tu peux m'appeler Isa, si tu veux, Sutra. C'est comme ça que je m'appelle. Ce sont seulement les professeurs et mon père qui disent Isabella.

— Euh, ouais. D'accord, Isa. À dimanche.

— Au revoir, Robbie Sutra ! » Elle rit et raccrocha.

*

« Mais c'est quoi au juste, The Spot ? » dis-je à Cadogan. Je n'étais même pas sûr de ce à quoi je m'étais engagé.

« Oh, c'est parfait pour une première rencontre, dit-il. Je ne pourrais pas suggérer un meilleur endroit à Carp. Facile d'accès, pas trop cher, longue attente pour la nourriture donc plein de temps pour traîner... et ensuite on peut descendre à la plage... oui. C'est parfait ! dit-il de nouveau. »

« Mais c'est quoi ?

— Oh, The Spot ? C'est un petit resto de hamburgers. Assez connu, en fait.

— Eh bien, mince, je suis végétarien maintenant.

— Arrête de geindre. Commande des frites. Écoute, Robbie, dit-il. Je vais faire pour toi ce que personne n'a jamais fait pour moi. Je vais t'apprendre à parler aux filles.

— Oh mec. C'est déjà assez difficile comme ça.

— Non, sérieusement. Je vais t'apprendre les bases. Vraiment simple. T'es prêt ? »

Je ne pensais pas que Cadogan s'en irait avant de m'avoir exposé son raisonnement, alors je dis : « Ouais. Dis-moi.

— D'accord, d'abord un peu de théorie. Quand tu parles à quelqu'un, à n'importe qui, il y a la question de la dominance. C'est naturel, tout à fait normal.

— Bien sûr.

— La personne qui parle en premier renonce en fait à la dominance. Par exemple, si tu t'approches d'une fille et que tu dis bonjour, et qu'elle répond, tu as renoncé à la dominance. Mais en retour tu l'as aussi mise en sécurité. Tu as montré en parlant en premier qu'elle est en sécurité avec toi, que tu ne représentes pas une menace.

— Je ne suis pas sûr de suivre, mais continue.

— Prends la situation inverse. Supposons que tu t'approches d'une fille mais ne dis rien. Elle ne sait pas à quoi tu joues. Es-tu une menace ? Es-tu dangereux ? C'est excitant — elle en aura des frissons en y repensant plus tard. Alors c'est elle qui parlera en premier : "Robbie, c'est toi ?" C'est juste la biologie, vraiment. Les femmes veulent se sentir en sécurité avec un homme, mais elles veulent aussi être dominées, contrôlées. Pas dans ce sens-là — je veux dire qu'elles veulent être avec quelqu'un de fort. Elles veulent être guidées, dirigées dans la vie. La vie est dure ; quelqu'un qui sait où aller, quoi faire, c'est ce qu'elles cherchent. Elles passent des années à chercher un homme fort. C'est ça, un homme, pour une femme. Peut-être que cette façon de le dire est meilleure.

— Fort. D'accord. Mais je ne suis pas fort.

— Eh bien, je ne sais pas, Robbie. Tout le monde a un truc dans lequel il est bon.

— Je suis bon à que dalle.

— Tu écris bien.

— Ouais.

— Tu es assez rapide. Vif.

— Ouais.

— Quand tu es avec une femme, ralentis. Ne parle pas vite. Ne marche pas vite. Sois calme. Pense vite, oui. Mais tout le reste, laisse ça ralentir. Prends toujours le temps d'évaluer la situation. Ne change pas d'avis sur les choses. Ne reviens jamais sur tes mots. Si tu as une opinion, tiens-y. Sois solide, sécurisé en toi-même.

— D'accord.

— Ce qu'une femme veut, c'est un mec qui, si ça tourne mal, lui donne l'impression qu'il va se lever pour elle. Qu'il ne va pas péter les plombs et courir dans tous les sens comme un poulet sans tête. Il a des cojones.

— D'accord. Tu me fais penser à l'Aïkido.

— C'est ça. Les arts martiaux. Fort. Mais pas con. Calme, réservé. Généreux. Toujours en train de donner. Mais pas timide. Prêt à prendre quand c'est ce qu'il faut.

— Mec, c'est difficile, dis-je. »

Cadogan rit. « Nah. Pense à ça comme une histoire, un roman d'amour, où le gagnant obtient la fille et les perdants regardent tous, se demandant ce qui s'est passé. C'est ton roman d'amour. Il se déroule, il en a toujours été ainsi, il était toujours censé en être ainsi.

— D'accord, j'aime bien ce bout-là. C'est tout ?

— Cadogan rit. Non, bien sûr que non. Mais ça va te lancer. Souviens-toi. Laisse-la dire bonjour en premier. Tu es aux commandes. Oh, encore une chose.

— Ouais ?

— Tu auras besoin d'argent. Beaucoup, beaucoup d'argent. »

Je gémis.

Cadogan se gratta la tête. « Sutra, andouille. Assure-toi de payer la nourriture. N'y allez jamais chacun de votre côté. C'est pour les mauviettes. Les vrais hommes paient l'addition. »

*

Dimanche approchait et mon niveau d'anxiété montait au fil des heures. J'avais été pris par surprise lors de cette nuit fatidique avec Isa ; c'est pour ça qu'il m'avait été possible d'être si ouvert et direct. *Et c'est moi qui ai parlé en premier, réalisai-je. Mais c'est elle qui m'a dominé. C'est elle qui commandait.* Eh bien, peut-être que c'était ainsi que je l'aimais. Elle était forte. Mais j'avais aussi été fort, j'avais parlé avec conviction, j'avais été intéressant, et elle avait finalement ouvert la porte — jusqu'à me donner son numéro et m'ordonner d'appeler. Traditionnellement, c'était la preuve absolue du succès. C'était comme ça même dans les films, même à la télé. Donc ça avait marché ; presque par pure chance, j'avais réussi.

Mais maintenant, dans le contexte d'un rendez-vous traditionnel, de protocole et d'attentes, j'étais sûr de tout rater royalement.

Soudain je réalisai que je n'avais pas encore accompli l'une des commandes d'Isabella — quasiment la seule vraie exigence — qui était de lire *Dharma Bums*. *Putain !* pensai-je. *Là je suis dans la panade.*

Je demandai dans le dortoir, ce qui fut bien sûr inutile. Courant jusqu'à la bibliothèque de l'école, je poussai la porte pour la trouver fermée à clé. En regardant par la fenêtre, je vis que les lumières étaient éteintes. *Bien sûr*, me dis-je. *C'est dimanche matin. Qui lit un dimanche ici.* J'envisageai d'aller chez les Bosworth — Mme Judy Bosworth était la bibliothécaire — mais leur résidence était à l'autre bout du campus et le vieux Bradley Bosworth, qui enseignait le grec ou le latin ou quelque bêtise du genre, était un emmerdeur notoire. Je n'avais pas envie de lui expliquer ma situation de désespoir amoureux. Qui pourrait avoir un exemplaire ? Qui ? Je pensai que William valait peut-être la peine d'essayer.

« *Dharma Bums* ? Non, je ne crois pas... voyons voir. » William fouilla dans ses livres. « Voilà un vieux exemplaire usé de *Sur la route*. C'est du Kerouac au moins, est-ce que ça peut aider ?

— Non, j'ai lu celui-là. Il faut que ce soit *Dharma Bums*.

— Je suis désolé, Sutra. Mais tu sais qui pourrait en avoir un exemplaire ?

— Qui ?

— Martin. Martin Quinn.

— Tu crois ?

— Oh très probablement. Tu n'es pas allé chez lui ? Il a beaucoup de livres et il a le bon âge pour les beatniks après tout.

— J'imagine. » J'avais bien été dans l'appartement de Martin, bien sûr, mais sans me préoccuper de sa bibliothèque. « Je me souviens bien d'une grande étagère.

— Il est aussi allé à l'UC Berkeley, tu sais. Ça doit compter pour quelque chose.

— Sûrement. »

Je sortis de la chambre de William comme une flèche et descendis le couloir. La porte de Martin était « toujours ouverte », aimait-il à dire, mais je n'avais en réalité jamais mis cette affirmation à l'épreuve. Et c'était un dimanche. Je frappai assez timidement.

Rien ne se passa. Je réessayai ; cette fois je tambourinai pratiquement à la porte. Puis j'aperçus une sonnette. Je sonnai.

Toujours rien. J'étais sur le point d'abandonner quand la porte s'ouvrit. La tête broussailleuse de Martin Quinn pointa son nez. « Robbie ! Ou devrais-je dire Sutra ? Tu es fou ? Que se passe-t-il ? C'est dimanche matin. »

« Je suis désolé Martin, mais j'ai un peu une crise.

— Oh, dit-il. » Il s'arrêta. « Eh bien, ne reste pas là dans le couloir, entre donc. »

Il me conduisit dans son antre et je pus voir les vestiges de la nuit sur la table. Des bouteilles de vin, pour la plupart vides. Je pouvais détecter l'odeur d'une bonne cuisine qui planait encore dans les parages, comme un fantôme savoureux. Il semblait qu'il avait eu de la compagnie, lui aussi ; probablement quelque fabuleuse créature du Polo Club qu'il avait spiritée ici et renvoyée, comme Cendrillon, avant que l'horloge sonne. « Je suis vraiment désolé, dis-je à nouveau. Mais j'ai besoin de lire un livre immédiatement et je me demandais si tu pourrais l'avoir. »

« Tu as besoin de lire un livre immédiatement ?

— Oui. » Je pointai l'index avec emphase. « Là, maintenant. C'est une question de vie ou de mort. »

Martin ne mit pas en doute le raisonnement. En fait, il semblait comprendre complètement, sans explication, comment une telle chose pouvait s'avérer nécessaire. Il se gratta le menton. « Quel livre ?

— *Dharma Bums*, dis-je.

— *Dharma Bums*, répéta Martin. Hm.

— C'est de Jack Kerouac ! » dis-je, comme un idiot.

Ses sourcils se levèrent. « Oui, dit-il. Oui, en effet c'est le cas... »

« Tu l'as ? Désolé, je veux dire, je me demandais juste si tu pouvais m'aider à en trouver un exemplaire. C'est euh... c'est important. Pour moi. »

Martin ne dit rien pendant une minute. « Pourquoi ne t'assois-tu pas. Je suis en train de me réveiller. Je sais, je sais, dit-il en me regardant. » Il agita les bras de façon impuissante. « Mais certaines choses prennent leur propre temps. Donne-moi une minute pour me mettre en ordre. »

Je réalisai alors qu'il était juste en robe de chambre. Il avait vraiment l'air dans un état pitoyable, à vrai dire. Il devait avoir un mal de tête carabiné. Je commençai à réaliser qu'il n'était peut-être pas seul.

« Assieds-toi, Robbie. T'inquiète, je m'occupe de toi.

— Mais... tu veux dire que tu l'as ? »

Il avait maintenant erré au fond de son appartement. Je n'osai pas le suivre. Je l'entendis fouiller et se déplacer, faire les choses ordinaires du matin. Et puis après un moment la douche se mit en marche. Il n'y avait rien d'autre à faire que de s'asseoir sur le canapé. Je m'y installai et soupirai, mais alors je remarquai un nombre considérable de livres dans les étagères le long du mur du fond. Je bondis et commençai à parcourir sa bibliothèque. Martin avait beaucoup de livres intéressants et j'étais surpris et un peu honteux de ne jamais l'avoir utilisé comme ressource intellectuelle. Master Henler, le vieux Heine, avait dit qu'il était « un homme de culture », mais bien sûr cette observation m'était passée par la tête, d'une oreille à l'autre. Je découvrais maintenant que Martin Quinn avait un exemplaire bien usé du *Seigneur des Anneaux*, en trois anciens volumes, mais apparemment il n'avait pas seulement entendu parler de Stanisław Lem — il avait quelques-unes de ses œuvres originales. Elles semblaient être dans une langue étrangère.

Martin était revenu et je sentis son regard dans mon dos. Je me retournai. « Bon sang, Martin, on dirait que c'est un exemplaire de *Cyberiada* en langue originale.

— *Cyberiada*. C'est en polonais, que je ne lis pas, mais c'était trop tentant quand je l'ai vu dans une librairie d'occasion. J'étais à Cracovie à l'époque. Les illustrations sont formidables. J'ai beaucoup de Lem mais la majeure partie de son œuvre n'est même pas encore traduite. Mais je pensais que tu étais là pour les beatniks.

— Oui, oui, le Kerouac !

— Viens avec moi, dit-il. »

Nous allâmes dans sa chambre — elle était étonnamment grande et bien éclairée — et là, sur une étagère, apparaissait une collection de nombreux auteurs différents.

« Burroughs, Ferlinghetti, Alan Ginsberg ? Regardez-moi tout ça ! m'exclamai-je. Et une dizaine de livres de Jack Kerouac... le voilà ! » dis-je.

« J'ai aussi quelques poèmes de Gary Snyder, si tu es intéressé. Le personnage de Jaffy dans *Dharma Bums* est basé sur Snyder. *Turtle Island* est l'un de ses livres, les poèmes de *Cold Mountain*, c'est une traduction de Han Shan qu'il a faite.

— Incroyable ! » dis-je.

Martin sourit. « Alors, Robbie, dis-moi... »

Je le regardai.

« Pourquoi as-tu besoin de lire le Kerouac aujourd'hui, par ce beau dimanche matin ensoleillé ?

— » Je soupirai. « J'ai dit à une fille que je l'avais lu. Mais j'ai menti. Je la vois aujourd'hui. Nous — c'est un rendez-vous.

— Ah, dit-il. » Il sourit à nouveau. « Donc tu dois te rattraper sur Kerouac.

— Oh, je sais déjà beaucoup, dis-je en bondissant, me cognant la tête contre la lampe. J'ai juste besoin de, eh bien—

— C'est bon, dit-il. Pas celui-là, c'est une édition tardive. Prends celui-ci. » Il sortit un volume défraîchi de l'étagère. « Fais-en bien attention. »

C'était un petit format de poche, une édition Signet. « 1959 ? » dis-je.

« C'est le paperback original, Robbie. Première édition. Non signé. Mais c'est quand même plutôt cool.

— Je lis : *"Des profondeurs païennes des bars bohèmes de Frisco aux sommets vertigineux des Sierras enneigées... The Dharma Bums !* »

— À peu près ça, dit Martin.

— Mais c'est peut-être précieux, je ne sais pas.

— C'est bon. Je sais que tu en prendras soin. Tu pourras le montrer à ton amie.

— Ouais. Ce serait plutôt cool, dis-je.

— Comment elle s'appelle ?

— Isa, dis-je. Isabella Torres. »

Ses yeux s'écarquillèrent. Je pensai qu'il avait peut-être entendu quelque chose. *Oui, bien sûr*, pensai-je. *Il sait*. Mais ce qu'il dit à la place fut : « *Torres* signifie tours en espagnol. » Il fit une pause. « Parfois ça signifie fortifications. »

« Oh, oui, ricana-je. Oui. Elle est fortifiée, c'est le moins qu'on puisse dire. »

Martin fut silencieux un moment. « Eh bien, tu ferais mieux de te mettre en route. Tu as beaucoup de lecture à faire. Je pense que tu devrais aussi prendre les poèmes de *Cold Mountain*. »

« D'accord, dis-je. Merci Martin, c'est énorme. Je te dois une fière chandelle. »

*

Je pris une voiture pour Carp et marchai depuis le centre commercial de Casitas Pass Road vers Linden Avenue. La journée avait démarré couverte, mais la grisaille s'était levée et un soleil chaud brillait sur ma tête nue. Je me vis dans le verre réfléchissant d'une vitrine de magasin et pris un moment pour étudier mon visage. Mes cheveux étaient absurdement longs, mais juste par esprit de rébellion je refusais de les couper. *J'ai l'air d'un clochard*, pensai-je. *Ou d'un clown*. Je portais un jean et un t-shirt Journey noir, avec des Chuck Taylor All-Stars noires aux pieds — très dépouillé. Cadogan avait voulu me relooker, mais j'avais dit non.

« Je dois être à l'aise dans ma peau, Cad. Je dois être moi.

— Sutra, andouille ! Vrai clochard. Au moins rentre ce t-shirt dans le pantalon. »

Mais je ne le fis pas.

Je savais que The Spot serait sur Linden, alors j'errai en direction de la plage. Je n'avais pas de montre — je hais les montres — mais j'avais un bon sens interne du temps. Je n'étais pas en retard. Le voilà : The Spot. Je ris. C'était foutraque au possible. Tout petit, avec un menu-billboard sur la façade et une petite fenêtre pour commander, et des tables de pique-nique en bois dans un enclos sur le côté.

Et là elle était. Isabella en chair et en os. Elle regardait ailleurs, le dos vers moi, ne m'ayant pas encore vu. Et bien sûr, il y avait un mec.

Putain de merde, pensai-je. *Bien sûr.*

Mais non, au bout d'un moment il s'éloigna. Il portait un tablier, je réalisai. Un tablier blanc gras. Et avait l'air Mexicain. Oui, ils avaient parlé espagnol. Ce n'était pas une menace. Mais l'adrénaline bouillonnait dans mon sang.

C'est peut-être pour ça que, au lieu d'appeler, je m'approchai de sa table. Je ralentis un peu. Je contournai du côté vers lequel elle regardait, de sorte que mon dos était du côté de la mer. Soudain elle me vit, mais je ne dis rien. Je m'assis lentement et posai mon petit sac à dos sur la table de pique-nique. Je n'avais toujours rien dit. Je m'assis face à elle. Mis le bras sur la table et posai ma tête dessus. Finalement, elle dit : « Sutra. Robbie Sutra. À quoi tu penses ? »

« Oh, c'est juste quelque chose que m'a dit Cadogan. Quand on sort avec quelqu'un, on n'est pas censé parler en premier. Il a dit d'essayer de te faire parler en premier.

— C'est bizarre. »

« Je suis vraiment content d'être là, dis-je.

— Ah ouais ? »

Je hochai la tête. « Et j'ai des choses à te montrer. Mais tout ça peut attendre. » Je pensai à quel point ce serait bien de montrer à Isabella les livres, le précieux chargement que Martin m'avait prêté. J'étais rayonnant. C'était juste un moment, mais il était à moi.

Elle me regardait encore, presque incrédule. « D'accord. »

« Tu as faim ? dis-je.

— Ouais. Ouais, je crois. Et toi ?

— Affamé.

— Bien. Viens, on regarde le menu... » Elle prit ma main alors. *Isa me tient la main*, pensai-je. J'étais calme sans raison évidente. Nous nous tînmes devant cet endroit et regardâmes bêtement l'absurde menu, qui proposait en silence des tamales et des rondelles d'oignon et des milk-shakes, avec des burgers en plat principal, et j'étais un grand sourire. C'était comme faire tournoyer une guitare à la Pete

Townshend. Ils devaient me croire défoncé, ou quelque chose dans ce genre.

*

Le cours d'Idées devint une oasis d'évasion orientale pour moi en ces jours-là. J'aimais tout ce qui était oriental : les jardins de pierres japonais, le kung-fu chinois, les romans de James Clavell, les doux visages ronds et les epicanthes bridés des femmes asiatiques drapées dans la soie. Toutes mes sensibilités à ce sujet étaient profondément en contradiction avec ce qui venait de se passer historiquement (car dans la mémoire vivante, il n'y avait pas eu peu d'Américains qui détestaient le « Jap » et méprisaient le « Chink »). Mais ce n'était pas ma faute. Puis, en plus de cet amour de l'Orient, des choses asiatiques, Ram ajouta un nouvel ingrédient à cette Soupe aux Sept Trésors de culture et d'altérité par rapport à l'Occident — l'Inde. Les secrets les plus profonds, les plus obscurs de l'humanité s'y trouvaient tous — là et, je suppose, en Afrique, mais l'Afrique était trop noire pour moi. Trop souillée par le crime et le péché de l'esclavage, et je n'y allais jamais psychologiquement ni n'envisageais d'y aller, même en tant que touriste.

L'Inde, en revanche, tendait sa magie comme une poignée de joyaux. Tentante, attirante comme une femme étrange mais belle, comme une femme à trois seins.

Cela dit, on pourrait s'attendre à ce que je n'aie aucun intérêt pour les choses occidentales. Parce que ce sont des contraires, n'est-ce pas ? Mais on aurait tort. Il est naturel et normal de nos jours que tout le monde se spécialise ; tout dans notre monde, alors comme maintenant, crie la spécialisation ; mais ma spécialisation consistait à être généraliste et je ne voulais que passion et vérité, peu importaient les détails. Oui, je ne voulais que ce dont j'étais passionné et ce qui, à mon avis, pouvait contenir de la vérité : je voulais avaler la coupe entière même si une grande partie du vin me coulait sur le visage. À cet âge, je suivais sans le savoir le diktat passionné de Stendhal, qui disait que tout ce qui ne le remuait pas ne valait pas qu'on s'y attarde. Et il y avait des choses dans la littérature occidentale, dans le Zeitgeist occidental, qui me remuaient — des choses comme l'histoire européenne, ou les biographies uniques des Pères fondateurs américains, ou l'histoire plus récente d'une technologie qui avait accompli l'inimaginable — le voyage presque spirituel vers la lune —, l'histoire des sciences, l'histoire du grand art. Il y avait aussi des choses, des choses horribles, des cauchemars fiévreux terribles, à découvrir là-dedans, comme l'Holocauste ; la réalisation naissante que nous étions en train de détruire la planète ; mais comme une histoire d'Edgar Allan Poe, ces études avaient leur propre fascination malsaine.

Tout cela s'étendait devant moi comme un plateau d'huîtres sur glace. Et Kickshaw existait (du moins en apparence) pour maintenir ce banquet approvisionné, pour faire venir les plats.

Mais comme dans toutes choses, la promesse n'est pas nécessairement tenue, et les limites des autres gens attirèrent mon attention encore et encore. Et puis, bien sûr, mes propres limites, ma propre paresse, ma propre stupidité, ma propre nature vile devinrent rapidement un facteur.

*

Master Norwich enseignait l'anglais en année junior. Norwich était le chef du petit département d'anglais de Kickshaw. Durant l'été, j'avais déjà parcouru le manuel, qui était un recueil de nouvelles. Je savais que nous les lirions et que nous rédigerions des dissertations à leur sujet, et j'avais avidement parcouru la table des matières. Je soupirai. C'était une liste déprimante : des noms comme James Thurber, Guy de Maupassant, Stephen Crane, un peu de Hemingway — qui était le bienvenu mais que je connaissais déjà —, et quelques nouvelles d'auteurs que je ne connaissais pas mais dans lesquels je ne pouvais pas placer beaucoup d'espoir. Et puis mes yeux s'arrêtèrent sur un nom particulier : Kafka. Franz Kafka. Et la nouvelle était *Un médecin de campagne*.

Ah ! pensai-je. *"J'étais dans un grand embarras..."* Bon, au moins il y aura quelque chose d'intéressant à attendre.

Or, le vieux Norwich — qui avait le gène de la calvitie à expression incomplète, de sorte que sa tête était un dôme lisse et rond encerclé d'une frange de cheveux qui parfois poussait un peu trop, rappelant vaguement Bozo le Clown — avait organisé les choses de telle façon que la logique et la raison prévalaient parmi les cancres ; nous commençâmes à lire depuis le début du livre, une nouvelle par semaine, et il dit ensuite que nous devrions rédiger une dissertation de deux ou trois pages. Peut-être devions-nous en tirer le « thème » ou quelque chose de suitably littéraire.

Et chaque jeudi, le vieux Norwich écrivait la nouvelle de la semaine suivante sur l'ardoise poussiéreuse — juste pour que ce soit bien clair pour les moins intelligents ou les moins intéressés de ce qu'il fallait faire. Pendant le cours il s'asseyait tranquillement et calmement au bureau du maître à l'avant de la salle, encadrant l'ardoise, et étant de petite taille, il n'était pas toujours facile à voir derrière le grand sarcophage.

C'était quand même un bon cours, de mon point de vue. La possibilité de littérature, de discussion. Et Cad et William J. Brennan et quelques autres étaient là.

« Master Norwich ?

— Oui, Mister Brennan ?

— Pourquoi y a-t-il si peu de femmes écrivains représentées dans ce recueil de nouvelles ?

— C'est une bonne question, dit-il en posant son stylo. Il nous faudrait trouver un recueil spécialisé consacré aux écrivains du sexe féminin pour vraiment explorer ce genre. Ils ne sont pas si courants, j'en ai peur. Nous avons Flannery O'Connor dans le programme. Un de mes favoris personnels. »

Et le Kafka — il était à environ les trois quarts de la fin du livre ! Loin en aval. De nombreuses nouvelles devant lui, en file d'attente, que je devrais traverser, comme ramant dans la boue pour atteindre la seule qui me semblait vraiment intéressante, le joyau au fond de la boue. Le mystérieux, l'énigmatique. Je veux dire, bon sang, l'auteur n'était même pas Américain !

Des semaines passèrent, des mots de vocabulaire comme « turgide » et « gesticulation » furent discutés, des listes de vocabulaire furent réellement écrites, car Norwich était un grand partisan des listes pour enrichir le vocabulaire. Je n'avais rien contre cette tâche. Et des dissertations furent rédigées et jugées, et des devoirs rendus, ou des devoirs rendus en retard ; ou Cadogan était vu en train de se débattre ; ou le désastre frappait et nous ne parvenions tous pas à trouver le thème.

William J. Brennan, qui se prenait déjà pour un écrivain et m'avait révélé qu'il nourrissait la flamme secrète, l'ambition d'être poète, tandis que nous discutions de Hemingway — peut-être *Paris est une fête* —, me chuchota que le vieux Norwich avait soumis une nouvelle au *New Yorker*. Elle était revenue avec la note : « Ceci nous plaît beaucoup, veuillez simplement la réécrire une fois de plus. »

Mais Norwich, dit William, avait catégoriquement refusé d'y envisager. Peut-être dans une humble humilité et résignation, peut-être par fierté.

William avait glané ce renseignement grâce à son intimité avec le vieux bougre, qui lui ressemblait beaucoup en tempérament — discret mais pratique et solide, ainsi qu'amateur du *New Yorker*. William était de la côte est de toute façon, malgré son séjour à Hawaii. Ils avaient sans doute discuté du magazine à un moment donné, et c'est alors que le vieux Norwich avait avoué sa tentative.

Ces détails sur le Master d'anglais augmentaient mon espoir qu'il soit véritablement un amoureux de la littérature à ma façon, même si le *New Yorker* était à mon avis un chiffon pour nababs à s'essuyer le derrière. De grandes choses étaient bel et bien possibles. Ce n'était pas tout à fait désespéré. J'exprimai quelque chose de ceci à William, et il refléta mon intérêt, mais c'est tout.

Enfin, oui, enfin — le jour arriva. Un grand jour, qui devait être rempli de triomphe. Les obtus allaient être exposés à quelque chose de glorieux ; leurs petits cerveaux seraient plongés dans un grand embarras. Assurément ils seraient dans le plus grand embarras.

Nous avions consommé l'avant-dernière nouvelle — quelque chose d'O. Henry, sans doute —, et le vieux Norwich se dirigea vers l'ardoise et écrivit de sa belle écriture cursive propre le titre de la prochaine nouvelle à lire. Je me préparai à une vision. Mais ce n'était pas juste. Le miroir d'ardoise noire était fendu.

« Quoi ? » me demandai-je. « *La Loterie*, de Shirley Jackson ? »

Je feuilletai fébrilement le livre. Oui, il avait sauté le joyau. Il avait continué, lourdaud, comme un somnambule, à la nouvelle suivante.

Après le cours, j'attendis, le cœur serré — et effectivement, dans un grand embarras. Peut-être une erreur avait-elle été commise ? Même une erreur bureaucratique, une coquille dans le programme ? Un mystérieux signal émanant de l'intérieur incommensurable du royaume, et maintenant raté ?

« Master Norwich, » dis-je en haussant la voix pour couvrir le brouhaha des élèves qui partaient. « Monsieur, je crois que vous avez commis une erreur. »

« Oh ? » Le Master tourna la tête tandis que les autres élèves défilaient vers la porte, sans se rendre compte de rien et sans s'en soucier, se déversant dans l'air pur. C'était une belle matinée — pour eux.

« Oui, monsieur, la prochaine nouvelle est en fait *Un médecin de campagne*. Le Kafka. Vous l'avez manquée.

— Je sais. Mais je ne la comprends pas. Donc on va sauter celle-là. »

Cette sombre admission me frappa de stupeur. « Vous ne la comprenez pas ? Donc on la saute ? » Je répétai ses mots comme un idiot. Il me semblait évident que si quelqu'un ne comprend pas quelque chose, c'est précisément ce qu'il devrait approfondir. Mais non. Je ne dis pas ces mots. Je ne dis pas : « Idiot ! Permettez-moi de vous l'expliquer ! » Au lieu de ça, je restai là, comme si j'attendais une explication, et commençai à pépier comme un oiseau. « Alors on n'a pas le droit de la lire ?

— C'est ce que je dis. » Le vieux Norwich ramassait son sac. Je remarquai soudainement qu'il était délabré ; la courroie ne fermait pas et il la laissa pendante. Les vêtements de Norwich me frappèrent aussi comme étant vieux et ayant besoin d'attention. Ai-je imaginé, ou manquait-il bien un bouton à sa veste ? Ses chaussures étaient mal cirées, d'un gris terne. Mais il continuait. Il dit : « Comment puis-je enseigner quelque chose que je ne comprends pas ? Ce serait injuste. » Ou des mots à cet effet. Il m'était difficile de l'entendre car il marmonnait parfois ou parlait dans sa main. C'était un homme timide, et je lui pardonnai ça. Mais je saisissais le sens. Il ne comprenait tout simplement pas Kafka — oui. Parce qu'il était en réalité Gregor Samsa. C'était renversant.

Cette humiliante déclaration du grand homme était d'autant plus inacceptable venant du principal défenseur de la littérature, de la connaissance littéraire, à Kickshaw. S'il ne comprenait pas, personne ne comprenait.

Quel échec lamentable d'un homme ! Ma colère ne connaissait plus de bornes. En un éclair, je compris que l'odieux Kickshaw, pris comme institution, avait l'intention de me priver de connaissance, de vérité, de beauté. Il obscurcissait, il cachait la vérité sous un voile de banalité et de prétentions à la distinction, à l'élitisme. Mon père avait tant payé pour que je vienne ici, une somme ridicule, un montant que Larry avait dit en plaisantant pourrait acheter une belle maison au Mexique ou nourrir mille Biafrans affamés, et j'avais œuvré dans ce lieu d'eucalyptus et de couchers de soleil, et j'avais rêvé de quelque chose, un monde plus grand, un monde au-delà. Au-delà de la Floride, au-delà des crétins aux gros doigts. Au-delà des bigots et des maisons bâties sur le sable. Mais maintenant tout était su ; oui, l'école, comme toutes choses dans mon entourage immédiat, l'école était là pour me maintenir à bas.

Je titubai hors de la salle de classe en clignant des yeux comme une chouette, et tombai dans la lumière du soleil. J'avais déjà lu la nouvelle, bien sûr, et son sens me semblait d'une clarté cristalline.

Qu'est-ce qui pouvait bien être difficile à comprendre ? Les chevaux mystiques, la bonne sans consentement violée par le palefrenier. L'enfant à la plaie saignante. Tout était si clair !

*

Ce fut l'un des moments salutaires, douloureux, doux-amers de mon année junior : je saisissais enfin la portée de mon éducation à Kickshaw. Les « Masters » n'étaient rien de plus que de simples hommes, des hommes qui s'étaient retirés du monde dans ce cloître de conversations agréables et de tâches quotidiennes et de vues rêveuses sur de lointains panoramas, et de paix au sein de l'abondance. Ram seul, parmi eux tous, semblait libéré de bon nombre de leurs contraintes. Mais même Ram n'était qu'un « Master ». J'avais besoin d'un *vrai* Maître, d'un enseignant spirituel. D'un Guru. Pendant ce temps, le monde frémissant de la vie en bas bourdonnait à mes oreilles, réclamant mon attention. Quelque part là-bas, Isabella gisait nue dans son lit, telle une fière jeune déesse, enfant du Kukulkan maya. Je pouvais voir dans mon imagination son visage, ses yeux marron, leurs iris se contractant alors qu'elle se levait et étirait son jeune corps fort dans la lumière du matin. Quelque part la mer grondait et bouillonnait, martelant le rocher et déferlant sur le sable. Quelque part des idoles de pierre se dressaient sur des pics montagneux ou peut-être regardaient sans yeux depuis de solitaires plateformes d'île, attendant.

HUITIÈME PARTIE — Mort par branlette

Un pédé venait d'enfoncer sa queue,
Dans le cul d'un homme, ravis tous deux,
Quand du coin de l'œil
Il vit, sans pareil,
La taille de la pine du monsieur.

« Il m'a quitté, Robbie ! »

Mon père était en bien mauvaise posture. Mais je dois remonter un peu pour bien raconter les choses. C'était l'été qui suivait l'année junior, et j'étais à la maison — c'est-à-dire chez mon père, à Santa Barbara. Mes espoirs de passer une longue et luxueuse saison au soleil avec Isabella bien huilée à mes côtés, *bikini blanket bingo* à Rincon, à regarder les surfeurs s'ébattre dans les vagues, et plus tard, bien plus tard, allongé à l'arrière de mon van, les stores baissés, ballottant les flancs comme un lit de motel bon marché, les lèvres d'Isabella soudées aux miennes — avaient depuis longtemps été réduits à néant : Isa était avec sa mère oaxacane à San Diego et ne reviendrait pas avant l'automne. Hors de portée.

Mais c'était encore l'été, et j'avais toujours en ma possession un fantastique van de 1963 et un peu d'argent en poche, tout poisseux d'avoir été économisé, et un sachet plein d'herbe, de la bonne came, du Thai Stick en vérité, et je menais la grande vie, sans grosses plaintes, si ce n'est une certaine inquiétude pour mon vieux.

Papa et Larry étaient déjà à couteaux tirés à cause de sa consommation de drogue en constante augmentation. Les choses ont fini par déraper complètement quand il a décidé de faire des brownies au cannabis. Je ne sais pas quelle idée de fou lui a traversé la tête. Larry était à LA pour un énième concert des *Linguals*, il se sentait donc seul, j'imagine, ou espiègle, ou les deux à la fois. Je l'ai trouvé en train de conspirer avec un moule à gâteau et un mixeur dans la cuisine. Je dois préciser que c'était Larry qui faisait normalement la cuisine ; Dick n'y connaissait pas grand-chose, voire rien du tout. J'ai cru qu'il allait mettre le feu à la maison.

« Papa », dis-je en regardant par-dessus son épaule. « Sérieusement ? C'est beaucoup d'herbe à mettre là-dedans, tu ne trouves pas ? » Je n'étais guère enthousiaste à l'idée qu'il use de notre réserve commune pour ce projet — oui, l'herbe avait été achetée avec son argent, mais grâce à Christian et à notre délirante filière de cultivateurs de tulipes, alors je revendiquais ma part du gâteau.

« Tout va bien, fiston ! Ne fais pas le rabat-joie ! »

Il s'est donc lâché complètement, c'est sûr.

Je me suis réveillé avec le visage de Larry au-dessus du mien, il me secouait pour me tirer du sommeil. « Ton père recommence ! dit-il. Réveille-toi, veux-tu ? J'ai besoin de ton aide. »

Ensemble nous sommes descendus à son bureau ; il avait réussi à s'y rendre sous ses propres moyens en conduisant le Bimmer. Je fus choqué de voir que l'avant de la voiture avait un gros enfoncement — tout l'aile avant était tordu. « Oh non », dis-je.

Je traversai la salle d'attente et pénétrai dans l'intérieur du bureau, où je le trouvai sur le canapé au fond, hébété et incohérent. Je ressortis tandis que Larry parlait à quelques hommes en costume devant l'entrée. Je ne les avais même pas remarqués.

« On a rendez-vous avec Tricky Dick », disait le chef, tandis que les autres riaient. « Il nous a dit qu'il avait une affaire à nous proposer. On veut participer à *Rancho Bravos*. Vous l'avez vu ?

— Désolé, dit Larry. J'ai bien peur que Dick soit absent aujourd'hui. Il est malade. »

Le type et ses copains partirent, Dieu merci, et la porte du bureau claqua derrière eux. Je verrouillai la porte.

De retour dans l'espace privé, je jetai un autre coup d'œil à papa. Il s'était coupé en se rasant, laissant une trace de sang sur son visage, et ses yeux étaient vitreux comme des yeux de chat. Il semblait en transe.

« Qu'est-ce qu'on fait, Larry ? dis-je. On appelle une ambulance ?

— Non, je ne crois pas, dit-il. On nous poserait trop de questions. Mettons-le dans la voiture... Allez, Dick, on te ramène. »

Je n'en revenais pas de ce que mon père était lourd — il a fallu que Larry et moi, chacun d'un côté, le soulèvions pour le mettre debout et l'avancer. « Désolé, fiston, marmonna-t-il. Je suis juste trop défoncé... trop défoncé... ces stupides brownies... je ne recommencerai plus jamais... ugh... »

On l'installa dans la voiture — celle de Larry — et il s'allongea sur la banquette arrière en marmonnant.

Larry était hors de lui, je peux vous le dire. « Je ne sais pas quoi faire de lui, Robbie. J'ai dû revenir en voiture de LA pour cette connerie.

— Il a juste trop pris. Je lui avais dit de ne pas le faire. Je te le jure. »

On roula un moment et Dick se retourna et on entendit un bruit sourd. L'odeur âcre de vomi emplit l'air.

« Beurk, dis-je. Je suis désolé, Larry.

— C'est pas ta faute, petit. Vérifie juste qu'il respire encore. »

*

Les choses semblèrent se calmer après ça, et pendant quelques semaines peut-être quelque chose qui ressemblait à la normalité revint : mon père plaisantant et Larry éclatant de son rire sarcastique. Les choses allaient en fait si bien que je partis pour le week-end — officiellement pour rendre visite à Jonah et à quelques autres membres de la Malibu Mafia à LA, mais en réalité je languissais après Isa. J'avais des fantasmes de descendre jusqu'à San Diego en voiture, une ville que je n'avais jamais visitée. De la surprendre. De rencontrer la mère mexicaine. Mais quelque chose m'en avait empêché.

J'étais chez Jonah ; il habitait encore chez ses parents. Ses parents étaient absents — c'était en partie la raison de sa fête — mais peu importe. On n'avait pas l'intention de faire trop de dégâts. Les parents de Jonah avaient une maison sur la plage, et lui habitait dans une sorte de dépendance greffée à la maison principale (à côté de la piscine), et c'est là que je logeai. Je ne décrirai pas le week-end — ça n'a pas d'importance. La seule chose qui comptait, ou qui se distingue vraiment, c'est que je trouvai une photo de Jonah et Isabella. C'était juste un polaroïd, juste un cliché informel d'eux deux côte à côte. Mais (dans mon imagination du moins) c'était récent. Ils souriaient. Son bras était autour de ses épaules et le sien s'enroulait confortablement autour de sa taille.

J'envisageai de voler la photo, de faire une scène, comme l'idiot que j'étais, ou de frapper Jonah au visage, ou de faire quelque chose d'encore plus stupide, comme l'écraser avec le microbus. Mais tout ça n'était qu'une sorte de folie passagère, je le savais. C'était simplement les « complications » dont j'avais un jour parlé à Isabella, la douleur et la bêtise d'une mauvaise compréhension, de ne pas *grokker* les Quatre Nobles Vérités. Je soupirai.

Je ne dis donc rien à Jonah ; rien du tout. Et je pris soin de laisser la preuve exactement là où je l'avais trouvée, face cachée sur le bureau de la maison principale.

Mais qu'est-ce que je fous ici, d'ailleurs ? pensai-je. Ce n'est pas ma maison. Pourquoi suis-je même ici ? Je ne suis qu'une sonde, fourrant ma tête ou peut-être ma bite dans le mauvais trou.

Et quant au week-end, ça se passa plutôt bien, je suppose — Joey O'Dell réussit à s'enflammer et dut être éteint en étant roulé sur le béton. C'est moi qui m'en chargeai, réagissant rapidement pendant que les autres regardaient avec horreur, défoncés ou sonnés, ivres ou ahuris. On le balança dans la piscine pour faire bonne mesure. Il en ressortit dégoulinant et épuisé tel un Cupidon égaré, un chat de gouttière perdu dans un ouragan qu'on aurait enfin retrouvé.

« Merde ! dit Joey. Qu'est-ce qui s'est passé ?

— Idiot ! On ne vaporise pas d'essence à briquet sur un barbecue allumé ! » fut la réponse de Jonah.

Mais Joey allait bien, juste les cheveux un peu roussis. Et les sourcils brûlés. Une demi-heure plus tard il riait de nouveau. Ça avait été marrant de lui cogner la tête par terre (j'étais apparemment le seul à la fête à y connaître quoi que ce soit en matière de sécurité incendie. Je suppose que lire finit par servir à quelque chose).

Voilà pour le week-end. C'était comme les Frères Marx, avec de la bière et des taffes au bong. Mais je ne riais plus.

Et je ne pris finalement pas la route pour surprendre Isabella à San Diego. Je suppose que je n'avais tout simplement pas la confiance, ou peut-être l'audace, de faire ça après avoir vu le polaroïd, cette photo si innocente de mon amour et de mon ancien colocataire. Mon pote, mon copain.

*

Je retournai donc en voiture chez mon père et la détente avait volé en éclats comme sous une frappe nucléaire surprise : je le trouvai allongé sur le côté, nu et immobile, sur le sol du salon.

Est-il mort ? pensai-je. Je me précipitai vers son imposante carcasse, craignant le pire. « Papa ! Papa ! Réveille-toi ! Qu'est-ce qui s'est passé ?

— Il est parti, Robbie. Larry est parti.

— Parti ? Mais pourquoi ? »

Il ne répondit pas. Il semblait pleurer.

En regardant autour de moi, je constatai que l'endroit était dans un état épouvantable : de l'eau de bong répandue sur tout le tapis, le bong renversé, des allumettes brûlées et des cendriers débordant de mégots, des canettes de Coors Light et de la vaisselle sale sur la table de salle à manger — tout était saccagé. Je me demandais distraitement pourquoi Conchita n'était pas passée. Je vérifiai les différents endroits où mon père cachait sa drogue et les trouvai tous mis à sac.

« Tu n'as pas refait de brownies, j'espère ? »

Il pleurait, c'était certain. Mais cette fois je remarquai le pistolet.

Oui, recroquevillé en position fœtale, tel un énorme nourrisson fait de pâte blanche sur la moquette à poils longs, encore plus blanche — désormais souillée —, et il était nu, la bite pendante et molle — je voyais qu'il tenait son 1911 Series .45. Le métal de ce prodigieux pistolet pressé contre son ventre.

« Euh, papa ?

— Il m'a quitté, Robbie. Il est parti... parti... »

Je me tus et m'assis près de lui. Je ne dis rien. Au bout d'un moment, il sembla plus calme.

« J'ai soif, fiston. Tellement soif...

— Je vais te chercher de l'eau, papa. Reste... calme. »

J'allai à la cuisine et ouvris le robinet pour remplir un verre à bière, quand il y eut une détonation retentissante. Je lâchai le verre, qui se brisa dans l'évier, l'eau giclant et les éclats de verre volant de partout.

« Oh merde, dis-je. Je m'étais coupé la main sur le verre. Je m'enveloppai la main dans un torchon. J'avais un peu peur de retourner dans la pièce, et mes oreilles bourdonnaient du coup de feu, mais (à mon crédit, je crois) je le fis.

Et j'eus alors presque envie de rire, ce qui aurait évidemment été absolument déplacé. Mais mon père s'était redressé, et de cette position d'ivrogne il se retrouvait face à la chaîne Marantz, avec ses boutons chromés brillants ; cette magnifique machine à musique, et à côté le grand casier plein des disques de Larry. Mon père avait envoyé une balle dans la caisse. C'était bien sûr la pochette de l'album de Larry and the Linguals qu'il visait, *Hollywood Useless*, qui ne figura jamais dans aucun classement (les Linguals finirent par décrocher un contrat, mais en vain). Il pouvait voir le visage de Larry, y réagissait. Je suppose que ça l'avait mis en rage, ou quelque chose comme ça.

Mais le coup de pistolet ne ressemblait pas à ceux de la télé. La caisse pleine de disques explosa plus ou moins, et des débris de vinyle déchiqueté, de pochettes d'albums et de gravats jonchaient désormais le sol avec la caisse renversée. La balle ne s'était pas arrêtée sur quelques misérables disques ; elle avait traversé le mur derrière et continué sa course. Je retrouvai le projectile dans le garage, où il avait renversé la lourde caisse à outils, laissant une bosse dans l'acier. C'était une sacrée arme.

Je le regardai simplement pendant une minute, puis m'approchai lentement et, très doucement, posai ma main non-blessée sur l'arme.

Elle était chaude, et je remarquai que la pièce empestait désormais la poudre à canon.

Très doucement, je l'éloignai de lui. Il ne m'arrêta pas. Je ne savais pas comment retirer le chargeur — tous les films de guerre de l'époque ne m'avaient guère appris grand-chose —, mais j'eus l'idée de la cacher.

Bref, c'était une journée bien merdique.

Non, il n'en parla pas. Je ne crois pas qu'on en ait jamais vraiment parlé. Mais il finit par dire que Conchita avait démissionné et qu'on allait devoir se débrouiller seuls pendant un temps.

« Elle est partie, elle aussi. Larry est parti, Conchita est partie... Je crois que l'affaire tourne vraiment mal.

— Ne t'en fais pas, papa, dis-je. Je peux, tu sais, faire un peu de lessive ou un truc. On se commandera à manger. »

Je n'aimais pas vraiment Conchita, même avec ses gros seins tombants qui débordaient en permanence d'un soutien-gorge élimé quand elle se penchait, ou ses interminables et hilarantes bordées de jurons en espagnol bourrés de gros mots que j'essayais de mémoriser pour un usage ultérieur.

Conchita fumait aussi des cigarettes là où elle n'était pas censée le faire, écrasant ses mégots sur les mauvaises surfaces, ce qui rendait Larry dingue ; et en général elle me gênait chaque fois que j'avais besoin d'un moment pour moi — généralement quand je rentrais avec un nouveau magazine porno du 7-Eleven. Mais c'était vraiment commode d'avoir la lessive faite et quelqu'un pour faire la vaisselle.

Je traînai pendant quelques heures, soignant ma main et gardant un œil sur mon père pour m'assurer qu'il ne sombrait pas davantage. J'essayai de trouver qui appeler, mais personne ne me venait vraiment à l'esprit. Bizarrement, je pensai à ma mère. Il semblait toutefois se calmer. Peut-être que le coup de feu lui avait un peu dégagé les idées. Il finit par ramper jusqu'à sa chambre et j'éteignis la lumière, stores baissés. Au bout d'un moment j'entendis un léger ronflement. Heureusement, personne ne signala le coup de feu à la police ; ou du moins, aucune Gestapo en uniforme ne vint frapper à la porte pour poser des questions sur des pédés qui s'entretuent. J'avais mal à la main et la tête pleine de peur tandis que j'essayais quelques versions des faits, juste pour voir.

J'avais une idée de l'endroit où trouver Larry, mais quand j'arrivai là-bas, son studio était froid et sombre. Je me dis que je devrais revenir plus tard. Mais je repassai après sept heures du soir et il n'était toujours pas là. Bien sûr, je n'avais aucune idée de l'endroit où il pouvait autrement se trouver. Je réalisai que la vie de mon père avec Larry m'était bien moins accessible que je ne le pensais.

Tout à coup, j'étais, en quelque sorte, un adulte, et je devais gérer des choses d'adulte. Je ne peux pas dire que ça m'ait vraiment réjoui.

Il me fallut une semaine pour finalement retrouver Larry. Il fallut redescendre à Los Angeles. J'appris que les *Linguals* donnaient un concert au Club 88, non pas de mon père mais simplement en consultant le journal. C'est au Club 88 que *X* et certains autres sons punk de LA ont fait leurs débuts.

Ce trajet jusqu'à LA était toujours un cauchemar pour moi. Je l'avais fait plusieurs fois pour aller voir des concerts de rock avec Christian. Le microbus Volkswagen était parfait en côte, mais avec une vitesse de pointe de quatre-vingts kilomètres à l'heure en quatrième, ça faisait une expérience d'autoroute terrifiante. À l'époque, la limitation sur la 101 était de cent dix kilomètres à l'heure — parfait pour les semi-remorques qui fonçaient sur la route pour tenir leurs délais, bourrés de Dexédrine, mais moins pour moi.

Je parvins tant bien que mal à trouver la bretelle de sortie pour Santa Monica. Je ne savais pas si je pourrais entrer au 88, mais à ma grande surprise, ce ne fut pas un problème. Peut-être que mon agitation me faisait paraître plus âgé.

Un groupe était sur scène et déversait une attaque sonore à travers ce qui ressemblait à des Marshall de cent watts, comme celui que Larry avait. C'était le genre de son qui (comme le disait une bande dessinée de *Doonesbury*) aurait pu stériliser des embryons de grenouilles à cent mètres. Je sentais les basses fréquences déplacer mes organes internes. Le batteur était déchaîné et incontrôlable, du genre gonzo, frappant les cymbales bien trop souvent, le bassiste dansait comme un zombie drogué, tandis que le chanteur cognait sa tête de haut en bas avec frénésie au rythme de la musique, comme si sa vie en dépendait. Ses cheveux noirs brillaient d'un rouge sous les lumières colorées de la scène, une dent en or scintillant tandis qu'il hurlait des tirades inaudibles aux paroles concrètes.

C'était bien Larry, mais une autre facette de Larry que je n'avais jamais vue en pleine action. Sa présence sur scène était plus effrayante, dirais-je, que toute autre chose. Je suppose que je ne comprenais pas encore le punk. C'était comme le disque. Mais plus fort. Beaucoup plus fort.

Je traînai, surtout à l'arrière avec les ivrognes, regrettant de ne pas avoir apporté des bouchons d'oreilles, et quand les *Linguals* eurent fini leur set j'essayai de me faufiler dans les loges pour les retrouver. Pas de chance. Un videur à l'allure massive, drapé de cuir noir, m'arrêta.

« Tu peux pas aller là-bas, gamin.

— Mais je suis Robbie Gray, je suis avec Larry. Je dois lui parler.

— J'crois pas, non.

— Si, sérieusement, dis-je. Tu peux pas lui dire que je suis là ? C'est important. » Je ne pensais pas que ça marcherait, mais après une attente interminable le videur revint.

« Il veut pas te parler, gamin. Il dit que tu devrais rentrer chez toi. »

Il ne restait qu'à sortir. Il faisait nuit et des gosses traînaient dehors, des gosses punk peut-être ; c'était Santa Monica, pas un si mauvais coin, j'imagine, mais j'étais complètement hors de mon élément. Mentalement, j'étais à bout. Je pensai à aller me promener jusqu'à la jetée (j'apercevais le miroitement de l'eau au loin) mais tout ça semblait tellement inutile.

« T'es encore là ? » dit une voix. C'était Larry.

« Ouais, mec. Hé Larry ! » Je sentis un élan d'affection pour lui. « Je t'ai cherché partout !

Il s'approcha et je voulus lui faire une accolade, mais il repoussa cette idée d'un geste de la main.

Je le regardai comme un inconnu. « On peut s'asseoir dans mon van et parler quelques minutes ?

— Ouais, dit-il. Je suppose qu'on ferait mieux. Et après, rentre chez toi, s'il te plaît. »

On monta dans mon van et ferma les portières. Je tenais les clés comme un chapelet. « J'ai vu une partie de ton concert, Larry.

— Ah bon ? Bien. Alors, qu'est-ce que t'en as pensé ?

— C'était comme le disque. Mais plus fort. »

Il rit. « Ouais. C'est à peu près l'idée. » Il marqua une pause. « Alors, pourquoi t'es vraiment venu ?

— Papa déprime. Il ne veut pas dire ce qui s'est passé.

— En quoi ça te concerne, selon toi ?

— Je sais pas.

— Ça te regarde pas, tu sais.

— Ouais. Désolé. »

On resta assis un moment dans le van, sans aller nulle part. Je faisais passer les clés d'une main à l'autre. Au bout d'un moment Larry craqua un peu.

« C'est fini, entre ton père et moi, Robbie.

— C'est fini ?

— Ouais. C'est terminé entre nous. Je viendrai chercher mes affaires un jour.

— Mais qu'est-ce qu'il a fait ?

— Comme je t'ai dit, ça te regarde pas.

— Mais je veux savoir. J'ai besoin de savoir.

— Ah bon ? Bon. OK. Qu'est-ce qu'il a fait ? Il m'a trompé.

— Papa t'a trompé ?

— C'est ce que j'ai dit.

— Tu veux dire... avec un autre mec ?

— Il m'a trompé.

— Je suis sûr qu'il est désolé, Larry. Je veux dire, tu le connais. Il fait des conneries tout le temps. C'est un être humain. Mais je sais qu'il t'aime. Je t'aime aussi. »

Il soupira. « Tu rends les choses tellement difficiles, Robbie.

— Je suis désolé. »

Il baissa la tête. « Je suis rentré et je l'ai surpris en flagrant délit, tu comprends. Il m'a trompé. De la pire façon imaginable.

— Il avait quelqu'un chez nous ? » Cette idée me dérangea, pour une raison que j'ignorais, bien plus que je ne m'y attendais.

« Non, Robbie. Bien pire. Bien pire qu'un inconnu dans la maison. Ça, j'aurais probablement pu l'encaisser. Mais ça ! »

Il cracha presque les mots. « Et ça durait depuis longtemps. Des années, même. »

J'essayai de comprendre ce que ça pouvait signifier mais j'étais perplexe. Je suppose que ça se lisait sur mon visage.

« C'était la garce, dit-il. La garce de clandestine.

— Qui ?

— Tu sais bien. Cette foutue Conchita. »

*

Je n'étais jamais allé chez Conchita. Curieux : je ne l'imaginais pas vraiment comme ayant un domicile. C'était simplement cette Mexicaine qui surgissait comme par une porte dans l'éther, faisait le ménage et la lessive, puis repartait, se dématerialisant dans la brume de Santa Barbara, pour ne rematerialiser que plus tard quand on avait besoin d'elle. Elle jurait beaucoup en espagnol, ce qui était hilarant, mais à part ça, rien ne la distinguait. De gros seins, certes, et je regardais son cul dès que j'en avais l'occasion, mais et alors ? Je regardais le cul de toutes les femmes, et en fait tous les hommes, je le savais, regardaient le cul de toutes les femmes, même les vieilles et les laides, dès qu'ils en avaient l'occasion ; il y avait même des hommes qui regardaient le cul d'autres hommes. Je supposais que les femmes faisaient pareil. C'était la nature humaine. Tout le monde regardait le cul de tout le monde.

Conchita ne représentait donc aucune menace, ce n'était pas vraiment une briseuse de ménage. Mon père avait assez d'argent, me disais-je, pour s'offrir dix Conchita ; on pourrait la convaincre de revenir si c'était ce qu'il fallait, on pourrait lui donner une prime ou un truc comme ça. Je n'avais aucune idée de pourquoi Larry était devenu complètement dingue ; mais ça aussi pouvait s'arranger. Mon père pouvait s'excuser et ils pourraient partir en voyage de noces à Hawaï et visiter les lieux de son enfance. Ou quoi que ce soit. Je croyais toujours pouvoir tout arranger avec des mots si j'essayais suffisamment fort.

Mais j'eus un choc en voyant l'adresse : elle habitait à *Rancho Bravos*. Mon père avait apparemment en partie rémunéré sa femme de ménage qui lui servait d'esclave sexuelle avec une réduction de loyer.

Je me tenais devant son cottage — le numéro 18, vers l'arrière —, essayant de reprendre mes esprits et de trouver ce que j'allais dire. J'avais encore cette idée folle que les choses pouvaient peut-être s'arranger.

Le cottage ne semblait pas très différent des autres — la pelouse n'était pas tondue et la porte paraissait sale, mais qui étais-je pour juger ?

J'appuyai sur la sonnette sans résultat apparent, alors je frappai. Un homme ouvrit la porte. Il avait l'air d'un *machismo hombre* typique — ni vieux ni jeune, les cheveux noirs gominés, un marcel taché, un pantalon ample avec une ceinture, un mégot de cigarette coincé entre les dents.

« Bonjour, dis-je. Je m'appelle Robbie. Je cherche Conchita.

— Conchita ? dit-il.

— Ouais. Tu la connais ? *¿La conoces ?* dis-je.

— *Sí. Mi esposa.* Tu parles anglais, gamin. Alors, laisse-moi deviner, t'es le fils de Tricky Dick ?

— Euh, ouais, dis-je. » Les choses devenaient bizarres plus vite que prévu.

« Eh ben, t'auras pas de loyer. *Oye Conchita*, dit-il par-dessus son épaule, *¿quién está aquí? Es el hijo de Tricky Dick.*

— Je suis pas là pour ça, dis-je.

« — Non ? Alors qu'est-ce que tu veux ?

— Je cherche juste Conchita. »

Conchita apparut alors. Elle était à moitié habillée, les seins à l'air sous un peignoir minuscule, et pas du tout contente de me voir. « Qu'est-ce que tu fais là ? cria-t-elle.

— Je, je voulais juste m'excuser.

— Toi ? Tu t'excuses ? dit-elle. Pour quoi ? Pour ce que t'as fait ?

— Je voulais dire que je ne sais pas ce qui s'est passé, mais quoi que ce soit, on est désolés.

— *Él se está disculpando*, dit-elle à l'homme.

— *Ah, ¿lo es* ? Dis-lui ce que Tricky Dick faisait.

— Ton père, c'est un homme mauvais.

— Ah bon ? dis-je. Je suis désolé. Je savais pas.

— Il dit qu'il sait pas, dit-elle. Mais bien sûr, toi tu sais pas. Mais tu devrais savoir. T'es assez grand pour être un homme, tu me regardes, tu me regardes de travers.

— Elle dit qu'elle sent ton regard, mec.

— Tricky Dick, dit-elle, il me paye pour branlette. Je lui fais la branlette après que je fais le ménage et la lessive. Depuis longtemps, des années même. Toujours le sale. Il m'oblige à chaque fois. Et il triche sur ma paye, il me laisse le loyer, mais petite paye.

— Je suis vraiment désolé, dis-je. On est désolés.

— Mais après il veut que je fasse plus pour lui, continua-t-elle. Il se dispute avec ce diable de Larry, ils se disputent. Et puis il en veut plus, il veut — » Elle fit un geste comme si sa main s'enroulait autour du manche d'un bâton, et je compris. Son loubard de mec gloussa.

« Il m'a forcée, dit-elle. Fais ça ou déménage. C'est pas bien. Après ce diable de Larry nous attrape. Il était très en colère. Je ris. Je dis à Larry, je l'appelle pédé, je le fais pleurer.

— Un pédé, hein, un pédé de fou ? » rit le sale type.

« Je suis désolé, Conchita. Vraiment désolé.

— Donne-nous le *dinero*, gamin, dit le type. » Il tendit la main. « De l'argent. T'es désolé, donne de l'argent.

— J'ai pas d'argent, dis-je. Je suis pas venu pour vous donner de l'argent. »

Le type secoua la tête avec dégoût. Il lança son mégot de cigarette par la porte, juste au-dessus de ma tête. Un peu de cendre sembla m'entrer dans l'œil. J'eus les larmes aux yeux.

« Va-t'en, Tricky Dick Jr., dit Conchita. Va. » Elle pointa le doigt vers moi, l'enfonçant dans ma poitrine. « Je travaille plus pour toi. Je suis pas une pute. J'ai un homme. J'ai des gosses. *Vete a la mierda !* »

La porte claqua, soulignant le caractère définitif de mon échec. Je m'éloignai en tremblant, avec la sensation assez étrange — un frisson de surprise troublante, des émotions que je ne voulais pas et n'attendais pas — que peut-être Conchita était plus attirante que je ne le pensais. Elle était certainement plus jeune que je ne l'avais cru. En réalité, je ne m'étais sans doute jamais penché sur son visage assez longtemps pour vraiment la voir. Il connaissait mieux son cul que son visage.

L'idée qu'elle fût une travailleuse du sexe clandestine que mon père avait abusée encore et encore — des branlettes à n'en plus finir, son foutre giclant sur son visage pendant qu'elle plissait les yeux —, ce qui, je suppose, aurait dû me faire mal ou me rendre malheureux à entendre, fut plus tard ce soir-là une source d'intense excitation. Je me sentis coupable de ça, coupable comme tout. La peau brune de Conchita, la courbe profonde de ses seins se balançant librement sous ce mince peignoir — je venais d'en voir plus d'elle qu'en toute autre occasion, debout à côté de son porc répugnant de mec, ses marmots en pleurs accrochés derrière.

Ce porc aussi l'avait touchée ; il était peut-être en train de la toucher à cet instant même, son foutre giclant sur son visage. C'était mal. Mais je me demandai aussi secrètement si je n'étais pas passé à côté de quelque chose. Était-elle une sorte de Madone à peau brune ? Est-ce que je voulais secrètement qu'elle me fasse les mêmes choses ?

« Nah, me dis-je. Ce serait la mort par branlette. »

Mon père était apparemment un idiot.

*

Le reste de l'été fut consacré au déménagement. Mon père disait vouloir changer, parlait de réduire la voilure, de repartir de zéro, des déclarations de ce genre. Mais en réalité il avait juste besoin de quitter Santa Barbara.

Voici ce qui s'était passé : les problèmes liés à la propriété *Rancho Bravos* que le petit homme asiatique et maintenant Conchita avaient laissé entrevoir avaient éclaté au grand jour. Oui, l'*Association des locataires des cottages*, comme ils s'appelaient, regroupant les locataires des vingt petits logements ayant des adresses sur De La Vina, plus les deux qui donnaient sur Bath Street, s'étaient unis dans un rare élan de solidarité pour dénoncer les manquements du propriétaire.

« Il ne répare jamais rien. Mon loyer est de six cents dollars par mois, si vous voulez bien vous l'imaginer, pour cette masure d'une pièce, et l'évier est cassé depuis que j'ai emménagé. »

C'était l'un des locataires mécontents, une certaine Mme Simper, qui s'était exprimée devant KEYT Channel 3, l'affiliée NBC, lors de la manifestation dans la rue. Oui, il y avait bien une manifestation, avec des voitures klaxonnant en signe de solidarité, des pancartes énumérant les problèmes. L'histoire fut reprise par plusieurs autres stations en Californie. « Tricky Dick », comme on appelait ce propriétaire indigne, fut cloué au pilori par la chaîne de télévision. Il sembla que tout le monde était désormais au courant.

« Richard Gray, selon les documents judiciaires, est un agent immobilier et entrepreneur », dit le journaliste.

Et c'est ainsi que mon père fut nommé et honteux. La grève des loyers, comme l'appelait l'*Association des locataires des cottages*, lui fit mal financièrement, affecta ses résultats nets. En gros, ils cessèrent complètement de payer leur loyer. Mais c'est le reportage télévisé qui fit vraiment mal, car il blessa son orgueil.

C'est ce qui motiva, je crois, son départ de la rue De La Vina, celle aux bougies électriques, où Lui, moi et Larry avions vécu ensemble comme une sorte de famille gay californienne New Age.

J'y tenais de manière sentimentale ; et la maison resta vide un temps, pour être vendue ensuite, probablement à un gentil couple mormon de l'Utah avec huit petits cochons dans la portée. Les beaux dessins gays étaient partis avec Larry, les guitares aussi, toutes sauf une qu'il m'avait laissée, une petite acoustique à six cordes en acier que j'avais admirée plus d'une fois et sur laquelle je m'étais promis de m'exercer, et puis le poster de Farrah Fawcett. Mais je le jetai à la benne. Mes goûts changeaient et les temps changeaient. J'allais devenir un Kickshaw Senior. La femme de Lee Majors ne m'intéressait plus. Je rêvais de chair plus sombre.

Entre-temps, pendant le long week-end du 4 juillet, on déménagea dans un appartement à Carpinteria — pour mon plus grand plaisir — car il me serait bien plus facile de rentrer à la maison le week-end en permission. Et plus facile d'accéder à mon van pour ces aventures nocturnes avec Christian. Et, bien entendu, j'imaginai à quelle distance je serais de chez Isabella. Je n'y étais jamais entré, mais cet été-là je descendis souvent sa rue en voiture, lentement, et traînai quelques instants devant sa maison, juste pour penser à elle. Je vis même son père bricoler dehors, une fois.

Il devait bien faire deux mètres dix.

NEUVIÈME PARTIE — Le Mystère du Piano Assassiné

L'hiver fut pour nous un tourment,
Saison d'un constant gémissement,
Les Seniors au sommet,
Rêvaient d'un beau banquet,
Mais leurs destins coulés en ciment.

« Seniors, enfin ! J'imagine qu'on y est arrivés, » dis-je à William et à Cadogan. Nous vautrions au Branson après le dîner de gala du dimanche, le premier de l'année terminale. J'avais réussi je ne sais trop comment à tacher ma nouvelle cravate de soie de sauce aux champignons — celle que m'avait offerte mon père quand on vidait son placard pour le déménagement à Carpinteria. Elle était large, à motifs floraux, et je l'avais ce jour-là nouée en simple Windsor. Le simple a toujours été ma préférence.

En deuxième année, je n'avais aucune idée de comment nouer une cravate ; mon père s'en chargeait à ma place, et j'ai passé les cinquante premières soirées à la passer par-dessus la tête, toujours nouée ; mais la crise a fini par éclater et Jonah m'a appris en riant. Ce moment-là me paraissait désormais aussi lointain que Rome ou la Mésopotamie, de l'archéologie, de l'histoire ancienne — mais c'était en réalité seulement la Maison Haute. À deux années-lumière. Deux siècles.

Je regardai autour de moi dans l'ancienne bibliothèque qui servait désormais essentiellement de cadre au café nocturne des seniors. Elle avait ce côté chaleureux et habité, avec une cheminée fonctionnelle (éteinte pour l'instant). Pas mal du tout ! William était avachi à proximité, à son aise. Je voyais qu'il avait laissé pousser ses cheveux pendant l'été, et sa tignasse avait pris vie pour son propre compte. « Tu t'es fait une sacrée coupe afro, » lui dis-je.

« Tu devrais essayer, permanente et tout — paraît que les filles adorent ça. »

« C'est ce que dit Ray Davies. »

William s'adaptait à la vie scolaire sans Tony, qui avait obtenu son diplôme. Je m'étais dit qu'il devait désormais être un maître de D & D à lui tout seul, mais c'était faux ; je le retrouvai dans la même vieille chambre (il y était resté, contrairement à la plupart des gamins qui aimaient changer de dortoir). Je jetai un œil à l'intérieur : il jouait à D & D avec des premières années, comme si le temps s'était effondré ou qu'il y avait eu un éternel retour. Il semblait pourtant plus mûr d'une façon ou d'une autre, malgré l'afro.

« Et Cadogan, tu as l'air très élégant, » dis-je.

Cadogan se tenait droit, le visage plus affiné. Il arborait un costume peau-de-requin et des bottes noires brillantes. Pour une raison quelconque, il ne cessait de s'excuser. « C'est un cadeau de ma mère, » dit-il. « Je ne suis pas vraiment du genre peau-de-requin. »

« Ce tissu, il a un éclat particulier, » dis-je. Je tendis la main et passai le doigt sur la surface. « C'est de la soie ? »

« Ne dis pas de bêtises. Le requin, c'est de la laine mélangée à de la rayonne. » Il secoua la tête en maugréant. « Costume en soie. Pour qui tu me prends. Bon sang. » Tout le monde savait que la famille de Cadogan était riche, mais peut-être que cela le chiffonnait maintenant qu'il approchait du moment de toucher les revenus de son fonds de dotation : cela signifierait qu'il allait vraiment devoir grandir. Mais je ne l'ai pas taquiné là-dessus. Du moins, pas trop.

« Bonjour, les garçons ! »

C'était Mme Sauvage. J'ai failli tomber. « Je n'ai pas entendu le chariot, » dis-je dans le vide.

La vieille femme était petite de stature mais large de carrure, et pas exactement frêle. « J'espère que l'été a été bon pour vous tous. »

Dans les rires et les bavardages, les nouveaux seniors se ruèrent joyeusement vers le café, sous la houlette de Sauvage, *le femme ancienne*, qui couvait toute l'affaire d'un œil de mère poule. Elle salua chaque garçon avec des roucoulements et des gloussements. J'avais le cœur un peu soulevé ; c'était comme regarder le maréchal von Goering passer en revue les SS Waffen. Autrefois je n'avais aucun goût pour le café, mais cette année j'y avais franchement pris goût ; héritage de mes expériences de chauffeur de concert dans le Van. Alors oui, j'attendis mon tour dans la file comme un membre de la Stoa. Mon tour arriva finalement.

« Robbie, c'est bien ça ? » dit-elle.

« Oui, madame. »

« Je suis surprise que tu n'aies pas encore été renvoyé. »

Cela provoqua de francs éclats de rire chez les autres garçons. « On dirait que vous connaissez déjà Robbie, » dit Félix.

« On s'est déjà rencontrés. Bien, Robbie, laisse-moi te chercher de la crème pour ton café. »

« Merci, madame. Mais je le préfère noir. »

« Ah bon ? Peut-être es-tu secrètement un bon Européen. Ils ne boivent pas de lait après dix heures du matin. »

« Oui, madame. Peut-être dans une autre vie. »

« Il est bien élevé, » dit-elle. « J'ai toujours aimé ça chez mes garçons. »

*

L'année terminale n'a mis que quelques semaines à s'effondrer façon Three Mile Island. Le trimestre avait pourtant bien commencé. Après tout, nous aspirions tous à devenir des seniors de Kickshaw.

Alors oui, atteindre la terminale était une joie. On profitait tandis que les deuxièmes années, et surtout les premières, suaient sang et eau.

Mais environ trois semaines après le début du trimestre d'automne, nous avons vécu ce que j'ai baptisé le Moment Spartacus Raté. Ce qui s'est passé, c'est que lors de l'assemblée matinale, Francis Remus, le maître de musique, fit irruption sur la scène. Tout le monde se tut. Personne n'avait jamais vu le grand homme dans cet état.

« Qui a fait ça ! » cria-t-il. « Qui a fait ça ! »

Personne ne répondit.

« Monsieur Remus, calmez-vous, » dit le directeur. « Que s'est-il passé ? »

Remus arpentait la scène en tous sens. « Je me suis rendu ce matin à la salle de musique et j'ai découvert que, dans la nuit ou aux petites heures du matin, une ou plusieurs personnes, toujours introuvables, s'étaient glissées dans la pièce et avaient joué du piano en catimini. »

« Ça ne semble pas si grave. »

« Non, » dit-il. « Mais ils ont aussi décidé de fumer. Ça, en soi, c'est déjà suffisamment grave. Puis ils ont posé la cigarette allumée sur le dessus du piano. Apparemment, ils l'ont simplement laissée là ; ils l'ont complètement oubliée. La cigarette s'est consumée, et au matin, tout le dessus du piano à queue avait pris feu. Le vernis, vous voyez, c'est inflammable. L'instrument est fichu ! »

Remus se tourna vers l'assemblée et continua à hurler. « Je veux savoir qui c'était ! Qui a fait ça ! »

Personne ne prit la parole, peut-être parce qu'à ce moment-là Remus était franchement terrifiant à contempler. Mais il continuait à invectiver. Rien ne pouvait le calmer. « Je veux savoir maintenant. Quelqu'un ici a fait ça. Quelqu'un doit se comporter en homme et se dénoncer. Vous avez détruit un instrument de musique extraordinaire, un Steinway à queue Concert Model D. Vous n'avez aucune idée de la valeur d'un tel instrument. Je veux savoir qui l'a fait ! Levez-vous ! Soyez un homme ! »

Finalement, la matinée s'avançant, je me levai et criai : « Je suis Spartacus ! »

Tous les regards se tournèrent vers moi. Je pensais qu'au moins quelques autres personnes se joindraient à moi et se revendique-raient Spartacus. Le film de Kirk Brennan, ce n'est pas comme si cette assemblée ne le connaissait pas. Mais non. La salle était silencieuse comme une église. Et Remus fondit sur moi comme un chien enragé. « Toi ! C'est toi qui as fait ça ? »

« Non, j'ai juste dit "Je suis Spartacus". C'est ridicule. Vous ne sau-rez jamais ce qui s'est passé en hurlant sur les gens. » Je me rassis, avec ce sentiment très désagréable que mes camarades n'étaient guère des compagnons d'armes, mais simplement de pitoyables lâches face aux mauvais traitements. Personne ne mérite de se faire hurler dessus. Mais Remus, ayant trouvé une cible, semblait inca-pable de lâcher prise. « Venez immédiatement dans le bureau du di-recteur, Robert Gray ! » Et il quitta la scène comme une tempête.

L'assemblée semblait avoir été avortée ; tout le monde parlait en même temps ou se ruait vers les sorties. Finalement le directeur s'ap-procha et dit : « Robbie, c'était un peu stupide. Tu essayais de le ridi-culiser ? »

« Oh, ne sois pas idiot. »

« Qu'est-ce que tu as dit ? »

« Tu m'as entendu. Si tu veux savoir ce qui s'est passé, confie ça à Stacks. Il le débusquera. »

« C'est très impoli et insubordonné, M. Gray. »

« Et M. Remus a aussi été très impoli, tu ne trouves pas ? »

« Quoi qu'il en soit, vous ne m'avez pas impressionné ce matin. Ve-nez dans mon bureau. »

« Ne soyez pas ridicule, » dis-je. « J'ai cours. »

Le directeur semblait incrédule devant mon refus de coopérer. « Mais je vous ai dit de vous présenter dans mon bureau. »

« Eh bien, tant pis. Si Francis veut me parler, il doit le faire avec respect. Il a manifestement besoin de se calmer. Et vous devez le lui dire. »

Le directeur ne dit rien. Je soupçonnais qu'il était d'accord avec moi mais qu'il n'était pas disposé à le dire à voix haute, du moins pas ici avec des gens qui regardaient et écoutaient. Je me rendis compte qu'une vingtaine d'élèves environ s'était rassemblée autour de nous.

« Bon, tout le monde, » dit-il en regardant autour de lui, « retournez en classe. Je suis sûr qu'on en aura davantage à dire là-dessus ce soir. »

Je me mis à marcher, mais il dit : « Robbie, attendez. »

Je ne me retournai pas, mais je m'arrêtai et j'attendis.

« Vous avez quelque chose à dire ? »

« Oui, » dis-je. « Désolé pour — tout ça. Je m'excuse. J'ai mes propres problèmes — l'été n'a pas été vraiment fantastique — des problèmes à la maison — et je n'ai pas besoin que Francis Remus me déverse ses problèmes dessus. »

« Je vois. Bien, excuses acceptées. » Il réfléchit. « Vous ne fumez pas, n'est-ce pas ? »

« Non, » dis-je. « Je ne crois pas que mon père approuverait. » C'était vrai, il avait les cigarettes en horreur.

« J'ai une liste de tous ceux qui ont l'autorisation de fumer. »

« Je sais. C'est une liste assez courte. Et vous avez aussi une bonne idée de qui passerait son temps dans la salle de musique en dehors des heures autorisées. Non ? »

« Peut-être. J'ai quelques pistes. »

« Comme je l'ai dit, je suis sûr que le doyen démasquera la personne en question. Cette personne est clairement une lâche. Moi, non. »

Le directeur réprima un sourire. « Je m'en rends compte maintenant. Mais savez-vous qui c'est ? Allez, Robbie. »

Je secouai la tête. « Je pense que détruire un piano est un crime abominable. Pire que tuer un homme. Si je le savais, je le dirais, c'est sûr. »

Bien sûr, je mentais. Je savais soudain qui c'était, ou du moins j'en avais une assez bonne idée — une intuition. Et j'étais envahi d'un sentiment d'effroi. Mais je ne pouvais pas en parler au directeur. Je secouai à nouveau la tête et levai les mains en signe de reddition.

« Très bien. Allez en classe. »

*

Pour élucider ce mystère, je vais devoir remonter à l'année scolaire précédente, jusqu'au printemps de ma Première.

Par une fraîche journée de mars, M. Remus était assis au piano demi-queue de son salon et jouait des notes staccato sur les touches noires et blanches tout en chantant d'une voix de baryton ample et ouverte. « *Martha, my dear, you have always been my in-spir-ation-please!* »

C'était un samedi matin, nous étions quelques-uns là, j'écoutais en apparence, mais en réalité nous attendions tous que Mme Remus rassemble toute la troupe pour l'aventure du jour. Il manquait encore quelques garçons. Et une fille.

L'équipe Remus se composait d'Elendra, l'épouse et mère infatigable, qui jouait le rôle de conseillère auprès d'une ribambelle de garçons ; de Francis, le maître de musique de Kickshaw, qui faisait également office de conseiller ; et de Julie, la jeune vamp, leur fille blonde et frêle, âgée de quinze ans mais qui en paraissait vingt-cinq, sur laquelle Cadogan avait récemment jeté son dévolu. Notre programme du jour : rouler vers le sud pour visiter une destination un peu au-delà de Laguna Beach, une ville appelée San Juan Capistrano. Nous allions y assister au spectacle merveilleux du retour des hirondelles de Capistrano.

Je me souviens avoir regardé la feuille d'inscription — celles-ci se trouvaient généralement affichées sur les panneaux de la salle à manger ou près de la feuille de sortie du week-end — et m'être dit : *Non, je vais juste traîner ce week-end*, mais Ram, en cours d'Idées, avait dit qu'il y allait et pensait que certains d'entre nous devraient y aller aussi. « Oh oui, j'y suis allé plusieurs fois. C'est un spectacle magnifique. La mission est ancienne pour un bâtiment de Californie, de la période espagnole, et il s'en dégage un sentiment de sacré. Les moines franciscains y prêchaient autrefois. Et un jour, traditionnellement le 19 mars, une journée ensoleillée au début du printemps, des oiseaux qui ont volé depuis l'Argentine arrivent enfin, au terme d'une vaste migration. Là, dans les nids de boue qu'ils construisent sous les avant-toits de l'église, ils se reproduisent, et le cycle de la vie se poursuit. »

« Mais Ram, » dit William, « cette période coloniale a été horrible pour les peuples autochtones. »

« Je n'en doute pas, » dit-il. « Mais je pense que tu devrais te faire ta propre opinion sur la mission et ses environs. Certains endroits dégagent une atmosphère particulière, un sentiment de sacré. Pas besoin d'aller jusqu'au Gange pour ça. Même ici, en Californie. »

William était sceptique, mais pour une raison quelconque Cadogan intervint. « J'irai, » dit-il. Après ça, je me suis dit que cela valait peut-être la peine d'y aller.

« Sutra, reste après le cours, tu veux bien ? » dit Ram.

« Bien sûr, Ram, » dis-je.

« Sutra, il y a quelqu'un qui, selon moi, aurait intérêt à faire ce voyage. Sais-tu à qui je pense ? »

Je n'ai pas tout de suite saisi, alors il m'a donné un indice. « Je pense à Calvin. C'est un catholique. Cela pourrait vraiment lui plaire. »

« Hm. D'accord. Mais les inscriptions sont ouvertes à tous. Si Calvin veut y aller, il n'a qu'à s'inscrire, non ? »

« Mais il est apparemment très timide. Je l'ai vu. Il est souvent seul, d'après ce que je comprends. Tu pourrais peut-être lui en suggérer l'idée ? »

« Bien sûr, » dis-je. « Mais je ne sais pas si ça servira à grand-chose. Elle — je veux dire il — ne semble pas avoir très envie de se mêler aux autres. »

« Pourquoi as-tu dit "elle" ? »

Ram était un homme très perspicace. Il en savait probablement plus qu'il ne le laissait paraître. Il tira sur sa barbe et ses yeux brillèrent. Je lui dis donc : « Je ne suis pas sûr de devoir trahir une confidence. »

« Je vois. Mais c'est peut-être l'occasion pour toi d'aider Calvin. Comme je le dis souvent, Robbie, aider véritablement autrui est la chose la plus difficile à accomplir en ce monde. Et l'on pourrait soutenir qu'aider les autres est plus important encore que la quête de la connaissance de soi. On pourrait même dire, en toute vérité, qu'aider autrui est la manifestation même de la connaissance de soi. La Vérité est ce qu'il y a de plus haut, mais vivre vrai est plus haut encore. »

Je soupirai. Quand Ram était dans cet état d'esprit, quand il semblait canaliser une puissance supérieure et que ses yeux commençaient à ressembler à ceux d'une icône d'Andreï Roublev, il n'y avait pas grand-chose d'autre à faire que de le suivre. « D'accord. Comment formuler ça... Calvin fait partie de ces personnes qui ont le sentiment d'être dans le mauvais corps. Calvin est un garçon en apparence, mais une fille en dedans — dans ses pensées. Tout le monde pense qu'elle est gay, mais ce n'est pas ça. »

« Et comment le sais-tu ? »

« Parce qu'on en a parlé. Elle m'a confié son nom secret, j'ai même accepté de l'appeler ainsi. Une fois que j'ai commencé à le faire, j'ai fini par voir Calvin comme "Suzanne" et maintenant je la considère toujours comme une fille. Je ne peux pas la voir autrement. »

Ram réfléchit. « Donc tu vois son moi intérieur. C'est bien. Je ne suis pas certain que Kickshaw soit un endroit sain pour quelqu'un comme elle. Cependant, en tant que catholique, il — ou elle — apprécierait probablement de visiter la mission. Tu vas lui demander — à elle ? »

« Bien sûr. »

Mais je n'ai pas eu à le faire, en réalité, car Ram était tellement curieux qu'il a abordé Suzanne après l'aïkido cet après-midi-là. Je les ai vus s'asseoir sur un banc du côté de la salle à manger. Je ne pouvais pas entendre ce qu'ils se disaient. Mais je voyais qu'ils avaient une discussion animée, et je les ai plus ou moins espionnés discrètement — je faisais semblant de lire mon fidèle *Retour du Roi* à distance respectable. Les bras minces de Suzanne gesticulaient ; puis Ram secoua la tête en signe de dénégation et pointa son index vers son front avec insistance. Il lui expliquait une vérité intérieure ; mais Suzanne fit le signe de croix. Lorsqu'elle fit ce geste, Ram aperçut sa main droite, celle dont la paume avait été traversée d'un clou de charpentier. Il sembla qu'ils discutaient de ces stigmates. Ram paraissait profondément ému.

Plus tard, il me dit : « C'est arrangé, Robbie, elle va s'inscrire pour le voyage. Je pense que tu as raison ; je perçois une présence féminine chez elle. Mais ce n'est pas bon. Elle est trop fragile pour ce monde. »

*

Néanmoins, le matin du départ, Suzanne se présenta, et Mme Remus l'accueillit chaleureusement en la serrant dans ses bras.

« *Moi*, j'ai pas eu droit à une étreinte, » dit Cadogan plus ou moins pour lui-même, d'un ton sarcastique, ce à quoi Francis, qui l'avait entendu, répondit aussitôt : « Non ? Eh bien, viens ici ! » et insista pour lui administrer un câlin d'ours. M. Remus mesurait bien un mètre quatre-vingt-treize, si bien que Cadogan, de corpulence moyenne, se retrouva plus ou moins englouti. J'ai trouvé ça hilarant.

« Bon, » dit Francis, « je crois qu'on est au complet. Et on a hâte de partir ! Tout le monde en van. Julie, assieds-toi devant. »

Le trajet emprunta le ruban d'autoroute connu sous le nom de 101 à travers Los Angeles, et j'attendais toujours avec impatience ce moment où l'on franchissait le col pour plonger dans la cuvette, le grand bassin de L.A.

« Qu'est-ce que tu guettes, Sutra ? » dit Ram. Il était assis à côté de moi, à ma droite, et Cadogan à ma gauche.

« Le moment où on aperçoit la ligne de smog. Je fais ça depuis que je suis petit. »

« Je croyais que tu avais grandi en Floride, » dit Cadogan.

« Oui, mais mes parents ont divorcé. Je suis né pas très loin d'ici, à Long Beach. »

« Alors tu es un enfant de la mer, » dit Ram. « Ça explique beaucoup de choses. »

« Hm. »

« Comme tu le sais, » poursuivit-il, « les gens qui vivent près de la mer tendent vers une nature spirituelle riche. Regarde les Vikings avec leur mythologie complexe. »

« C'est naturel, » dit Cadogan. « Si tu risques ta vie en mer, tu as besoin de dieux puissants. »

« Très perspicace, Cad, » dit-il. « Les Vikings avaient aussi des instincts puissants. Leurs dieux reflétaient les vicissitudes intérieures des Vikings. Leurs désirs. » Comme il disait cela, je crus le voir jeter un regard furtif vers la jeune Julie. Bien sûr, Cadogan l'avait jaugée avec prudence. Je compris à ce moment-là que la vraie raison pour laquelle Cad avait fait ce voyage tenait à cet intérêt plutôt lubrique.

Pendant ce temps, Suzanne avait reçu la place d'honneur — elle était assise à l'avant. Mme Remus avait insisté et s'était installée juste derrière elle, lançant de temps à autre la conversation. Il s'avéra que l'équipe Remus était catholique. Elendra racontait ses visites à Rome la papale, dans les musées et à la basilique Saint-Pierre. Suzanne semblait de bonne humeur. Elle discutait avec Julie. Je ne l'avais jamais vue interagir avec une fille.

Nous arrivâmes vers onze heures du matin et je vis que des festivités étaient déjà en cours. « J'ai des billets pour tout le monde, » dit Elendra. « On se retrouve pour le déjeuner vers treize heures, d'accord ? »

La Mission célébrait la Saint-Joseph ce jour-là, et je suppose que par quelque heureux hasard, les hirondelles avaient été intégrées à cette fête.

« C'est qui, saint Joseph ? » dit Cadogan.

« Euh, c'est — tu sais — le père de Jésus, » dis-je.

« Le type qui a sauté Marie ? » Cadogan dit cela assez fort pour que Suzanne et Julie puissent toutes deux l'entendre.

« Mais non, idiot, » dit Julie. « Elle était vierge. C'est Dieu qui était son père. »

« Voilà une fécondation fort impressionnante. »

Cette répartie de Cadogan arracha des gloussements aux deux filles.

Je les laissai pour suivre Ram, qui marchait lentement, une main sous le menton et l'autre tenant son coude. Il contemplait les murs de la mission en avançant à pas mesurés. On pouvait voir quantité de nids de boue, mais pas un oiseau.

Nous entrâmes dans le bâtiment et je perçus une fraîcheur sous la maçonnerie qui fit du bien à mon visage. Je remarquai qu'il y avait une zone couverte qui s'ouvrait sur une cour fortifiée. À l'intérieur, dans l'ombre, une femme âgée était assise bien droite sur un canapé deux places qu'on avait installé là ; devant elle se trouvaient quelques rangées de chaises, et dans les chaises des enfants.

La femme était en train de parler aux enfants des peuples autochtones qui vivaient autrefois dans cette région. Nous ne voulions pas l'interrompre, mais elle nous fit signe elle-même. « Ce n'est rien ! Venez vous joindre à nous si vous le souhaitez ! »

Ram sourit et s'avança, et je le suivis. Nous nous assîmes au dernier rang, qui était vide, et elle continua à raconter l'histoire de la nation Acjachemen. « Mon peuple dit que nous vivons ici depuis la nuit des temps. Ce n'est pas si loin de la vérité, car les archéologues affirment que nous sommes ici depuis des milliers d'années. Nos établissements s'étendaient sur une grande partie de cette vallée et au-delà, dans les comtés voisins. »

« Les gens vivaient en paix ; ils considéraient la Terre comme sacrée et comme la source de la vie. Ils nouaient également des liens par le mariage avec des peuples d'autres régions, ce qui renforçait entre eux les liens d'amitié. »

« Quand les Espagnols arrivèrent, ils entreprirent de nous convertir à leur religion, le christianisme. Peu importait que nous ayons notre propre religion et de nombreux rituels et rites que les gens pratiquaient. Mais malheureusement, presque tout cela est aujourd'hui disparu. Nous ne savons plus grand-chose à ce sujet. »

« Mais pourquoi a-t-on tout perdu ? » demanda un enfant.

« Parce que les Espagnols prirent les enfants, les baptisèrent, puis les éloignèrent de leurs parents pour les élever dans des dortoirs. Ils étaient gardés ici, à la mission. C'était pour les empêcher d'apprendre les rituels et les idées religieuses des Acjachemen. »

« Les Espagnols transformèrent la campagne environnante en pâturages et le cheptel s'y multiplia ; ils commencèrent également les travaux de la mission que vous voyez aujourd'hui, même s'il faudrait de nombreuses années pour qu'elle devienne ce que vous voyez là. »

« Malheureusement, dans le même temps, les maladies apportées par les Espagnols commencèrent à décimer la population. Leur nombre chuta. Finalement, ils furent déclarés "libres" et autorisés à vivre leur propre vie hors du contrôle des prêtres et des moines, mais ils n'avaient guère de liberté réelle et continuèrent à être exploités comme main-d'œuvre, cultivant les terres pour les envahisseurs. Au milieu du XIXe siècle, vers 1850, les Américains s'emparèrent de la Californie et tout ce territoire passa sous contrôle américain. Malheureusement, les Américains poursuivirent les mêmes pratiques destructrices, non plus au nom de la religion, mais simplement pour s'approprier et occuper ces terres précieuses. Des maladies comme la variole continuèrent à tuer la population. Le peu de terres que les Acjachemen pouvaient revendiquer légalement se perdit peu à peu au profit des Anglo-Saxons qui affluaient depuis l'est des États-Unis. Les Californios, descendants des Espagnols, avaient perdu la plupart de leurs ranchos à cette époque. »

« Ça a l'air très triste, » dit un autre enfant.

« Ça l'est, ma chérie. Mais nous pouvons apprendre beaucoup de notre histoire, même si la majeure partie de notre riche culture a été effacée. Voulez-vous que je vous raconte une des histoires de notre peuple ? Celle que nous connaissons encore. »

Quelques enfants acquiescèrent.

« Très bien. Allons-y. »

*

Pendant que la vieille femme racontait l'histoire — d'une voix chantante dans une langue inconnue, ponctuée de gestes charmants et de roucoulements — je remarquai que les enfants partaient les uns après les autres. Ils s'éclipsaient discrètement, comme des souris. Comme si l'histoire ne suffisait pas à retenir leur attention. Quelques-uns restèrent, mais à la fin, ils étaient tous partis. Ram et moi demeurions seuls. Nous avons applaudi.

« Merci, » dit-elle. « Vous êtes de passage dans la région ? »

« C'est un voyage scolaire, » dit Ram.

« Eh bien, merci de m'avoir écoutée. Vous êtes venus un bon jour. Les hirondelles arrivent. »

« Nous n'en avons pas encore vu, » osai-je dire.

« Non. Mais je les sens, » dit-elle. « Elles sont tout près. »

« Vous les sentez vraiment ? » demandai-je.

Ram me lança un regard et murmura : « Ce n'est pas poli. » Mais la vieille femme sourit.

« Non, c'est une bonne question. Comment vous appelez-vous ? »

« Robbie, madame. »

« J'ai vécu toute ma vie près d'ici, Robbie. Peut-être que j'ai simplement ce cycle annuel en moi, comme une habitude, qui me dit quand elles viendront. Mais je suis aussi une personne âgée, comme tu le vois, et je pense que, parce que je suis plus proche de la mort, je perçois davantage de ce monde-là que ce que l'œil ou l'oreille révèle de celui-ci. Alors oui, dans mon cœur, je crois que je les sens. Elles sont tout près. Tu vois, ce sont des êtres spirituels. Mon peuple les considérait comme sacrés. »

Par un pur hasard, j'en suis sûr, à ce moment précis, un oiseau parut voler près de nous. Il fit quelques tours puis se posa sur le rebord du toit, à seulement quelques mètres de là.

« C'est une hirondelle ! » m'écriai-je.

Ram et la vieille femme rirent tous deux.

« En effet, » dit-elle. « Attendez un moment. »

Puis, avec une ruée, nous entendîmes un bruissement d'ailes, et d'autres oiseaux commencèrent à arriver. L'un après l'autre. Bientôt ce fut comme une vague et le ciel se remplit de becs et de battements d'ailes.

Ram et moi prîmes congé de la vieille femme après l'avoir remerciée et nous dirigeâmes vers la cour. Les hirondelles étaient désormais partout et j'avais peur de marcher sur l'une d'elles ou de perdre un œil à cause d'un bec acéré. Nous regardions, et je pouvais voir l'équipe Remus de l'autre côté de la Mission, bouche bée devant les hirondelles. Francis Remus plaisantait et souriait en tenant la main de sa femme. Cadogan continuait à discuter avec Julie et Suzanne.

Ram me regarda. « Cadogan a vraiment le don avec les femmes, » dit-il.

« Quelque chose comme ça. »

À ce moment-là, quelque chose de mémorable se produisit. Suzanne avait lancé des morceaux de pain aux hirondelles, sans résultat ; apparemment, elles étaient insectivores et ne s'intéressaient pas au pain. Mais elle s'était maintenant avancée à découvert, et plusieurs hirondelles semblaient tourbillonner autour d'elle, pressées d'entrer dans la cour. Bientôt il y en avait dix ou quinze. Elle s'inquiéta et se mit à courir. « Elles en ont après moi ! » s'écria-t-elle. Elle agitait ses bras maigres. Nous avons ri.

« Un peu le saint François à l'envers, non ? » dis-je.

*

C'était deux mois plus tard, vers la fin du mois de mai, et l'équipe Remus organisait un barbecue de fin d'année scolaire dans leur enceinte. Cadogan était l'un des élèves encadrés par Mme Remus et il m'invita à me joindre à eux.

« Mais je ne fais plus vraiment de barbecues, » dis-je. « Malheureu-sement. J'adore la sauce barbecue. Mais bon. »

« Viens quand même. J'ai un petit truc à te montrer. »

« D'accord, pourquoi pas. »

Nous descendîmes Eucalyptus Parade en bavardant de tout et de rien. Le domaine de l'équipe Remus se composait de la maison prin-cipale, d'un garage indépendant, puis d'une sorte de petite maison annexe installée à l'arrière (du côté du terrain de sport). Après avoir salué tout le monde et passé un moment à traîner, Cadogan me jeta un regard. J'étais justement en train de m'attaquer à une portion de salade de pommes de terre sans goût. Je posai l'assiette sur la table de pique-nique, me levai et le suivis. J'essayais de paraître détendu.

« Madame Remus, puis-je utiliser vos toilettes ? » dis-je.

« Bien sûr, entrez donc. »

Cadogan me rejoignit dans la maison quelques minutes plus tard. Je savais pourquoi il m'avait invité : il semblait avoir quelque chose à me montrer, peut-être dans la chambre de Julie. Il acquiesça silen-cieusement, et je fus surpris quand il m'entraîna vers la porte de der-rière. Nous nous dirigions vers le petit appartement annexe. Cado-gan semblait connaître les lieux comme sa poche. Il ne frappa pas.

« Il y a peut-être quelqu'un ? » dis-je.

« Non, Julie est à l'école. »

« Bien sûr. Elle va à l'école publique à Carp. »

« Exact. Alors, qu'est-ce que tu en penses ? »

Je regardai autour de moi ce qui était manifestement la chambre d'une adolescente : des photos d'idoles teen sur les murs, et même un poster de licorne. Un petit bureau et une chaise à la taille d'une éco-lière, un futon par terre, et des vêtements sales éparpillés çà et là. Il y avait aussi du maquillage — un domaine dont j'ignorais à peu près tout. « Je suppose que c'est du rouge à lèvres ? »

« Oui, elle apprend. Elle expérimente. Tout ça contre la volonté de ses parents hippies adorateurs de la nature. »

Je ramassai un soutien-gorge dans la pile de vêtements sales. « Il est rembourré, » dis-je.

« C'est un soutien-gorge d'apprentissage, Sutra, andouille. Repose ça. »

Cadogan regarda le bureau. « Viens par ici. Regarde un peu. »

C'était un petit journal intime, genre agenda, avec une couverture en simili cuir rose ornée d'un poney licorne arc-en-ciel en relief. Il l'ouvrit. On était le 12. Il remonta d'une ou deux pages. « Le 10, je crois... oui... là, tu vois ? »

La page qu'il regardait était vierge. Mais tout en bas à droite, presque à la limite du champ de vision, un minuscule « 69 » avait été griffonné. Une écriture d'enfant, celle d'une fille, manifestement. Au crayon.

« Oh mon Dieu, Cadogan, » dis-je.

« C'est une reproductrice. »

« Tu es vraiment un sacré cad ! »

« Non, non, c'est elle qui conduit. Je te jure ! Je ne suis que le pro-fesseur. C'est une vraie petite sauvage. Je n'arrête pas de lui dire d'être prudente. Parfois j'ai l'impression qu'elle veut se faire prendre. »

Nous sortîmes, traversant la maison en silence, et je ne pouvais m'empêcher de penser que Cadogan avait perdu la tête. Je n'avais au-cune idée qu'il était allé aussi loin. Nous retournâmes au barbecue pendant un moment — je n'avançai pas d'un pouce avec la salade de pommes de terre, l'assiette trônait là, abandonnée et oubliée, pen-dant que je regardais autour de moi, quelque peu sous le choc, les autres garçons et le vieux Remus qui riaient et plaisantaient. Finale-ment, nous repartîmes vers la Maison Longue.

« Alors tu fais souvent cette expédition nocturne au pays des fées ? » dis-je.

« Pas si souvent. »

« Hm. Eh bien, vieux, je dirais que tu prends un sacré risque. La licorne est un symbole chrétien de pureté, comme Ram te l'explique-rait sûrement. »

Il fit cette expression où les sourcils se lèvent, les lèvres se pincent et les bras s'étendent, mains tendues. Un peu comme pour dire "oui, mais ?" « Je fais juste ce qui me vient naturellement. »

« Tout à fait. Hm. J'espère vraiment qu'elle ne tombera pas en-ceinte. »

Cadogan gloussa. « Oh, je n'irai pas jusque-là. Après tout, elle est mineure. »

« Bien sûr. »

Il joignait maintenant ses doigts en pointe. « Je ne suis pas complè-tement irresponsable. Tu sais bien. D'ailleurs. »

« D'ailleurs quoi ? »

« C'est beaucoup plus difficile de mettre une fille enceinte que tu ne le crois. Il faut vraiment s'y mettre. »

Je ris. « Je suppose que je n'en ai aucune idée. Mais je ne m'en rendais pas compte. Je pensais que le foutre allait dans le trou. D'où, ensuite et plus haut, il s'unissait à l'ovule dans les saints liens du mariage. »

« Oui, oui, c'est la version abrégée. Mais il faut que ce soit le bon moment du mois, et le sperme doit réellement entrer, pas s'éclabousser sur la paroi ou être tué par le spermicide, ou bloqué par une capote, ou couler le long de ta jambe, et tant d'autres choses doivent se produire. Les anges doivent chanter. »

« Exactement. Les anges doivent chanter. »

Au bout d'un moment il dit : « C'est une catholique, andouille. Ce sont de vraies reproductrices, Sutra ! » Et il prit l'escalier pour rejoindre le dortoir.

*

Avance rapide la cassette jusqu'au début de la Terminale. Cadogan savait que j'avais accès à une clé du Rayburn Theater. Je ne sais pas si je le lui ai dit ou s'il a débusqué le secret du Mystère de la Clé Disparue, ou quoi, mais quoi qu'il en soit, un jour est venu où il a voulu m'emprunter la clé.

« Allez, Sutra, je sais que tu as une clé. »

« Mais on ne la prête pas. »

« On ? Oh, je vois, c'est donc un complot — toi et Christian, sans aucun doute. Mais écoute, c'est pour une bonne cause. Très éducatif. »

Je secouai la tête. « Laisse-moi deviner... ça implique le plus jeune membre de l'équipe Remus dans une partie de Twister nocturne ? Du Twister nu ? De l'équitation sur une licorne ? »

« Oh, pas du tout. »

« Donc tu apprends les castagnettes et tu veux entrer dans les salles de musique pour t'exercer ? Des bongos sans soutien-gorge, peut-être ? Mais juste à deux heures du matin ? »

« J'en ai besoin pour vingt-quatre heures... peut-être quelques jours. Grand maximum. »

« D'accord. Donne-moi un jour pour aller le récupérer chez le... dépositaire. »

***

Je parlai à Christian le lendemain et il était réticent à se séparer de l'objet précieux. « Le Crash Pad m'a vraiment bien servi à la fin de l'année dernière. Je ne voudrais pas en perdre l'accès. » Le Crash Pad, comme il l'appelait, était l'espace que nous avions découvert ensemble en Première. Il y avait consacré des efforts considérables en catimini : d'abord en découpant soigneusement le panneau mural de manière propre, puis en aménageant l'espace à l'intérieur avec des planches et du carton, et enfin — d'une façon ou d'une autre — il avait réussi à hisser un matelas là-haut et à le faire passer par l'entrée. La première fois que j'ai vu cet espace, j'étais tout simplement stupéfait. Je comprenais donc sa réticence.

« Écoute, » dis-je. « Je m'assurerai qu'il revienne. C'est Cadogan, après tout, c'est un type bien, même s'il est un peu fou. Bon, complètement fou. » Je n'avais pas tout divulgué de ce que je savais, même à Christian, mais certaines rumeurs circulaient facilement et les nouvelles ont tendance à faire le tour dans une communauté aussi petite.

« Ouais, je suis d'accord. Pour le côté dingue, je veux dire. » Il fouilla, puis me tendit lentement la clé, qui était cachée sous une brique derrière son lit. Le lendemain, Cadogan prit possession de la clé.

C'était à l'époque. Je n'avais pas fait le lien entre Cadogan et l'éclat de M. Remus ni la Grande Immolation du Piano, pas tout de suite. Je savais qu'il fumait une cigarette de temps en temps, je l'avais vu, mais ce n'était pas sa réputation, et je ne pouvais pas faire le lien entre le tabac et la fille. Ça ne tenait pas.

Mais il s'avéra qu'il *y avait* bien un lien. Julie était en train de se rebeller à toute vitesse — l'exploration sexuelle n'en était qu'un aspect ; elle se mettait au punk — affirmait désormais adorer les Sex Pistols — voulait se faire faire un piercing (que Francis avait catégoriquement refusé) et, comme ses parents ne fumaient pas, c'était naturellement un autre domaine où l'expérimentation s'imposait. Selon Cadogan, c'était son idée à elle, pas la sienne, de fumer dans la salle de musique. « Mon père va détester ça, » lui dit-elle en soufflant de la fumée vers le plafond immaculé à haute voûte.

« Elle a ri, la petite diablesse, » dit-il.

La veille — ou plutôt la nuit précédente, alors qu'ils étaient allongés ensemble sur son futon, son foutre « sans entrer », mais sortant, recueilli sur son gant de toilette —, elle lui avait demandé d'apporter des cigarettes à leur prochain rendez-vous.

« Après la première bouffée, c'est la dégringolade, » lui avait-il dit.

« Mais j'ai envie d'essayer. Allez, Cad. T'en trouverais pas ? S'il te plaît ? S'il te plaît, s'il te plaît ? »

« Je peux en chiper quelques-unes. Chickie en a toujours sous la main. »

« Retrouve-moi dans la salle de musique, » lui dit-elle. « Ça va rendre mon père chèvre comme jamais ! »

J'étais assez partagé face à toute cette situation, maintenant que Remus m'avait jeté son dévolu dessus — il continuait encore le lendemain, me lançant des regards noirs à l'assemblée et au dîner ce soir-là. Il semblait avoir perdu la tête. Ce n'était qu'un piano, et les jeunes font des bêtises. Mais j'avais le sentiment que je devrais finir par lui parler.

J'en parlai à Cadogan. Il était en train de me rendre la clé Rayburn d'une main tremblante. « Tu ferais mieux de prendre ça, mec, » dit-il en glissant la clé dans ma paume tendue. « J'ai aucune idée de ce qui va se passer. Mais voilà. Si j'étais toi, je la cacherais bien. Très bien. Ou je la balancerais du haut de la mesa. »

« Pas une mauvaise idée. Mais le dépositaire veut la récupérer. » Je regardai autour de moi — nous étions assis sur la pelouse après le cours d'Idées — et dis : « Alors... Qu'est-ce qui s'est passé ? »

« Comment ça ? »

« Allez, mec. Crache le morceau. »

Il était tendu, loin de son habituel air confiant de Jokerman, et parlait d'une voix assez basse. « On a fait les fous un moment sur le canapé. Il se faisait tard. On avait déjà fait quelques trucs ; elle avait enlevé son haut et sautait partout, faisant des figures de gymnastique. Et puis elle a joué quelques morceaux au piano comme ça — petite coquine, les nichons à l'air — en fait, elle joue plutôt bien du piano — ses parents avaient insisté pour qu'elle apprenne, même si elle dit que ça ne l'intéressait pas. C'est là qu'elle a voulu essayer de fumer. Elle a dit : "Allez, allume-m'en une." Et puis je lui ai appris à tenir une cigarette. Je jouais avec ses nichons et elle fumait, la cigarette pendouillant à la bouche, comme une pro, tout en martelant les touches. Elle a dû la poser sur le piano à un moment. Je ne me souviens même pas que ça se soit passé. »

Quelqu'un passa et nous nous sommes tous les deux tus. Puis Cadogan dit : « Tu dois ne jamais parler de ça, Sutra. »

« Je sais, » dis-je. « C'est vraiment trop, même pour toi. »

« Andouille. »

*

« Je pense que vous devez dire ce que vous savez, M. Gray. » C'était encore Remus ; il n'allait pas lâcher le morceau. Nous étions dans le bureau du directeur, et je me sentais pris à partie. Je savais cependant qu'il n'y avait pas d'échappatoire. C'était prévisible. Tout ce qui concernait Kickshaw prenait cette tournure.

Mais je savais que c'était un sujet extrêmement sensible. J'imaginais qu'à ce stade de leur « relation », Cadogan avait pénétré tous les orifices du corps d'ange de la nubile Julie, la poussant vers des profondeurs de dépravation jamais vues depuis le marquis de Sade. Et elle y participait de bon gré. Son foutre tachait ses draps et bouchait le petit siphon de la salle d'eau de l'appartement annexe. Si Remus venait à *l'apprendre*, ça pourrait dégénérer en pugilat — ou Cadogan pourrait se retrouver en maison de correction.

« Écoutez, » dis-je, « j'ai déjà dit au directeur que je ne savais rien. De toute façon, c'est au doyen Stacks de s'occuper de ce problème. De mon point de vue, vous outrepassez vos fonctions. Vous n'êtes que le maître de musique. J'ai bien l'intention de porter plainte. »

« À qui vas-tu te plaindre, Robbie ? » demanda le directeur.

« À mon père, pour commencer. Il envisageait de faire un don conséquent au fonds des anciens élèves de l'école quand j'aurai mon diplôme. »

« C'est très apprécié, j'en suis sûr, » dit Remus. « Mais ça ne va pas te tirer d'affaire ici. » Ses yeux étaient carrément rouges, comme s'il avait ingéré trop de colorant rouge numéro 3 ou s'était exposé à un rayon thermique martien.

« Bien. D'accord, » dis-je. « Tout d'abord, la cigarette. »

Le directeur se redressa. « Oui ? »

« Le mégot a-t-il été détruit ? »

« Remus ? » dit-il.

« Non. »

« Eh bien, de quelle marque était-elle ? »

« Comment je pourrais le savoir ? Mais je l'ai là, dans ma poche. »

Le directeur, je le pensais, en avait autant marre de Remus que moi. « Voyons ça, Francis, » dit-il.

Sous la pression du directeur, Remus sortit lentement un petit sac en plastique élimé et le posa sur le bureau du directeur. Il contenait les restes froissés de deux mégots de cigarette.

« Il y en a deux, » dit le directeur.

Remus semblait réticent à donner plus de détails. « L'un était dans la poubelle près de la porte, et l'autre sur le piano. »

« Celui près de la poubelle a à peine été fumé, » osai-je dire. « Écoutez, pourquoi ne pas vérifier si ce sont les mêmes que celles que fume Chickie — Ciccariello. »

« M. Ciccariello ? » dit le directeur.

« On sait qu'il fume de temps en temps, monsieur. Je ne fume pas, mais c'est ce que j'ai entendu dire. »

« Vous voulez dire que si c'était sa marque... »

Je voulais dire "évidemment", mais je ne pouvais pas me permettre de faire trop le malin. « C'était mon idée, » dis-je finalement. « Si c'est sa marque, alors parlez-lui. Peut-être que quelqu'un lui a récemment chipé une ou deux cigarettes. Peut-être qu'il sait qui c'est. »

« Autre chose ? » demanda Remus.

Je commençais vraiment à m'irriter contre ce type. « Oui. J'ai entendu dire que Julie avait demandé des cigarettes. »

« QUOI ? » Je crus que la tête du grand homme allait exploser. « Qui a dit ça ? »

« Oh, je t'en prie. C'est une communauté très soudée. Les nouvelles vont vite. Et oui, c'est peut-être elle qui commence à se faire remarquer. Qu'est-ce qu'une jeune fille fait à traîner dans une école réservée aux garçons ? »

« Je n'aime pas ce que tu insinues ! »

Je croyais que Remus allait se faire dessus. Mais le fait est que, en regardant les mégots, j'étais presque sûr qu'il y avait du rouge à lèvres sur l'un d'eux. La tache était devenue brune là où elle avait probablement été rouge auparavant. Mais on pouvait la voir, même d'où j'étais assis.

Le directeur et moi avons alors échangé un regard, et j'étais presque sûr qu'il avait vu ce que j'avais vu. Il intervint alors. « Francis, je pense que Robbie nous a fourni des informations utiles, et je lui suis reconnaissant pour sa franchise et sa coopération. Il est un peu insubordonné, mais j'ai appris que c'est dans sa nature. Laissons cela de côté pour l'instant ; je parlerai moi-même à Albert. Je vais garder cette preuve pour l'instant, si vous n'y voyez pas d'inconvénient. »

*

Je savais que je devais parler à Cadogan immédiatement, mais ça n'allait pas être une mince affaire. En l'espace d'une heure environ, la nouvelle s'était répandue que le directeur était passé à la zone fumeurs et que Chickie avait probablement tout raconté. Les choses s'enchaînèrent rapidement, et bientôt nous vîmes des maîtres se rassembler près de la Maison Haute, du côté ouest.

« C'est une réunion du Comité de Discipline ! » s'exclama Fish. « Quelqu'un va se faire coller ! » On était à la cantine. Si même Fish connaissait les grandes lignes de l'affaire, alors oui, ça allait vraiment chauffer.

Je me rendis en salle 201 d'espagnol pour chercher Cadogan, et je pouvais le voir en cours à travers la fenêtre, mais je n'arrivais pas à attirer son attention. J'étais sur le point de taper sur la vitre quand j'entendis quelqu'un derrière moi.

« Bonjour, Monsieur Gray. »

C'était Charlie, le vieux Clint en personne, le doyen Stacks. « Vous cherchez quelqu'un ? » Son œil clignait et son sourire ressemblait à celui d'un diable à ressort.

Christian aimait l'appeler « Clint » en raison de sa ressemblance avec Clint Eastwood (et de sa propension marquée à abattre les élèves indisciplinés). Et ce surnom lui allait comme un gant. J'avais moi-même pour projet personnel de le faire circuler partout.

« Vous essayez de parler à notre ami commun ? »

« Non, » dis-je. « Je passais par là. »

« Tu ferais mieux de filer alors. » Stacks s'avança comme un train de marchandises et frappa à la porte de la classe, entrant aussitôt. L'instant d'après, je le vis escorter Cadogan vers l'autre côté par l'autre entrée, le bras posé sur l'épaule de Cadogan. Je ne pouvais pas voir le visage de Cadogan, mais il était clair qu'il regardait ses pieds. Il était peut-être en train de pleurer.

*

La réunion du Comité de Discipline était donc en cours, et je n'avais aucun moyen de savoir comment ça allait se passer. Les réunions du CD étaient rares et très redoutées ; c'est lors de ces réunions que les garçons se faisaient renvoyer, sans procédure d'appel ; on était simplement parti. Et bien sûr, l'école ne remboursait pas les frais de scolarité, payés d'avance pour l'année.

Je n'avais pas beaucoup d'espoir pour Cadogan, mais par hasard je passai par là et faillis rentrer dans William J. Brennan. « Oh ! Bonjour, William. »

« Alors, qu'est-ce qu'on en sait ? » dit-il.

« Eh bien, Cadogan est en CD. Ça se passe en ce moment même. »

« Intéressant. Hm. »

Je regardai William et il semblait réfléchir.

« Oui ? » dis-je.

Il fit encore une pause, comme s'il pesait ses mots. Finalement il dit : « Viens avec moi, j'ai quelque chose à te montrer. »

Nous montâmes dans la chambre de William, qui se trouvait physiquement plus ou moins au-dessus du bureau du directeur. « Entre, » dit-il. « Bon, Sutra, tu ne dois rien dire de ce que je vais te montrer. Parole d'honneur ? »

« L'honneur entre voleurs ? »

« Bien sûr. D'accord. Je te prends au mot. » Il ferma sa porte à clé, et je crus d'abord qu'il voulait allumer un bol ou faire ce qui intéressait William — je veux dire, tout le monde avait ses petits trucs — et dans son cas je n'avais aucune idée, le gars était un spécimen chimérique s'il en fut — mais non, il porta son doigt à ses lèvres comme pour signaler qu'il fallait rester silencieux. Puis il ouvrit son placard et se mit à en sortir ses chaussures et divers objets entassés là.

Je m'assis sur le lit pour observer. Je m'impatientai et commençai à parler, mais il m'arrêta d'un regard. Après avoir dégagé le placard, il souleva prudemment quelques planches. Je commençai à entrevoir ce qui ressemblait à un vide. Oui, c'était une découverte ! Il semblait y avoir un espace entre les étages. Un large sourire s'étira sur mon visage. Lui aussi sourit d'une façon que je ne lui avais jamais vue. Puis il me fit signe d'approcher. « Ce bâtiment est vieux, » dit-il dans un murmure. « C'était l'une des premières constructions sur la Mesa. »

J'acquiesçai. *Putain*, pensai-je.

William se dirigea vers son bureau, ouvrit le tiroir du bas et en sortit un stéthoscope, du genre de ceux qu'un médecin porte autour du cou. Et en effet, je réalisai que William avait tout d'un futur médecin écrit sur lui. Discrètement, il me tendit l'instrument. « Descends dans l'espace entre les étages. Il fait environ soixante-quinze centimètres de haut et quatre-vingt-dix de large. Fais très attention à ne pas faire de bruit. Puis pose le stéthoscope sur le plancher. »

Je compris le plan immédiatement. Je me laissai descendre lentement, les pieds en premier, mais au moment où mes fesses touchèrent le sol — le plafond de l'étage inférieur, supposai-je —, William alluma son lecteur de cassettes ; la chanson était *Are We Not Men*, de DEVO. Puis il se mit à taper des pieds sur son propre sol. Je le regardai depuis le bas, l'air terrifié. Mais il se contenta de me faire signe de continuer. Je compris qu'il faisait du bruit pour couvrir ce que je faisais. Probablement que le directeur et les autres personnes qui utilisaient le bureau étaient habitués au bruit des dortoirs au-dessus.

William est un putain de génie, pensai-je, même s'il m'avait presque fait faire une crise cardiaque. *Ça doit être tous ces jeux de rôle D & D et toute cette imagination qui lui servent enfin. Sacré nom. Ça a donc une utilité, en fin de compte.* Voilà le genre de pensées qui me traversaient l'esprit.

J'étais maintenant dans l'espace entre les étages, et William ralentit ses pas lourds mais laissa la musique allumée. Cependant, grâce au stéthoscope, j'entendais clairement les conversations en dessous ; l'instrument médical servait à la fois à bloquer les sons extérieurs et à amplifier ceux d'en bas. La réunion semblait tout juste commencer.

*

« Merci à tous d'être venus au pied levé. Nous devons nous pencher sur la triste situation de M. West. »

« Mais je... »

« Ne parlez pas, Cadogan, » dit le directeur. « Vous aurez l'occasion de répondre dans quelques minutes si vous le souhaitez. Mais je vous conseille de ne pas creuser davantage votre propre tombe. »

« J'ai parlé avec Alberto Ciccariello ce matin et il m'a dit que M. West était venu le voir il y a quelques jours pour lui demander une cigarette, et Ciccariello, en homme généreux, lui en a donné deux. M. Ciccariello fume des Marlboro Lights. Vous pouvez clairement voir que ces mégots sont de cette marque. »

« Je le savais ! » cria une autre voix. J'étais presque sûr que c'était Francis Remus.

« Cependant, » poursuivit le directeur, « vous pouvez également voir que sur l'un d'eux se trouvent des traces de rouge à lèvres. »

« Du rouge à lèvres ? » Je ne reconnus pas cette voix tout de suite, mais l'accent suggérait que c'était Heine Henler.

« Oui, Heinrich. Du rouge à lèvres. Je ne pense pas que ce puisse être autre chose. »

« Et qu'en déduisez-vous ? » gronda Remus.

« Calmez-vous, Francis. » Ça semblait être le directeur. « Je m'excuse, mais j'ai dû soumettre ça à Elantra. »

« Ma femme ? » Remus semblait stupéfait.

« Oui, » poursuivit-il. « Nous avons appris ce matin la rumeur selon laquelle Julie s'intéressait à la cigarette. Je voulais savoir si Elantra pensait que c'était possible. »

« Mais vous auriez dû m'en parler ! Je suis son père. »

« Je suis désolé, Remus. Elantra dit que Julie traverse une phase, une phase de rébellion. Surtout envers les figures d'autorité masculine. Je ne vais pas répéter ici tout ce qu'elle m'a dit, mais... »

« Vous essayez de dire que ma fille est allée dans la salle de musique au milieu de la nuit, avec ce garçon, et qu'elle a mis le feu à mon piano ? »

« Cadogan, » dit le directeur. « Vous devez être franc. Avez-vous pris des cigarettes à M. Ciccariello ? »

Cadogan sembla marmonner.

« Qu'avez-vous dit, s'il vous plaît ? »

« Oui, » dit-il.

« Et les avez-vous données à Julie ? »

« Non. »

« Non ? » Le directeur était surpris.

« Elle voulait que je lui apprenne. Dans la salle de musique. Elle a dit que ça énerverait son père. »

« Alors vous l'y avez retrouvée ? »

« Oui. J'avais calé la porte avec un bâton plus tôt dans la journée pour qu'on puisse y entrer ce soir-là. »

« Et vous avez fumé des cigarettes ? »

« J'ai juste tiré une bouffée. Comme je le dis toujours, tout est dans la première bouffée. Après, c'est la dégringolade. »

Quelqu'un gloussa à cette remarque, mais c'était indistinct et je ne pus déterminer qui c'était.

Le directeur dit : « S'il vous plaît, tout le monde, c'est sérieux. » Après un moment, il poursuivit. « Donc c'est vous qui avez appris à Julie à fumer ? »

« Oui. »

« Et Julie a-t-elle laissé sa cigarette sur le piano ? »

Cadogan ne put répondre immédiatement, car Remus se mit à se plaindre de la procédure. « C'est inacceptable, Scott ! »

« Attends un peu, Francis, » dit le directeur. « Cadogan, réponds à la question, s'il te plaît. »

« Je ne sais pas vraiment ce qu'elle en a fait, » dit-il. « Je ne me souviens pas qu'elle ait fait ça. Mais elle a dû le faire. J'ai écrasé la mienne et je l'ai jetée à la poubelle. »

« Laquelle ? » dit Remus.

« Celle près de la porte. »

« Eh bien, Remus ? » dit une nouvelle voix. C'était Charlie Stacks. « C'est toi qui as recueilli les preuves. Est-ce que l'une d'elles provenait de la poubelle ? Lequel de ces mégots se trouvait sur le piano ? »

Cette question resta sans réponse immédiate. J'entendis le grincement brusque d'une chaise repoussée ; dans mon imagination, le grand homme s'était levé d'un bond. « Insinuez-vous que ma fille a brûlé le piano ? »

« Veux-tu bien répondre à la question, Francis ? »

« Non ! Non, je ne répondrai pas. »

J'entendis alors ce que j'imaginais être des pas lourds de taille quarante-huit, puis une porte claqua.

Le silence régna un moment. J'essayai de rester parfaitement immobile.

« Eh bien, » dit le directeur, « on dirait que Francis veut en parler avec sa fille. Et il a raison. »

« C'est une affaire de famille, » dit Heine. « Nous devons respecter la famille Remus et lui permettre de régler ses propres problèmes. Ça ne nous regarde plus. »

« Je suis d'accord, » dit le doyen. « Mais que devons-nous faire de Cadogan ? »

À ce moment-là, Cadogan fit quelque chose qui me parut peu dans son caractère : il sanglota. « S'il vous plaît, ne m'expulsez pas. Je vous en prie, je ne fumerai plus en dehors des zones autorisées. »

Le groupe sembla procéder à un sondage informel. « Combien sont en faveur de l'expulsion ? Heinrich ? »

« Non. En aucun cas. »

« Charlie ? »

« Oui. »

« Martin ? »

Je fus surpris d'apprendre que Martin était présent. Il n'avait pas pris la parole jusqu'alors. Mais il dit : « Non. Ce n'était qu'un piano. »

Le directeur soupira. « Si Remus était là, il aurait voix au chapitre, mais il a clairement décidé de se retirer de la procédure du Comité de Discipline, et je marquerai donc son vote comme une abstention. Pour ma part, je pense que l'expulsion n'est pas nécessaire. Cadogan est manifestement bouleversé par cette affaire et plein de remords. N'est-ce pas, Cadogan ? »

« Oui, monsieur. »

« Mais ça ne me semble pas suffisant, » dit Stacks. « Ne faut-il pas en faire un exemple ? »

J'entendis un cri de Cadogan, et une bouffée de colère me transperça la poitrine. *Tu es définitivement sur ma liste noire maintenant, Stacks,* pensai-je.

« Non, » dit le directeur, « ma colère se dirige en fait ailleurs. »

« Oh ? Sûrement pas la fille ? Vous voulez dire le jardinier ? » dit Heinrich.

« Je pense qu'il faut fermer la zone fumeurs pendant un certain temps. Et il va falloir que je parle à Glen du contrat d'Alberto, » poursuivit le directeur. « Peut-être qu'il faut envisager un changement là-bas. »

À ce moment-là, le vieux Kickshaw fit irruption dans la réunion. « Qu'est-ce que c'est que tout ça ? » marmonna-t-il. « Le meurtre horrible et non élucidé du piano — est-ce là le coupable ? »

« Tout va bien, Dr Kickshaw, » dit le directeur. « Tout est sous contrôle... »

*

J'en avais assez entendu — il sembla que le vieux Kickshaw aurait besoin de plusieurs minutes d'explications superflues, et ma jambe commençait à avoir des crampes. Je retirai le stéthoscope de mes oreilles et essayai de me relever très lentement. William, à son crédit, avait fait attention : il monta le volume de la musique et se remit à taper des pieds. Je m'extirpai de l'espace entre les étages avec quelque difficulté — j'étais raide d'être resté dans la même position. Mais William m'aida ensuite doucement à sortir et nous remîmes rapidement le placard dans son état initial.

Finalement, je lui tendis le stéthoscope. Je l'avais gardé autour du cou. « C'est vraiment pratique. »

« Ah oui, il faut toujours avoir un stéthoscope sous la main, je le dis. On ne sait jamais quand on pourrait avoir besoin de vérifier ses propres signes vitaux. »

« Tu veux dire — pour vérifier qu'on n'est pas mort ? »

« Exactement. »

DIXIÈME PARTIE — Le Chaos du Kumbh Mela

Une Indienne juchée sur un ressort,
Le sentait contre sa rose pousser fort,
Ça tournait sans fin,
Ce destin malin,
Sans jamais lui causer le transport.

« Je ne sais pas, Robbie, » dit William. « Je veux obtenir un diplôme en langues anciennes — probablement en sanskrit. Je veux devenir chercheur. Donc pour moi, aller à l'université est la seule chose logique à faire. »

« William J. Brennan, docteur. Soit, » dis-je. « Mais pour la philosophie — pas la philosophie occidentale, qu'en est-il de la philosophie orientale ? De la religion ? »

« De nos jours, l'étude de la philosophie ou de la religion, quelle qu'elle soit, est un exercice académique. C'est plutôt pathétique. »

Ça m'avait découragé, parce que j'y voyais la vérité. « Oui. C'est juste. »

William et moi parlions de l'avenir. Je suppose qu'il était la seule personne à Kickshaw à qui je me sentais capable de m'ouvrir vraiment.

« Pourquoi tu es aussi déçu par l'université ? » me demanda-t-il.

« Je ne sais pas. » J'y réfléchis. « Je veux juste travailler sur l'essentiel. Je veux rire et pleurer. »

« Ouais, je comprends ça. »

« Compter, c'est pour les machines, pas pour les hommes. J'ai aussi un sentiment de malaise à propos de... eh bien, de tout. »

« Il est certain que l'idée fondamentale de la croissance économique — une croissance sans fin — comme condition nécessaire à l'économie est insoutenable. En fait, d'un point de vue biologique, une croissance sans fin et incontrôlée porte un nom : le cancer. »

« Exactement ! Tout à fait. »

« Il y a aussi d'autres choses. As-tu lu Marshall McLuhan ? »

« Non. »

« Tu devrais te pencher sur lui. Il est malheureusement décédé l'année dernière. Mais son œuvre porte entièrement sur les médias. »

« Le médium est le message ? C'est lui ? »

« Exactement. La critique culturelle. Je veux dire, c'est ce que font beaucoup d'universitaires. Donc tu es clairement un universitaire, Robbie. Peut-être que tu ne t'en rends pas encore compte. »

« Mais... et si je voulais faire plus qu'écrire des choses intelligentes sur la société ? Et si je voulais la changer ? La foutre en l'air ou la démolir ? »

« Oui. Bien sûr. Tu as tout à fait raison. C'est plutôt... tu sais, d'abord un voyage intérieur. »

« Exactement. »

*

« Je le déteste, putain, William. »

« C'est une phase que tu traverses. Tu t'en sortiras. »

Il y avait une lueur d'espoir, pensai-je — *Star Trek* montrait la voie, même avec d'importantes contradictions internes : l'Enterprise était à la fois un vaisseau scientifique destiné à l'exploration et un navire de guerre brutal, une arme de violence. Les chemises rouges étaient tuées à chaque épisode ; verser le sang était inévitable. C'était une contradiction qui, avec le temps, devenait de plus en plus évidente et menait aux limites de la science-fiction. Un coup dur.

Kung Fu, lui aussi, avec sa philosophie orientale, parlait d'une autre voie. J'adorais *Kung Fu*. William n'avait jamais vu *Kung Fu*, mais à son crédit, quand je lui en ai parlé, il a tenu à le regarder pendant les vacances. Il est vite devenu obsédé par la série. Il en a parlé pendant des semaines. Mais même ça, nous étions d'accord, n'était que du divertissement. Pas une philosophie politique. On ne peut pas se contenter d'errer en faisant des interventions.

Mais comment avais-je pu être corrompu par les idéaux de l'enseignement supérieur ? Où m'étais-je trompé ? C'était ma pensée dominante. Et puis je me suis souvenu.

Je dis à William : « Je crois que j'ai été empoisonné dès mon plus jeune âge par cette publicité télévisée pour les examens d'entrée à l'université — celle qui vantait l'idée de crédits universitaires pour les connaissances acquises. Tu te souviens de cette pub ? »

« Non, je n'étais pas vraiment un enfant de la télé. »

« Eh bien, dans cette pub, un Abraham Lincoln adulte s'inscrit à un cours d'histoire de deuxième année à l'université. Le professeur remarque que Lincoln est un étudiant de première année et se demande à voix haute s'il va s'en sortir. Mais Lincoln explique qu'il connaît déjà pas mal l'histoire américaine et s'empresse de le prouver à la classe stupéfaite.

« J'aimais bien cette pub, mais ça m'a toujours frappé que dans la réalité, Lincoln n'est jamais allé à l'université et n'a jamais eu besoin d'un diplôme. C'était un autodidacte. Alors pourquoi ai-je besoin d'un diplôme ? Pourquoi je ne peux pas être comme Lincoln ? »

« C'est un bon argument, » dit William, sans plus.

Maintenant en troisième année à Kickshaw, j'avais bien sûr retiré mes œillères et l'éclat des murs dorés de la cage s'était quelque peu terni. Et pourtant c'était un endroit magnifique et je pouvais imaginer que l'université serait tout aussi bien : le charmant campus, les jolies filles, les beaux livres et les bibliothèques remplies de savoir. Peut-être que Berkeley, pensais-je, les splendeurs de San Francisco, pourraient s'ouvrir à moi comme une femme, comme pour tant de membres de la Beat Generation. Mais alors l'obscurité s'abattait sur moi. N'était-ce pas là un tableau idyllique de bouffées de bang, de nanas et d'idées grandioses exposées sous des dômes ensoleillés, un peu comme ceux décrits par Ray Bradbury dans *L'Homme illustré* ? Du soleil et du bon temps pendant que le monde se noyait sous une pluie torrentielle de merde capitaliste et belliciste ? William avait raison, biologiquement parlant, c'était un cancer. Une maladie.

Cependant, il fallut du temps pour que mes vagues sentiments de méfiance et de malaise se traduisent en actes. Des mois, même. J'étais paresseux. Je le savais, mais le savoir ne m'aidait pas à l'être moins. J'avais besoin d'un catalyseur.

*

Ideas 201 était le prolongement d'Ideas 101, et ses participants étaient tous des fans inconditionnels, des acolytes dévoués de Ram. Nous l'adorions. Nous étions quelques semaines après la rentrée de la nouvelle année.

« J'ai une annonce à faire, » dit-il. « Un conférencier très spécial viendra nous rendre visite la semaine prochaine. Il s'agit de Malcolm Walters. C'est un diplômé de Kickshaw de la promotion de 1976. Certains d'entre vous le connaissent peut-être, ou en ont au moins entendu parler. »

« Je sais que son père était sénateur, » dit Cadogan.

« Ah bon, » dit Ram. « Eh bien, eh bien. Je l'ignorais totalement. Un gentleman si distingué. »

Ram savait fort bien, naturellement, que son protégé était issu d'une famille aisée.

« Mais indépendamment de sa famille et de ses relations, Malcolm est tout à fait remarquable à d'autres égards. Son intérêt pour la spiritualité l'a conduit à renoncer à l'université pendant un certain temps et à partir en Inde à la recherche d'un gourou vivant. »

« Un gourou ? » dis-je. « Est-ce qu'il existe de vrais gourous ? »

« Mais oui, Sutra, » dit-il. « Certains considèrent leur livre sacré comme leur gourou. C'est le cas dans la religion dans laquelle je suis né, le sikhisme. Ils croient que l'Adi Granth est leur gourou. Mais d'autres traditions recherchent un maître vivant, un enseignant spirituel en chair et en os. Quoi qu'il en soit, Malcolm et moi avons correspondu par courrier, et il est de retour de Pune ; il aimerait nous faire part de ses expériences. »

« A-t-il trouvé un gourou ? » demandai-je.

« Il semblerait. Mais attendons d'entendre Malcolm lui-même. »

L'homme en question fit son apparition le mardi matin suivant. Il était en retard et avait manqué notre cours habituel. Nous nous attendions à ce que quelqu'un arrive dans une belle voiture, peut-être en taxi. Mais il s'avéra que Malcolm avait pris le bus Greyhound depuis LAX. Il avait fait du stop jusqu'à la Mesa, ce qui expliquait son retard. Ram l'accueillit chaleureusement et suggéra que nous nous retrouvions tous à l'heure du déjeuner. « On mangera un morceau dehors sur l'herbe. Ce sera un vrai satsang ! »

« C'est quoi ça ? » demandai-je.

« C'est juste un mot indien, » dit William. « Ça veut dire "rassemblement spirituel". »

Ram et Malcolm partirent discuter, et nous nous retrouvâmes tous dans la salle à manger un peu après onze heures et demie. Nous emportâmes nos plateaux dans la cour ; il y avait un bout de pelouse mi-soleil mi-ombre qui semblait parfait pour s'asseoir. Pas de chaises — à l'indienne, par terre.

Ram fit les présentations. « Tout le monde, voici Malcolm Walters, comme je vous l'avais promis. Alors, Malcolm, tu voudrais bien nous parler un peu de ton aventure en Inde ? »

« Bien sûr, » dit-il. « Je me souviens de certains de vos visages. »

« J'étais en première année quand tu étais en deuxième, » dit William.

« Oui, William, bonjour. Tu as bien pris des joues depuis. » La remarque déclencha le rire de tout le groupe. « Eh bien, je commencerai par dire qu'après l'obtention de mon diplôme, je ne savais pas trop quoi faire sur le plan des études. Et j'avais vraiment besoin d'une année de recul. Cette "année de recul" s'est transformée en deux, puis en trois. Mais je suis de retour aux États-Unis pour l'instant. »

« Que vas-tu faire ? » demandai-je. « Et l'université ? »

« Oh, j'irai à l'université un jour ou l'autre, je pense. Mais pour l'instant, je préfère aider le Bhagwan à s'établir ici. »

« Bhagwan ? » demandai-je.

« Oui, le Bhagwan Shri Rajneesh. C'est un gourou que j'ai rencontré quand j'étais à Pune. »

« Alors tu as trouvé un gourou ! » s'exclama William.

« Je crois que oui. Mais je m'avance ! Reprenons depuis le début. Tout d'abord, on a pris l'avion pour Delhi. C'est dans le nord-est de l'Inde, du côté du Pendjab. Mon compagnon de voyage était Rob Standish — le fils de l'infirmière de l'école, vous la connaissez peut-être. »

Pour une raison obscure, cela fit rire tout le monde, et Malcolm ne comprenait pas pourquoi.

« Rob est l'un de mes autres étudiants en Idées, » dit Ram, pour faire avancer les choses — et peut-être pour m'épargner la gêne.

« Donc Rob et moi avons pris l'avion pour Delhi avec l'intention générale de visiter le Gange. Il se trouve également assez loin au nord ; ce fleuve sacré est alimenté par les eaux de fonte de l'Himalaya. Tout le trajet s'est fait en train, et ce fut tour à tour saisissant, exaspérant et magnifique. »

« Vous vous êtes donc baignés dans le Gange ? » dit Ram.

« Oui, même si c'était juste en face d'une centrale électrique. Partout, on voyait le contraste entre la vieille Inde et la nouvelle. Et c'était loin d'être spirituel. Mais ensuite, nous avons remonté le fleuve quelque temps et rencontré des yogis. Ils nous ont parlé du Maha Kumbh Mela. »

« C'est un festival hindou au bord du fleuve qui attire des millions de personnes, » dit Ram. « Des millions et des millions de pèlerins. »

« Ça ressemble à du chaos pur, » dis-je.

« Eh bien, c'est sûr, » dit Malcolm. « Et à notre insu, le grand festival allait bientôt commencer. Cette année-là, il avait lieu à Allahabad, qui n'était pas si loin — peut-être cent kilomètres à vol d'oiseau. Mais c'était l'Inde ! Ça pouvait prendre une éternité. Malgré tout, nous avons commencé à marcher. »

« Vous avez marché ? » dis-je.

« Bien sûr. On a aussi fait un peu d'auto-stop. Le festival... je ne suis pas sûr qu'il existe des mots pour le décrire. Mais tous les douze ans, ils en organisent un grand. Et celui-là était grand. »

« Des millions de pèlerins hindous viennent de toute l'Inde, » dit Ram. « Et surtout des sadhus et toutes sortes d'hommes saints. Des pratiques, des idées, des philosophies de toutes sortes. »

« Rien que la foule dépassait l'entendement. Des millions de personnes. Un jour, nous étions au bord du Gange. J'ai vu un crâne humain dans le sable ; et tout près, quelqu'un avait fait ses besoins, et un tas d'excréments humains gisait là. Ces deux artefacts semblaient à eux seuls formuler toute l'extrémité de la condition humaine. »

William ne put s'empêcher de glousser. « L'Inde n'est pas tout rose, n'est-ce pas ? »

« C'est vrai. L'Inde, l'Inde moderne, est l'un des endroits les plus durs au monde. Surtout pour un Occidental, pour un Américain. La pollution dans les villes, les ordures, les eaux usées à l'état brut. Je me souviens d'avoir été à Delhi et d'avoir senti une odeur de hamburger. Je suis végétarien depuis des années, mais vous savez comment c'est — on sent quelque chose et ça sent bon. Mais ce n'était pas du hamburger. Quelqu'un veut deviner ce que c'était ? »

Ram souriait. « Je le sais, mais je ne dirai rien. »

« OK, tu nous as eus — qu'est-ce que c'était ? » demandai-je.

« Des cadavres. Il y a des ghâts funéraires sur les toits d'immeubles partout dans la ville. L'odeur de graisse humaine en train de se consumer imprègne la ville la nuit. »

« Beurk, » dis-je. « Du hardcore. »

« En effet, » dit Malcolm.

« Mais parle-nous du Kumbh Mela, » dit William.

« Le premier jour à Allahabad, j'ai trouvé qu'il y avait du monde. Je me trompais. Le festival n'avait même pas encore commencé. Bientôt, les sadhus et les personnages mystérieux se multiplièrent — des hommes saints à demi-nus, ceints d'un pagne, affluant comme la pluie. Les pèlerins se rassemblaient autour de ces figures, les vénérant et leur offrant l'aumône, en groupes et en hordes. Nous fûmes emportés par la ferveur religieuse des pèlerins, dont beaucoup parlaient anglais. Et bien sûr, nous étions des étrangers là-bas, des étrangers en terre étrangère, et les pèlerins s'approchaient aussi de nous — voulant parfois nous enseigner, nous aider, nous expliquer les choses, mais aussi, de temps à autre, s'assurer que nous n'étions pas des êtres spirituels revêtus du costume des Américains, venus délivrer un message. Il semblait que chaque sadhu avait un message, que chaque homme saint avait quelque chose à dire. Et j'imagine que pour eux, nous ne faisions pas exception. »

« Et qu'est-ce que tu leur as répondu ? » demandai-je, émerveillé.

« J'ai surtout essayé de canaliser Ram ici présent, » dit-il — ce qui fit rire Ram. « J'ai parlé du cours sur les idées. Des pèlerins et même quelques sadhus écoutaient et regardaient avec émerveillement. "Est-ce que ce genre de chose se produit vraiment aux États-Unis ?" demanda un sadhu. "Je te jure que c'est vrai," répondis-je. "On a étudié la Bhagavad-Gita en cours" — et j'ai cité un passage de ce livre, traduit bien sûr en anglais. Le sadhu était stupéfait. "C'est incroyable," dit-il. "Vous êtes des devas descendus sur terre pour nous montrer quelque chose." Mais mon attitude était : souviens-toi d'être humble, il faut partir. Nous nous sommes éloignés avant que ça ne tourne à l'attroupement. »

« Le lendemain, nous nous dirigeâmes lentement vers le fleuve — le Gange. Nous nous y étions déjà baignés, mais c'était le jour du festival, un jour sacré pour l'accomplir. Nous marchâmes jusqu'au bord de l'eau. Rob entra dans le fleuve, mais avant que je puisse en faire autant, un sadhu sur la rive me saisit la main. Il me dit : "Après t'être baigné, viens me voir, j'ai un message pour toi." Je ne savais pas exactement ce qu'il voulait dire, et j'avais peur de ne jamais pouvoir retrouver cet homme, couvert de cendres, dont les cheveux non coupés ressemblaient à un immense nid de rats.

« Mais nous devions continuer. J'entrai dans le Gange et plongeai la tête sous l'eau, comme Rob l'avait fait, puis je le pris par la main et le ramenai sur la rive. Mais le sadhu avait disparu. Je le cherchai longtemps — probablement des heures. Le ciel se couvrit et mon cerveau réclamait des calories. J'étais épuisé, tant mentalement que physiquement. Finalement, je dus abandonner, et nous retournâmes lentement en ville pour essayer de trouver quelque chose à manger. Mais au moment même où j'avais renoncé à tout espoir, le voilà, soudain, devant nous. "Ah !" dit-il. "J'espérais vous croiser. Je fais partie des *Mahanirvani* — nous vénérons le Seigneur Shiva. La nuit dernière, j'ai rêvé que je rencontrerais un Occidental. Le Seigneur Shiva est apparu dans mon rêve — c'est d'un très heureux augure ; mais aussi très effrayant. Dans le rêve, le Seigneur m'a parlé de votre venue. Je dois vous dire que votre maître n'est pas ici — il vit à l'extrême ouest de l'Inde, à Poona." "Et le Seigneur vous a-t-il donné le nom de ce maître ?" lui demandai-je. Il secoua la tête. "Non, je suis désolé. Mais je vous conseille de partir sans tarder et de voyager vers l'ouest. Je dois y aller maintenant. Bonne chance." »

« Et sans un mot de plus, il nous quitta. Je ne savais pas trop si nous devions l'écouter, mais Rob était convaincu. "C'est clairement un message — peut-être LE Message que nous attendions !" Alors nous avons lentement pris congé du festival. Il nous fallut quelques semaines pour arriver à Poone, ou Pune comme on venait de la rebaptiser. »

« Je ne suis jamais allé à Pune, » dit Ram. « Comment c'est, là-bas ? »

« C'est chaud et luxuriant, très vert. Une atmosphère tropicale. C'est un centre culturel, bien plus occidentalisé que la campagne environnante. »

« Alors, qu'avez-vous fait ? » demandai-je. « Ça semble une tâche impossible de retrouver quelqu'un dans une ville aussi grande. J'ai déjà du mal à me repérer à Carpinteria. »

Malcolm rit. « Oui, c'était une énigme insurmontable. Mais Rob et moi étions tous deux résolus à tenir aussi longtemps qu'il le faudrait. Je dois dire qu'à ce stade, notre aspect et notre odeur laissaient franchement à désirer. Rob et moi avions tous deux laissé pousser la barbe et portions surtout des vêtements indiens. Nous étions devenus des SDF, selon les critères occidentaux. Nous avons trouvé un logement bon marché à la périphérie de la ville — dans un bidonville, essentiellement, il y en a des quantités — et souffert pendant des semaines. Dans certaines régions de l'Inde, les gens parlent beaucoup anglais ; mais pour une raison quelconque, ce n'était pas le cas à Pune. Les gens que nous croisions parlaient toutes sortes de langues, mais rarement l'anglais. Ce fut une période de grande solitude. »

« Finalement, après quelques semaines, nous rencontrâmes un professeur d'université, un homme cultivé. Il s'appelait Sundar Singh, et Rob lui rentra littéralement dedans par hasard dans la rue. Nous engageâmes la conversation et il se montra curieux.

"Que font deux jeunes Américains ici ?"

"C'est une longue histoire," dis-je, "mais si ça vous intéresse, je serais ravi de vous la raconter."

"Oui, bien sûr. Allons prendre un thé."

« Je racontai à Sundar l'histoire du "message" du sadhu, qu'il trouva fort intéressante et prit très au sérieux. "C'est de la plus haute importance," dit-il. "Je connais beaucoup de figures spirituelles ici à Poona — il n'a donné aucun nom ?"

"Aucun," répondis-je. "Juste que nous devions partir immédiatement vers l'ouest."

"Ça me fait penser qu'on a justement un jeune gourou ici à Poona qui commence à rassembler beaucoup de disciples occidentaux. Il s'appelle Rajneesh. Je me demande..."

« Il se gratta le menton, et Rob et moi avons tout de suite eu la même idée — c'était peut-être ce que le sadhu voulait dire. "Où se trouve ce Rajneesh ? Qui est-il ?"

"À dire vrai, je ne sais pas grand-chose de lui... il est un peu controversé... il semble mélanger les traditions... mais il pourrait correspondre à la description."

« Nous remerciâmes chaleureusement Sundar et nous mîmes en quête de ce Rajneesh. Il n'était pas si difficile à trouver — Sundar avait raison, il rassemblait des disciples. Nous allâmes dès que possible à un discours public, un satsang, comme ils l'appellent. »

« Comment est-il ? » demanda Ram.

« C'est difficile à décrire. Il parle très lentement, et c'est à vous de vous adresser à lui — il ne prend jamais la parole en premier. Il est calme et dégage une impression de divinité. Il est différent, dans le sens où il n'est pas opposé à la sexualité... et il mélange différentes traditions. Il est en train de créer ce qu'il appelle un "néo-sannyasin" — un nouveau type de disciple. »

« Un sannyasin est un renonçant, » dit Ram. « Cela signifie laisser le monde derrière soi — y compris les femmes. »

Mais Malcolm ne se laissa pas décourager. « Rajneesh propose que nous soyons des renonçants, mais aussi que nous embrassions l'énergie, l'action et la participation au monde pour y faire le bien. Il n'est pas opposé à l'argent. Il a de grands projets. Un jour, il viendra peut-être même en Amérique ! »

Je trouvais que tout cela avait assez peu de sens, mais Malcolm semblait extrêmement enthousiaste à propos de ce nouveau maître spirituel, alors je me tus.

*

Lors du cours d'Idées suivant, nous avons discuté de la visite de Malcolm, et je ne peux pas dire que j'étais très intéressé par le gourou de Malcolm — mais je commençais à élaborer mon propre projet. C'était un chercheur. Je pouvais m'identifier à ça. Et l'Inde semblait magique.

« Je vois tes yeux briller, Sutra. À quoi penses-tu ? » dit Ram.

« Je me demande juste si je ne devrais pas suivre l'exemple de Malcolm et aller en Inde. Bien sûr, il me faudrait un compagnon de voyage, » et j'adressai un regard à William. Mais il se contenta de sourire et de secouer la tête. « Je ne te serai d'aucune utilité, Sutra, dans ce domaine. Je suis un rat de bibliothèque. Je ne tiendrais pas un jour sans mon confort. »

« Le voyage en Inde représente un investissement considérable en temps et en énergie, » dit Ram. « Et tout n'y est évidemment pas rose. Continue d'y réfléchir, Sutra. Peut-être que la voie s'ouvrira pour toi. »

Ram avait les yeux baissés. « En attendant, dit-il, je dois vous informer que le directeur a demandé que Malcolm ne revienne plus nous rendre visite, et que nous cessions toute discussion sur ce sujet. »

« Pourquoi ? » demandai-je.

« Apparemment, le Dr Kickshaw a émis certaines inquiétudes. Il a croisé Malcolm sur le campus l'autre jour et a posé des questions à ce sujet. Il dit craindre que des étudiants ne suivent l'exemple de Malcolm et ne s'entichent d'un "gourou indien farfelu". Ce sont ses mots exacts. »

« C'est vraiment nul ! » m'écriai-je.

« Non, Sutra. Non, non. Ne t'y oppose pas. Accepte. Nous avons quand même pu rencontrer Malcolm, n'est-ce pas ? C'était une forme de grâce. Sois toujours reconnaissant pour ce qui vient. »

« Mais Ram ! » insistai-je.

« Non, Robbie, » dit-il tristement. « Écoute-moi. Nous devons considérer le temps que nous passons ensemble sur cette terre comme une forme de grâce. Personne ne sait combien de temps il lui reste. Sois toujours reconnaissant. »

Mais j'ai râlé pendant des jours.

Et puis on apprit que les cours d'Ideas étaient brusquement annulés. Tout le programme, du jour au lendemain.

« Nous réévaluons la pertinence de ce programme d'études, » fut tout ce que le directeur consentit à dire.

« Et Ram dans tout ça ? »

« Cela ne vous regarde pas, Monsieur Gray. Veuillez vaquer à vos occupations. »

« Vous êtes nuls ! » lançai-je.

J'aurais bien aimé sortir quelque chose de plus percutant, évidemment. Mais c'était le mieux que je pouvais faire entre deux sanglots. C'était vraiment le Chaos du Kumbh Mela, et ça ne se situait que légèrement en dessous du massacre de My Lai de 1968. Du moins, selon moi.

Entre-temps, ma relation avec mon père — que j'idolâtrais d'un béguin absolu depuis le premier jour — était elle aussi en train de changer. J'avais depuis longtemps dépassé le stade du « oh mince, il est gay ». Avec le recul, c'était triste de ne pas l'avoir compris plus tôt. Mon père faisait tout simplement ce qui le rendait heureux, et ça me convenait ; j'aurais aimé qu'il se remette avec Larry, qui avait été une force si positive dans sa vie. Larry me manquait — c'était lui qui faisait tenir la baraque. Conchita me manquait même aussi.

Mais une détente semblait désormais improbable. Et mon père s'appliquait à me montrer une autre facette de lui-même.

La situation avec la « grève des loyers » à *Rancho Bravos* avait dégénéré au point que mon père avait fait intervenir les tribunaux. Dès qu'il obtenait un jugement civil contre un locataire en particulier, il s'employait méthodiquement à l'écraser. Il m'expliquait avec jubilation à quel point le shérif du comté de Santa Barbara lui était particulièrement utile. « Dès que j'obtiens un jugement, je saisis les salaires. Et si les gens n'ont pas de travail régulier — certains n'en ont pas — alors je fais en sorte qu'on les expulse. »

On appelait ça une expulsion, et Conchita fut l'une des premières à partir. Je n'étais pas désolé de voir son *hombre* mis à la rue, mais ça semblait bien ingrat de balancer Conchita comme un fond de pizza de la semaine dernière. Je la considérais presque comme de la famille.

J'avais envie de faire une blague, quelque chose comme « tu ne peux pas la laisser s'en tirer après tout ce qu'elle a fait pour toi ? » ou « elle ne pourrait pas nous donner un coup de main à tous les deux ? », mais ça semblait de mauvais goût.

ONZIÈME PARTIE — Rope-a-dope au bal de fin d'année

Il y avait une beauté, un beau matin,
Qui cherchait sa carrière, son destin,
Elle fila avec un gaillard,
Qui m'écarta du regard,
Et lui pilonnait le fond du jardin.

Le vieux Kickshaw m'a surpris un jour, vers la fin de ma terminale. Je n'étais pas en train de mener mes explorations secrètes dans les boiseries, tel un termite, ni de ramper dans les canalisations sous les dortoirs et les salles de classe, ni de hanter les sentiers, mais simplement en train de flâner. C'était une journée magnifique et je pensais au bal de fin d'année.

Kickshaw adorait arpenter le campus et était le cauchemar de bien des plans d'évasion pour les élèves qui tentaient de fuir sans permission. Mais ce jour-là, avec le soleil haut dans le ciel, il me surprit. « Jeune maître Gray, un instant ! »

« Euh, bonjour, docteur Kickshaw. »

Il s'était approché de moi sans que je m'en aperçoive, ou alors j'étais en train de rêvasser pendant ma promenade quotidienne, après avoir tiré deux ou trois bouffées en cachette dans le placard de Christian. Mes yeux étaient imprégnés de Visine, et un bonbon à la menthe m'avait donné le courage de parler, mais j'étais encore tout étourdi. « Vous m'avez fait sursauter, monsieur. »

« On rêvassait, n'est-ce pas ? Très bien, mon garçon. Bon, que diriez-vous d'une petite discussion ? »

« Euh, d'accord, mais on peut marcher ? Voyez-vous, c'est ma promenade quotidienne. J'ai besoin de faire de l'exercice. Et ça m'aide à réfléchir et, vous savez, à mieux réussir mes études. » Je passais en mode baratin à fond, en pilote automatique, mais Kickshaw était dur d'oreille, alors je n'étais pas sûr que ça ait de l'importance. Pourtant, certaines de mes meilleures idées étaient le fruit de cette réflexion rapide (comme j'aimais l'appeler).

« Oui, bien sûr, mon garçon. Nous allons marcher, toi et moi. J'adore moi-même faire une bonne promenade. » Le vieux Kickshaw devait avoir dans les quatre-vingt-dix ans et marchait avec une canne, alors je ralentis un peu, par simple courtoisie. Mais nous avons continué à ralentir progressivement pendant qu'il parlait. « Je crois savoir que tu as très bien réussi ton Advanced Placement. » Il dit ça sans contexte, et pour autant que je sache, les résultats n'avaient pas encore été publiés.

« Je ne sais pas, monsieur, je n'ai pas vu les résultats. Mais j'étais très confiant quand j'ai passé l'examen. »

« Dans ce cas, laisse-moi être le premier à te féliciter, mon garçon. Tu as obtenu un très honorable 780. Tes résultats en maths AP étaient nettement inférieurs, à peine 550, mais ce score en anglais suffit à te placer en tête de ta classe. J'ai été très impressionné. »

« Mon Dieu, » dis-je. « Je ferais peut-être mieux d'arrêter de lire, ma tête risque d'exploser. »

« Oui, » médita-t-il. « En effet. En effet. Un score des plus respectables. »

Nous avons marché un moment, puis Kickshaw a développé sa pensée. « Vous voyez, jeune maître Gray, notre intention ici, à l'école pour garçons Kickshaw, est d'aider les garçons à découvrir ce qu'ils aiment, à développer leurs compétences, leurs besoins et leurs aspirations intimes — je veux dire, pour leur carrière. Pour leur avenir. Il me semble que vous feriez un excellent écrivain. Aimez-vous écrire ? »

« Euh, oui. Oui monsieur, j'aime ça. J'écris depuis que je suis tout petit et qu'on m'a offert mon premier Etch-a-Sketch. »

« Excellent. Maintenant, comme tu le sais peut-être, il y a un poste vacant dans l'équipe qui va réaliser l'album de fin d'année 1981. Il n'y a actuellement ni rédacteur en chef désigné ni rédacteur attitré. Je pourrais peut-être trouver un Maître pour m'aider à la rédaction — je ne voudrais pas te mettre autant de pression. C'est une énorme responsabilité, la fonction de rédacteur en chef. Mais un rédacteur attitré... »

Je voyais où il voulait en venir. Il voulait me faire entrer dans l'équipe de l'album de fin d'année et m'aider à le concevoir. L'équipe actuelle se composait de James Goldstein, que j'avais remarqué en train d'errer en gaspillant beaucoup de pellicule avec son Canon AE-1, et probablement de Mme Jones, l'épouse occasionnelle du maître de géométrie, qui aiderait pour l'aspect financier en « faisant le lien avec l'éditeur ».

« Je ne sais pas, monsieur, j'ai beaucoup à faire ce semestre... » Je fis de mon mieux pour trouver une excuse, mais, encore sous l'effet de la drogue, je n'en avais pas la force. *Maudit Thai Stick*, pensai-je. *Ça défonce trop.*

« Balivernes, » disait le vieux Kickshaw. Il s'était arrêté de marcher, sa mission accomplie, et j'avais fait plusieurs pas en avant avant de réaliser qu'il s'était immobilisé et n'était plus à mes côtés. Je me retournai et le regardai. Il avait l'air vieux. De près, il paraissait un peu plus jeune, car quand on pouvait les voir, ses yeux étaient souvent écarquillés et fous. Ces yeux se cachaient sous des montures rondes à bords noirs posées sur son crâne chauve en forme de dôme, et les montures de ses lunettes agissaient comme des écrans télescopiques. Mais les cornées cachées en dessous s'embrasaient et se mettaient en évidence quand il était animé par la passion, comme les yeux d'un chat sauvage apercevant soudain un geai bleu. Ce n'était qu'à travers son dos voûté et la dissolution générale de sa forme corporelle que son véritable âge se manifestait.

Quand je me retournai, il était déjà en train de prendre congé et avait la main en l'air, peut-être dans un geste hautain de renvoi ; ou peut-être avait-il simplement terminé et son signe de la main signifiait : « Je passe à autre chose. » Je ne savais pas. Mais ce qu'il dit, c'est : « Je veillerai à ce que Mme Jones soit informée de votre nouveau rôle ! Bonne chance, mon garçon ! » Et il poursuivit son chemin, s'engageant dans une direction totalement différente à travers la pelouse, en direction de la salle à manger.

Je poussai un soupir général de soulagement en le voyant partir. Je me dirigeai lentement vers la chambre de Christian. Il était de nouveau à l'Hermitage ; il s'était installé avec sa boîte à cachettes et avait inventé un moyen astucieux et parfaitement fonctionnel de diffuser la fumée de cannabis. L'engin, qui ressemblait à un tuyau de poêle, fonctionnait à merveille, disait-il, tant que le vent soufflait dans la bonne direction. « Ça emporte la fumée juste au-dessus du bord de la Mesa, puis hors de la zone. »

« Ingénieux ! » m'écriai-je, sans avoir la moindre confiance en ce dispositif.

« Écoute, Christian, Old Kickshaw m'a croisé pendant ma promenade et m'a assigné à l'équipe de l'album de fin d'année. Tu veux te joindre à moi ? »

« Non. Enfin, peut-être. » Je voyais bien que Christian avait une idée. « Mon père adore faire des albums. Il collectionne plein de photos, puis il les découpe et les organise en collages. »

« Ça a l'air sympa, » dis-je.

« Je me demande si on pourrait faire l'album de fin d'année sous forme d'un grand collage ? »

« Je ne sais pas, » dis-je. « Ça a l'air plutôt génial. »

« Ouais, carrément ! »

Christian avait l'air très enthousiaste, alors quand j'eus ma première réunion avec Fish et Mme Jones, je les convainquis de laisser Christian s'occuper de la conception de l'album. « Il est vraiment dans le design, » leur dis-je. « Qu'en pensez-vous ? »

« Pourquoi pas, » dit Fish.

« Vous lui donnez vos photos — prenez-en plein — et il va les organiser en pages d'album. » Je ne dis pas grand-chose du collage ; je me dis que cet aspect « artistique » était mieux passé sous silence. Bien sûr, me raisonnai-je, le concepteur de la mise en page aurait une certaine liberté, et la créativité était le prix à payer. Fish n'était pas au courant, mais il aimait bien l'idée de pouvoir prendre toutes les photos qu'il voulait.

« D'accord, je suppose, » dit-il. « Plus on est de fous, plus on rit. Continue juste à prendre des photos. »

« Je ne sais pas, Robbie, » dit M. Jones.

« Donne-lui une chance, d'accord ? » dis-je.

« Très bien alors. Je vais informer le directeur de nos projets. Christian s'occupera de la mise en page. »

Et Christian était ravi. Pour ma part, ma tâche pour l'album consistait simplement à écrire des choses drôles sur différentes personnes — peut-être un ou deux limericks — qui pourraient servir à agrémenter une page ou faire office de légende pour une photo désarmante. C'est ainsi que je voyais les choses. Le vieux Kickshaw n'avait pratiquement rien dit d'utile à ce sujet, et je n'avais aucune envie de lui demander des précisions ; je décidai de faire simplement ce que je voulais. J'étais désormais rédacteur attitré, disait-il ; très bien. J'avais quelques choses à dire. Nous avions une belle photo de Charlie Stacks dans un couloir, et je pensai que Christian pourrait en faire un collage avec ces mots pour l'accompagner :

Le doyen, froid, le regard sévère,
Hantait les couloirs, tel Clint, austère.
Ses yeux durs d'un démon,
Son esprit comme un piston,
« T'as d'la chance, petite lumière ? »

Pour le Dr Kickshaw, j'écrivis,

Le roi du vieux Kickshaw, sans vouloir,
S'efforçait de garder tout espoir,
Il avait banni les bongs,
Les vits luxueux, les dongs,
Mais rêvait de desserrer son couloir.

Pour Remus, j'envisageai,

Une fille de maître nommée Claire,
Fumait comme si c'était ordinaire,
Un clic, et oh non,
Le grand piano !
S'embrasa comme ses cheveux dans l'air.

*

Je n'ai pas beaucoup parlé de Suzanne ici. Elle avait emménagé dans une chambre individuelle au rez-de-chaussée de l'Hermitage pour sa terminale — juste au bout du couloir de Christian. Suzanne et moi avions l'habitude de nous croiser au cours d'aïkido, mais en terminale, je n'étais plus obligé de suivre des cours de sport, et nos centres d'intérêt semblaient différents ; je la voyais rarement, sauf parfois lors des assemblées, où nos regards se croisaient. Elle m'adressait toujours son sourire timide et amical, et je lui répondais d'un signe de tête. Son conseiller était toujours Martin, mais je ne m'asseyais pas avec eux.

Pour Suzanne, j'avais plusieurs limericks, mais je ne pensais pas qu'on pourrait vraiment en utiliser un :

Un garçon à l'âme belle et gentille,
Au fond de lui, toujours restait une fille.
Elle aima un vieil ami,
Qui jura que c'était fini,
Mais son cœur à jamais en vrille.

Et

Un garçon au cœur large et candide,
Savait qu'elle avait la chatte au vide.

Elle aima un garçon,
Aux yeux lourds de soupçon,
Mais il chercha une épouse bien solide.

Je m'attendais toutefois à ce que ces passages soient trop personnels et révélateurs pour être utilisés.

Parfois, je la croisais dans le couloir de l'Hermitage quand j'allais voir Christian ; et parfois, elle me demandait ce que je lisais. « Je me souviens toujours que tu m'as donné *Stranger in a Strange Land,* » dit-elle. « Je n'avais pas compris le livre au début. Mais maintenant, je comprends. Tu as été si gentil avec moi cette année-là. » Ou encore : « Comment va ton père ? J'espère qu'il ne s'est pas attiré d'ennuis ? » Elle faisait allusion au .45. Notre conversation en plaisantant sur les armes à feu, le soir où nous avions vu *Rocky Horror,* était restée gravée dans sa mémoire.

*

« Désolé mec, mais je ne suis pas d'humeur à être sociable. »

« C'est bon, mec. Désolé. »

On aurait dit que Christian traversait une période difficile, et même si le projet de l'album de fin d'année l'occupait l'esprit, il avait des moments de déprime. Parfois, je frappais à sa porte et il ne répondait pas, puis, au bout d'un moment, il passait la tête et avait l'air tout simplement malheureux.

J'en arrivai à m'inquiéter pour lui.

Bien sûr, d'autres auraient pu dire la même chose de moi — non pas parce que j'étais triste, mais parce que je semblais me soucier de moins en moins de l'avenir. Je parlais ouvertement de donner toutes mes affaires, et quand j'essayai de le faire, Martin vint me demander de ne pas le faire. « C'est trop fou, Robbie. »

« Mais c'est ce que je veux, » dis-je. « Je n'ai pas besoin de tout ça. »

« Et l'université, alors ? »

« Ah oui ? Et alors ? »

« Robbie, » dit-il, « excuse-moi de te poser la question, mais pourquoi ne parles-tu pas au conseiller d'orientation pour le choix d'une université ? Ils veulent savoir. »

C'était Martin, alors je lui donnai une réponse sérieuse. « Je ne suis pas tout à fait sûr d'y aller. »

« Mais Robbie, c'est une école préparatoire. Bien sûr que tu vas y aller. »

« Je sais pas, mec. Je veux dire, et si ce que je voulais dans la vie, c'était juste de vivre pleinement ? Et si le genre de boulot que j'ai, le genre de maison ou le genre de voiture n'avaient aucune importance ? »

« Mais tu aimes la culture. C'est à l'université qu'on trouve toutes les personnes intéressantes, toutes les femmes que tu veux rencontrer. »

« Peut-être. Mais peut-être que je me fiche de ce que les autres disent. Peut-être que je dois découvrir ce qui compte vraiment. »

« Même si c'est difficile ? »

« Eh bien, ça me ressemble bien, non ? »

« Oui, » dit-il. Mais il ne souriait pas.

« J'ai besoin d'acquérir plus d'expérience, pas plus d'études. J'en ai marre du faux-semblant. J'en ai marre de m'entraîner. Quand est-ce que ça commence pour de vrai ? »

Il me regarda. « Fais attention à ce que tu demandes. Dans mon cas, la réalité m'a rattrapé de force. J'ai dû partir à la guerre. On tirait sur des gens et parfois les balles atteignaient leur cible. Je ne voulais pas faire ça — j'ai été appelé sous les drapeaux, on a fait de moi un soldat, et je détestais ça. Ça m'a changé et j'ai appris des choses importantes sur la vie, tout ça. Mais ensuite, je suis allé à UC Berkeley. C'était comme le paradis. Je suis passé de l'enfer au paradis en l'espace de quelques années seulement. »

« Peut-être que je dois mener ma propre guerre, tracer ma propre voie. »

« Bien sûr. Mais je vais te dire honnêtement : toutes ces choses qui t'intéressent, cette expérience de vie — un jour viendra où tu regretteras de ne pas avoir décroché des crédits universitaires pour ça. »

Malheureusement, je n'étais pas convaincu. Je n'ai pas écouté. J'aurais probablement dû.

*

Notre travail sur l'album de fin d'année avançait bien — du moins à mon sens — et même si j'avais quelques scrupules à le saboter — un sentiment d'anxiété, mais aussi la joie de la schadenfreude —, je pensais que le vieux Kickshaw allait avoir ce qu'il avait demandé, et même plus. Pourtant, tout le monde semblait si content que nous le fassions. Même le directeur intervint.

« Christian et toi rendez un formidable service. J'ai hâte de voir le superbe album de fin d'année que la promotion de 81 va avoir. »

« Merci, monsieur. Oui, je suis sûr que ce sera mémorable. » C'est tout ce que je disais vraiment : « Ce sera mémorable. » Et ce n'était pas des conneries. C'était la pure vérité.

Le temps passa, et Christian pensa qu'il avait fini son collage ; soit ça, soit il était simplement à bout. J'écrivis un dernier limerick sur la femme de Clint, que nous avions entendue la veille, très clairement, se plaindre à son mari, le doyen. Par hasard, Christian et moi étions en route pour l'Antre du Dragon et passâmes devant la Maison Longue.

« Qu'est-ce que je suis censée faire ici, Charlie ? Qu'est-ce qu'il y a pour moi ? » C'était la pauvre Angela Stacks. Ils se disputaient.

Christian sourit d'un air narquois, mais j'éprouvai un peu de pitié pour elle. Elle était belle et assez jeune — peut-être vers la fin de la vingtaine — coincée dans une école de garçons avec une bande de rustres lubriques, de vieux bons à rien et un mari BCBG que tout le monde détestait. Cadogan se vantait d'avoir réussi à se rapprocher d'elle, mais j'étais presque sûr que c'était des conneries.

*

Je pensais que Mme Jones participerait au processus de relecture de l'album de fin d'année, mais elle fit clairement comprendre qu'elle ne s'occupait que de la commande. Il semblait manquer un rôle dans l'équipe — un véritable éditeur adulte. Mais cela ne la préoccupait pas. « Si tu penses que c'est assez bon, alors passons la commande. On dirait que la promotion de 1980 a acheté 300 exemplaires. Tu penses que ça suffira ? »

« Oh, non, au moins 400, je dirais. Ça va être mémorable, très mémorable. Je suis sûr que certains voudront deux exemplaires ! » Je l'éblouissais comme un vrai connard, mais elle avalait tout.

« D'accord, » dit-elle. « Je ferai envoyer cette commande la semaine prochaine. » Je n'avais pas réalisé que son manque d'intérêt était aussi un manque de responsabilité. Elle nous refilait tout, à Christian et à moi. Vieille fainéante.

*

« Hé, Sutra ! » dit Fish. « J'ai trouvé un endroit vraiment cool sur les sentiers. Il y a un canapé ! »

« Vraiment ? » dis-je. « C'est très intéressant. » Mon cœur s'est serré. C'était intéressant, certes, mais pour toutes les mauvaises raisons : si Fish était allé à l'Antre du Dragon, la nouvelle allait se répandre, et il ne faudrait pas longtemps avant que l'équipe d'entretien en entende parler. Nous savions qu'il y avait quelques mouchards qui rapportaient tout sur les élèves hors des limites et autres activités. Je n'avais jamais vraiment réalisé que mon comportement, ma simple présence, agaçait probablement certaines personnes. Mais c'était le cas. C'était peut-être de la jalousie. Mais j'avais aussi parfois une attitude de gros connard, genre « va te faire foutre », ce qui y était sans doute pour quelque chose. Et on s'était dit que Clint n'hésiterait pas à développer des sources d'information parmi les élèves.

Des espions.

Christian décida de descendre ce matin-là pour retirer tout ce qui pouvait être compromettant. Il revint en tenant la main sur son œil, qui était enflé.

« Qu'est-ce qui s'est passé, mec ? » demandai-je.

« J'avais laissé une bouteille de jus de raisin Welch's là-bas. Je l'ai ramassée et le bouchon a sauté et m'a touché l'œil. »

« Mec ! » dis-je. « Il faut qu'on t'emmène à l'infirmerie. »

« Non, ça va aller. »

Mais j'étais convaincu qu'il avait besoin de soins médicaux. J'avais l'impression que son globe oculaire allait lui sortir de la tête. Finalement, il céda. Il semblait que j'avais raison : Mme Standish le fit transporter immédiatement aux urgences.

Peu de temps après, l'Antre du Dragon fut détruit par l'équipe d'entretien. Le plus triste, c'est qu'on pouvait voir les débris et les restes de loin, même en s'approchant de la Mesa : il y avait le canapé miraculeux, fracassé, et les planches que Christian avait péniblement transportées là-haut dans l'obscurité de la nuit, éparpillées sur le flanc de la colline. C'était horrible.

« C'est fichu, mec ! » dit-il. Je crus qu'il allait fondre en larmes.

« Je sais. Je sais... »

Et puis on dut subir une nouvelle chasse aux insectes en assemblée, pendant que Clint essayait de démasquer celui qui l'avait construit. « L'équipe d'entretien a trouvé du matos compromettant là-bas. Celui qui a construit cette planque va avoir de gros problèmes ! »

*

Il y eut de bons moments cette année-là aussi — tout n'était pas que morosité, idiots et résultats scolaires. C'était en mai, et le bal de promo approchait. Larry étant parti, je dus m'occuper moi-même de me trouver un smoking. Je finis par choisir une tenue complètement dingue : cravate blanche, gants, queue-de-pie et tout le tralala. Mais je me trouvais plutôt élégant. Bref, j'allais tout donner.

Isabella était ma cavalière pour le bal. Elle n'était pas toujours accessible, et certains jours, je rêvais juste d'apercevoir une trace d'elle, un bout de papier avec son écriture, un parfum sur ma veste ; en plus de l'école, qui occupait toutes ses journées de semaine, son père policier n'était pas du genre à se laisser faire. Je le rencontrai finalement — pas dans les meilleures circonstances — lors d'un contrôle routier. Christian et moi étions à deux sur sa mobylette, en route vers Carp. La voiture de police nous arrêta, sirène et gyrophares.

Un type en sortit qui ressemblait à un personnage de CHiPs — un Eric Estrada vieillissant. « Où allez-vous, les garçons ? »

« Chez mon père, monsieur, » dis-je. « J'habite ici. »

« Ah bon ? Tu as un permis ? » dit-il à Christian.

Sans un mot, Christian sortit son portefeuille et lui tendit son permis.

« Et toi ? » me demanda-t-il.

« Eh bien, je ne conduis pas, monsieur, » dis-je. « Mais bien sûr. » Je lui présentai mon permis.

Nous attendîmes pendant qu'il s'occupait. À son retour, il semblait déterminé. Deux jeunes Blancs riches. Et l'un d'eux en particulier.

« Alors, c'est toi Robbie Gray ? »

« C'est ce qui est écrit sur le permis, monsieur. »

« Je ne vous ai pas vu dans un minibus VW beige ? »

« C'est possible, monsieur. »

« C'est votre combi ? »

« Eh bien, monsieur, oui. Le titre de propriété est au nom de mon père. »

« Et qui est-ce ? » demanda-t-il.

« Richard Gray. C'est un agent immobilier. »

Le visage du policier sembla changer. « Ah. Oui. On a entendu parler de lui par ici. On l'appelle Tricky Dick. Il est passé aux infos locales. »

« Quelque chose comme ça, » répondis-je, le regard baissé.

« Eh bien, vous connaissez peut-être ma fille. Isabella. »

Je pâlis intérieurement. *Oh merde*, pensai-je.

Christian avait écouté tout cela en silence mais il ne put s'empêcher de réagir. « Si ça ne vous dérange pas, j'avais cru que c'était un simple contrôle routier. Nous avons été patients, mais nous avons un endroit où aller. »

« Ah bon ? » dit le policier.

« Il y a un match. »

« Vous vous trompez. Il n'y a pas de match de foot aujourd'hui. »

« Ça s'appelle la Coupe du monde junior. On espère que le père de Robbie pourra la capter sur le câble. »

Le policier semblait impressionné. « Je vois. Alors tu es au courant ? »

« En fait, je joue attaquant. C'est juste la finale des jeunes. Mais c'est important pour moi. » Christian était un gamin bagarreur et il ne se laissait marcher sur les pieds par personne. Pas même par les flics.

Le policier ne put s'empêcher de sourire. « *Bueno.* Mais écoute. Tu n'es pas censé rouler à deux, et ton ami Robbie n'a même pas de casque. Vous pouvez y aller. Va regarder ton match. Mais procure-toi un casque, » me dit-il.

« Oui, monsieur, » répondis-je.

« *Adios Cabrón !* » lança Christian.

C'est comme ça que je rencontrai le père d'Isabella. « Quel casse-couilles, » murmurai-je.

« T'as pas de bol, » dit Christian.

*

Mais bon, le bal était le bal, avec ou sans père casse-couilles. Je n'arrivais pas à croire que j'avais une cavalière — ce que je n'aurais jamais imaginé. Et Isabella était un vrai bijou. Tous les gars le pensaient. Je le savais aussi, ce qui contribuait à mon étonnement. Je veux dire, qui étais-je ? Je n'étais pas cool. Je n'étais pas Sinbad le putain de Marin. Je ne savais même pas surfer.

Je traînais dehors, attendant avec impatience devant la salle du bal — un restaurant trois étoiles de Santa Barbara avec une terrasse intérieure, un atrium ouvert sur le ciel comme dans une villa romaine.

Finalement, le père d'Isabella se gara dans leur vieille Chrysler et Isabella en jaillit. Elle était magnifique dans sa robe de bal blanche. Elle avait des fleurs dans les cheveux. Elle parla à son père par la vitre baissée et je dis « *¡Hola !* » à M. Sanchez de CHiPs, je lui fis un signe de la main, il me lança un regard noir et repartit. Mais je m'en fichais — Isabella était radieuse et rieuse, et nous restâmes là un moment à nous admirer mutuellement et à savourer la situation merveilleuse dans laquelle nous nous trouvions.

« J'ai un petit quelque chose pour toi, » dis-je.

« Quoi ? »

« C'est une fleur. Ou plutôt plusieurs fleurs, devrais-je dire. »

« Oh, tu veux dire un corsage. »

« Exactement. » Je tentai maladroitement de l'épingler sur son sein gauche jusqu'à ce que je touche sa peau, puis elle m'arrêta et me prit la main. Je lui tendis alors la mienne, et elle épingla habilement la boutonnière sur ma veste, comme une pro.

« Tu es douée pour ça, » dis-je.

« Oui, nous les Mexicains, on fait tous d'excellents domestiques, » répondit-elle en riant.

« Mama Mia ! » ris-je.

« C'est de l'italien, espèce d'idiot. »

Nous nous regardâmes dans les yeux et je posai mes mains sur ses épaules tandis qu'elle posait les siennes sur ma taille. On aurait dit une posture de danse, mais nous profitions simplement de ce moment d'intimité. J'entendais les autres à l'intérieur et j'avais pensé à entrer, mais j'avais du mal à renoncer à cette complicité. J'étais comme un cochon gourmand faisant semblant d'être un garçon qui faisait semblant d'être un homme.

Puis il se passa quelque chose qui, si on le racontait dans un livre, ferait dire au lecteur : « C'est ridicule, c'est complètement inventé et fantastique, comme un conte de fées. » Et c'est vrai, il est difficile de convaincre les gens qu'une chose est possible si elle ne leur est jamais arrivée personnellement. Mais dans ce cas précis, ce qui se passa, c'est que, sous nos yeux, les nuages s'ouvrirent et le ciel changea de couleur — pas exactement un arc-en-ciel, mais un phénomène atmosphérique lumineux, tel que le ciel et les nuages prirent des teintes de rose, de bleu profond et de violet, puis scintillèrent. C'était comme si Walt Disney ou des extraterrestres nous accordaient leur bénédiction.

« Tu vois ça ? » demandai-je.

« Oui ! Waouh, c'est incroyable. »

Nous restâmes là à regarder le ciel, et c'était comme un spectacle de lumières, les dieux nous souriant, puis Isabella dit : « Hé, on devrait le dire aux autres, non ? » Et elle commença à se diriger vers la salle, parce qu'elle était comme ça, et voulait que nous partagions l'expérience, mais je la retins et dis : « Non. C'est à nous, Isa. Ils ne nous croiraient pas, et si on y allait, quand on reviendrait, ça aurait disparu. »

« Ouais. T'as sûrement raison. »

Elle me laissa alors l'embrasser. C'était un joli baiser — je n'étais pas encore très doué pour embrasser, dans l'ensemble — mais c'était pas mal, je crois. Elle avait un goût de sirop d'érable brun et de gloss.

On finit par s'arrêter et on entra finalement dans la salle. C'était un restaurant-bar, ouvert et bondé, alors on traversa et une hôtesse nous conduisit vers le fond, là où se trouvait l'atrium. C'était réservé pour une soirée privée. L'hôtesse repartit et je pus voir divers camarades de classe parés de leurs tenues de soirée : il y avait Felix en queue-de-pie avec une cavalière très ronde qu'il avait réussi à dénicher, il y avait plusieurs membres de la Malibu Mafia avec de jolies filles, pour la plupart blondes, bronzées au cabine UV et vêtues de robes à frou-frous. Christian avait une cavalière — apparemment une fille de Palo Alto qu'il connaissait et qui avait pris l'avion cet après-midi-là, Shelly de son prénom — et Cadogan était venu seul, mais discutait déjà avec l'une des jeunes serveuses.

Je me demandais comment trouver du champagne pour Isabella quand Joey O'Dell, qui était déjà clairement ivre, se planta devant moi.

« Tu peux pas amener ta Mexicaine sans-papiers ici, Sutra ! »

« C'est quoi ton problème, Joey ? Recule. » Je n'étais pas d'humeur à m'occuper de ce type.

« Pas de clandestines ici ! » Son visage était bien trop près du mien, et c'est alors que quelque chose de surprenant se produisit. Je voulais le frapper, et j'étais sur le point de le faire, mais je sentis Isabella me pousser sur le côté.

« Je m'en occupe, Sutra. » Elle se plaça devant Joey et, sans lui adres-ser la parole, lui décocha un coup de pied bas et violent, directement dans les couilles. Le coup atterrit et produisit un petit craquement sourd, comme si on frappait un Hacky Sack — probablement inau-dible pour tout le monde sauf Isabella et moi (et lui, évidemment) — et alors qu'il expirait, il gémit et sa langue sembla sortir de sa bouche. Ses yeux étaient exorbités. Elle le repoussa alors d'une paume pla-quée contre sa poitrine, et il s'effondra en quelque sorte et tomba en arrière. C'était comme une chute comique, et il s'écroula en se tenant les parties, se roulant par terre dans une agonie intense.

« Je ne suis pas ta clandestine, espèce de merde ! » cria-t-elle. On aurait dit qu'elle allait lui donner un coup de pied au visage.

Quelques membres de la Malibu Mafia s'en aperçurent, mais bizarrement, ils ne se précipitèrent pas pour le défendre. Je ne compris cela qu'en jetant un coup d'œil en arrière et en remarquant que Jonah et Christian se tenaient derrière moi et Isabella. Ils avaient tous deux l'air de ne pas plaisanter ; et surtout Christian, qui avait pris du volume et remplissait son smoking de location, son torse bombant comme celui d'un jeune Doc Savage, les bras le long du corps, les poings serrés, formait une silhouette imposante. Jonah s'avança alors, aida Joey à se relever et l'entraîna à l'écart ; ils échangèrent quelques mots à voix basse près du bar, tandis que le barman et les serveurs réprimaient leurs sourires, et que Joey, le visage livide, gémissait et semblait sur le point de vomir.

« Tu n'as pas besoin de me défendre, Robbie, » dit Isabella. « Je peux me débrouiller toute seule. »

« Je vois ça, » dis-je. « C'est ton père qui t'a appris ça ? »

« Non, on a un cours d'autodéfense pour filles à Santa Anita. »

« Mais je croyais que tu désapprouvais la violence ? »

« Non, tu projettes. Donner des coups de pied dans les couilles des nazis, c'est une bonne idée dans à peu près toutes les situations. »

« Joey n'est qu'un porc, essaie de l'ignorer, » dit Christian. « On y arrive tous, d'une façon ou d'une autre. »

« Je t'aime pas, mec ! » hurla Joey à Christian, en le pointant du doigt depuis le bar.

« Pareil, » répondit-il.

J'étais vraiment surpris par Isabella. Mais l'opinion générale dans la salle semblait être en sa faveur et beaucoup de gars riaient et nous souriaient maintenant. Si j'avais frappé Joey, ça aurait été l'enfer — peut-être même une plainte à la police. Mais Isa ? Pas question. Je ne sais pas si Joey s'en est jamais remis.

« Bien joué, Isabella, » dit Felix en lui donnant une tape dans le dos comme on le ferait à un garçon. « Tu lui as montré. »

« Ouais, c'était bien placé, » ajouta Fish, qui avait à ses côtés une fille mince et frêle. Elle portait une robe en mousseline à fleurs et ses cheveux étaient magnifiquement coiffés, mais ses yeux étaient jaunâtres. Je pensai qu'elle avait peut-être la malaria. Elle ressemblait un peu à Anne Frank en manque de nourriture. Fish lui tenait la main et elle était souriante, drôle et courageuse.

« T'aurais dû lui frapper encore plus fort, ce maudit Schtroumpf nazi, » dit-elle, et ils éclatèrent tous les deux de rire. Je crois qu'ils avaient déjà bu du champagne. La fille était très mignonne et avait peut-être un visage plus « poisson » que James, mais je n'ai jamais su son nom.

C'était sympa de voir James heureux. Ses lunettes rondes brillaient et réfléchissaient la lumière du soleil qui filtrait dans l'espace paradisiaque de l'atrium. L'espace d'un instant, j'eus l'impression d'entendre un ange chanter. Je réalisai que j'étais content qu'on ait passé du temps ensemble à travailler sur l'album de fin d'année, car James et moi aurions pu être de bons amis si j'avais essayé de l'être. Il mourut de la maladie de Tay-Sachs à l'âge de 30 ans seulement.

Finalement, Jonah revint avec Joey, désormais piteux, qui dit : « Désolé les gars ! » On se serra la main et il dit, s'adressant surtout à Isabella : « Bon. On acceptera les Mexicains. Mais nous, on ne veut pas des Irlandais ! » Joey avait cité *Blazing Saddles* et tout le monde, y compris Isabella, rit. Je suppose qu'il n'était pas si mal après tout. Joey O'Dell était, tu sais, irlandais.

Nous nous installâmes dans la salle et un serveur apporta des flûtes à long pied contenant quelque chose de pétillant. Isabella et moi, debout, bûmes dedans tout en admirant la lumière du soleil et les vignes qui grimpaient sur les murs en direction du ciel, comme nos esprits.

L'un des gars — peut-être Jonah — déboucha alors une autre bouteille de bulles, et il se passa quelque chose que je n'aurais jamais pu prévoir, qui ne me ressemblait absolument pas et qui n'a pu se produire que parce que j'étais désormais ivre : le bouchon de la bouteille de Moët jaillit haut dans les airs en ma direction depuis l'autre côté de l'atrium, et je le rattrapai d'un geste facile. La grande trajectoire du bouchon avait été en contact avec mon Chi, ma force vitale. C'était comme une confirmation que les choses étaient censées se passer ainsi. Tout le monde applaudit.

Mais Jonah porta alors un toast. Il dit : « À nous tous qui partons à l'université, et à Sutra, qui est trop bien pour ça ! » Tout le monde rit, car je disais aux gens depuis au moins un mois que je ne voulais pas aller à l'université, que je voulais apprendre du Livre de la Vie, que j'étais trop bien pour aller à l'université, que l'université était pour les nuls, et ainsi de suite. Je m'étais lancé à fond dans mon projet — encore secret — de partir en Inde. Mais je n'avais jamais réussi à en parler à Isabella. Pour être honnête, elle avait été très occupée. Mais je ne l'avais pas préparée. Elle me lança un regard perçant pendant une minute et j'eus le sentiment d'un malheur imminent, comme si un coup de pied dans les couilles était en route.

Je n'étais pas loin de la vérité.

*

« Comment ça, tu ne vas pas à l'université ? »

C'était après le bal de promo, et tout s'était plus ou moins effondré. Je n'ai jamais su si Jonah avait prononcé son toast sans aucune malveillance, ou si tout avait été soigneusement orchestré — un meurtre prémédité, en quelque sorte — ou si, peut-être, c'était juste le karma. Juste le destin. Probablement la dernière hypothèse. Il m'était impossible d'accuser Jonah d'avoir agi par méchanceté. Bien sûr, tout est permis en amour et à la guerre. Mais c'était mon ami.

« Tu vas me répondre ? » demanda Isabella.

« Je suis désolé de ne pas t'en avoir parlé plus tôt. »

« C'est tout ? »

« Il y a autre chose. Tu es prête à écouter ? »

Il était environ vingt-deux heures, et nous aurions dû être en train de nous embrasser — j'aurais dû au moins lui peloter quelque chose, comme le faisaient tous les autres gars. Mais c'était désormais totalement impossible. Je connaissais Isabella.

« Voici ce qui s'est passé, » dis-je. « Tout d'abord, il y a un sentiment de faux dans nos vies. Tu ne le ressens pas ? »

« Non. »

« Eh bien, attends un peu. Peut-être que tu le sentiras. Quoi qu'il en soit, j'y ai longuement réfléchi. Ce n'est pas juste une lubie. J'ai besoin de faire autre chose qu'aller à l'école. Je pense que l'école, c'est du faux-semblant. C'est un jeu pour faire entrer les gens dans une société que je n'aime même pas. Je n'y ai pas ma place. Tu vois ? Kickshaw... je n'ai pas vraiment ma place là-bas. J'aimais bien y aller et tout. »

« Et tu profitais de tous les avantages ! » dit-elle.

« Oui. C'est vrai. J'ai aussi commencé à suivre le cours d'Idées. »

« Tu m'en as parlé. De ton cher Ram. »

« Eh bien, oui, c'est un type bien. »

« Et alors ? »

« Ram a invité un de ses anciens élèves, Malcolm, à venir faire une conférence il y a quelques mois. Le père de Malcolm est sénateur américain, Isa. »

« C'est censé m'impressionner ? C'est du privilège. Vous vous en imprégnez comme du Palmolive. »

« Je crois que c'est moi qui t'ai appris cette expression, mais bon. C'est vrai. Bref, il a tout abandonné pour partir en Inde. Il cherchait un maître, un gourou, et il a fini par en trouver un. »

« Et tu vas te mettre à suivre ce gourou ? C'est ça ? »

« Non. Je ne crois pas. Pas celui-là. Mais je veux en trouver un. Je veux aller en Inde. L'Inde, Isa ! »

« L'Inde, » ricana-t-elle. « Tu es vraiment un idiot. »

« Je sais, » dis-je. « C'est vrai. Je suis un idiot. Je ne te mérite pas. »

Pendant un instant, elle sembla apaisée. Mais elle s'emporta à nouveau. « Si tu crois que ça va te permettre de coucher avec moi ce soir, tu te trompes. Si tu crois que je vais te laisser toucher ça, » dit-elle en soulevant ses seins, « tu te trompes. »

« T'as vraiment un côté méchant. T'as hérité de ça de ton vieux papa Eric Estrada ? »

« Espèce de salaud. »

Nous restâmes assis un moment, essayant tous les deux, je crois, de comprendre comment tout avait soudainement basculé. Tout allait si bien.

« Alors dis-moi une chose, Isabella. » J'utilisai son prénom complet, ce qu'elle n'aimait pas beaucoup, mais c'était son vrai prénom. « Dis-moi une chose. Pourquoi est-ce si grave que je n'aille pas à l'université ? Je veux dire, et si ce n'était qu'une année ou deux de pause ? Qu'est-ce que ça change ? »

« Ce que tu ne comprends pas, Robbie Sutra, ce que vous, les salauds de Kickshaw, ne comprenez pas, c'est ce que c'est que d'être pauvre. Ce que c'est que de se battre. Tout t'est tellement facile, putain. Mais pour quelqu'un comme moi... Pense juste à tout ce qui est contre moi, à tout ce que je dois affronter : je suis une femme, c'est le premier handicap. Je ne suis pas blanche — on dit que je suis une "beaner", c'est le deuxième handicap. Et enfin, je suis pauvre, mon père m'élève tout seul, et il ne gagne pas assez pour m'envoyer à l'université. Je dois essayer d'obtenir une bourse, je dois me tuer à la tâche, juste pour arriver là où vous en êtes sans aucun effort. C'est pas juste. »

Je ne dis rien.

« Tu sembles penser que ça ne vaut rien, que c'est du vent. Cette histoire d'éducation. Mais tu ne comprends pas ce que ça signifie pour des gens comme moi. C'est la différence entre être femme de ménage et avoir une carrière décente, une vie. »

« Tu as raison, » dis-je.

« Tu ne peux pas comprendre. »

« Non, en effet. »

Nous restâmes assis en silence pendant un moment. Je pensai vaguement à Conchita, à ses gros seins se balançant sous le nez de mon père, et à la façon dont elle avait dit qu'elle avait ri quand Larry avait surpris mon père avec elle. Mais peut-être que mon père s'était mis lui-même dans cette situation. Peut-être avait-il été un parfait idiot. Et j'étais le fils de cet idiot.

Nous étions dehors devant la salle du bal ; il y avait un parc à quelques pâtés de maisons de là, et plus d'un couple de Kickshaw s'y trouvait. Je sentais leur énergie amoureuse flotter dans l'air nocturne. Penser brièvement à Conchita m'avait fait penser d'une certaine façon à Isabella, qui était d'un tout autre niveau mais prétendait désormais être défavorisée. J'étais d'accord avec tout ce qu'elle disait, mais je ne comprenais pas en quoi cela s'appliquait à moi. Je voulais me libérer du monde qui, selon elle, la maintenait à terre — ce monde qui, nous étions d'accord, la punissait injustement. Ne le voyait-elle pas ? J'étais avec elle. J'étais de son côté. Mais elle n'était pas du mien.

« On aurait pu le faire, ce soir, Robbie, » dit-elle. Ses yeux semblaient ternes à la lumière du réverbère. « J'étais prête. Mon père ne t'aime pas, mais je m'en fichais. J'ai commencé à prendre la pilule pour ce soir, espèce de salaud. »

Je ne répondis rien. Intérieurement, j'avais beaucoup à dire, mais je ne pensais pas que ce soit judicieux. Et puis je fis quelque chose de vraiment stupide.

« Bon... je suppose que tu ferais mieux d'aller chercher Jonah. »

Elle me regarda. « Quoi ? »

« J'ai vu le Polaroïd. Toi et lui ensemble. C'était quand ? »

« Oh là là, Robbie, tu dérailles complètement ce soir. »

« Allez, vas-y, dis-moi tout. »

« Non. »

« Non ? Tu ne veux pas en parler ? Très bien. » Je fis alors l'impensable, bien sûr, comme j'ai tendance à le faire. Je me levai et commençai à marcher. Je ne crois pas qu'Isabella s'y attendait.

« Robbie ? Où tu... où tu vas ! »

Mais je continuai à marcher.

« Comment je rentre chez moi ? »

« Demande à Jonah ! » criai-je. Je crois que tout le parc pouvait m'entendre.

*

Le bal de promo fut donc un fiasco, de mon point de vue. Christian avait l'air content ce soir-là, mais ça n'a pas duré. Je n'ai pas dit grand-chose sur Suzanne. Oui, Suzanne est bien allée au bal. Elle y alla sans cavalier, mais elle y alla. Je l'aperçus du coin de l'œil, qui buvait dans une flûte à champagne. Elle s'accordait un peu de champagne, et je trouvai ça sain. Tout le monde a besoin de se lâcher les cheveux de temps en temps.

Mais je ne pouvais m'empêcher de remarquer que ses yeux revenaient sans cesse vers Christian. Je n'y repensai pas avant un jour ou deux. Je me noyais dans mes propres émotions ; il me semblait que c'était fini avec Isa. J'avais été un vrai connard, un crétin de la pire espèce. L'appeler ? M'excuser ? Quoi faire ? Ça occupait donc la majeure partie de mon attention. Mais une petite partie de moi — la partie clinique, la partie logique — devait y travailler dans mon inconscient. Je rassemblai quelques éléments dans ma tête : le fait que Suzanne avait décidé de vivre à l'Hermitage, là où se trouvait Christian ; le fait qu'elle l'avait rencontré très tôt au Lido ; les longues douches qu'elle prenait, dont tout le monde savait qu'elles avaient lieu au milieu de la nuit parce qu'elle voulait de l'intimité. Elle serait seule et personne ne songerait à l'importuner. Et puis je me souvins que lorsque John Lennon est mort, elle avait paru émue — non pas parce qu'elle connaissait quoi que ce soit à John Lennon (elle n'en savait rien), mais parce que Christian semblait si triste. Elle m'avait alors interrogé sur Lennon, avait même voulu écouter *Imagine*, ce que j'avais trouvé inhabituel. Christian était le lien. Cette nuit-là, quand nous nous étions saoulés, le whisky, puis la douche qui coulait, coulait sans s'arrêter.

Oh merde, pensai-je.

*

Je ne dis rien à Christian. Et il n'y avait aucune raison de penser que l'année se terminerait par la révélation de leur secret. Mais Christian avait ses propres soucis. Il n'avait pas été admis dans ses universités de premier et deuxième choix, apprit-on. Émotionnellement, cela aurait représenté une rude épreuve.

« Je suppose que ce sera Chico State pour moi ! » dit-il en riant. Mais je voyais bien qu'il était anéanti. Il se « contenta » de l'UC Santa Cruz, ce qui n'était pas vraiment une fac au rabais, pour autant que je sache, et je le lui dis, mais il ne pensait pas que son père s'en satisferait. Et certainement pas en serait impressionné.

Puis vint un jour où l'on sentait qu'il se passait quelque chose. Je pénétrai dans la salle pour l'assemblée du matin et perçus beaucoup de bruit, beaucoup de chuchotements, et le maître qui faisait taire les élèves, et puis le directeur s'avança vers l'estrade. « Je vous demande votre attention, s'il vous plaît. Je suis au regret de vous annoncer qu'un événement fort grave s'est produit hier soir. Une réunion du comité de discipline a lieu ce matin, et j'apprécierais que chacun s'occupe de ses propres affaires. Veuillez ne pas répandre de rumeurs. C'est une affaire très délicate. »

« Mais que s'est-il passé ? » La question venait de partout et de nulle part à la fois.

Le directeur avait l'air sombre. « Un élève a été surpris en train d'entretenir des relations avec un autre élève. »

Un souffle d'horreur parcourut l'assemblée.

« C'est tout ce que j'ai à dire à ce sujet. Chacun doit s'occuper de ses propres affaires, comme je l'ai dit. »

*

J'espérais de toutes mes forces que ce ne soit pas Christian, mais quand j'allai vérifier dans sa chambre, il n'était pas là. Je frappai à la porte de Suzanne au bout du couloir et n'obtins pas de réponse non plus.

Mais alors quelque chose d'étrange se produisit. On frappa à ma porte. Clint — le doyen Charlie Stacks en personne — se tenait dans l'embrasure.

« Putain », dis-je, surpris. « Vous m'avez fait sursauter. »

« Peu aimable, Monsieur Gray. Venez avec moi. On a besoin de votre témoignage devant le Comité de discipline. »

*

« M. Gray, on nous a rapporté que des garçons se retrouvaient sous la douche tard le soir à l'Hermitage. Êtes-vous au courant ? » C'était le directeur qui posait les questions, et je savais que je devais être très prudent. Christian avait les yeux rouges, comme s'il avait pleuré. Et Suzanne avait l'air abominable. Il semblait y avoir encore plus de professeurs présents que lors du Comité de discipline de Cadogan — au moins dix autour de la table. Je n'arrivais pas à croire qu'ils en soient là.

Et le vieux Kickshaw était là, ce que je trouvai inquiétant. Je le soupçonnais d'être dangereusement confus.

« Alors ? » dit le directeur.

« Je sais quelque chose à ce sujet », répondis-je.

Un mouvement sensible parcourut l'assemblée.

« Continuez », dit le directeur.

« J'aimerais clarifier quelques points. Premièrement, ce sont mes amis. Êtes-vous vraiment assez stupides pour croire que je dirais quoi que ce soit qui leur ferait du mal ? »

« C'est une grave insubordination, M. Gray », dit Stacks.

« Mais aussi fort louable », répondit Heinrich.

Ce bon vieux Heine, pensai-je.

« J'aimerais ne pas être interrompu, s'il vous plaît. Merci. Bon, deuxièmement, certains d'entre vous le savent peut-être, d'autres non, mais j'ai compris très tôt, lorsque nous étions en Seconde, que Calvin, ici présent, était en réalité une fille. Calvin est un garçon à l'extérieur, mais une fille à l'intérieur. Je ne sais pas comment c'est possible, mais je ne peux que supposer que c'est le résultat d'une variation génétique naturelle du cerveau. Le cerveau est une chose étrange. Comme nous le savons grâce aux cultures anciennes — Maître Bosworth, là-bas, peut vous le dire — les peuples anciens comprenaient que cette confusion était possible. Ils ont même un terme pour la désigner : hermaphrodite.

« Calvin m'a dit que son nom intérieur, son vrai nom, était Suzanne, et je l'appelle Suzanne depuis si longtemps que je ne peux plus l'imaginer autrement. Je vais donc continuer à le faire.

« Suzanne est catholique. Elle est très pieuse. La seule chose dont je sois certain à son sujet, c'est qu'elle ne ferait jamais rien de contraire à sa foi. Elle et moi sommes devenus amis, en quelque sorte, et je voulais l'aider.

« Et comment l'avez-vous « aidée », M. Gray ? » dit le doyen.

« Eh bien, j'ai pensé qu'elle tirerait profit de la lecture de *Stranger in a Strange Land*. Ce livre raconte l'histoire d'un être humain élevé par des extraterrestres qui doit ensuite aller vivre sur Terre. Tout est très difficile pour lui. J'ai pensé que Suzanne pourrait se sentir ainsi, en tant que seule personne noire sur le campus.

« Je l'ai aussi emmenée voir *Rocky Horror Picture Show*. »

« Oh ? » dit le directeur. « Je ne savais pas ça. C'était quand ? Étiez-vous tous les deux en permission ? »

« Vous pouvez vérifier vous-même, monsieur. Je suis sûr que le doyen Stacks conserve ces registres. Ou vous pouvez appeler mon père. C'est lui qui nous a conduits et qui est resté voir le film. Il a trouvé ça fantastique. Donc oui, bien sûr, nous étions en permission. »

« Pourquoi as-tu emmené Calvin — Suzanne — voir *Rocky Horror* ? » demanda Martin à voix basse.

« Parce que je pensais que si elle voyait des transsexuels, elle se sentirait peut-être moins seule. Je pensais, peut-être, qu'elle était transsexuelle. J'essayais de l'aider à se trouver. »

« Et que s'est-il passé ? » demanda le directeur.

« Eh bien, vous pouvez le demander à Suzanne vous-même. Mais je crois qu'elle a détesté ça. En bonne catholique, Suzanne est opposée aux relations sexuelles hors mariage. N'est-ce pas, Suzanne ? »

« Que Dieu te bénisse, Robbie », dit-elle.

« Mais il prend sa douche tard le soir ! » s'exclama le vieux Kickshaw. « Qu'est-ce qu'il cache ? Qu'est-ce que tu racontes ? »

« Suzanne veut de l'intimité », dis-je. « Pourquoi est-ce si difficile à comprendre ? Si vous étiez une fille dans une école de garçons, ne voudriez-vous pas un peu d'intimité, pour l'amour du ciel ? »

C'en était trop pour le vieux Kickshaw, qui semblait perdre les pédales. Il était maintenant debout. « J'en ai assez entendu ! » cria-t-il. Ses mains s'ouvraient et se fermaient convulsivement. Je crus qu'il allait avoir une crise d'épilepsie.

« Docteur Kickshaw, je vous en prie », dit le directeur. « Asseyez-vous. »

La tête ronde du vieux Kickshaw tressautait avec rage. « Vous croyez pouvoir nous prendre tous pour des idiots ? C'est ça ? Vous croyez pouvoir me prendre pour un idiot ? » Il semblait diriger toute sa fureur vers Suzanne.

Elle était maintenant recroquevillée, courbée en deux, les bras maigres levés à hauteur de tête comme pour parer des coups. « Non, non, monsieur, jamais ! »

« On ne s'en tire pas comme ça à Kickshaw ! Je ne laisserai pas mon école se transformer en... en repaire d'homosexuels ! » bredouilla-t-il, incapable de trouver le mot pour exprimer ce qu'il voulait dire. « Ou quoi que tu sois ! »

Le directeur avait désormais repris ses esprits et intervint. « Je vous en prie, docteur Kickshaw, cessez. Cela doit s'arrêter. Vous la harcelez. De surcroît, c'est moi qui préside les réunions du comité de discipline. »

« Mais je suis toujours le fondateur de cette école ! » s'écria-t-il. « Dans des circonstances exceptionnelles, je peux encore prendre des décisions. Et cette situation est intolérable. » Il désigna Suzanne. « Ce n'est pas une fille ! Arrêtez de l'encourager — lui — ça ! »

« Je t'en prie, Howard », dit Maître Henler.

Mais Kickshaw devenait de plus en plus obstiné à mesure qu'il s'énervait. « Je dirai ce qui doit être dit. Et je vous paie, Scott, pour vous occuper des affaires courantes. Ce qui se passe dans l'école, qui fréquente mon école — c'est entièrement ma décision. »

Le directeur soupira. « Oui, Howard. Mais c'est une affaire très délicate, et les enjeux sont considérables. Le monde change. L'Amérique change. L'école doit changer avec elle. »

« Non ! » Le vieux Kickshaw était catégorique. « Je veux que ce problème soit résolu. » Il désigna Suzanne. « Et nous allons régler cela une bonne fois pour toutes. Tu vas passer un examen. Tu te présenteras à l'infirmière, Mme Standish, à l'infirmerie à deux heures cet après-midi. Deux heures pile. Si l'on détermine que tu es en fait une fille, ce dont je doute fortement, mais si c'est vrai, alors tu seras suspendue et renvoyée chez toi. Conformément au règlement de l'école, le pensionnat pour garçons Kickshaw n'accepte que des élèves de sexe masculin. Et nous présenterons nos sincères excuses à tes parents pour toute confusion. Mais si l'infirmière détermine que tu es un garçon, eh bien, tu devras être sévèrement puni pour avoir tenté de nous ridiculiser. Le comité de discipline se réunira à nouveau ce soir et décidera de la marche à suivre en ce qui te concerne. Tu risques d'être renvoyé de toute façon. »

« Vous ne m'avez pas laissé finir », dis-je. Mais à ce stade, cela n'avait plus d'importance.

Suzanne quitta le bureau du directeur en larmes. Je la suivis. « Suzanne », dis-je. « Attends. »

« Robbie ! Je ne veux pas me soumettre à une « inspection ». »

« Je sais », dis-je. « Assieds-toi un instant. »

Nous nous assîmes près de la chapelle — ironie du sort — sur la marche de béton froide, et elle semblait glacée et vidée de toute vie, comme une statue de plomb. « Je me demande si c'est ainsi qu'on ressent la mort », dit-elle.

« N'abandonne pas, Suzanne. Récite ton chapelet, tiens. »

« Tu as raison, Robbie. J'ai besoin d'aller me confesser. »

« D'accord. Je me demande... »

Je me dis que Martin Quinn aurait peut-être une idée là-dessus, et il m'ouvrit la porte quand je frappai. « Tu as tout à fait raison, Robbie. Et je connais même la personne qu'il faut. Laisse-moi passer un coup de fil. »

*

L'infirmière Standish se montra très douce lorsque Suzanne ouvrit la porte de l'infirmerie. La petite clochette tintinna. « Entre, ma chérie », dit-elle. « Robbie, qu'est-ce que tu fais là ? »

« Je suis juste un ami, Mme Standish », dis-je. « Je vais attendre dehors. »

« Non, Robbie peut rester », dit Suzanne. « Je veux qu'il soit là avec moi. »

« Hm », dit l'infirmière. « Tu peux t'asseoir ici, Robbie, ou dans la zone fumeurs, il y a des chaises là-bas, mais tu ne peux pas entrer dans la salle d'examen. C'est bien compris ? »

« Bien sûr », répondis-je. « Je suis juste là pour lui apporter un soutien moral. »

« Ils m'ont forcée à venir », dit Suzanne. Ses petites mains tremblaient. « Le directeur et le docteur Kickshaw. »

« Je sais, ma chérie. Ne t'inquiète pas. Et si on discutait un peu ? » Elle fit signe et Suzanne s'assit sur une chaise près du bureau de l'infirmière. « Je crois savoir que tu préfères qu'on t'appelle Suzanne ? »

« Oui. »

« Très bien. Je m'appelle Sarah Standish. Je suis infirmière diplômée. Tu peux m'appeler Sarah. »

« Oui, madame. Sarah. »

« C'est une très jolie médaille de Saint-Christophe que tu as là. »

« Merci. »

« Tu es catholique, Suzanne ? »

« Oui, madame. »

« Eh bien, moi aussi. Nous avons donc cela en commun. Le directeur m'a dit que tu observes les heures canoniques, c'est vrai ? »

« Oui, je le fais toujours. »

« Il dit que tu te lèves aussi très tôt. Tu fais donc même la veillée ? »

« J'aime passer les heures nocturnes en prière. C'est un moment très calme, très propice à la méditation. »

« Et tu as un chapelet ? » demanda l'infirmière.

« Bien sûr. Mais je ne m'en sers qu'en privé. Je ne veux pas que les gens pensent que je suis vaine d'avoir une telle chose. Ça ferait très prétentieux ici. Personne d'autre n'en a. »

« Hm. Oui. Suzanne, est-ce que tu te lèves aussi tôt le matin pour éviter que les garçons te voient te laver ? »

Suzanne semblait un peu gênée. « C'est vrai. »

« C'est parce que tu es une fille ? »

« Ce n'est pas convenable. »

« D'accord. Eh bien, je suis d'accord. Une fille ne devrait pas se baigner ou prendre sa douche avec les garçons. Suzanne, tu comprends ce que le directeur m'a demandé de faire ? »

« Pas tout à fait. »

« Eh bien, il m'a demandé de te faire passer une visite médicale. Je ne suis pas médecin, mais je peux certainement jeter un œil pour voir s'il y a quoi que ce soit d'anormal qui pourrait être préoccupant. Je tiens également à te dire que les idées du docteur Kickshaw sont très démodées et absurdes. Si tu ne veux pas, nous n'avons pas à continuer. Il m'a demandé de lui faire un rapport sur ton état de santé. »

« Je... je suis en bonne santé. J'en suis sûre. »

« Eh bien, il est vrai que tu es assez mince. »

« Oui, madame. »

« Tu jeûnes ? Tu jeûnes régulièrement ? »

Suzanne ne répondit pas tout de suite. « Parfois. »

« D'accord. » L'infirmière prit son stéthoscope et un tensiomètre. « Est-ce que je peux prendre ta tension ? »

« D'accord. »

« Hm... dix sur six. C'est bas. Qu'est-ce que tu as mangé aujourd'hui ? »

« Eh bien, j'ai mangé quelques toasts. Et bu un peu de jus. »

« Rien d'autre de toute la journée ? »

« Non. »

« Et si on buvait un peu de jus tout de suite ? Ça te dirait ? Ou peut-être un thé chaud ? »

« Du jus, s'il te plaît. »

L'infirmière alla chercher de quoi se restaurer, et après que Suzanne eut bu un peu de jus d'orange et mangé quelques biscuits, elle sembla reprendre des couleurs.

« Bon, Suzanne. C'est le moment de décider si tu veux me laisser t'examiner. »

« Mais qu'allez-vous dire au docteur Kickshaw ? » demanda-t-elle. « Qu'est-ce qui va m'arriver ? »

« La raison pour laquelle je pense que tu devrais me laisser t'examiner, c'est que je suis sensible à ta situation. Mais je dois dire la vérité au docteur Kickshaw et au directeur. »

« Mais quelle est la vérité ? »

« C'est ce que je voudrais savoir. »

« Sarah. Écoute. J'ai les parties d'un garçon. À l'extérieur, je suis un garçon. Mais à l'intérieur, au plus profond de moi, je suis une fille. Je sais que je suis une fille. Robbie le sait ; je lui en ai parlé il y a longtemps. Ça a toujours été comme ça. Même quand j'étais très jeune, je savais que mon corps ne me correspondait pas. Dieu m'a faite différente. Pas tant au niveau de mon corps, mais il a mis une fille dans le corps d'un garçon. »

L'infirmière réfléchit un instant. « Alors tu penses qu'il y a eu une erreur ? »

« Je le pensais avant. Mais j'ai compris que je suis censée être comme ça. Je ne sais pas si c'est une punition ou une bénédiction. Mais c'est ma croix à porter. Je la porte chaque jour, chaque heure. »

« Oui, je comprends. Allons dans la salle d'examen. »

Au bout d'un moment, elles ressortirent.

« Ne t'inquiète pas, Suzanne », dit l'infirmière. « Tout va s'arranger. Sais-tu comment je le sais ? »

« Comment ? » demanda Suzanne.

« Parce que tu es catholique. Dieu veillera sur nous. Tu y crois, n'est-ce pas ? »

« Oui, madame. » Elle semblait résignée au désastre.

« Robbie, pourrais-tu t'assurer que Suzanne aille s'allonger et se repose dans sa chambre ? Veille à ce qu'elle y aille. »

« Bien sûr », répondis-je.

*

Je n'avais pas été convié à la séance du soir du Comité de discipline, mais j'avais mon moyen d'écouter à la porte.

« William », dis-je. « Tu es vraiment un saint. »

Il sourit. « Je vais mettre du David Bowie. »

*

« Infirmière Standish », dit le directeur, « avant que les élèves accusés n'entrent dans la salle, pouvez-vous nous communiquer les résultats de votre examen ? »

« Oui, Monsieur le Directeur. Suzanne, comme elle aime qu'on l'appelle... »

C'est là que le vieux Kickshaw l'interrompit. « Devez-vous vraiment employer ce prénom ? »

« Oui, docteur Kickshaw. J'ai choisi de le faire. L'élève en question a environ dix-sept ou dix-huit ans, elle est très peu développée physiquement, présente des caractéristiques sexuelles masculines et des organes génitaux masculins... »

« Comme je m'y attendais ! » s'écria Kickshaw, triomphant.

« — Mais avec des signes évidents de malnutrition, apparemment dus au jeûne. L'élève a également reconnu observer les heures. Pour ceux qui ne le savent pas, il s'agit d'une série de vigiles de prière tout au long de la journée et jusque tard dans la nuit. Elle est soumise à un stress mental intense qu'elle s'inflige elle-même. »

« Que voulez-vous dire exactement, infirmière Standish ? » demanda le directeur.

« Je dis que Suzanne — ou Calvin si vous préférez — est béate. Au cas où vous ne l'auriez pas remarqué, elle porte une stigmate à la main droite. »

Cela suscita une vive discussion autour de la table. Le directeur laissa la chose se poursuivre un moment. « Restons concentrés sur le sujet. Docteur Kickshaw, comprenez-vous ce que l'infirmière vient de dire ? »

« Quoi, quoi, quoi ? » fit Kickshaw.

« L'infirmière vient de dire que l'élève est une personne très religieuse, une catholique fervente, et peut-être une sainte. Êtes-vous vraiment prêt à vous aventurer sur ce terrain ? »

« Mais que voulez-vous dire ? Essayez-vous de dire qu'elle n'a rien fait de mal ? On m'a signalé qu'elle avait été surprise en train d'avoir des relations sexuelles avec un autre élève sous la douche. Ça ne m'évoque pas vraiment la dévotion religieuse ! »

« Très bien. Je pense que nous devons discuter en groupe de la marche à suivre, et nous devons agir avec beaucoup de prudence et de délicatesse. La réputation de l'école est en jeu. »

J'entendis Stacks s'éclaircir la gorge. « Pour moi, c'est évident, dit le doyen, ils doivent tous les deux être renvoyés immédiatement. Nous devons mettre un terme aux activités homosexuelles. C'est aussi simple que cela. »

« Je tiens à signaler », dit Martin, « que j'ai été en contact avec le confesseur de Suzanne... »

« — de Calvin », l'interrompit le vieux Kickshaw.

« Avec le confesseur de Calvin. Le Père Ferapont. Il a aidé à établir que l'élève en question est une personne remarquable, quelqu'un qui ferait honneur à cette école. »

« Hm », grogna Kickshaw.

« — Et il vient à l'école aujourd'hui. »

« Quoi ? » s'exclama Kickshaw.

« C'est exact, Harold », dit le directeur. « J'ai approuvé sa visite. »

« Mais dans quel but ? » cria Kickshaw.

« Il vient en sa qualité de représentant religieux. J'ai pensé que cela apaiserait l'élève concernée. Et il pourra peut-être nous aider à éviter une issue désastreuse à cette... situation. »

Kickshaw semblait sceptique. « Eh bien, espérons-le. »

« Nous devons maintenant revenir au problème qui nous occupe », dit le directeur. « Sommes-nous d'accord sur la conduite à tenir si un comportement sexuel inapproprié a bien eu lieu ? »

« Y a-t-il eu un exposé des faits ? Ou s'agit-il simplement d'une décision fondée sur des ouï-dire ? Quelles sont les preuves ? » demanda l'infirmière Standish.

« Nous avons le rapport de M. Joseph O'Dell, qui affirme avoir vu Calvin et Christian ensemble sous la douche. Il affirme que cela s'est produit à plusieurs reprises, mais ce n'est que maintenant qu'il s'est manifesté. »

« Et a-t-il précisé ce qu'ils faisaient ? C'est une douche collective. Peut-être se lavaient-ils simplement ? » demanda Maître Henler. Martin sembla glousser.

« Selon M. O'Dell, ils se masturbaient mutuellement. Il affirme avoir été témoin d'autres actes, mais ne souhaite pas entrer dans les détails. »

« Mais est-ce vraiment une affaire qui relève du Comité de discipline ? » demanda Maître Henler. « Peut-être que la première étape serait que les professeurs tuteurs de ces élèves travaillent avec eux sur le comportement attendu dans les dortoirs. Pourquoi en est-on arrivé au niveau de l'expulsion ? »

« Parce qu'il le faut ! » exigea le vieux Kickshaw.

« Et pourquoi donc, Harold ? » demanda l'infirmière Standish.

« Parce que... parce que c'est de l'homosexualité ! »

« L'homosexualité, dit Martin, n'est pas un crime dans l'État de Californie, docteur Kickshaw. Elle a été dépénalisée en 1976. »

« Mais les règles de l'école l'interdisent sûrement ! »

« Je n'en suis pas si sûr, Harold », dit le directeur. « Je vous avais prévenu que cette ligne de conduite risquait de nous attirer des ennuis. Il y a ici des questions juridiques techniques, des éléments que le conseil d'administration doit examiner, et nous n'avons pas besoin d'un procès. Il n'y a rien de spécifique dans la charte de l'école, ni dans le règlement, qui interdise à deux garçons d'être amoureux.

Nous n'avons pas besoin de devenir une *cause célèbre*. Nous n'avons pas besoin de cette publicité. »

« Eh bien, pour ma part, je ne l'accepterai pas. »

Il semblait que Kickshaw n'était pas disposé à changer d'avis. J'avais le pressentiment que c'était un vieux fou obstiné. Je me demandais si d'autres professeurs partageaient mon opinion.

Le directeur soupira. « Si tel est le cas, la responsabilité vous en reviendra. »

« C'est mon école, après tout », affirma le vieux Kickshaw. « Faites venir les garçons ! Nous leur demanderons directement. Il n'y a pas d'autre solution. »

« Je tiens à ce qu'il soit consigné que c'est une erreur, Harold », dit l'infirmière. « Cela pourrait avoir des répercussions sur la santé mentale de l'un des élèves, voire des deux. »

« Faites-les entrer ! » ordonna Kickshaw.

*

« Je ne sais pas si je peux continuer à écouter ça, William », dis-je.

« Ça ne se passe pas bien ? »

« Non. J'ai envie de lancer un cocktail Molotov dans la salle de réunion. »

Mais William était avisé, plus malin que moi. « Essaie de noter certaines des déclarations les plus scandaleuses. On pourra s'en plaindre. »

« À qui ? », demandai-je.

« À la presse, bien sûr. Je suis sûr que Kickshaw détesterait la mauvaise presse — ça pourrait potentiellement couler l'école. »

Je me mis donc à prendre des notes.

*

« Monsieur Beniot, on nous a signalé que vous auriez été surpris en train de vous livrer à des actes sexuels lubriques sous la douche. Le niez-vous ? »

Christian resta silencieux un moment. « Quelle est la définition du mot "lubrique" ? »

« Allons, voyons », dit le directeur. « Nous n'avons sûrement pas besoin d'un dictionnaire. »

« Je ne suis pas d'accord », dit Maître Henler. « Si vous employez un mot, l'élève a le droit d'en connaître la signification précise. Moi-même, je ne connais pas la signification exacte de ce mot. Je sais que, quand j'étais jeune, les nazis disaient beaucoup de choses sur les Juifs, ainsi que sur les artistes et les mécontents, et parmi celles-ci figurait l'affirmation qu'ils étaient lubriques. Donnez-nous donc la définition de ce mot. »

Le directeur sembla décontenancé par la virulence de la déclaration du professeur de physique. Mais l'instant d'après, il dit : « Très bien. C'est raisonnable. J'ai ici l'Oxford English Dictionary. Voyons voir. *"Lewd. Adjectif signifiant : faisant référence au sexe ou l'impliquant d'une manière grossière ou offensante."* »

« Eh bien, je peux répondre à cette question et dire que je n'ai jamais rien fait impliquant le sexe qui soit grossier ou offensant. Jamais. »

Bravo, Christian, pensai-je.

« Mais as-tu couché avec elle sous cette douche à deux heures du matin, oui ou non ! » Le vieux Kickshaw était devenu belliqueux. J'imaginais qu'il commençait probablement à perdre la tête. « Réponds-moi, jeune homme ! »

« Je, je ne peux pas mentir. J'ai touché Suzanne... Je l'ai touchée. »

« Et est-ce qu'elle t'a touché ? Est-ce qu'elle l'a fait ? »

« Oui. » Christian semblait pleurer.

« Tu vois ! » s'écria Kickshaw, comme s'il avait remporté un prix.

« Et toi, Suzanne — ou Calvin, ou quel que soit le nom que tu souhaites porter ? As-tu touché ce charmant jeune homme ? As-tu instigué tout ça ? Es-tu à l'origine de tous ces ennuis ? »

Suzanne semblait terrifiée. Elle ne répondit pas.

« Réponds-moi ! » hurla Kickshaw.

« Je n'ai rien fait d'autre que donner de l'amour et recevoir de l'amour. Nous sommes des êtres humains et tu as décidé de t'immiscer dans quelque chose d'intime, quelque chose de personnel, entre... entre deux jeunes gens. Deux personnes qui s'aiment. C'est mal. »

« Mais ce que vous avez fait, ce que vous avez fait sous la douche, au milieu de la nuit... c'est un péché mortel dans votre religion, n'est-ce pas ? »

« Je, je pense que c'est une affaire qui regarde mon confesseur et non vous », dit Suzanne doucement.

« Cela ne peut pas continuer ainsi », dit Maître Henler. « Je ne le permettrai pas. »

« Inutile d'aller plus loin », dit Stacks. « Il est évident que nous devons maintenant voter. Les deux élèves devraient attendre dehors le résultat. »

J'entendis des chaises bouger tandis que Suzanne et Christian s'en allaient. Christian pleurait manifestement encore. Suzanne semblait étrangement composée.

Un silence s'installa, tandis que l'assemblée semblait plonger dans une phase de réflexion, voire de regret. Finalement le directeur prit la parole. « Nous allons maintenant voter pour décider si Christian Benoit et Calvin Tyrone Gay — tel est son nom légal — doivent être renvoyés de l'école pour garçons Kickshaw. Comme je soupçonne que cela risque de faire l'objet d'un procès, je vais enregistrer le vote. Concernant le renvoi, recommandez-vous l'expulsion ? Doyen Stacks ? »

« Oui. »

« Pour les deux garçons ? »

« Oui. »

« Maître Henler, recommandez-vous l'expulsion ? »

« Non. »

« Maître Quinn, recommandez-vous l'expulsion ? »

« Non. »

« Maître Remus ? »

« Oui. »

« Pour les deux garçons ? »

« Oui. »

Et ainsi de suite à travers la salle. Le directeur consigna soigneusement les réponses.

« Très bien, voici les résultats... »

Kickshaw poussa un cri strident. « Mais moi, alors ? »

« Vous n'êtes pas membre votant du Comité de discipline. »

« Oh », dit Kickshaw. « Bon, je ne vais pas discuter ça maintenant. Continuez. Quel est le résultat ? »

Le directeur vérifia méticuleusement ses marques. « Laissez-moi recompter. Oui, il semble y avoir égalité : sept voix pour l'expulsion, sept contre. C'est moi qui ai la voix prépondérante. Et je vote pour... »

À ce moment-là, on frappa à la porte, qui s'ouvrit. C'était Christian.

« Monsieur Benoit, nous n'avons pas encore achevé nos délibérations ! » s'écria Kickshaw.

« Qu'y a-t-il, Christian ? » demanda le directeur.

« Je pense que vous devriez savoir que Suzanne est partie. Je pense que vous devriez savoir que je suis inquiet. Je pense que vous devriez savoir qu'elle est capable de s'automutiler. C'est déjà arrivé. Si vous aviez pris le temps de poser les bonnes questions, vous le sauriez. »

À ce moment-là, plusieurs choses se produisirent en même temps. J'entendis de nombreuses chaises grincer et des voix parler toutes à la fois. Mais Christian continua de parler. Sa voix semblait creuse, presque mécanique. « Je pense que vous devriez savoir que vous avez très mal traité l'une de vos élèves, sans égard aucun pour sa santé mentale. Vous avez commis quelque chose de criminel ici... vous êtes des monstres... ! »

Mais les professeurs s'étaient déjà levés et se déplaçaient, et ils le bousculèrent pour passer. Finalement, il sembla qu'il ne restait plus personne dans la salle que Christian et le vieux Kickshaw lui-même. Le silence régnait. Le vieil homme semblait perdu.

« Monsieur Benoit ? Qu'avez-vous dit ? Que s'est-il passé ? Je n'ai pas bien... »

Je ne pouvais en être certain, mais il sembla que Christian se soit retourné et soit sorti sans répondre.

DOUZIÈME PARTIE — (Origines)

Un dieu créa l'homme avec la vieille terre,
Et lui dit de peiner, dur, comme à la guerre,
Mais arriva une belle
Qui lui glissa, cruelle :
« Je sais comment régler ta petite affaire. »

Le père Ferapont soulevait la lourde croix de bois qui était son fardeau habituel le dimanche après la messe. Cela le faisait passer un
peu pour un fou à errer dans les rues de Watts, dans le quartier de
South Central à Los Angeles, portant et parfois même traînant cette
énorme croix ; mais cela ne le dérangeait pas. En fait, quand les gens
passaient en voiture et riaient, ou criaient des obscénités, ou jetaient
des bouteilles et des déchets, il souriait avec plaisir. La « Marche de
la pénitence », comme il l'appelait, réunissait souvent des paroissiens
de Saint-Barthélemy, son église. Parfois, quelqu'un marchait derrière
lui en priant, ou parfois quelqu'un lui demandait de porter la croix le
temps d'un bout de chemin pendant qu'il marchait avec lui. Pour Ferapont, la croix était un moyen d'apporter une certaine dose de
drame et d'immédiateté à sa mission, et la communauté réagissait
souvent favorablement une fois qu'elle comprenait qu'il était là pour
tous — Noirs, Blancs et métis — sans distinction ni préjugé.

Ferapont était un capucin, ce qui signifie, en substance, qu'il était
un prêtre catholique appartenant à un ordre similaire à celui des
franciscains (ceux qui suivent les enseignements de saint François).
Sauf que l'ordre de Ferapont était plus extrême — un ordre voué à la
pauvreté, au service, au lien avec la nature et à l'adoration à travers
les créatures de Dieu ; à l'austérité et au renoncement absolu, tout
cela dans la poursuite du Christ. À cette fin, Ferapont portait une
simple tunique brune de la couleur du café mélangé à de la crème,
ceinte d'un simple cordon plutôt que d'une ceinture, et des sandales.
Les sandales étaient, peut-être, une sorte d'acceptation de la vie en
Californie et de son attachement à ce lieu. La plupart des capucins
contemporains portaient des chaussures ; mais ici, les sandales son-
naient juste.

Ce matin-là, il traîna la lourde croix en chêne poli, s'aidant de ses
épaules pour la soulever, et marcha lentement vers le sud en direction
des Watts Towers, cette merveilleuse et inexplicable création de Simon Rodia visible de loin. Ces tours s'appelaient en réalité *Nuestro*

Pueblo (le nom donné par Rodia), ce qui signifie en espagnol « notre ville », et Ferapont était reconnaissant que sa mission ait toujours tiré profit de la possibilité d'expliquer, même au membre de gang le plus endurci, que Watts était « notre ville », une ville pour tous. « Simon Rodia l'a dit. À Watts, tout le monde est solidaire, mes amis », aimait-il dire. « Nous sommes frères et sœurs, noirs, métis et blancs. Et nous voilà tous ici, en plein cœur de l'action. Nous devons en tirer le meilleur parti, ensemble. »

Watts était un terrain difficile. Ferapont y avait défié la police à plusieurs reprises lorsque des tensions, voire des coups de feu, avaient éclaté au cours des années précédentes ; il était respecté tant par les Noirs que par les Latinos pour son courage dans la lutte pour la paix et la justice contre le LAPD. C'était un jeune homme, un vétéran du Vietnam, et cela avait généralement un certain poids auprès des flics. Les tristement célèbres émeutes de 1965 étaient antérieures à son époque ; mais la tache laissée par ces émeutes et la brutalité quotidienne du LAPD, visibles de tous sous forme de sang et d'impacts de balles, ne l'étaient certainement pas. Parfois, peu importait qu'il soit blanc, prêtre ou vétéran. Parfois, les flics maltraitaient tout le monde plus ou moins de la même manière. C'était leur propre conception de l'égalité.

À ce moment-là, il arpentait les rues avec un objectif précis : il cherchait quelqu'un qui avait besoin de lui. Il ne savait pas exactement qui il cherchait, mais il avait reçu un message d'un paroissien, ainsi qu'une description : un garçon, très maigre et d'apparence fragile, âgé peut-être de treize ou quatorze ans. « Apparemment, son père l'a mis à la porte », avait rapporté un voisin et paroissien. « Je ne pense pas qu'il tiendra très longtemps dans la rue ; il ressemble à une feuille emportée par le vent. »

Ferapont pensa que l'enfant serait peut-être attiré par les tours — beaucoup de personnes en détresse l'étaient, tout naturellement. Les tours étaient comme un aimant spirituel ou peut-être une invitation au carnaval, selon le type de personnalité. Bien sûr, ceux qui vivaient à proximité oubliaient rapidement cette merveille au milieu d'eux, voire la méprisaient. C'était ainsi que fonctionnait la nature humaine, il le savait.

Là, se dit-il. Il aperçut une silhouette allongée qui se débattait, presque en agonie, sous des cartons près d'une benne à ordures. Ferapont appuya la lourde croix contre la clôture de l'enceinte des Watts Towers et étira ses bras et son dos un instant pour se reposer. Puis il s'approcha, les bras levés, les mains ouvertes et tendues, en veillant à sourire. *Il est important de toujours sourire quand on rencontre les pauvres et les misérables. Pas le sourire d'un idiot, mais un sourire de calme, de paix et d'amitié.* C'est ainsi qu'on le lui avait enseigné.

« Bonjour, petit ami », dit-il. « Ça va, là-dessous ? »

Le garçon jeta un coup d'œil, sans rien voir, depuis derrière le carton. Il avait l'air affaibli. « J'ai soif », dit-il.

Le prêtre eut le souffle coupé. Il pouvait voir la main droite ensanglantée de l'adolescent. Un clou de charpentier lui transperçait la paume. « Tu es blessé ! » s'écria-t-il.

Le garçon ne répondit pas tout de suite. Ferapont écarta le carton et se mit à pleurer.

« Il n'a pas pu se faire ça tout seul », disait le médecin des urgences.

« C'était donc un crime », dit Ferapont.

« Je dirais oui. Un crime horrible. Mais le gamin ne parle pas. »

« Puis-je le voir ? »

« Il est sous perfusion. Il était déshydraté. Ça devrait aller. Juste quelques minutes, alors ? La police va arriver d'ici peu. »

« Oui, merci, docteur. »

Ferapont s'approcha du brancard où reposait le garçon. « Bonjour à nouveau. »

Le garçon lui adressa un faible sourire.

« Tu as envie de parler ? Non ? Eh bien, ils vont au moins avoir besoin de connaître ton nom et de savoir qui contacter. »

« Je préfère ne pas le dire. »

« Je pense que la police n'acceptera pas un refus. Ils voudront savoir comment c'est arrivé. » Ferapont désigna la main du garçon. « J'aimerais bien le savoir moi-même. »

« C'est... c'est moi qui me suis fait ça. »

« Je vois. » Ferapont marqua une pause, puis parla plus doucement. « Le médecin pense que ce serait très difficile. »

Le garçon ne dit rien. « Ça... ça l'était. »

« Es-tu catholique ? »

« Oui. »

« Hm. Voudrais-tu que j'entende ta confession ? »

Le garçon semblait incrédule. « Quoi, tu veux dire ici même ? »

« Je peux tirer ce rideau. » Ferapont tira le rideau qui se trouvait à proximité afin qu'ils aient un peu plus d'intimité. « Ne sois pas timide. J'ai donné l'absolution à maintes reprises en zone de guerre, au Vietnam, et ici aussi, dans cette zone de guerre qu'est Watts. ...Voilà. Tu sais que je suis prêtre, n'est-ce pas ? Je suis prêt à entendre ta confession. »

« Bénissez-moi, mon père, car j'ai péché. Cela fait quelques semaines que je ne me suis pas confessé. Je me suis enfoncé un clou dans la main parce que je voulais ressentir l'agonie du Christ. Je suis sûre que c'est un péché d'une manière ou d'une autre. De plus, j'ai répondu à mon père et je n'obéirai pas à ce qu'il m'a demandé. »

« Ah bon ? Que vous a-t-il demandé ? »

« Il voulait que je fasse une fellation à l'un de ses clients. C'est un proxénète, voyez-vous, mon père. Il dit que je suis assez âgée pour travailler. C'est l'été, après tout. »

« Je ne vois aucun péché à refuser d'accomplir un acte sexuel. »

À ce moment-là, un policier jeta un coup d'œil à travers le rideau. Il aperçut le prêtre, puis referma le rideau tandis que Ferapont lui faisait signe de reculer.

Mais le garçon était désormais effrayé. « Vous n'allez pas le dire au flic, n'est-ce pas ? À propos de mon père ? »

« Ils ne peuvent pas m'obliger à dire quoi que ce soit. Mais ça pourrait être dans ton intérêt que je le fasse. Comment tu t'appelles ? »

« Calvin Tyrone Gay », répondit le garçon lentement.

« Calvin, as-tu d'autres péchés à confesser ? »

« J'ai refusé de faire ce que mon père m'a demandé. Ça doit être un péché, non ? »

« Tu n'as pas honoré ton père. Je vois bien que cela te trouble. Très bien, récite cinq Notre Père et cinq Je vous salue Marie. »

« Oui, mon père. Je... je ne peux pas bouger mon bras pour faire le signe de croix. »

« Je vais le faire pour toi, alors. Voilà. Maintenant, rends grâce au Seigneur, car il est bon. »

« Il est bon. »

« Repose-toi maintenant, Calvin. Je t'absous. Je t'absous au nom de notre Seigneur Jésus-Christ. »

« Merci, mon père. »

Ferapont marqua une pause, pensif.

« Calvin ? »

Le garçon ouvrit les yeux. Il les avait fermés et semblait désormais craindre un nouveau fardeau. « Oui, mon père ? »

« Je t'en prie, n'accomplis aucune pénitence — comme tu l'as fait avec le clou — sans m'avoir consulté au préalable. Je suis désormais ton confesseur ; je veux te guider. M'acceptes-tu comme guide spirituel et conseiller, en Son Nom ? »

« Oui, mon père. C'est très aimable de votre part. Je comprends tout maintenant. C'est Lui qui vous a envoyé. »

« C'est aimable de ta part de m'accepter. Et oui, je suis au service de tous les enfants de Dieu si je le peux. Quand tu iras mieux, je veux que tu viennes à Saint-Barthélemy. Nous parlerons davantage. »

« Il est clair pour moi que vous apportez un message. J'entends et j'obéis. C'est Sa Volonté. »

Ferapont ne s'attarda pas sur cette déclaration pour l'instant. Dehors, il s'adressa au policier qui l'attendait. « Il s'appelle Calvin Gay. Il dit que son père lui a demandé de se prostituer, et qu'il a refusé, mais qu'il s'est ensuite puni pour ne pas avoir obéi. »

« On dirait un cinglé. »

« Ne soyez pas trop dur avec lui, s'il vous plaît. »

« Je vais devoir lui parler. »

« Soyez indulgent. C'est une âme très fragile. J'ai une idée pour l'aider. Et d'ailleurs, je suis sûr à cent pour cent qu'il n'impliquerait jamais son père ni ne porterait plainte. »

« Un de ceux-là, hein ? »

« Oui. Un de ceux-là. »

Plus tard dans la journée, Ferapont passa un coup de fil à un ami plus haut sur la côte. Un frère d'armes.

« ... Tu vois, Martin, il pourrait être un bon candidat pour Kickshaw. Il est petit de taille — je pensais qu'il n'avait que treize ou quatorze ans, mais d'après la police, il a terminé sa troisième. Il pourrait entrer en Seconde. »

« Ça va être difficile de convaincre le vieux Kickshaw. Mais il m'apprécie. Je vais en parler à Terry Hawk, au service des admissions. Tu te souviens de lui ? »

« Je me souviens qu'il m'avait ouvert la porte une bouteille de vodka à la main et en avait pris une grande gorgée quand j'avais besoin d'aide en géométrie. »

« C'est à peu près ça. Mais il s'est réconcilié avec sa femme. Et tout le monde dit qu'il est doué pour lever des fonds. »

« Oui, l'argent. On a eu notre heure de gloire là-bas, n'est-ce pas ? »

« Et on a semé pas mal de pagaille. Mais j'imagine que ce n'est plus ton truc. »

« Eh bien, Watts n'est pas exactement le paradis sur terre. Mais on fait ce qu'on peut. »

« Que la paix soit avec toi, mon père. »

« Et avec toi aussi, cher ami. »

FINALE — « Un album de fin d'année mémorable »

La fin du jour est morose et plate,
Un garçon qui pose déjà ses pattes,
Mais après la pluie,
La douleur sourde s'ensuit,
Et l'on ne mange plus que la chatte.

Je me figurais que Suzanne serait allée à la chapelle pour prier. Le bâtiment aux larges voûtes et aux vitraux était ouvert mais plongé dans l'obscurité. Je tirai l'une des grandes portes de bois, qui s'ouvrit en grand.

« Suzanne ? » appelai-je.

Mais personne ne répondit.

Alors que je ressortais, je vis Martin courir vers moi. Il était accompagné d'un autre homme qui semblait porter un froc.

« Robbie ? »

« Je pensais qu'elle serait peut-être ici », dis-je.

« C'était une bonne intuition. Mais tu n'as rien trouvé ? »

« Non. »

« Robbie, voici le père Ferapont. C'est un ami à moi ; nous avons combattu ensemble au Vietnam. Il connaît Suzanne. »

« Bonjour », dis-je. « Je crois qu'elle m'a parlé de vous. Il faut qu'on la retrouve vite, Martin. »

« Je sais », dit-il. Martin ne semblait pas surpris que je sache que Suzanne avait disparu, et il ne me demanda pas non plus comment j'avais obtenu cette information. « Où penses-tu qu'on devrait chercher ensuite ? »

« Eh bien, qui d'autre la cherche ? »

« Des professeurs fouillent les dortoirs et le parc. Le père Ferapont et moi venons de passer à l'Hermitage. Christian est dans sa chambre, mais pas Suzanne. »

« Tu as une idée ? » demanda Ferapont.

« J'en ai une », répondis-je. « Viens avec moi. »

Nous traversâmes le campus en courant jusqu'au Rayburn Theater. « Maître Henler est sûrement passé par là, Robbie », dit Martin.

« Pas là où nous allons. » Nous traversâmes la grande esplanade où se tenait l'assemblée matinale, puis je les conduisis dans les escaliers latéraux et sur une passerelle. Soudain, j'entendis un cri de douleur.

Il était faible au début, mais gagna en force, comme si quelqu'un se déchirait.

« Il se passe quelque chose, Robbie ! » s'écria Martin. « Mais où est-elle ? »

Nous atteignîmes le dernier étage du théâtre, là où se trouvaient les projecteurs et les rideaux, et je montrai du doigt le vide technique où se cachait la fausse porte. « Restez ici une minute », dis-je. Je me glissai dans le vide et trouvai le panneau caché à tâtons. J'appelai, mais à voix basse. « Suzanne ? » dis-je. « C'est Robbie. Je peux entrer ? »

Au bout d'un moment, j'entendis une petite voix. « Entre, Robbie. »

J'ouvris le panneau et le mis de côté. À l'intérieur de la pièce secrète, je percevais la lueur d'une bougie. « J'entre », dis-je. C'était toujours difficile d'accéder à cet espace ; je n'avais jamais compris comment Christian avait réussi à y faire entrer un matelas. Je me suis laissé tomber à travers le trou sur le matelas rembourré et j'ai poussé un cri de surprise. Elle était recroquevillée dans une posture de détresse, comme sortie tout droit d'un film d'horreur.

« Suzanne ? » dis-je.

« Ne regarde pas, Robbie. »

« Ça va ? »

« Ne regarde pas. J'ai... j'ai fait quelque chose. »

« On a entendu un cri. »

« Christian va bien ? » dit-elle. « Qu'est-ce qui s'est passé avec le Comité ? Il a été renvoyé ? »

« Je ne sais pas, Suzanne. » Je voyais du sang sur le matelas. « Tu saignes ? » dis-je.

« Ne regarde pas. »

« Je dois regarder. » C'est alors que je compris ce qu'elle avait fait. Christian avait laissé des outils là-haut — il y travaillait sans cesse, certain que personne ne connaissait l'accès secret — et elle avait trouvé un marteau et de gros clous. Un clou transperçait sa paume gauche, et il y avait du sang sur le marteau, sur ses mains et sur son visage.

« Suzanne, c'est toi qui t'es fait ça ? »

« J'ai dû le faire, Robbie. Le Dr Kickshaw avait raison. J'ai péché. Christian, tout est de ma faute. Ma vanité, de prendre une douche le soir... »

Elle haletait maintenant, visiblement en proie à la douleur. Elle semblait sur le point de s'évanouir. « Kickshaw... m'a transmis un message, aussi cruel fût-il. J'ai dû l'accepter. »

« J'ai entendu ce qu'il a dit. Ça m'a vraiment mis hors de moi. »

« Tu as entendu ? »

« Oui. J'écoutais. »

« Mais comment ? Oh... oui, tu es mon ange... Mon cher ami... le seul qui ait vraiment essayé d'être mon ami... d'une manière ou d'une autre, tu savais... »

Martin passa la tête dans la pièce par la petite entrée. « Suzanne ? » dit-il.

« Je suis désolée, Martin, ne regarde pas. »

« Le père Ferapont est là, Suzanne. »

« Le père Ferapont ? » dit-elle. Sa voix s'éleva. J'interprétai cela comme un signe d'espoir.

« Je suis là, Suzanne », dit-il. « Tout ira bien. Je t'en prie, laisse-nous te sortir de là. »

*

Je ne comprenais pas pourquoi Suzanne avait décidé de s'enfoncer un clou de charpentier dans la paume de la main, mais je supposais que cela avait quelque chose à voir avec Jésus, avec la souffrance, et avec le besoin de se punir pour ce qu'elle avait fait avec Christian, nuit après nuit, dans l'obscurité. Mais le père Ferapont n'était pas d'accord.

« Elle est béatifique, Robbie. Cela signifie qu'elle ressent un lien si étroit avec notre Seigneur Jésus-Christ qu'elle éprouve sa douleur et doit également revivre ses blessures. Quand elle fait cela, elle se sent plus proche de Dieu. »

« Mais, enfin, ça semble complètement fou. »

« Peut-être, dit-il. Peut-être pas. Parfois, la vie est un mystère. Ce n'est pas toujours à nous de le résoudre. Je l'accompagne en ambulance à l'hôpital. Tu veux venir aussi ? »

« Non », répondis-je. « Je pense que tu maîtrises la situation. Tu peux, tu sais, faire ce que tu sais faire. »

Il sourit. « Oui. Ne t'inquiète pas, je ferai ce que j'ai à faire. »

« Je dois trouver Christian », dis-je. « Il voudrait savoir ce qui s'est passé. »

« C'est une bonne idée. Avec toute cette attention portée sur Suzanne, Christian doit probablement souffrir terriblement. Je parlerai à l'école en son nom ; je demanderai qu'on fasse preuve de clémence. »

*

Je descendis à l'Hermitage et m'arrêtai pour me laver les mains dans la salle de bains commune. Je jetai un coup d'œil vers la salle de douche, désormais sombre et froide, et apparemment inoffensive. Je n'étais pas sûr de pouvoir jamais y reprendre une douche.

Je frappai doucement à la porte de Christian. « Christian ? » dis-je. « C'est moi, Robbie. » Mais personne ne répondit. Je pensai qu'il dormait peut-être. Je gagnai ma chambre et m'assis sur le lit, mais il y avait un mot sur ma commode. Mon cœur se serra. *Oh non*, pensai-je. Je tendis la main et pris le papier, sur lequel était écrit « Robbie ». Le mot disait :

Salut mec,

Désolé pour tout ça. Tu ferais mieux de ne pas entrer dans ma chambre pour l'instant. J'ai mis ma cachette et quelques objets compromettants sous ton lit. J'espère que ça ne te dérange pas. Je suppose que je n'en aurai plus besoin, alors considère-les comme tiens.

Dans ma chambre, il y a un mot pour mon père. Je ne pense pas pouvoir lui faire face après ça, c'est pourquoi je quitte l'Hôtel California. Il y a aussi un mot pour le directeur. J'assume la responsabilité de ce qui s'est passé. Suzanne n'a pas provoqué les choses. C'est moi. Elle n'est pas à blâmer. C'est clairement une fille ; elle a juste un équipement de garçon. Donc je ne suis pas gay. Du moins, je ne pense pas. On n'a rien fait de bizarre ou de dégoûtant. C'était très tendre.

Tu es un bon ami, Robbie. Je t'aime comme un frère. Dis s'il te plaît à tout le monde que je leur dis au revoir.

Ton ami,

Christian Benoit.

Je me levai d'un bond et courus vers sa chambre. La porte était fermée à clé. Je courus dans le couloir et montai les escaliers, et frappai à toute volée à la porte de Franklin Bright, mais personne ne répondit. Je me précipitai alors vers les bureaux. La première personne que je vis était le directeur. Il parlait à l'infirmière Standish.

« Monsieur le Directeur ! » criai-je. « C'est Christian ! Allez chercher la clé de sa chambre ! » Il sembla comprendre. Je m'effondrai à genoux et sanglotai. J'avais une assez bonne idée de ce que Christian avait fait, mais je pensais qu'il était peut-être encore en vie.

Cela me parut durer une heure, mais Stacks finit par sortir de son bureau avec le directeur. Stacks avait peut-être cru que je plaisantais — il n'avait pas l'air très sérieux ; mais le directeur avait compris. Ils se précipitèrent devant moi en direction du dortoir. Pendant ce temps, l'infirmière Standish s'approcha et s'affaissa à côté de moi sur l'herbe.

« Que s'est-il passé, Robbie ? »

« Je crois que Christian s'est suicidé. Il a laissé une lettre. » Je sortis la lettre de Christian de ma poche. Elle était déjà froissée en boule ; elle semblait si petite dans ma main.

« Oh non », dit-elle. Elle parcourut rapidement la lettre. « Oh mon Dieu ! »

*

Voilà donc comment les choses se passèrent. Je dus parler à la police, et il y eut des détails macabres. Le père de Christian vint à l'école ; il y eut des reniements furieux et des cris provenant des bureaux éloignés où je me trouvais encore tout récemment. Et il y eut des funérailles quelque part, mais je n'y fus pas invité — je crois qu'ils ramenèrent son corps à Palo Alto. Je ne voulais pas savoir. Je ne m'intéressais qu'au Christian vivant, qui avait toujours été si plein de vie, d'attention et de vitalité. Sa dépouille n'avait aucune importance pour moi. J'imaginais qu'il se réincarnerait rapidement, peut-être en baleine, en lion ou en cobra. C'était un champion et un demi-dieu à mes yeux, et cela n'a jamais changé.

C'était environ deux semaines avant la fin de l'année scolaire, et on aurait pu penser qu'ils avanceraient la date ou feraient preuve d'un peu d'humanité, mais ils ne le firent pas. Et cela laissa le temps pour quelques « résultats finaux », comme on dit.

Il y eut finalement de grands changements à l'école. L'année suivante, à l'automne 1982, des filles firent leur apparition sur le campus. Kickshaw devint mixte. Elles n'étaient que quelques-unes au début, mais d'autres vinrent plus tard. Ce changement, disait-on, aurait dû survenir depuis longtemps. Mais j'imagine que personne ne s'en rend compte tant qu'un malheur n'arrive pas. Alors, tout semble évident.

Un point positif, c'est que je pus lire la lettre de Christian à haute voix lors de l'assemblée du matin. Je voulais m'assurer que tout le monde connaisse la vérité, et non les conneries inventées par l'école.

Christian avait été harcelé à mort par le Comité de discipline. Le directeur ne voulait pas que je lise la lettre, mais Martin prit ma défense.

« Il doit la lire, Monsieur le Directeur. J'ai vu la lettre. Elle ne contient rien d'autre que la vérité. »

Un autre point positif, c'est que le père Ferapont annonça que Suzanne allait s'en sortir. Elle ne reviendrait pas à l'école, mais il allait s'assurer qu'elle trouve le soutien dont elle avait besoin.

« J'ai entendu sa confession, et elle a été absoute. »

« C'est plutôt cool. J'aimerais bien que ça marche pour tout. »

« Eh bien, Robbie, c'est le cas. Tu devrais peut-être essayer. »

Je ris. « Vous, les prêtres, toujours en train de faire du prosélytisme. »

Cependant, mes progrès pour me remettre du choc de la perte de Christian furent réduits à néant quand les cartons contenant les albums de fin d'année furent enfin ouverts. C'était environ deux semaines plus tard, un ou deux jours avant la remise des diplômes.

Le premier indice de quelque chose d'explosif concernant l'album de fin d'année fut le rire et les sarcasmes des différents élèves qui recevaient leur exemplaire. Une file s'était formée devant le bureau des anciens (c'est eux qui s'occupaient de la distribution), mais il devint vite évident que quelque chose n'allait pas. Je n'eus vent de l'agitation qu'au déjeuner.

« Sutra, andouille ! Tu vas en voir de toutes les couleurs, mon vieux ! », dit Cadogan.

« Quoi ? »

« Cet album de fin d'année ! »

« Qu'est-ce qu'il y a ? »

« Eh bien, c'est dingue. Je veux dire, c'est de l'art et tout, mais l'ensemble n'est qu'un immense collage. Page après page de mélanges délirants. Et puis les limericks... »

« Ouais », dis-je en souriant. « C'est moi qui les ai écrits. Marrant, hein ? »

« Ils sont hilarants, mais quelque chose me dit qu'ils ne vont pas passer très bien auprès de tu-sais-qui. »

Je pensais que Cadogan exagérait, que la plupart des gars adoreraient ce qu'on avait fait. Mais la réaction générale fut en fait plutôt mauvaise. Une foule se rassembla vite autour de moi pour se plaindre. La seule personne qui semblait réceptive était William.

« C'est génial, mec, j'adore ! Ma page est hilarante ! Mais bon, tu ferais peut-être mieux de faire profil bas. »

Puis nous entendîmes des cris dans l'interphone. « M. Gray ! M. Robert Gray ! Présentez-vous immédiatement au bureau du doyen Stacks. »

Je n'avais pas envie de « me présenter au bureau du doyen », alors je partis dans la direction opposée. *Salopard*, pensai-je. Je gagnai ma chambre et décidai que j'en avais fini. Fini avec tout cet endroit. Juste fini. *Qu'ils aillent se faire foutre.*

Je sortis le bong de Christian de sa cachette et remplis le bol. Je l'allumai directement dans ma chambre. Ah, ça faisait du bien ! Je pensai à mon ami, et au fait que c'était moi le survivant. Ça me semblait un peu bidon. Christian, me dis-je, était bien plus grand que moi. Je pensai à Obie Blackmore et à la façon dont il avait sombré dans le désastre une fois son complice disparu.

Le suicide ! pensai-je. Bon, je n'étais pas tout à fait aussi courageux. Mais j'avais des envies autodestructrices.

Qu'ils aillent se faire foutre, dis-je à nouveau en tirant une grosse bouffée sur le bong. C'était le bong du Dragon, et je ne pouvais jamais le regarder sans penser à notre Antre, là-haut sur la colline. La base était fissurée. Christian l'avait récupéré en larmes parmi les débris. Maintenant, il était parti.

On frappa à la porte — un coup qui ressemblait un peu au destin ; vous savez, le « da-da-da-DA ». Et j'ouvris. « Beurk », dis-je. C'était Dean Stacks. Le vieux Clint Eastwood en personne, en chair et en os, avec son tic et son sourire figé encore plus marqué que d'habitude. Je lui soufflai de la fumée au visage.

« Monsieur Gray », dit-il. « Tiens, tiens, tiens. C'est bien ce que je soupçonnais. On va avoir une petite discussion, d'accord ? »

« Chez vous ou chez moi ? »

« Dépêchez-vous ! »

*

Quelques minutes plus tard, j'étais affalé dans son bureau. J'étais pris la main dans le sac et nous le savions tous les deux. Il m'avait pratiquement traîné par le col. Il s'amusait comme un fou.

« Monsieur Gray, il me semble que vous ne voulez plus rester chez Kickshaw. Vous ne voulez pas respecter les règles, vous ne l'avez jamais fait. Mais maintenant, vu comment les choses se passent, vous en avez tout simplement marre. »

« Vous avez parfaitement résumé la situation, Dean Stacks. »

Il souriait à nouveau, mais son œil gauche tressautait. J'avais déjà vu ça. « Laissez-moi vous faire une suggestion. Je peux vous remettre votre diplôme sur-le-champ, et vous en aurez fini. Vraiment fini. Mais vous ne pourrez pas assister à la cérémonie de remise des diplômes. Vous prenez ce bout de papier... » Et oui, cela semblait bien être mon vrai diplôme de fin du secondaire, il le brandissait. « Vous prenez ça maintenant, et vous vous en allez d'ici et du campus d'ici demain matin. »

« Ou bien ? » dis-je.

« Ou bien, nous devrons aller au bout d'une nouvelle audience du Comité de discipline. Cette fois-ci, rien que pour vous. Vous n'en avez jamais eu le plaisir, n'est-ce pas ? »

« Oh, mais j'ai une bonne idée de ce qui s'y passe. »

« Ce n'est pas très drôle. »

« Non, je ne pense pas que ça le soit. »

Stacks me regarda, l'œil gauche presque fermé. « Quelle est ta décision ? »

« Je prendrai le diplôme, bien sûr. Je me fiche complètement de ta cérémonie de remise des diplômes à la con. »

Je pouvais voir ses dents. « C'est bien. Très bien. Eh bien, voilà », et il me tendit le précieux bout de papier. Il l'avait sans doute préparé et avait planifié toute cette scène. Mais je m'en fichais.

« Merci d'avoir pris la bonne décision », dit-il. « Tu n'as jamais eu ta place ici, n'est-ce pas ? Eh bien, on n'aura plus jamais à te voir, toi ou ton père pédé, sur ce campus. »

Je restai bouche bée. « Tu t'es vraiment trouvé un chez-toi, Clint. Je parie que tu adores tout ça. Mais qu'en pense ta femme ? »

« Dégage ! » cria-t-il.

*

Je vivais pratiquement en clandestinité à cause de l'histoire de l'album de fin d'année, et je passai une nuit agitée, les stores baissés aux fenêtres de ma chambre. Je rêvai de Christian avec des clous dans les deux mains, et de Suzanne transformée en vraie fille avec de gros seins et un vagin. Mais le vagin n'était pas au bon endroit. Elle ressemblait un peu à Conchita, mais plus jeune. Peu à peu, elle se transforma en une version d'Isabella qui me criait dessus, et je me réveillai misérable, avec un brin de pitié pour moi-même.

La vérité, je m'en rendis compte, c'est que j'en voulais à Christian : après tout mon travail avec Suzanne, après tout ce que j'avais fait, c'est Christian qu'elle avait choisi. Jamais eu droit à la moindre branlette, ni à des douches tardives à l'Hermitage, ni à des baisers furtifs. Bon sang, je n'avais même pas eu droit à la chatte de bal d'une vraie fille, ce qui aurait dû être *de rigueur*. Non. Moi ? J'avais perdu face à un autre sportif, peut-être deux si l'on comptait Jonah. Mais au moins, j'étais libre. Fini. Personne n'avait été sauvé, apparemment, comme dans *Eleanor Rigby*, sauf peut-être Suzanne — mais elle aussi était partie.

Tant pis, je décidai de fumer un joint pour célébrer ça, là, en plein air sur la terrasse arrière de ma chambre. Je veux dire, qu'est-ce qu'ils pouvaient bien me faire maintenant ? J'avais obtenu mon diplôme. Il était là, posé sur mon bureau, avec la signature soignée du directeur à l'encre noire et tout. J'étais libéré de leurs règles, de leurs conneries.

Jamais un joint n'avait eu aussi bon goût. Je ne suis pas vraiment joint, dans le fond ; c'est plutôt un truc à partager. Mais je me suis dit : je partage celui-là avec Christian. Et Suzanne. On ne s'était jamais défoncés tous les trois — je me demandais comment elle aurait réagi. Elle aurait sûrement gloussé. *Ce joint est pour toi, Sainte Suzanne, et tous ceux de ton espèce. Qu'il apaise ton âme, qu'il apaise ton esprit.*

Je pensai au père de Christian, qui s'était révélé n'être rien de plus qu'un connard bavard. Il me rappelait d'ailleurs le connard bavard de *The Wall*. Ça avait été assez éprouvant sous acide — l'acide était une idée de Christian — mais la réalité de Benoit père n'était guère meilleure.

« Je savais qu'il n'irait jamais bien loin », dit-il d'une voix rauque. « Il ressemblait trop à sa mère. Il n'a même pas réussi à entrer dans une école convenable. Et on dirait que toi et d'autres vous l'avez aidé à tout rater. »

« Tu as écouté ce que dit l'école, j'imagine. »

« T'es le Robbie en question, non ? Le doyen ne te porte pas très haut. »

Je ris. « Je crois que c'est réciproque. »

« Et c'est qui, cette fille du Ghetto ? Cette travestie ? »

Je me contentai de secouer la tête.

« Va te faire couper les cheveux, gamin ! »

Nous n'avions plus rien à nous dire, et il fit un geste de la main pour me congédier avant de partir. Je regardai la poussière retomber tandis que sa Cadillac rugissait en descendant Paradice Alley, désormais temple des rêves brisés. Les arbres ne semblaient pas offensés par ses gaz d'échappement. Moi si.

« C'était qui ? » demanda William.

« Un connard », dis-je. « Christian serait encore en vie sans ce vieux schnock et son master de la Harvard Business School. Les attentes. »

Alors oui, les parents, ça pouvait être nul parfois. Et puis je pensai à sa mère, à qui j'avais essayé de parler au téléphone quelques jours après la mort de Christian, mais qui n'avait pas semblé très intéressée.

« Comment tu as eu ce numéro ? » dit-elle.

« Dans l'annuaire. »

« Bon, n'appelle plus ici. Parle à son père. Ça fait dix ans que je n'ai vu ni Christian ni son frère. » Quelle garce.

Je m'installai donc au soleil, soufflant ma fumée comme un boss. Un homme libre. Un gamin de première année, je crois, passa en me regardant de travers. C'était fin mai et l'été s'annonçait en force. Et c'était toujours la Californie. C'était putain de magnifique. Et j'étais bien défoncé. Dans peu de temps, j'allais charger le van avec mes maigres affaires et partir au coucher du soleil.

Pour être honnête, je n'étais pas très sûr de ce que l'avenir immédiat me réservait. Mon père n'était pas ravi. Il avait changé les serrures, j'avais découvert ça la dernière fois que j'avais essayé de rentrer « à la maison ».

Ça m'avait un peu choqué, et j'avais même été en colère pendant un moment. Mais il était quand même assez remonté par toute cette histoire d'« Inde ». C'était sans doute mérité. Il avait juste besoin de quelques branlettes de Conchita pour se calmer, me dis-je. Je me surpris à regretter de ne pas avoir volé sa Rolex. L'idée ne m'avait jamais traversé l'esprit qu'il couperait les vivres.

Puis je vis ce que j'ai d'abord pris pour une apparition.

« Robbie ? »

« Maman ? » dis-je. « Maman ? C'est bien toi ? » Je me levai de ma chaise longue et tombai à la renverse. J'étais encore pas mal défoncé. Je n'étais pas sûr de ne pas rêver. « Qu'est-ce que tu fais là ? »

Elle avait emprunté l'étroit sentier derrière l'Hermitage jusqu'à la porte de derrière de ma chambre, désormais presque vide. « Ils m'ont dit de passer par là. »

« Mais c'est bien toi ? »

« Je suis venue assister à la remise de diplôme de mon fils, évidemment. Tu ne pensais quand même pas que j'allais rater ça ? »

Je me sentis un peu abattu. « Salut, maman », dis-je finalement.

Elle s'approcha et me serra dans ses bras.

« Fiston, tu sens un peu l'herbe. Et tu as besoin d'une coupe de cheveux. »

« Ouais », dis-je.

« Tu vas bien ? Ils m'ont dit que ton ami s'était suicidé. »

« Oui. »

« Je suis vraiment désolée, Robbie. »

« C'est une longue histoire, maman. » Ça faisait vraiment du bien de la voir ; j'étais submergé. On avait un moment à nous. Je n'avais pas réalisé à quel point elle m'avait manqué. « J'ai un peu tout gâché », dis-je.

Elle jeta un œil dans ma chambre et vit les derniers sacs. « Tu pars déjà ? »

« Oui, maman. J'ai été renvoyé, en quelque sorte. »

« Mais c'est le jour de la remise des diplômes. Comment tu as pu te faire renvoyer aujourd'hui ? »

« C'est une longue histoire, mais en gros, le doyen m'a dit que je pouvais partir — il m'a donné mon diplôme. » J'allai dans ma chambre et le lui apportai pour qu'elle le voie. « Tu vois ? Mais il a dit que je ne pouvais pas assister à la cérémonie si je le prenais. Il a dit que je n'étais pas le bienvenu. Que je devais partir avant que ça commence. J'en ai fini. »

« Mais qu'est-ce que tu as fait ? »

« Oh, plein de choses. »

« Hm. » Elle n'était pas vraiment convaincue. « Je crois que je dois avoir un mot avec ce doyen. Où est-il ? »

« Ça ne changera rien, maman. »

« Ah bon ? On verra bien ! Allez, viens. »

Je n'avais pas vraiment envie de retrouver Clint à ce moment-là, mais ma mère était apparue de nulle part comme une Deva, et soudain nous marchions sur un nuage. C'était comme entrer dans le royaume des esprits ou prendre de l'ayahuasca. Quelque chose tout droit sorti de Carlos Castaneda. « Alors, Sam et les enfants, ils sont où ? » demandai-je d'un ton désinvolte. Je m'attendais à ce que d'autres fantômes de mon passé surgissent d'une minute à l'autre.

« Il n'y a que moi, Robbie. »

« Je vois. »

Le bureau du doyen était à deux pas ; comme je l'ai décrit, il se trouvait dans cette partie basse du complexe Maison Haute/Lido où j'avais passé une grande partie de mes débuts à Kickshaw. Tout cela me semblait si lointain, dans une galaxie très, très lointaine.

J'ouvris la porte du bureau avec précaution et dis « Bonjour ? », et ma mère me bouscula pour passer devant moi. Je pouvais voir Clint à son bureau, dans la pièce située au coin de la réception, en train de plisser les yeux. Par hasard, le vieux Kickshaw était là, dos à nous, apparemment en train de discuter avec Clint. « Doyen Stacks ? » dis-je.

Les deux hommes cessèrent de parler, et le vieux Kickshaw se retourna. « Monsieur Gray », dit-il — puis il remarqua ma mère derrière moi. Son visage changea.

« Je suis la mère de Robbie », annonça-t-elle.

« Bonjour, madame », dit Kickshaw.

Stacks souriait aussi, du moins au début.

« Pas de mon point de vue », dit-elle. « Je crois comprendre que cet homme » — elle désigna Stacks du doigt — « a interdit à mon fils d'assister à la cérémonie de remise des diplômes. J'ai fait tout ce chemin depuis la Floride pour le voir décrocher son diplôme. Mais à quoi jouez-vous ? » Ma mère s'adressait principalement à Kickshaw, qui semblait quelque peu déconcerté. Peut-être ne connaissait-il même pas la situation. C'est Stacks qui répondit.

« Votre fils a manifesté une résistance singulière à respecter les règles, euh, Madame... »

« Quel genre de résistance ? Il est là, non ? » dit-elle, ignorant sa tentative de politesse.

« Je suis sûr qu'il n'était pas vraiment... », commença Kickshaw, mais Stacks eut l'audace de l'interrompre.

« Il était en train de fumer de l'herbe », dit Stacks. « Je suis tombé sur lui en entrant. »

« Fumer de l'herbe ? Mais tous les jeunes font ça de nos jours, non ? » dit-elle. « Quoi, vous n'avez pas fumé une cigarette ou deux au lycée ? »

« Peut-être, Madame Gray, mais ce n'est pas le genre de chose que nous tolérons ici. »

« Et c'était la première fois qu'on le surprenait ? »

« Robbie a fait preuve d'insubordination à de nombreuses reprises. Son meilleur ami allait être expulsé pour quelque chose de vraiment horrible... »

« Je ne m'intéresse pas au comportement de son ami, ni à votre conception de l'insubordination. Mon fils vient de vivre un traumatisme terrible. Un ami est mort. On pourrait penser qu'une réaction intelligente serait de lui accorder un peu de répit. Mon fils est aussi un esprit libre, et très intelligent. J'imagine que vous avez vu ses résultats scolaires ? »

C'est là que Kickshaw s'anima. « Oui, madame, bien sûr. C'est un élève modèle, enfin... d'une certaine manière. »

« Il a toujours eu besoin de plus de stimulation intellectuelle que ce que nous pouvions lui offrir en Floride. Cette école était censée le stimuler et le motiver. »

« C'est peut-être vrai... », dit Stacks.

Kickshaw écoutait cet échange en travers, sans vraiment saisir tout, mais il commençait probablement à réaliser que j'étais le rédacteur en chef de ce désastreux album de fin d'année. « Mais Madame Gray... madame, je suis au regret de vous apprendre que Robbie, votre fils, et le garçon décédé ont ensemble réussi à provoquer une catastrophe avec l'album de fin d'année ! »

« L'album de fin d'année ? » répéta ma mère. La façon dont son langage corporel changea — bras croisés sur la poitrine, sourcil arqué — me fit sourire. Stacks leva les yeux au ciel. Il savait sans doute ce qui allait suivre.

« Oui, l'album de fin d'année Kickshaw 1981. Le jeune maître Gray était censé écrire de beaux textes sur l'école et ses souvenirs de son passage ici, mais à la place, il a écrit des limericks — des limericks grossiers — vous ne pouvez pas imaginer le genre de choses qu'il voulait y mettre ! Et maintenant, nous avons des piles et des piles de ces albums, qui sont tout à fait inacceptables... » Kickshaw se mit alors à chercher et à ouvrir un exemplaire — il en avait peut-être apporté une boîte ; c'était peut-être le sujet de sa conversation précédente avec le doyen, je ne savais pas. Mais il commença là, sur-le-champ, à montrer à ma mère l'album désormais banni. « Regardez ça ! » dit-il. « Et ça ! »

« Ça a l'air très moderne », dit ma mère. « Qui a réalisé ce magnifique collage ? » dit-elle en regardant dans ma direction.

« Mon ami Christian, maman », dis-je. « Ils l'ont expulsé, lui aussi. Avant de le tuer. »

« Quoi ? »

« Votre fils fait une blague de mauvais goût, mais pas tout à fait fausse », dit Stacks de son ton mielleux. « Le garçon dont il a parlé a été surpris en train d'avoir des relations homosexuelles. »

« Avec *mon* fils ? » dit-elle.

« Non, bien sûr que non, chère madame », dit Kickshaw. « Avec un cas tragique du Ghetto que nous avions financé pour apporter de la diversité au corps étudiant. Au nom de la diversité. Un garçon très étrange qui prétendait être une fille. Mais l'infirmière a prouvé que c'était un mensonge. Bien que nous n'ayons jamais vraiment tiré l'affaire au clair, les deux jeunes hommes impliqués... »

« C'est une école pour garçons », dit ma mère avec une sérénité définitive. « Pas une fille à l'horizon. Qu'est-ce que vous croyiez qu'il allait se passer dans cette situation, bande d'idiots ? Bien sûr que les garçons resteront des garçons ! »

Oui, ma mère venait de traiter le doyen et l'homonyme de l'école d'« idiots ». J'en avais la mâchoire décrochée.

« Vous parlez comme Anita Bryant, tous les deux », continua-t-elle. « Si c'est ainsi que les choses se passent ici — ce genre de préjugés qu'on ne devrait voir que chez les ignorants —, alors je ne sais pas très bien à quoi a servi tout l'argent de mon ex-mari pour la scolarité de Robbie. Mais quant à cet album ! » Ma mère le regarda et en feuilleta quelques pages. « Robbie, c'est toi qui as écrit ces poèmes ? »

« Oui, madame », dis-je.

« Tous ? »

« Bien sûr, madame. Ce ne sont que des limericks. »

« Pour moi, ça ressemble à des poèmes », dit-elle. « Et qu'est-ce que c'est que cette histoire de Clint Eastwood ? »

« On appelle parfois le doyen d'ici, le doyen Stacks, *Clint*. »

« Hm », dit-elle. « Robbie, ce n'est pas très gentil. »

« Non, madame », dis-je en baissant la tête.

« Pas gentil. Mais c'est drôle. » Elle riait maintenant, le raillant presque ouvertement. « Regardez celui-là, sur sa femme... » Elle essaya de se retenir. « Pardon », dit-elle en regardant Dean Stacks, qui était maintenant clairement en colère. Elle referma l'album d'un coup sec, le glissa sous son bras, puis reporta son attention sur les deux hommes.

« Je veux que mon fils assiste à la cérémonie de remise des diplômes aujourd'hui. Vous comprenez ? » dit-elle d'un ton tranchant, les yeux fixés sur Old Kickshaw. Elle parlait fort, peut-être parce qu'elle avait senti que Kickshaw était dur d'oreille. « Je veux qu'il y assiste », répéta-t-elle en pointant son index vers la poitrine frêle de Kickshaw, jusqu'à ce qu'il semble saisir la solution à la délicate situation des anciens.

« Bien entendu, Madame », dit-il. « Bien entendu qu'il peut y assister. Nous sommes vraiment désolés de vous avoir causé ce souci. Tout cela n'était qu'une grave erreur. »

Stacks était loin d'être satisfait de cette réponse et commença à protester, mais à ce moment précis le directeur entra dans le bureau, et une grande partie de la conversation précédente dut être répétée. Ma mère était cinglante dans ses critiques. L'attitude du directeur face à la situation était toutefois nettement différente de celle de son doyen. Il s'empressa d'apaiser celle qui, pour autant qu'il le sût, était une future donatrice potentielle au Fonds des anciens.

« Veuillez nous pardonner ce désagrément, Madame Gray », dit le directeur, répétant l'erreur du vieux Kickshaw — mais ma mère laissa glisser. Elle était en train de gagner.

Nous sortîmes du bureau et je tirai la porte derrière moi ; elle émit un clic satisfaisant. Ça faisait du bien. À l'intérieur, à travers les vitres de la porte, dans la pénombre, j'aperçus Stacks qui murmurait au directeur, tandis que Kickshaw observait la scène d'un air triste, secouant la tête.

Je souris.

*

« Robbie, allons nous asseoir quelque part. On peut ? »

« Bien sûr, maman. Allons à la salle à manger. On pourra sûrement trouver du café. Je crois qu'il est même encore possible de prendre le petit-déjeuner. »

« Parfait, je n'ai presque rien mangé ce matin, juste un morceau à l'aéroport. »

Nous nous dirigeâmes vers la salle à manger, où je vis que c'était nulle autre que Mme Sauvage qui préparait du café pour les parents en visite.

« Madame Sauvage », dis-je, « bonjour, c'est Robbie Gray. J'ai l'honneur de vous présenter ma mère. »

La vieille femme se retourna pour me faire face, puis regarda ma mère. Son visage s'illumina d'un sourire chaleureux d'accueil. Je trouvais qu'elle ressemblait à un vieux trognon de pomme desséché. « Ravie de vous rencontrer », dit le visage en trognon de pomme. « Robbie a donc réussi à décrocher son diplôme, finalement. Pour être honnête, je ne pensais pas qu'il y arriverait. »

« Oui », dit ma mère. « C'était probablement sur le fil. »

« Une mère sait toujours... Voulez-vous du café, ma chère ? »

« Oui, s'il vous plaît », dit ma mère. « Je meurs de faim. »

« Je ferai apporter des toasts pour vous. »

« Merci beaucoup ! »

Nous nous installâmes dans la salle à manger — il était encore tôt, j'imagine ; il n'y avait que quelques personnes çà et là — j'aperçus

Fish dans un coin avec ses parents — et je savourais le fait que le soleil inondait la salle. Ma mère et moi ne dîmes rien pendant quelques minutes : moi à m'imprégner de la lumière, elle à savourer son café.

Finalement, elle me regarda et dit : « Je vois que tu bois du café, maintenant. Noir ? »

« Oui, ça a commencé quand Christian et moi sommes allés voir un concert à Los Angeles — c'était The Who. Mon Dieu, c'était génial, mais Pete Townshend avait le bras dans le plâtre. Et au retour, je conduisais, il était tard, j'ai failli m'endormir au volant. »

Elle me regarda de cette manière, la sienne, et j'ajoutai : « Bon, oui, d'accord, en fait je me suis endormi deux fois au volant, avant de finalement décider qu'il valait mieux m'arrêter. Alors on est allés chez Denny's et on a commandé du café. Je n'avais jamais aimé le goût, tu sais, mais ce soir-là ça m'a semblé une bonne idée, et c'était bon, en plus. Du simple café de diner pas cher, mais ça a fait l'affaire, et j'ai pu reprendre la route. »

« Et puis tout à coup, tu as aimé ça. » Elle semblait très posée, très « présente », comme le vieux Sylvebarbe dans *Les Deux Tours* quand il voulait discuter de l'actualité.

« Oui, exactement, maman. J'adore le café maintenant. »

« Ce Christian, c'est lui qui reçoit son diplôme aujourd'hui ? »

« Non, maman. Christian, c'était le garçon qui est mort. »

« Oh. Je suis désolée. Robbie. » Elle resta silencieuse un moment, puis dit : « Sam et moi, on se sépare. On va divorcer. »

« Quoi ? »

« On va divorcer », répéta-t-elle.

« Mais, mais... » Je n'arrivais pas à *grokker* ça.

« Il est parti il y a quelques mois. »

« Mais pourquoi ? »

« Eh bien, je suppose qu'il n'était pas heureux. »

Je regardai ma mère un peu comme elle m'avait regardé quand j'avais dit que j'avais « failli » m'endormir au volant. Elle sourit. Elle était un peu embarrassée par ce qui allait suivre.

« Il a trouvé une autre femme. »

« QUOI ? »

« Robbie, pas si fort », dit-elle en regardant autour d'elle. « Il a trouvé une autre femme. Sam a eu des problèmes avec les hommes. Il pensait que c'était ma faute. »

« Des problèmes avec les hommes », dis-je.

« Des problèmes au lit. »

« Ah, je vois. Le syndrome de la bite molle. »

« Robbie ! » me gronda-t-elle. « S'il te plaît, ne me dis pas des choses pareilles. Je suis ta mère. »

« D'accord, maman. Mais je vois ce que tu veux dire. »

« Oui. Très bien. Bref, il avait des problèmes. Je me disais que ça avait peut-être un rapport avec la quantité de vodka qu'il ingurgitait le soir ; il s'écroulait sitôt rentré à la maison. Sam prend de l'âge. Mais il pensait que c'était moi. Je n'étais pas assez excitante pour lui, j'imagine. Peut-être que je refusais de faire certaines choses. Je suis quelqu'un de très traditionnel, Robbie. Tu le sais. Bref, il s'est trouvé quelqu'un avec de plus gros seins. »

Je n'avais jamais entendu ma mère dire « seins » et ça m'a surpris. « Je vois. » On aurait presque dit qu'elle parlait de sa vie sexuelle.

« Je suppose qu'il pensait que c'était ça le problème. Je fais du bonnet A. Il voulait plus. Il s'en était toujours plaint. Mais environ un mois après, quand il était avec cette femme et qu'ils parlaient de mariage, elle m'a appelée. Il avait le même problème avec elle, et elle voulait savoir ce qui se passait. »

Je ris. « Oh, quelle douce revanche. Je parie que c'était un coup de fil savoureux. »

« Bon, Robbie. »

« D'accord, maman, désolé. »

« Bref, on n'est plus ensemble. »

« Et les enfants ? »

« En général, dans un divorce, la mère obtient la garde. Mais on verra ce qui se passe. Peut-être que le juge accordera la garde partagée. Je ne vois pas comment il pourrait, par contre. Sam est parti. C'est lui l'auteur du désastre. Et il devra me verser une pension alimentaire et une pension pour les enfants pendant très, très longtemps. »

« Je vois. » Je restai assis à digérer tout ça.

« Robbie », dit-elle, « je me demandais si tu voudrais rentrer à la maison. »

J'eus une réaction viscérale. « Maman. Tu sais très bien que je déteste la Floride. Kwai-Chang s'est fait tuer par un serpent là-bas, tu te souviens ? »

« Oui. Je sais. »

« Je suis désolé, mais je ne retournerai pas en Floride. Ni maintenant, ni jamais. »

« Je sais. Mais, eh bien, que dirais-tu de ça. Et si je venais m'installer ici ? »

J'étais incrédule. « Tu déménagerais en Californie ? »

« J'ai parlé à ton père plusieurs fois ces derniers temps, Robbie. Je sais que tu ne vas pas à l'université. Ton père était furieux. »

« Ouais. C'était un peu difficile. Il ne va pas très bien en ce moment, je ne sais pas si on t'a vraiment expliqué sa situation... »

« J'en sais pas mal, en fait. Ton père et moi avons été mariés longtemps, sept ans. Et je le connaissais au lycée ; c'était mon premier vrai copain. Il n'est donc pas un grand mystère pour moi. Je sais lire entre les lignes. »

« Hm. » Je ne savais pas trop comment le prendre. « Mais tu savais... pour Larry... »

« Que ton père dit qu'il est gay ? Oui, je le savais. »

« Quoi, tu n'y crois pas ? »

« Il n'est pas gay, à proprement parler — il a juste regardé trop de porno gay quand il était jeune. Il aime toujours les femmes aussi. Ton père, eh bien, il est un peu coquin. »

Je ris. « Maintenant tu ressembles à Anita Bryant. »

« *Un petit-déjeuner sans jus d'orange de Floride, c'est comme une journée sans soleil* », dit-elle. « Je sais. »

« Mais maman », dis-je. « Pourquoi vous vous êtes séparés ? Pourquoi avez-vous divorcé, si ce n'est pas parce que papa est gay ? »

« C'est un peu embarrassant, Robbie. »

« D'accord », dis-je. J'étais déçu. Elle le vit peut-être, car elle dit : « La vérité, Robbie, c'est que ton père et moi, on ne s'aimait pas beaucoup. On s'est mariés très jeunes, et puis je me suis retrouvée enceinte de toi. C'était un accident. »

« QUOI ? »

« Ce genre de choses arrive, Robbie. On ne savait pas grand-chose. On a fait ce qu'on était censés faire à l'époque, c'est-à-dire se marier quand un enfant était en route. Mais en réalité, on avait très peu de points communs. Ton père est un peu bizarre. »

« Hé ! » dis-je.

« Je sais. Mais ce n'est pas mon genre. Je suis plutôt conventionnelle, comme tu le sais. Je vais à l'église. J'avais besoin de quelqu'un de plus responsable, de plus ordinaire. On n'était tout simplement pas faits l'un pour l'autre. On est restés ensemble pour toi pendant longtemps, plus longtemps que certains ne l'auraient fait, mais j'ai fini par rencontrer Sam. Et Sam m'a emmenée en Floride, ce qui était plutôt bien, du moins au début. »

Je n'étais pas sûr que cette explication me satisfasse vraiment, mais je ne voulais pas tenter le diable. « Merci de m'avoir expliqué, maman. »

« Bref, Robbie, ton père dit que tu veux partir en Inde. Je ne pense pas qu'il te donnera plus d'argent si tu fais ça. Il a l'air d'être un homme riche. Tu devrais peut-être y réfléchir. Il a dit qu'il t'avait donné une voiture et un peu d'argent. »

« C'est vrai. Et puis il a changé les serrures chez lui. »

« Il en a parlé. Mais si tu allais le voir, si tu lui expliquais, si tu lui proposais un meilleur plan, peut-être que les choses évolueraient. »

« Je sais. Mais je n'ai pas besoin de lui ni de son argent. Je vais travailler. Je peux économiser. Je sais me débrouiller. Comme dans *Siddhartha*, il dit : "Je peux penser, je peux jeûner, je peux attendre !" »

Elle me regarda. « Robbie, je suis contente que tu aies passé du temps avec ton père. Je suis contente que tu sois venu ici. Mais j'ai besoin de toi. C'est moi qui ai besoin de toi maintenant. Vraiment. J'ai les enfants, et il va falloir que je me trouve du travail, au moins à terme. »

« Mais maman ! »

Elle continua de me regarder et je cédai assez rapidement. C'était ma mère, après tout. « D'accord, très bien », dis-je.

« On peut vivre ensemble ici en Californie ; ce sera comme un nouveau départ. »

« Mais où en Californie ? Ici, à Santa Barbara ? »

« Si tu veux. »

« Tu veux dire », dis-je prudemment, « que tu me laisserais choisir où on va vivre ? »

« Bien sûr », dit-elle. « Où tu veux vivre, mon fils ? » Elle regarda sa tasse de café, car les toasts venaient d'arriver. « Réfléchis-y pendant que je vais me resservir. » Elle se leva et repartit vers la cuisine.

Mon imagination s'emballa. *Bon sang !* pensai-je. Elle semblait sérieuse. Tout un monde s'ouvrait à moi. Ma mère me bouleversait d'une minute à l'autre. Elle revint enfin et je me sentis soudain timide et intimidé.

« Alors, tu y as réfléchi ? » dit-elle.

« Eh bien... on pourrait vivre à San Francisco ? »

« Bien sûr. »

Je la regardai bouche bée. « Et Berkeley ? »

« Bien sûr. Je ne suis jamais allée à Berkeley. Tu penses que c'est un bon endroit ? Tu penses peut-être à l'université ? C'est ça ? »

« Oh, maman. »

« Un jour, je veux dire. Un jour. »

« Ouais. Un jour. » En fait, je pensais à Martin Quinn. « Ce prof génial ici, il est allé là-bas… et c'est peut-être là que j'irais, si je devais vraiment aller à l'université. Mais j'ai besoin de temps. Du temps pour faire ce qui compte pour moi pendant un moment. »

« D'accord, mon fils. Très bien. Alors on passera un peu de temps ensemble ici en Californie, à Berkeley, avant que tu partes vers les contrées inconnues de l'Inde. Ou à l'université. Ou quoi que tu aies envie de faire. On sera une famille, en quelque sorte. »

« Bien sûr, maman ! Ouah ! Ça va être génial ! » Je pensais au bouddhisme, et peut-être que Ram serait à la remise des diplômes — Ram me manquait beaucoup — et peut-être que ma mère aimerait rencontrer Isabella, malgré le fait qu'elle m'ait largué pour Jonah. Oui, j'en avais eu la confirmation. Jonah faisait l'innocent, mais j'étais à peu près sûr qu'Isabella serait à la cérémonie. Je souris en imaginant comment je leur ferais peur à tous les deux en embrassant Isabella et en la présentant à ma mère. *Ah, la vie !* pensai-je. J'avais hâte d'arriver à San Francisco.

« Tu sais, maman, même le Sixième Patriarche, avant de partir à la recherche de son maître, avait pris soin de sa mère. Et c'est ainsi que le bouddhisme zen est né. »

« Je ne sais pas ce que ça veut dire, mais je vais m'en contenter », dit-elle.

FIN

À propos du poulet plumé

David R. Smith est un expatrié américain. Il vit actuellement quelque part dans le mystérieux continent australien, au cœur de la brousse. Il est marié et a quatre enfants adultes.

Il écrit également sous les pseudonymes de David Apricot et Mia Sandalwood. Il a déjà publié trois romans et plusieurs traductions. Voici son site web :

https://www.metamadbooks.com/

Tu peux envoyer tes questions à l'auteur à l'adresse suivante :

metamadbooks@gmail.com